KB152721

인생을
고르는
여자들

THE HOUSE ACROSS THE STREET

by Lesley Pearse
Copyright © Lesley Pearse, 2018
All rights reserved.

Korean Translation Copyright © Tornado Media Group, 2019
This Korean edition is published by arrangement with Lesley Pearse c/o Peters,
Fraser & Dunlop Ltd. through Shinwon Agency.

미드나잇
스릴러
시리즈

인생을 고르는 여자들

레슬리 피어스 장편소설

도현승 옮김

나무의철학

일러두기

1. 책에 등장하는 주요 인명, 지명, 기관명 등은 국립국어원 외래어 표기법을
   따랐지만 일부 단어에 대해서는 소리 나는 대로 표기했다.
2. 괄호 안 설명은 모두 옮긴이 주다.
3. 연속간행물, 시, 영화, 방송, 음악 등은 〈 〉로 표기했다.

1964년, 벡스힐 온 씨

자동차 문 닫히는 소리에 손님방에서 다림질을 하고 있던 케이티는 창밖을 내다봤다. 낯익은 검은색 험버Humber였다. 차에서 내린 두 여자는 건너편 글로리아 레이놀즈의 집 정원으로 향했다. 남동생 로버트는 케이티가 사람들을 관찰할 때마다 오지랖을 부린다고 꼬집어 말했다. 그녀는 부정했지만 거리 하나를 사이에 둔 이웃집이 신비롭기는 했다.

집주인 글로리아 레이놀즈는 동네에서 '글로리아네 드레스'라는 아기자기한 가게를 운영했다. 케이티가 비서로 일하는 법률사무소 '프랭클린&스펜서&마시필드'에서 두 건물 떨어진 곳이었다. 글로리아가 드레스 가게의 주인이며 매력 넘치는 이혼녀라는 것만으로도 케이티의 관심을 끌기엔 충분했다. 하지만 결정적인 요인은 그 집에 찾아오는 의문의 손님들이었다.

글로리아의 집에 차로 손님을 데려오는 건 작은 키에 회색 머리를 한 중년 여자였다. 그 여자는 트위드 코트를 즐겨 입었다. 케이티는 그녀가 BBC 아나운서처럼 완벽한 영국식 억양을 구사하며 여가 시간에는 정원을 손질할 것 같다는 인상을 받았다. 하지만 그녀가 태우고 온 여자들은 대체로 젊었으며 추레한 옷을 입고 있었다. 오늘처럼 얼굴에 상처가 있는 사람도 여럿 있었다. 지난여름, 정원에서 잡초를 뽑고 있던 케이티는 눈에 멍이 들어 얼굴 전체가 부은 여자를 보기도 했다.

다른 이웃들도 이상한 방문객들의 존재를 눈치챘다. 몇몇은 출소한 범죄자들이거나 심각한 질병에 걸린 여자들일 거라고 얘기했다. 창녀나 알코올 중독자, 자녀를 잃은 여자일 것이라는 추측도 있었다. 하지만 대부분은 이유가 무엇이건 글로리아에게 도움을 받으러 온 사람들일 거라고 생각했다.

케이티의 엄마 힐다 스피드는 예외였다. 독설가로 유명한 힐다가 누군가를 좋게 얘기하는 경우는 드물었다. 그녀는 글로리아가 '행실이 틀려먹었다'고 했다. 빨간색 여우 모피코트에 펜슬 스커트를 입고 하이힐을 신으며, 갈색 염색으로 회색 머리를 감추는 사람은 신뢰할 수 없다는 게 그 이유였다.

케이티는 다리미를 내려놓고 유리창에 더 가까이 가서 커튼 사이로 밖을 내다봤다. 중년 여자가 젊은 여자의 팔을 잡고 정원 오솔길로 인도하고 있었다. 뒤통수만으로 나이를 가늠하기는 어려웠다. 딱 붙는 바지, 가죽 재킷, 포니테일 머리를 보고 추측해볼 뿐이었다. 중년 여자가 열쇠로 현관문을 열었다. 힐다는 이 부분도 의심했다. "어떤 여자가 주인도 없는 집에 사람을 들여보내?" 이 말을 들은 로버트는 조용히 농담을 하기도 했다. "엄마 또 심술이네. 우리 집에 찾아오는 손님들이 엄마가 없을 때만 오려고 해서 그런가봐."

오늘은 크리스마스 전 마지막 토요일이었다. 드레스 가게가 가장 바쁜 날이라 글로리아가 집을 지키는 건 불가능했다. 차에서 내린 여자들이 글로리아의 집 안으로 사라지자 케이티는 다시 다림질을 시작했다. 하지만 글로리아와 수상한 손님들에 관한 생각이 머릿속을 떠나지 않았다. 케이티는 따뜻한 글로리아가 좋아 종종 가게에 들러 수다를 떨었다. 지난달에는 크리스마스 파티에서 입을 근사한 밝은 초록색 시폰 드레스를 샀다.

케이티는 글로리아의 집에 방문하는 사람들의 정체가 궁금했지만, 직접적으로 물어보지는 않았다. 사적인 질문이기도 했고 몰래 관찰했다는 사실을 들키고 싶지 않아서이기도 했다. 글로리아는 자기 얘기를 하기보단 상대의 이야기를 궁금해하는 편이었다. 그녀는 쉽게 신뢰를 얻는 사람이었다. 고민에 대해서는 도움이 될 만한 긍정적인 조언을 해주기도 해서 케이티는 그녀가 결혼상담사일지도 모른다고 생각했다. 케이티가 자신의 빨간 머리를 싫어하지 않게 된 것도 글로리아 덕분이었다. 최근에 그녀는 케이티에게 벡스힐을 떠나 런던으로 갈 것을 권유했다.

"벡스힐은 영국에서 가장 지루한 동네야. 늙은이들만 남았잖아. 요즘 젊은 애들은 다 런던으로 가던걸? 모든 가능성이 열려 있는 곳이잖아. 케이티, 너도 여기 있지 말고 런던에 가서 재미있게 지내. 토요일에 동네 클럽에 가봤자 수리공이나 단순노동하는 남자애들밖에 더 만나니?"

맞는 말이었다. 여자 동창들은 대부분 이 동네 남자들과 결혼해 애를 낳고 임대주택에서 부모님 세대와 비슷한 삶을 살고 있었다. 케이티는 친구 질리와 늘 시야를 넓혀야 한다고 얘기하며 런던에서의 삶을 상상했다. 지금이 그때일지도 모른다. 케이티는 다짐하듯 혼자 큰 소리로 말했다. "'아마도'라는 건 없어. 그래, 벡스힐에 묶여 있을 이유가 없잖아."

동생 로버트는 노팅엄 대학교의 원예학과에 진학해 케이티보다 먼저 벡스힐을 떠났다. 지난밤, 크리스마스 시즌에 맞춰 집에 돌아온 로버트는 엄마가 성질부릴 걸 생각하면 집에 오고 싶지 않았다고 했다. 케이티는 자기마저 집을 떠나면 아빠 앨버트 혼자 엄마의 짜증을 감당해야 한다는 게 마음에 걸렸다. 로버트가 엄마의 성질을 견딜 수 없다고 했지만 로버트가 있을 땐 그나마 자제하는 편이었다. 아빠에게는 훨씬 심하게 굴었다. 아래층에서 케이티를 부르는 힐다의 목소리가 들렸다.

"왜요, 엄마?"

"이제 다림질 다 했지?"

"거의 다 했어요. 뭐 더 시키시려고요?"

"아니, 그냥 뭐 하고 있나 확인한 거야."

케이티는 짜증이 났다. 엄마는 스물세 살이나 된 자신을 계속해서 감시하려고 했다. 힐다는 예민하고 깐깐했다. 항상 날이 서 있으니 살이 찔 겨를도 없었다. 거의 웃지도 않아서 사십 대 후반인 본래 나이보다 더 들어 보였다. 다림질을 끝낸 후에도 케이티는 엄마가 있는 아래층으로 내려가지 않고 화장대 앞에 앉아 거울을 봤다.

친구 질리는 늘 케이티에게 여름에도 태닝하려 애쓰지 말고 '창백하고 특이한' 외모를 즐기라고 말했다. 케이티는 올해가 돼서야 자신의 외모를 있는 그대로 받아들이게 됐다. 금빛이 도는 빨간 직모와 코에 드문드문 난 주근깨, 진주색 피부와 녹색 눈, 마른 체형에 158센티미터의 작은 키. 케이티는 자신이 부모님과 별로 닮지 않았다고 생각했다. 로버트는 아빠의 젊은 시절과 판박이었다. 180센티미터의 키에 탄탄한 몸, 진한 갈색 머리와 눈. 엄마의 눈도 갈색이었고 머리는 지금처럼 회색빛이 돌기 전에는 밤색이었다고 했다. 또 엄마의 뾰족한 코와 달리 케이티의 코는 작고 펑퍼짐했다. 케이티는 거울에 대고 말했다. "엄마처럼 까다롭거나 아빠처럼 너무 순하지만 않으면 돼."

"케이티!"

날카로운 힐다의 목소리에 케이티는 한숨을 쉬었다. 아직 크리스마스까지는 며칠이나 남았는데 엄마는 벌써부터 예민해진 상태로 분주하게 움직였다. 로버트가 더는 휴일에도 집에 오고 싶지 않다고 한 건, 어찌 보면 당연한 일이었다.

1

1965년 1월

"불이야, 불! 일어나, 어서!"

다그치는 힐다의 목소리에 케이티는 눈을 떴다. 잠에서 덜 깬 상태로 침대에서 나와 슬리퍼를 신는데 아빠의 목소리가 들렸다.

"힐다, 제발 좀! 불이 난 건 길 건너편이잖아. 우리는 안전하다고. 그러니까 애들 좀 내버려둬."

아빠가 지친 듯한 말투로 부탁했다. 케이티는 아빠가 안쓰러웠다. 요 며칠 그는 일하고 있는 엔지니어링 회사가 회계 감사를 받는 탓에 계속 야근을 한 상태였다.

"당신은 발등에 불이 떨어져도 물에 뛰어들 생각조차 안 할 거잖아. 정말 게으르고 멍청하다니까!"

힐다가 쏘아붙였다. 평소 같으면 격분한 케이티가 엄마에게 대꾸했겠지만, 지금은 화재에 정신이 팔려 별다른 말을 하지 않았다. 로버트가 방에서 나오며 짜증 섞인 목소리로 물었다.

"도대체 무슨 일이야?"

"불이 났대. 아마 엄마가 또 오버하는 거겠지. 가서 어떻게 된 건지 보자."

하지만 안방에 들어선 케이티와 로버트는 엄마의 말이 과장이 아니라는 걸 깨달았다. 길 건너편에서 타오르는 불길에 한밤중인데도 거리가 대낮처럼 환했다. 새빨간 불길이 맞은편 26번지 집의 정면을 집어삼켰다. 그야말로 불바다였다. 충격적인 광경에 케이티가 떨리는 목소리로 물었다.

"말도 안 돼. 글로리아 아줌마는? 설마 집 안에 계신 건 아니겠죠? 소방차 불렀어요?"

"당연히 불렀지. 나가서 도움이 필요한 사람들을 집으로 데려올게. 글로리아가 집에서 나왔는지도 확인하고. 너희는 안전하게 엄마랑 여기 있어. 괜찮을 거야."

앨버트가 케이티를 안심시키고 밖으로 나갔지만 케이티는 불길한 상상을 멈출 수 없었다. 힐다는 별일 아니라는 듯 침대로 돌아갔다. 하지만 구경 나온 이웃들 사이에 글로리아는 없었다.

"엄마, 글로리아 아줌마가 안 보여요. 아까 아줌마 봤어요?"

"아니, 내가 일어났을 땐 이미 집이 불에 활활 타고 있었어. 아마 다른 집으로 피했겠지."

"아줌마는 보통 토요일 밤엔 헤이스팅스에 있는 첫째 딸 집에 가시잖아요. 이번에도 그러셨겠죠? 제발 그랬어야 할 텐데……"

"아주 그 여자 일정을 꿰고 있네."

힐다가 못마땅한 목소리로 말했다. 케이티는 엄마답다고 생각했다. 희생자에 대한 걱정은커녕, 그녀가 자신의 딸과 어떻게 아는 사이인지가 더 큰 관심사라니. 케이티는 퉁명스럽게 대답했다.

"저희 회사하고 아줌마 가게가 그렇게 가까운데 대화를 안 하는 게 더 이상하죠. 저는 아줌마가 좋아요. 딸이 둘 있고, 둘째 딸은 저랑 동갑이에요. 큰딸은 헤이스팅스에 사는데, 아줌마가 토요일마다 거기에 간다고 했어요. 아들도 한 명 있고요."

엄마가 무어라 대답했지만 소방차의 사이렌 소리에 묻혀버렸다. 거세진 불꽃의 열기가 유리창까지 전해졌다. 소방관이 호스를 풀 때 앨버트가 하딩 부부에게 다가가는 모습이 보였다. 연금으로 생활을 유지하는 노부부는 글로리아의 바로 옆집에 살았다. 그들은 자신의 집에까지 불이 번질까 봐 불안한 눈으로 불꽃을 바라봤다. 케이티는 아빠가 노부부에게 날이 차니 자신의 집에서 기다리자고 말했을 거라 짐작했다. 로버트가 창가에 있는 케이티 옆으로 다가왔다. 그는 그녀의 팔을 잡는 것으로 이웃의 어려움을 적극적으로 도우려 하지 않는 엄마에 대한 못마땅함을 조용히 표현했다.

"아빠가 사람들을 데려올 수도 있으니까 따뜻한 물을 준비해놔야겠어. 샌드위치도 만들고. 엄마도 뭐 좀 드릴까요?"

"코코아 한 잔 부탁해. 아, 오후에 만들어놓은 과일 케이크도."

케이티는 살짝 고개를 끄덕이고 아래층으로 내려갔다. 큰불이 났는데도 차분한 엄마를 이해할 수 없었다. 평소 좋아하지 않던 사람이라도 불이 나면 괜찮은지 걱정하는 게 정상이지 않을까. 케이티가 물을 끓이는 동안 로버트가 내려와 거들었다. 그는 입술을 삐죽이며 슬퍼했다.

"가끔은 다섯 살 때로 돌아가고 싶어. 그때는 다른 엄마들이 가족을 보살피거나 마당에서 같이 놀아주는 줄 몰랐으니까. 도대체 우리 엄마는 왜 이러는 걸까? 심장이 돌인가봐."

"나도 모르겠다, 정말. 주일학교에 다닐 때는 엄마가 변하게 해달라고 기도했거든? 그런데 이젠 그러려니 하게 된달까. 그런 엄마에 무뎌져서 얼마나 차가운 사람인지 생각도 안 하고 있었는데, 오늘 같은 일이 벌어지니까 새삼 다시 실감하게 되네."

"이제 다시는 휴일에도 집에 안 올 거야. 누나랑 아빠는 보고 싶겠지만 엄마 때문에 더는 안 되겠어. 내 인생 자체가 마음에 안 든다는 듯이 몰아세우잖아. 꼭 벌받는 것 같다니까. 게다가 엄마는 내가 어떤 친구들이랑 어울리는지, 하는 일은 어떤지 궁금해한 적이 한 번도 없어. 아마 내가 어디 사는지도 모를걸? 맨날 쓸고 닦기만 하고."

케이티는 눈물을 글썽이는 로버트를 안아줬다. 세 살 터울의 남매는 항상 사이가 좋았다. 어릴 때는 엄마가 친구 집에 놀러 가는 걸 허락해주지 않았다. 조금 커서 친구들과 어울리게 됐을 때는 엄마의 태도가 보편적이지 않는다는 걸 깨달았다. 이후 남매는 애정이라고는 눈곱만큼도 주지 않는 엄마 밑에서 살아남는 방법을 터득했다. 로버트는 영리하고 부끄러움이 많았으며, 케이티는 대담하고 활발했다. 성격은 달랐지만 둘은 언제나 서로를 지지하고 도왔다.

"런던으로 이사할까 생각 중이야. 글로리아 아줌마가 그러시더라. 벡스힐은 영국에서 제일 지루한 동네니까 큰 도시로 가서 재미있게 지내라고. 맞는 말이지. 이 동네에서 즐길 거라곤 토요일 밤에 파빌리온 클럽에서 춤추는 게 다잖아. 게다가 만날 수 있는 남자라곤 동창들뿐인데 절반은 결혼해서 애까지 있어."

"노팅엄으로 오라고 하고 싶은데, 대학교에 다닐 게 아니면 별로 지내기 좋은 동네는 아니야. 그리고 나도 졸업반이라 6월에 기말고사 끝나면 떠날 거니까. 들은 거긴 한데, 런던은 지루할 틈이 없대."

케이티가 동생을 보며 웃었다. "걱정하지 마. 노팅엄에서 네 생활을 방해할 생각은 전혀 없어. 그리고 내가 런던에 가게 되면 나중에 네가 와서 같이 지내도 되지."

케이티는 샌드위치 빵에 버터를 바르며 부모님에 대해 생각했다. 언젠가 한번 우연히 부모님의 혼인증명서를 본 적이 있다. 결혼 날짜는 케이티가 태어난 지 3개월째 되는 달인 1941년 7월이었다. 그 당시 여자들은 남자가 해외에 파견된 후에 임신 사실을 알게 되는 경우가 많았다. 하지만 케이티는 보수적인 엄마가 한때 열정적으로 사랑에 빠져 있었다는 걸 상상하기 어려웠다. 갓난아기를 혼자 돌보느라 힘들어서 성격이 나빠진 걸까 싶기도 했다. 아빠가 엄마의 어떤 점에 반했는지도 여전히 의문이었다.

앨버트는 힐다와 거의 정반대의 사람이었다. 착하고 다정하며 상냥했다. 키도 크고 잘생겼으며 늘 건강하고 밝은 모습이었다. 케이티는 부모님이 어떻게 사랑에 빠졌는지 궁금했지만 엄마가 대답해주지 않을 게 뻔했기에 물어보지 않았다. 힐다는 자식에게도 개인적인 이야기를 털어놓을 사람이 아니었다.

케이티가 집을 떠나려는 게 꼭 엄마 때문만은 아니었다. 그녀는 런던의 열기와 활기를 갈망했다. 벡스힐에서는 자주 현미경 아래 놓인 듯한 기분을 느꼈다. 엄마의 집요한 질문뿐 아니라, 주변의 이웃과 친구들이 늘 그녀를 지켜봤다. 그리고 벡스힐은 단순히 지루한 곳이 아니라 완전히 죽은 동네였다. 어느 겨울밤에는 저녁 9시 이후에 길에 나와 있단 이유만으로 경찰이 목사를 심문했다는 소문이 돌기도 했다. 경찰은 아픈 노인을 방문하러 가는 중이었다는 목사의 말을 믿어주지 않았고, 그는 목도리를 풀어 사제복 칼라를 보여줘야만 했다.

그렇다고 동네에 대한 애정이 없는 건 아니었다. 케이티가 사는 곳 근처에는 바다와 나무가 줄지어 서 있는 널찍한 도로가 있었다. 버스를 타고 조금만 가면 헤이스팅스나 브라이튼과 같이 조금 더 활기찬 도시도 나왔다. 로버트가 방에 있는 엄마에게 차와 케이크를 가져다주고 다시 부엌으로 돌아왔다. 그제야 케이티는 부모님에 대한 생각에서 벗어났다.

"이제 불길이 좀 잡히는 것 같던데. 저 불 속에서 살아남은 사람은 없겠지만."

창밖을 보니 로버트의 말이 맞았다. 케이티는 목이 멨다. 글로리아가 다른 곳에 있었다고 해도 집과 모든 물건이 타버렸다고 생각하니 눈앞이 캄캄했다. 그녀가 죽었다는 최악의 상황은 생각만으로도 눈물이 날 것 같았다. 로버트가 케이티 뒤로 오더니 조심스럽게 말했다.

"하딩 할머니랑 할아버지는 다시 집으로 돌아가실 수 없을 것 같더라고. 불에 많이 안 타긴 했어도 연기 때문에 상황이 안 좋은가봐. 늙고 힘도 없는 분들인데 안됐어. 찾아갈 가족도 없으신 것 같던데……"

케이티는 대답할 말을 찾지 못했다. 둘은 창가에서 물러나 집 밖의 재앙을 뒤로하고 부엌으로 향했다. 로버트는 난로를 데우고 케이티는 샌드위치를 만들기 시작했다.

"너 이제 휴일에 집에 안 온다고 엄마랑 아빠한테 얘기할 거야? 아니면 매번 핑계 대고 안 올 거야?"

"핑계가 낫지. 나는 누나처럼 대범하질 못해."

"나는 뭐 항상 대범한가. 그래도 아빠는 괜찮다고 하지 않으실까? 아빠한테도 숨기는 건 좀 별론데. 어쨌든, 부모도 자식들이 언젠가 독립할 거라는 생각은 하고 있을 테니까."

"우리가 다 나가면 엄마가 아빠한테 좀 더 다정해질까?"

마침 상황을 보러 나갔던 앨버트가 얼음처럼 차가운 공기를 몰고 들어왔다.

"밖에 정말 춥네. 하딩 부부는 브래디네로 가신대. 같이 카드 게임을 하는 사이이니까 여기보다 나을 거야. 그런데 아직 소방관이 집 안에 들어가서 확인하기는 어려운가봐. 글로리아가 안전한 곳에 있길 빌자."

"불은 왜 난 거래요?" 로버트가 물었다.

"경찰들 말로는 방화인 것 같다는데, 불이 완전히 꺼지고 열기가 가라앉을 때까지는 확답을 줄 수가 없나봐." 잠시 말을 멈춘 앨버트의 두 눈에 눈물이 고였다. "만약 글로리아가 안에 있는 걸 알고 불을 지른 거면, 그게 누구든 가만두지 않을 거야."

다음 날 아침 눈을 뜬 케이티는 어제 일이 꿈처럼 느껴졌다. 하지만 창밖으로 내다본 상황은 심각했다. 검게 그을린 집에선 여전히 연기가 피어올랐다. 지붕은 반쯤 내려앉았고 창문은 사라졌으며, 한때 깔끔했던 정원은 불에 탄 파편들로 엉망이었다. 닫힌 창문 사이로 눅눅하면서도 화학 물질이 섞인 듯한 탄 냄새가 스며들었다. 사람들이 거리로 나오기엔 이른 시각이었다. 매섭게 춥기도 했고. 로버트와 부모님은 아직 자고 있는 듯해 케이티는 다시 침대로 돌아갔다.

정오 즈음엔 눈이 내렸다. 케이티는 거실 창가에 놓인 의자에 앉아 거리의 상황을 지켜봤다. 사람들이 불에 탄 집을 구경하러 몰려들었고 소방관들도 자리를 지켰다. 경찰은 이웃집들을 찾아다니며 전날 밤 무엇을 봤는지 물었다.

점심 식사를 마친 케이티가 거실에 앉아 차를 마시며 책을 읽으려던 때였다. 경찰이 26번지에서 천으로 덮인 들것에 사람을 싣고 나오는 모습이 보였다. 케이티는 찻잔을 떨어뜨릴 뻔했다. 놀란 마음을 다독일 틈도 없이 경찰이 두 번째 들것을 들고나왔다. 경찰관과 소방관들도 케이티만큼이나 괴로운 얼굴이었다.

가족들이 식사를 마저 하는 동안 케이티는 글로리아의 집 안에서 나온 불탄 가구 더미와 잔해가 마당에 쌓이는 모습을 지켜봤다. 소방관들이 그 무더기 아래에서 시신을 찾았다고 생각하니 마음이 괴로웠다. 케이티는 흐느끼며 아빠와 동생이 있는 부엌으로 갔다. 둘은 난로 양옆의 안락의자에 앉아 일요일 신문을 읽고 있었다.

"시신 두 구가 나왔어요. 방금 경찰이 시신을 꺼냈어요."

불쑥 던져진 케이티의 말에 앨버트와 로버트는 말을 잇지 못했다. 둘은 이해할 수 없다는 표정으로 케이티를 바라봤다.

"어쩌다 이렇게 끔찍한 일이…… 남은 가족들은 불쌍해서 어떡해. 시신은…… 글로리아랑 딸인 것 같아?"

앨버트가 겨우 입을 열어 떨리는 목소리로 말했다. 케이티는 울기 시작했다.

"둘째 딸인 것 같아요. 첫째 딸은 어린 애들이 있어서 한 번도 자고 간 적이 없다고 했거든요. 아들은 맨체스터에 산다고 들었고요."

앨버트가 분노에 차서 말했다. "만약 정말 방화라면, 그 사람은 살인자야. 사람을 둘이나 죽인 거라고. 고요한 벡스힐에서 이런 끔찍한 일이 일어나다니! 이 이야기는 엄마 앞에선 하지 말자. 너희 엄마가 저녁 내내 이 얘길 해대는 건 견딜 수 없을 것 같아. 힐다는 내가 저 집에 물탱크를 고쳐주러 갔던 이후로 글로리아를 싫어하거든."

"그런데 엄마는 어디 갔어요?" 로버트가 물었다.

"날이 이렇게 추운데 잠깐 산책한다면서 나갔어. 같이 가자니까 내 머리를 집어삼키려 하더라고. 그래서 더 말도 못 붙였지 뭐. 이제 어두워져서 들어올 때가 됐는데……"

"그럼 저는 차를 좀 준비할게요. 들것을 두 개나 봐서 입맛도 없지만." 케이티가 말했다.

2

　밤새 눈이 내렸다. 케이티의 방 안은 칙칙한 회색빛으로 가득했다. 내리는 눈을 보면 마음이 설레곤 했다. 하지만 지금은 지진이나 허리케인 소식을 들어도 마음이 동요되지 않을 것 같았다. 어제의 사건 이후로 그런 건 아무래도 상관없었다.

　글로리아를 생각하면 숨이 막히고 심장이 아팠다. 죽음은 케이티가 한 번도 경험하지 못한 낯선 영역이었다. 조부모님들은 모두 케이티가 태어나기 전에 돌아가셨다. 그녀는 다른 사람들도 죽음 앞에서 자신과 같은 감정을 느끼는지 알고 싶었다. 질리에게 물어보면 좋을까. 대가족인 질리네 가족은 어떤 이야기든 전부 함께 나눴다. 질리라면 케이티의 반응이 정상인지 아닌지 알 수 있을 것이다.

침대에서 몸을 일으켜 커튼을 걷자 마당에 흰 눈이 두껍게 쌓여 있었다. 케이티는 조금 전 기분은 잠시 잊고 감탄했다. 동화 속 겨울 나라의 한 장면 같았다. 하지만 곧 어제의 끔찍한 일이 떠올랐다. 케이티는 자신이 보고 있는 아름다운 광경이 어쩐지 불공평하게 느껴졌다.

아침을 먹는 동안 식탁의 분위기는 눈으로 가득한 바깥의 공기보다 더 차가웠다. 보통 힐다는 기분이 좋지 않을 땐 찬장 문을 쾅, 소리가 나게 닫거나 물건을 거칠게 다루다 폭발하곤 했다. 하지만 오늘은 달랐다. 소음도, 어떤 비난조의 말도 없었다. 다른 사람이 보면 평온하다고 했겠지만, 케이티는 엄마가 무언가를 참고 있다는 걸 알 수 있었다.

로버트는 어제 밤늦게까지 아빠와 엄마가 다투는 듯한 소리를 들었다고 했다. 케이티는 엄마가 또 글로리아 아줌마에 대해 나쁘게 말했을 거라고 생각했다. 일요일 아침에도 그러는 바람에 아빠가 인내심을 잃었다. 앨버트는 항상 죽은 사람을 나쁘게 말해선 안 된다고 했다.

집에서 벗어나기만 하면 기분이 나아질 거라는 생각은 오산이었다. 화재 사건이 지역 뉴스에 보도됐고 사무실 사람 모두 케이티가 출근해 사건의 내막을 알려주길 기다리고 있었다. 평소 자신의 사무실에만 있는 마시필드 사장도 나와서 케이티에게 말을 걸었다.

"레이놀즈 씨도 우리 고객이었잖아. 항상 쾌활하셔서 정말 좋았는데. 다른 한 명은 딸인 건가?"

사장은 진심으로 걱정하는 얼굴이었다. 사장이 누군가를 마음에 든다고 하는 건 처음이었다. 동료들은 절대 웃지 않는 비관주의자 사장에게 '이요르'라는 별명을 붙여줬다. 애니메이션 〈곰돌이 푸〉에 나오는 재미없는 당나귀 캐릭터였다.

"다른 한 명은 아직 확인이 안 됐어요. 누구든 아줌마에게 소중한 사람이었겠죠. 경찰은 방화인 것 같다고 하던데, 도대체 누가 아줌마처럼 좋은 사람을 죽이려고 한 걸까요?"

"차인 애인이었을까?" 사장 비서인 에드워드 부인의 추측에 문서 정리원 산드라가 "드레스 가게는 위장이고 사실은 스파이였을지도 몰라!" 하고 멍청한 말을 덧붙였다. 사장이 휘휘 팔을 저으며 모여 있는 직원들을 흩어지게 했다.

"자자, 자리로 돌아가서 일들 해. 산드라는 서류 맞게 넣었는지 확인하고."

글로리아 레이놀즈의 갑작스럽고 끔찍한 죽음은 온종일 화두였다. 지루한 벡스힐에서 죽은 여자와 조금이라도 연고가 있었다면 그에 대해 떠들고 싶은 게 어찌 보면 당연했다. 법률사무소에 올 일이 없는 사람들도 핑계를 만들어 찾아왔다. 사람들이 너무 많이 몰려서 사무실 입구에 눈을 흡수할 신문을 놓아둬야 할 정도였다.

그치지 않는 눈에 케이티는 평소보다 일찍 퇴근했다. 집으로 가는 길에 그녀는 글로리아와 나눈 마지막 대화를 떠올렸다. 크리스마스 파티 때 입을 옷을 고르러 가게에 들른 참이었다. 몸에

밀착되는 붉은색 드레스는 글로리아의 육감적인 몸매를 더욱 돋보이게 했다. 밤색 머리는 평소처럼 말아 올렸고 귓불에 걸린 검붉은색 귀걸이가 시선을 끌었다.

"잘 왔어. 너한테 딱 맞는 파티 드레스가 있거든. 네 머리색이랑 정반대라 정말 잘 어울릴 거야."

글로리아는 옷걸이에서 밝은 초록색 드레스를 꺼내 흔들었다. 시폰 소재의 드레스가 하늘거렸다. 케이티는 글로리아가 손님에게 어울리는 옷을 골라주며 특별한 기분을 느끼게 해주는 모습에 감동하곤 했다. 드레스로 갈아입은 케이티가 탈의실에서 나오자 글로리아는 손뼉을 쳤다.

"역시, 이 드레스 보자마자 케이티 네 거다 싶었다니까. 색깔도 핏도 완벽하네. 그런데 이런 드레스를 소화해내는 아가씨가 벡스힐에만 있기엔 너무 아까워. 저번에 런던에 가서 깨달았어. 점잖이나 빼던 50년대 도리스 데이(Doris Day, 미국의 배우이자 가수)의 시대는 가버린 거야. 여기저기서 부티크라고 불리는 근사한 작은 가게들이 생기고 있어. 젊고 재능 있는 디자이너들이 파격적이고 섹시한 옷을 만들더라고. 무도회장도 다 옛날 얘기야. 이젠 다들 디스코텍에서 놀아. 내가 네 나이였으면 가고 싶어서 안달이 났을걸?"

케이티도 화려한 잡지에서 런던에 대한 기사를 읽은 적이 있었다. 글로리아의 진심이 담긴 이야기를 들으니 사진으로만 본 다른 세상이 현실감 있게 다가왔다.

"직장은요? 런던에서도 이만큼 좋은 직장을 구할 수 있을까요? 친구들이 다 여기 있어서 외로울 것 같기도 해요."

"그런 건 걱정할 필요도 없어. 런던에도 변호사가 얼마나 많은데. 월급도 여기보다 두 배는 더 받을 거야. 너처럼 성실한 사람은 어딜 가나 귀하거든. 우리 딸 엘시도 법률사무소 비서라 내가 잘 알지. 그리고 너라면 금방 새로운 친구들을 사귈 거야. 플랫메이트도 구하고 파티에 가서 춤도 추고, 미래가 있는 젊고 멋진 남자애들도 만나고!"

"하지만 엄마랑 아빠도 제가 떠나는 걸 별로 안 좋아하실 거예요."

"부모님이 아니라 너를 위해 살아야지." 글로리아가 단호하게 말했다. "그 드레스 입으니까 꼭 모델 같다, 애. 남자애들이 다 반하겠어. 그리고 네 아빠라면 벡스힐이 젊은이들에게 고리타분한 곳이라는 걸 충분히 이해하실 거야."

글로리아와 대화하고 나서 케이티는 런던으로 가는 상상을 했다. 내년 1월엔 질리와 답사를 다녀와야겠다고 생각하기도 했다. 그녀의 조언에 감사 인사를 하지 못했다는 게 마음에 걸렸다. 다시는 글로리아를 볼 수 없다는 것 또한. 집에 도착하니 경찰차가 눈에 띄었다.

"아, 케이티가 왔네요. 그런데 아마 말씀드릴 수 있는 게 없을 거예요. 누가 업어가도 모를 정도로 깊이 자거든요."

눈이 묻은 장화를 벗으며 엄마가 얘기하는 걸 들었다. 거실로 가자 경찰 둘과 힐다가 보였다. 엄마는 경찰들에게 차를 대접하며 찻잔 받침에 과자까지 얹어서 내줬다. 벽난로가 타오르고 검붉은색 카펫과 황금빛 양단洋緞으로 감싼 3인용 소파가 어우러져 호화롭고 아늑해 보였다.

"저희 딸 케이티예요. 내가 너는 자고 있어서 보거나 들은 게 없을 거라고 말씀드렸어."

"맞아요. 엄마가 일어나라고 소리칠 때까지 아무것도 몰랐어요."

케이티가 둘 중 더 나이가 많아 보이는 경찰을 향해 말했다. 그와는 구면이었다. 랜섬 경사. 그는 케이티의 사무실에 찾아와 시내 중심가에서 일어난 무단침입 사건에 대해 질문한 적이 있었다. 마흔쯤 돼 보였고 큰 키에 따뜻한 미소를 지닌 사람이었다.

"너무 끔찍해요. 범인이 꼭 잡혔으면 좋겠어요."

"아직 조사 중이에요. 도움이 좀 필요한데, 몇 가지 질문에 대답해주겠어요? 레이놀즈 씨와 아는 사이였나요?"

"네, 아줌마 가게에서 종종 옷을 샀어요. 이웃들도 대부분 아줌마를 좋아했어요. 따뜻하고 다정한 분이셨거든요."

"사생활에 관해 얘기한 적은 없나요?"

케이티는 고개를 저었다. "딸이 둘이라는 것과 맨체스터에 사는 아들이 있다는 것 정도가 다예요. 토요일에 가게를 닫으면 손주가 있는 큰딸 집에 가셨어요. 헤이스팅스라고 했던 것 같아요. 둘째 딸 엘시는 런던에서 법률비서로 일한다고 했고요."

"드레스 가게와 가까운 곳에서 일한다고 했잖아요. 레이놀즈 씨에 관해 들은 소문은 없나요? 남자친구 같은 것도 좋고요."

케이티는 엄마를 쳐다봤다. 힐다는 랜섬에게 글로리아가 남성 편력이 있다고 말한 듯했다. 케이티는 엄마에게서 시선을 거두며 단호하게 말했다.

"제가 들은 건 전부 근거 없는 소문뿐이었어요. 한심한 얘기들이죠. 그런데 그럴 법도 한 게, 아줌마는 매력 넘치고 카리스마 있었거든요. 자기 이름으로 된 드레스 가게를 운영할 만큼 성공하기도 했고요."

어색한 침묵이 흘렀다. 벽난로에서 장작이 타는 소리가 유난히 크게 들렸다. 힐다는 못마땅한 표정으로 케이티를 쳐다봤다. 랜섬 경사는 케이티가 힐다 앞이라 자유롭게 얘기하지 못한다고 생각해 그녀를 복도로 데리고 나가 문을 닫았다.

"중요한 것 같은 정보는 다 말해주세요. 근거와 상관없이 글로리아 레이놀즈 씨가 유부남과 바람피운다는 소문을 들은 적이 있나요?"

"전혀요. 사람이 죽었는데 이런 소문이 돈다는 게 정말 충격적이네요."

"받아들이기 어렵겠지만 만일의 경우를 생각해야 해요. 혹시 그런 일이 있었다면 그 남자가 범인일 수도 있으니까요. 항상 가까운 관계가 문제죠."

"아줌마 집에 찾아오는 사람들이 있었어요. 주로 중년 여자가 운전하는 검은색 험버를 타고 왔죠. 알고 계셨나요?"

경사는 놀란 얼굴을 해 보였다. "처음 들어요. 무슨 일로 오는 사람들이었나요?"

"그것까지는 모르겠어요. 그 사람들은 아줌마가 집에 없을 때도 찾아오곤 했어요. 중년 여자한테 열쇠가 있었거든요. 하지만 그 사람들이 아줌마네 집에 불을 지른 건 아닐 거예요. 저는 아줌마가 결혼상담 같은 걸 해주는 게 아닐까 생각했거든요."

"그 사람들이 얼마나 자주 왔어요?"

"글쎄요. 토요일에만 가끔 봤어요. 그것도 일부러 본 건 아니고 창밖을 보고 있다가 우연히 보게 된 거예요. 퇴근하고 왔을 때 험버가 세워져 있는 걸 몇 번 보기도 했어요."

"만약 그 여자들을 다시 보면 알아볼 수 있겠어요? 차 번호를 기억하나요?"

"차를 운전한 여자 말고 다른 사람들은 알아보기 어려울 것 같아요. 차 번호도 기억나지 않고요. 죄송해요."

경사가 명함을 내밀며 말했다. "아니에요, 많은 도움이 됐어요. 또 생각나는 게 있으면 연락주세요."

그날 케이티의 집 저녁 식탁에는 긴장된 분위기가 감돌았다. 케이티는 엄마가 자신에게 장황한 잔소리를 늘어놓으리란 걸 직감했다. 하지만 침묵을 깬 건 힐다가 아닌 로버트였다.

"저 내일 노팅엄으로 돌아가려고요. 도서관에서 과제를 해야 하거든요."

"그래, 아들. 새 학기에 빨리 적응하려면 그렇게 하는 게 좋겠지." 앨버트가 말했다.

힐다의 반응은 신경질적이었다. "대학교 근처에도 안 가본 당신이 그걸 어떻게 알아?"

"전쟁 때였어. 그 시절에 대학교에 간 남자들이 얼마나 될 것 같아?"

"군대가 대학보다 훨씬 힘들었겠죠. 저는 지금 태어나서 정말 다행이라고 생각해요."

로버트는 늘 중재자 역할을 자처했다. 케이티는 엄마를 보며 어떻게 자기 남편을 저렇게까지 깎아내릴 수 있을까 생각했다. 앨버트는 전쟁 중에 영국 공병대 소속이었다. 제대 후엔 그의 삼촌이 헤이스팅스에 있는 엔지니어링 회사로 불러 작업장에서 수습으로 일하며 야간 학교를 다니게 했다. 성실하게 일한 앨버트는 스피드 엔지니어링 회사의 상무이사가 됐다. 그가 상무이사직을 맡은 후 회사는 계속 성장했다. 케이티의 가족이 누리는 모든 게 앨버트 덕분이었다. 그런데도 힐다는 늘 앨버트를 비난하기 바빴다. 앨버트는 케이티와 로버트를 번갈아 바라봤다.

"너희는 전쟁을 겪지 않아서 다행이야. 나는 너희가 행복하기만 하면 돼. 그러기 위해서 벡스힐을 떠난다고 해도 이해할 수 있어."

힐다는 콧방귀를 뀌며 못마땅한 감정을 드러냈다. 케이티는 엄마의 태도가 마음에 들지 않아 일부러 더 다정한 목소리로 말했다.

"동의하시는 거죠, 엄마? 정말 기뻐요. 안 그래도 다음 주에 휴가를 내고 런던에 갈까 생각했거든요. 직장과 아파트를 알아보려고요."

"정말 할 말이 없다. 여기에 좋은 직장도 있고 집도 있는데 런던에는 왜 가려고 안달인 거야? 런던에 가면 얼마나 지저분한 곳에 살아야 하는지 알기나 해?"

힐다는 빈 접시를 차곡차곡 정리해 부엌을 나갔다. 남은 세 사람은 서로 눈치를 보며 설거지하는 소리가 들리기를 기다렸다. 곧 그릇 내려놓는 소리가 들렸다.

"누나, 정말 런던에 갈 거야?"

"응. 사실 좀 망설이기도 했는데 방금 엄마 때문에 마음을 굳혔어. 아빠, 죄송해요. 더는 못 참겠어요. 퇴근하고 집에 오는 게 너무 괴로워요."

"이해해. 나도 다 버리고 떠나고 싶을 때가 있으니까. 여기서 내가 뭘 더 할 수 있을까 싶다. 그래도 '좋을 때나 나쁠 때나' 함께 하기로 맹세했으니까 약속을 지켜야지."

"아빠, 엄마는 그런 호의를 받을 자격이 없어요! 만약에 아빠가 헤이스팅스에 살 곳을 구하면 저도 거기서 같이 살게요."

케이티가 목소리를 높였다. 아빠의 얼굴이 순간 환해졌다가 이내 원래의 표정으로 돌아왔다.

"방금 그러자고 할 뻔했어. 하지만 안 돼."

"엄마가 회사로 찾아가서 소란을 피울까 봐요?"

"정말 그럴 수도 있다는 거 알잖니."

로버트도 거들었다. "아빠는 우리가 행복하길 바란다고 하셨잖아요. 하지만 엄마가 계속해서 아빠한테 이런 식으로 대하면 저희는 마음 놓고 행복해질 수 없어요. 이제 그만 참으세요."

물소리가 끊겼다. 엄마가 로버트의 말을 들은 듯했다. 로버트는 손으로 얼굴을 비비며 앓는 소리를 냈다. 케이티는 엄마가 식탁으로 돌아와 한바탕 퍼붓고 갈 거라고 생각했다. 힐다는 문제

점을 지적받았을 때 바로 인정하는 법이 없었으니까.

다음 날 아침, 케이티와 로버트는 아빠와 함께 집을 나섰다. 아무도 얘기를 꺼내진 않았지만 집을 나오자마자 모두 안도했다. 보통 때의 엄마라면 노팅엄으로 돌아가는 로버트를 위해 케이크를 굽고 가는 길에 먹을 샌드위치를 잔소리와 함께 싸줬을 텐데, 이번엔 아무것도 하지 않았다. 로버트의 구겨진 셔츠를 집어 던지며 짐을 싸라고 한 게 전부였다. 어제 저녁부터 내내 날이 서서 아무 말도 하지 않던 힐다는 집을 나서는 세 사람 모두에게 인사조차 하지 않았다.

케이티는 엄마가 성질을 부릴 때면 종종 아빠에게 외부의 도움을 받아보는 건 어떻겠느냐고 물었다. 하지만 그럴 때마다 앨버트는 속담으로 대답을 대신했다. '말을 물가로 끌고 갈 수는 있어도 물을 마시게 할 수는 없다.' 시도해보지 않은 것은 아니지만 번번이 실패했다는 뜻이었다.

"이제 로버트도 없으니 어제보다 분위기가 더 안 좋겠죠? 아빠, 정말 따로 살 집을 구하는 게 어때요? 저도 그렇지만, 아빠가 너무 고생이잖아요."

로버트를 역에 내려주고 사무실로 가는 길에 케이티가 말했다. 앨버트는 내내 침묵을 지키다가 사무실 앞에 차를 세우고서야 입을 열었다.

"엄마는 젊었을 때 힘든 시절을 보냈어. 내가 좀 더 이해하려고 노력했거나 아예 초반에 성질을 부리지 못하도록 막았으면 이렇게까지 안 됐을지도 몰라. 내 탓이니 어쩌겠어."

"아빠! 그렇지 않다니까요. 아빠는 정말 좋은 사람이에요. 아빠만큼 참을성 있는 사람도 없을 거라고요. 아무것도 반성하지 않으셔도 돼요. 요즘은 이혼이 수치스러운 일도 아니고, 마흔다섯이면 그렇게 늦은 나이도 아니에요. 지금이라도 아빠의 가치를 알아줄 사람을 만날 수 있다고요."

"일단 오늘 저녁에 상황을 좀 보자. 사실 나도 요즘 한계이긴 해. 변호사한테 조언을 좀 구해야겠어. 물론 네 회사를 찾아가진 않을 거야. 우리 집안일을 공개하고 싶진 않거든."

앨버트가 한숨을 쉬며 말했다. 케이티는 엄청난 발전이라고 생각했다. 아빠가 이혼을 고려하고 있다는 걸 인정한 건 처음이었다.

"6시쯤 뵐게요. 운전 조심하시고요."

그날 케이티가 작업해야 할 서류는 이혼진술서였다. 남편의 부당한 행동으로 이혼을 청구한 고객 번 씨의 서류였다. 소송 사유가 아빠의 상황과 비슷했다.

"남편은 모든 것에 불평만 늘어놓습니다. 아무데도 안 가려 하고 제 친구들과 이웃이 친절하게 대해도 못되게 굽니다. 제가 아르바이트를 구하고 가장 기뻤던 건 집에서 벗어날 수 있다는 점이었습니다. 하지만 매일 저녁 집으로 돌아가 남편을 봐야 한다는 사실엔 변함이 없어 괴롭습니다. 더는 남편을 보고 싶지 않습니다."

번 씨가 진술서를 읽는 동안 케이티의 눈에 눈물이 차올랐다.

케이티는 판사가 대수롭지 않게 여길지도 모른다고 생각했지만, 아빠도 번 씨만큼이나 인내심이 한계에 달했다는 사실은 분명했다. 케이티는 진술서를 작성해 마시필드 사장에게 가져갔다. 케이티의 일은 거기까지였지만 그녀는 결국 참지 못하고 사장에게 몇 가지를 물어봤다.

"번 씨의 진술이 굉장히 감동적이에요. 이렇게 까다로운 남자랑 살면 정말 우울할 것 같아요. 그런데 사장님, 이런 부당한 행동이 이혼사유가 될까요?"

마시필드 사장은 책상에 팔꿈치를 올리고 기도하는 것처럼 두 손을 모았다. 생각할 때면 나오는 버릇이었는데 사무실 사람들은 모두 그 동작이 웃기다고 생각했다.

"아니, 아무래도 기각될 것 같은데. 남편이 때리거나 바람을 피운 것도 아니잖아."

"그럼 아내가 남편의 냉담한 행동을 참아야 한다는 판결이 날 거란 말씀이신가요? 만약 반대로 번 씨가 그런 행동을 했다면요? 남편이 이혼승인을 받을 수 있을까요?"

"판사가 남편한테는 조금 더 호의적일지도 모르지. 그런데 정말 그런 상황이라면 친구나 친척들이 뭐라고 생각하겠어. 공처가라고 늘 놀림당할걸?"

케이티는 사장에게 무례를 무릅쓰고 만약 본인 아내가 암울하고 차갑고 성질 더러운 여자라면 어떻게 할 거냐고 묻고 싶은 걸 간신히 참고 감사하단 말을 한 뒤 자리로 돌아왔다.

일을 마친 케이티는 집에 가는 대신 질리네 집으로 향했다. 질리는 지역 동물병원에서 간호사로 일했다. 언젠가는 동물원의 동물들을 간호하겠다며 다양한 종에 관한 공부도 꾸준히 했다. 자유분방하고 열정이 넘치는 친구였다. 질리의 집에 도착해 문을 두드리자 질리의 엄마인 카터 부인이 케이티를 반갑게 맞았다.

"어서 와. 질리는 아직 퇴근 전인데 곧 올 거야. 저녁 먹고 갈래? 스튜를 많이 만들었거든."

카터 부인은 힐다와 정반대였다. 푸근한 인상에 힐다처럼 강박적으로 집을 치우지도 않았다. 어질러진 작은 거실에서는 라벤더 향의 광택제 냄새가 나지 않았고, 고리가 몇 개 빠진 커튼은 봉에서 흘러내렸다. 소파는 언제나 복슬복슬한 털을 가진 강아지 루인의 차지였다. 케이티는 종종 이곳이 자신의 집이었으면 했다. 런던 동물원에서 일하겠다는 목표가 아니었다면 케이티는 이런 가족을 두고 떠나는 건 미친 짓이라며 질리를 말렸을 터였다. 집에 돌아온 질리는 케이티를 보자마자 달려가 껴안으며 글로리아의 일을 물었다.

"케이티는 그 얘기 피하려고 여기 온 것 같은데. 그때 이후로 다들 그 이야기뿐이지?"

"아, 그렇겠다. 미안, 거기까지 생각을 못 했어."

질리가 사과했다. 케이티는 갑자기 기분이 나아졌다. 질리와 함께 있으면 늘 그랬다. 케이티와 질리는 열세 살 때 걸스카우트에서 처음 만났다. 둘은 첫눈에 서로가 영혼의 단짝임을 알아차렸다. 걸스카우트의 다른 대원들이 배지를 얻기 위해 노력할 때 케이티와 질리는 물구나무를 서거나 옆으로 재주넘기를 했다.

비슷한 성격의 아이들을 모아 말뚝박기를 하기도 했다. 그래도 거기까지는 괜찮았다. 하루는 교회 마당에서 캠프파이어를 하려고 불을 피우다 체리나무를 홀랑 태웠다. 둘은 결국 다른 아이들에게 피해를 준다는 이유로 걸스카우트에서 쫓겨났다.

힐다는 질리를 별로 좋아하지 않았다. 질리의 아빠가 마권업자馬券業者의 심부름꾼이라는 게 이유였다. 힐다의 편견에 케이티가 할 수 있는 최고의 대처는 언급 자체를 하지 않는 것이었다. 그래서 시간이 날 때마다 질리를 만나면서도 집에서는 그녀에 대한 이야기를 꺼내지 않았다. 케이티는 질리의 가족과 시간을 보낼 때면 말을 조심하거나 누군가의 비위를 맞추려 애쓰지 않아도 돼서 행복했다.

"주중에 웬일이야? 집 주변에 있는 경찰들이 지긋지긋해서? 아니면 로버트가 신경을 건드리기라도 했어?"

질리가 털모자에 눌린 금발머리를 손으로 빗으며 물었다.

"둘 다 아니야. 로버트는 오늘 아침에 노팅엄으로 돌아갔어. 그리고 나는 런던에서 직장을 구해보려고 하는데 너도 같이 갔으면 해서."

케이티의 말에 질리와 카터 부인이 동시에 환호했다.

"정말? 당연하지!"

3

로버트가 떠나고 지난주 내내 집안의 공기가 무거웠다. 케이티가 질리와 런던에 있는 동안 해머스미스에 있는 그녀의 이모 조앤의 집에서 신세를 질 거라고 얘기하자 힐다는 비명에 가까운 소리를 냈다.

"그 수준 떨어지는 집안도 모자라서 친척 집에까지 간다고?"

힐다는 앨버트가 말릴 때까지 계속해서 생쥐와 쥐, 빈대에 대해 떠들었다.

"정말 왜 그래, 당신! 그 사람들이 우리보다 생활수준이 낮은지 어떻게 알아. 그리고 정말 그렇다고 해도 케이티는 이미 가기로 마음먹었잖아. 좀 더 기분 좋게 보내줄 수는 없어? 계속 이런식이면 케이티도 다시 돌아오지 않겠다고 할 거야."

토요일 오후, 앨버트가 런던에 가는 케이티와 질리를 역까지 바래다줬다.

"조심히 다녀와. 좋은 시간 보내고."

"고마워요, 아빠. 도착해서 전화할게요. 제가 없는 동안 엄마가 아빠한테 너무 못되게 굴지 않았으면 좋겠네요."

앨버트는 케이티와 작별인사를 나누며 흐뭇하게 웃었다. 힐다가 못되게 굴지 않길 바란다는 케이티의 말이 못내 고마웠다.

"걱정 마. 이제 네 엄마 짜증엔 내성이 생겨서 스트레스도 안 받아. 그래도 계속 이렇게 살 수는 없으니까 네가 런던에 있는 동안 얘기를 좀 해보려고."

큰 어려움 없이 기차 객실을 찾고 나서 케이티는 안도의 한숨을 내쉬었다.

"엄마 때문에 런던에 못 가게 될 줄 알았어. 아픈 척이라도 하실 거라고 생각했거든. 이런 일이 처음이 아니라서 말이야. 너희 엄마는 보수적이지 않으셔서 좋겠다."

"우리 엄마는 그럴 수밖에 없었어. 아빠가 일 때문에 집을 비우는 날이 많으셨거든. 건축업 쪽이 그래. 특히 겨울에는 더."

"그럼 네가 집을 나오는 것도 별로 안 좋아하시지 않을까?"

"아니야, 안 그래. 내가 1주일 동안 먹는 양이 3파운드 치인데 2.5파운드밖에 안 낸다고 농담하시거든. 엄마도 나만큼이나 내가 런던 동물원에서 일하기를 바라시고. 아, 나 화요일 아침에 면접 잡혔어!"

케이티가 흥분해서 소리를 질렀다. "진짜 잘 됐다. 오늘밤에 축하 파티 하자!"

질리를 자식처럼 아끼는 조앤과 그녀의 남편 켄은 편하게 지내다 가라며 해머스미스에 도착한 두 사람을 따뜻하게 맞았다.

그날 저녁 케이티와 질리는 붙어 있는 두 개의 침대에 나란히 누웠다. 자정이 되도록 시끄러운 자동차 소리를 들으며 케이티는 런던에 오길 잘했다고 생각했다. 조앤과 켄은 친절하고 쾌활했으며 빅토리아풍의 테라스 하우스는 아늑하고 따뜻했다. 부부는 원하는 만큼 지내며 일을 시작한 후에 아파트를 구하라고 했지만 케이티와 질리는 무조건 다음 주에 집을 알아보기로 마음먹었다. 둘은 취향대로 집을 꾸미고 파티를 열 계획에 들떠 있었다.

조앤과 켄은 좋은 사람들이었지만 꽤나 보수적이었다. 바로 그날 저녁, 조앤은 식료품점에서 본 미니스커트 차림의 여자를 비난했다.

"젊은 여자가 어쩜 그렇게 뻔뻔할 수 있는지."

충격을 받은 듯한 조앤의 목소리에 질리와 케이티는 웃음을 참아야 했다. 런던에 자리를 잡으면 이곳 사람들처럼 치마 길이를 줄이려던 참이었기 때문이다.

조앤의 가족과 주말을 보낸 둘은 월요일이 되자 해머스미스를 돌아다니며 아파트를 알아봤다. 아파트를 구하기에 적당한 중심지이고 켄징턴만큼 비싸지 않다고 들었지만 적당한 방을 찾지는 못했다. 처음엔 가는 곳마다 더러워서 망설였다. 부동산에서는 그런 이유로 고민하지 말라고 조언했다.

"주변 도로도 깨끗하고 방 상태도 괜찮은 원룸 반지하가 있는데 주당 8파운드예요."

저렴한 가격에 바로 집을 보러 갔지만 축축하고 어두웠다. 질리가 허둥지둥 걸어나오며 말했다.

"자기가 파충류를 닮아서 그런 집이 괜찮다고 한 건가. 집주인도 불친절하던데!"

둘은 다른 부동산에 들르기 전 커피를 마시면서 방금 만났던 집주인에 대해 이야기하며 깔깔댔다. 집주인은 남자 손님이나 파티, 시끄러운 음악은 금지라고 했다.

"게다가 추웠어. 곰팡이 냄새는 또 어떻고. 그 냄새가 옷에 배면 사람들이 우리를 슬금슬금 피해 다닐걸." 케이티가 말했다.

다음 날은 아침 일찍 집을 나서 각자 예정된 일정을 소화한 후 늦은 오후에 집에서 만나기로 했다. 케이티는 오전 내내 네 곳의 취업 에이전시를 방문해 이야기를 나누고 타자와 속기 시험을 보느라 지쳐 있었다. 에이전시 담당자들은 모두 결과에 감탄했지만, 누구도 추천하는 회사의 구체적인 이름을 언급하진 않았다. 적절한 곳이 있으면 해머스미스로 연락하겠다는 말뿐이었다.

케이티는 적잖이 실망했지만 점심을 먹고 나니 힘이 났다. 그녀는 가게를 구경하려던 계획을 바꿔 오전에 방문했던 에이전시들을 다시 찾아갔다. 앞의 두 에이전시에서는 별다른 수확이 없었다. 다행히 세 번째로 방문했던 에이전시인 앨프레드 마스크의 접수원이 막 면접 소식을 전하기 위해 전화하려던 참이었다고 했다. 법학원의 변호사 사무실 법률비서직이었다.

내일 아침으로 면접이 잡혔다. 에이전시를 문을 나서는 케이티이의 얼굴에서 웃음이 떠나지 않았다. 법학원은 수백 년의 전통을 이어오는 곳이었다. 직장동료들이 법학원을 두고 영화나 소설에 나올 법한 회의실이 있고 급여도 좋다고 말하는 걸 들은 적이 있었다. 법률문서에서는 실수가 용납되지 않기에 에이전시는 케이티의 타자 정확도를 높이 산다고 했다. 집으로 돌아가는 길에 케이티는 기쁜 마음을 억누르지 못하고 옥스퍼드 서커스 역에 있는 피터 로빈슨 가게에서 흑백 미니 드레스를 샀다. 벡스힐에서는 절대 찾지 못할 최신 유행의 체크무늬였다.

"나 취직했어!"

케이티가 돌아오자 먼저 돌아와 있던 질리가 외쳤다.

"면접자가 네 명이나 더 있었는데 내가 뽑혔다니까!"

케이티는 질리를 껴안았다. "당연히 붙을 줄 알았어. 너는 진짜 좋은 동물 간호사잖아. 그리고 나도 내일 면접 봐!"

저녁을 먹으며 질리가 면접 본 이야기를 늘어놨다.

"지능검사도 했어. 시험이 끝나고 기다리고 있으니까 수장인 듯한 수의사가 와서 답을 확인하더니 웃으면서 언제부터 일할 수 있는지 묻더라고. 너무 놀라서 말이 안 나오더라. 1주일 뒤면 런던 동물원에서 일하는 거야! 대박이지?"

"나도 내일 면접에서 붙었으면 좋겠다."

"당연히 붙을 거야. 나도 같이 가서 면접 보는 곳 근처에서 기다릴게."

다음 날 둘은 템스 강변의 템플 역에서 내려 미들 템플 법학원으로 향했다. '프레이&허스트&허버트' 사무실은 금방 찾을수 있었다. 질리는 케이티를 사무실 현관 앞에서 가벼운 포옹으로 배웅하며 응원의 말을 전했다. 면접관 프로갓이 접수처로 케이티를 마중나왔다. 마흔 살쯤 돼 보이는 그녀는 위엄이 느껴지는 멋진 여성이었다.

"안녕하세요, 스피드. 성이 잘 어울리네요. 에이전시가 전달한타자 점수와 속기 속도가 정확하다면요. 자세한 얘기는 제 사무실에서 하죠. 속도는 나중에 직접 확인할게요."

프로갓 씨의 사무실은 지나온 다른 방에 비해 검소해 보였다. 깔끔하고 가벼운 재질의 나무 책상과 4단 서류 바구니, 서류 캐비닛이 전부였다. 가족사진을 넣은 액자도 없었다. 케이티는 그녀가 공과 사를 철저히 구분하는 사람일 거라고 생각했다. 그녀는 케이티가 현재 하고 있는 일에 관해 물었다.

"저는 보통 부동산 매매와 이혼, 유언장 등을 받아 적고 타이핑해요. 물론 법률문서들도 많이 다뤄봤고요."

케이티의 대답을 들은 프로갓은 고개를 끄덕였다.

"좋아요. 여기서는 주로 재판과 관련된 일이나 변호사를 위한업무를 하게 될 거예요. 대부분 공소를 제기하거나 고객을 변론하는 변호사들이죠. 그리고 한 가지 중요한 사항을 미리 말씀드리자면, 업무 중에 듣게 되는 내용은 절대 누설해선 안 돼요."

"당연하죠. 법조계에서 기밀유지가 필수라는 것쯤은 알고 있어요."

케이티는 벡스힐의 직장에서 처음 실습할 때 그 사항을 확실히 몸에 익혔다.

"그렇다면 다행이네요. 전에도 스피드 씨처럼 지방에서 온 비서들이 있었는데, 그나마 흥미로운 서류가 이혼탄원서였다더군요. 여기서는 종종 살인처럼 사람들의 이목을 끄는 사건이나 뉴스에 나올 법한 일들도 다루게 될 거예요. 그러니 사건과 관련된 어떤 것도 발설해선 안 되겠죠."

다른 사무실에서 케이티의 타자와 속기 속도를 직접 시험한 프로갓은 지원서를 작성하게 했다. 그 후에는 별말 없이 케이티를 혼자 남겨두고 사무실을 비웠다. 20분 정도 지나자 케이티는 불안해지기 시작했다. 기다려야 하는 건지 알아서 나가야 하는 건지 알 수 없어 망설이다가 막 일어나려던 때에 프로갓이 돌아와 미소를 띠며 말했다.

"스피드 씨, 방금 벡스힐 회사의 마시필드 사장님과 통화했어요. 이직 계획을 모르고 계셨는지 처음엔 놀라신 것 같았는데 곧 스피드 씨를 강력히 추천하시더군요. 그런 직원을 놓치면 후회할 거라면서요."

뜻밖의 상황에 케이티는 당황했다. "런던 이사 계획에 대해선 아직 회사에 말하지 않았어요."

"곤란하게 한 거라면 미안해요. 그런데 전혀 예상치 못한 상황에서 받는 추천이 더 믿을 만하더라고요. 추천서는 소설 같을 때가 많거든요. 그쪽 회사에서 정리할 시간을 2주 정도 준다고 했어요. 그럼 이곳으로는 2월 22일 월요일부터 출근할 수 있겠네요. 괜찮겠어요?"

"당연하죠. 감사해요."

"접수처 방향에 있는 마지막 사무실에 들러서 그린우드 씨를 만나고 가세요. 급여, 근무시간 등에 대해 자세히 알려주실 거예요. 그럼 22일에 뵐게요."

케이티가 나오자 밖에서 기다리고 있던 질리가 팔짱을 끼며 어떻게 됐는지 물었다.

"2월 22일부터 나오래. 이게 꿈이야 생시야! 월급도 75파운드나 준대!"

둘은 잠시 카페에 들렀다가 오후에는 부동산에서 방을 알아봤다. 투룸 아파트는 주당 최소 25파운드를 내야 했기에 어쩔 수 없이 한 방을 써야 했다.

"운명의 남자를 만나게 될 때까지만이야."

질리가 신호를 보내듯 눈썹을 들어 올리며 말했다.

"정말 그럴 거야?"

케이티와 질리는 종종 남자와 '끝까지' 갈 마음이 있는지에 관해 얘기했다. 질리는 괜찮은 남자를 만나면 그럴 수도 있다고 했지만 케이티는 무서웠다. 그녀의 엄마가 남자들은 전부 섹스에 미쳐서 그걸 위해서라면 뭐든 할 거라고 세뇌시켰기 때문이다. 당연히 모든 남자가 그렇진 않겠지만 파티에서 만난 사람들은 문어처럼 손을 놀려댔다. 케이티는 운명의 남자를 만나면 바로 알아볼 수 있을 거라고 생각했다. 그 남자는 관계를 강요하지 않고 적당한 때가 올 때까지 기다릴 테니까.

저녁에는 함께 첼시에 갔다. 그곳의 킹스 로드King's Road는 아기자기한 가게와 바bar로 유명했다. 직접 가 보니 더 굉장했다. 수많은 사람이 케이티와 질리처럼 보도를 따라 걸으며 가게 유리창 안에서 빛나고 있는 진열대에 감탄했다. 모두 즐거워 보였다. 대부분의 카페와 레스토랑, 술집은 젊은 사람들로 가득했고 곳곳에서 음악이 흘러나왔다. 케이티가 감탄했다.

"진짜 상상도 못 해본 것들이네. 여기 살면 매일이 즐겁겠지?"

인파에 섞여 있던 둘은 부동산 앞에서 걸음을 멈췄다. 창문에 붙은 종이를 보고 나자 이곳이 닿을 수 없는 세상처럼 느껴졌다. 질리가 말했다.

"괜찮아. 언제든 다시 오면 되지. 지금은 그냥 술이나 마시면서 괜찮은 남자를 찾아보자."

그날 저녁 아주 늦게 지하철을 타고 집으로 돌아가는 케이티와 질리는 웃음을 멈출 수 없었다. 술에 취하기도 했지만 술을 권하던 두 남자 때문이기도 했다. 제레미와 마틴은 오만한 상류층 타입의 남자였다. 그들은 자신들이 딱하고 귀여운 시골 소녀들에게 호의를 베푼다고 착각했다. 술을 더 먹이면 함께 침대로 갈 수 있을 거라고 생각했을 것이다. 케이티와 질리는 순진하게 반한 티를 내며 그들의 장단에 맞춰줬다. 그러고는 둘이 술을 더 가지러 간 사이에 술집에서 나와 지하철역으로 뛰어갔다. 케이티가 말했다.

"걔네 표정 봤어? 진짜 자신만만하더라. 둘 다 냄새나고 잘생기지도 않았으면서. 로버트 표현을 빌리면, '걔들 몸에 불이 붙어도 오줌도 안 쌀' 만큼 혐오스러웠어."

"우리랑 자보려고 그렇게나 술을 많이 사다니! 정말 징그럽다."

"그래도 진짜 재미있었어. 첼시에 살고 싶다. 거긴 뭐든 다 있는 것 같아. 해머스미스는 안 그랬는데."

"맞아. 그렇지만 이모랑 삼촌한테는 그런 말 하면 안 돼, 알았지? 상처받으실 거야. 우리 다른 지역도 좀 알아볼까?"

"그래. 그런데 그건 내일, 내일 하자. 일단 집에 들어갈 땐 멀쩡한 척 좀 하고."

4

"집에 가기 무섭다."

벡스힐 역을 나온 케이티가 질리에게 말했다. 런던에 있는 동
안 케이티는 집으로 두 번 전화를 걸었다. 하지만 엄마는 그녀
와 대화하려 하지 않았고 좋은 직장을 구했다는 말에도 반응이
없었다. 아빠를 바꿔달라고 하자 집에 없다고 둘러댔다. 아빤 분
명히 창고에 있었을 거고, 엄마가 부엌에서 부르면 들을 수 있는
거리였다. 질리가 케이티의 어깨에 팔을 얹으며 위로했다.

"2주만 참으면 돼. 1주일 동안은 나도 벡스힐에 같이 있을 거
고. 내가 먼저 런던에 가 있는 동안 우리가 함께 살 집도 계속
알아볼게."

"고마워. 그리고 너희 이모랑 삼촌이 런던에서 방 구할 때까지

같이 지내도 괜찮다고 해주셔서 정말 다행이야. 우리 엄마 같았으면 어림도 없었을 텐데."

케이티와 질리는 런던에 머무는 동안 열 개가 넘는 아파트를 둘러봤지만 마땅한 곳이 없었다. 대체로 지저분하고 열악했으며, 저녁 신문에 난 광고를 보고 전화하면 이미 집이 나간 경우도 허다했다. 아직 아파트를 구하지는 못했지만 런던에서 보낸 좋은 시간을 생각하면 케이티는 빨리 돌아가고 싶었다. 질리와 헤어져 무거운 마음으로 집에 도착한 케이티가 가장 먼저 마주한 건 엄마의 시큰둥한 얼굴이었다.

"런던에서는 아주 돌아온 거야?"

"그런 것 같네요. 오늘 오겠다고 했잖아요."

"비꼬듯이 말하지 마."

"그럼 더 잘 맞아주세요. 가끔 엄마 진짜 못되게 구시는 거 알아요? 제가 왜 집을 떠나려고 하는지 모르시겠어요? 아빠는요? 새 직장에 대해 말씀드리고 싶은데."

"경찰서에 있어. 체포됐거든." 케이티는 농담인 줄 알고 웃을 뻔했다. 하지만 엄마는 장난을 칠 사람이 아니다. "체포요? 왜요? 무슨 일이에요?"

"살인. 글로리아랑 그 딸 말이야."

케이티는 다리에 힘이 풀렸다. 그녀는 쓰러지지 않으려 의자 등받이를 잡고 떨리는 목소리로 물었다.

"아빠가 사람을 죽이다니요! 도대체 누가 그런 말도 안 되는 소릴 한 거예요?"

"증거가 있으니까 그랬겠지. 어제 경찰이 와서 잡아갔어."

"불이 났을 때 아빠도 우리처럼 자고 있었잖아요!"

"나도 경찰한테 그렇게 얘기했어. 그런데 모르지. 내가 자다 깬 게 너희 아빠가 다시 침대로 돌아오는 소리 때문이었는지도."

케이티는 믿을 수 없단 표정으로 엄마를 쳐다봤다.

"엄마, 정말 그렇게 생각하는 거예요?"

"나도 이제 뭘 믿어야 할지 모르겠어. 네 아빠가 바람피울 거라고는 상상이나 했겠니. 그러니 앨버트가 그 여자를 죽이지 않았다는 것도 확신할 수 없지."

케이티는 머리가 아팠다. 소용돌이로 빨려 들어가는 것처럼 어지러웠다. 더는 버티기 어려워 주저앉아 손으로 머리를 감쌌다.

"엄마, 물론 저는 그런 일이 있었을 거라고 생각하지 않지만, 설령 아빠가 글로리아 아줌마랑 바람을 피웠다고 해도 살인은 절대 아니죠. 심지어 방화라뇨. 그건 정신 나간 사람이나 하는 짓이에요. 아빠는 너그럽고 친절한 사람이잖아요."

"이 동네 사람들 모두 존 크리스티도 좋은 사람이라고 생각했잖아. 그런데 젊은 여자를 죽여서 집에 묻었지. 불쌍하고 어리바리한 세입자한테 덮어씌워서 사형까지 당하게 하고."

"아빠가 크리스티 같은 사람이면 엄마는 메릴린 먼로겠네요!" 케이티는 말도 안 되는 소리에 화가 나 소리를 질렀다. "당장 아빠를 만나러 경찰서에 가야겠어요."

케이티는 울면서 쉬지 않고 경찰서까지 달렸다. 오후 5시밖에 되지 않았는데 벌써 어둡고 추워서 지나다니는 사람이 거의 없었다. 케이티는 경찰서 접수대에서 아빠를 볼 수 있는지 물었다. 머리가 벗겨진 중년 경사는 안 된다고 하더니, 그녀가 울기 시작하자 알아보겠다며 뒤쪽으로 들어갔다. 20분 정도 지나서 경사가 돌아왔다.

"면회실에서 잠깐 만나게 해줄게요. 정말 잠깐만이에요."

경사를 따라 돌계단을 내려가는데 불쾌하고 축축한 냄새가 났다. 아빠의 상황이 더 심각하게 느껴졌다. 케이티는 창문도 없는 작은 방에서 1주 사이에 더 늙어버린 듯한 아빠와 마주했다. 아빠의 이런 모습은 처음이었다. 면도도 못 한 듯했고 두 눈은 불안으로 붉게 충혈돼 있었다. 케이티는 아빠에게 달려가 안겼다.

"아빠, 도대체 어떻게 된 거예요!"

아빠는 짧게 케이티를 안아주고는 의자에 앉게 했다. 케이티는 아빠의 손을 꼭 잡으며 간신히 눈물을 참았다.

"내 창고에서 등유를 발견했대. 내 통인 건 맞아. 휘발유가 떨어졌을 때 샀거든. 하지만 맹세코 등유를 넣은 적은 없어. 등유 스토브도 없고. 불이 나게 한 것과 같은 소재의 천도 찾았다고 하는데, 창고에 있던 천이라고는 해진 걸레가 다였어. 경찰이 창고에서 찾은 거라면서 그 천을 보여줬는데 커튼 소재 같더라고. 당연히 처음 보는 거였지. 그런 건 흡수성이 떨어져서 걸레로도 못 쓰거든. 누군가 나한테 덮어씌우려고 한 것 같아." 앨버트는 잠시 말을 멈추고 케이티의 얼굴을 살폈다. "불이 나기 시작했을 때 나는 자고 있었어. 엄마가 너랑 로버트를 깨우기 몇 분 전에 일어나서 바로 999에 전화했지."

"저는 아빠를 믿어요. 아빠가 다른 사람을 해칠 리 없잖아요. 그런데 엄마는 아빠가 글로리아 아줌마랑 부적절한 관계였다고 생각해요."

앨버트는 고개를 저었다. "경찰한테 들었어. 힐다한테 글로리아 랑 친해졌다고 말하지 않은 내 탓이야. 그런데 물탱크 고쳐주러 갔다고 그 난리를 친 사람한테 어떻게 친해졌단 말을 할 수 있 겠어. 어떤 사달이 날 줄 알고."

케이티가 고개를 끄덕였다. 그녀는 몇 년 전 일요일에 일어난 일을 정확히 기억했다. 글로리아가 화장실 벽에서 물이 샌다며 당황한 얼굴로 케이티의 집에 찾아왔다. 공구를 챙겨 간 앨버트 가 글로리아의 집에 머무른 건 겨우 1시간이었다. 그런데 힐다는 돌아온 앨버트를 향해 종일 비난을 퍼부었다.

"그때부터 종종 그 집에 들르긴 했어. 좋았으니까. 글로리아는 따뜻하고 유머러스한 데다 착하잖아. 늘 나를 반겨줬지. 글로리 아의 남편은 폭력적인 사람이었대. 그래서 아이들을 데리고 도망 쳤다더라고. 우리는 감정기복이 심한 사람과 함께 사는 게 얼마 나 지옥 같은 일인지 얘기했어. 그런 이야기를 다른 사람하고는 한 적이 없는데, 글로리아한테는 말할 수 있겠더라고."

"아빠……" 케이티는 또 울기 시작했다. "저도 아줌마를 좋아 했어요. 아빠가 왜 아줌마를 믿었는지 충분히 이해해요. 그런데 도대체 누가 불을 지른 걸까요?"

"글로리아가 도와주던 여자들의 남편 중 한 명이 아닐까. 아니면 글로리아의 전 남편이라든지⋯⋯" 앨버트가 신중한 얼굴로 말했다.

"아줌마가 도와준 여자들이라니요?"

"글로리아는 자기처럼 남편한테 학대받는 여자들을 도와주고 있었어."

앨버트의 말을 듣는 순간 케이티의 머릿속에 있던 퍼즐 조각들이 제 자리를 찾아가는 듯했다. 드디어 글로리아의 집에 드나들던 손님들의 정체를 깨달았다.

"통통하고 나이가 좀 있는 여자가 운전하는 검은색 험버를 타고 오던 사람들이죠?"

"맞아. 그 사람이 글로리아한테 여자들을 소개해줬대. 여자들이 글로리아네 집에 며칠씩 머물면서 도움을 받았나봐. 위험하니까 남편들한테는 비밀로 했고."

경사가 곧 들어와 케이티에게 나가라고 할 것 같았다. "아빠, 시간이 얼마 없어요. 제가 뭘 어떻게 하면 될까요?"

"내 변호사 마이클 본햄 씨한테 연락해봐. 어제 처음 만난 형사 전문 변호사인데, 괜찮은 사람 같더라고. 그 사람한테 글로리아가 도와준 여자들에 관해서 얘기해주면 좋을 것 같아. 월요일에 법정에서 보석으로 풀려나도록 애써보겠다고 했거든. 아, 그리고 깨끗한 셔츠랑 면도기랑 속옷도 좀 부탁할게."

"시간 다 됐어요." 경사가 문을 열고 들어와 말했다. 케이티는 포옹하려고 아빠에게 다가갔다.

"월요일에 법원으로 갈게요."

"아니야, 그러지 말고 우선 내일 본햄 씨를 만나. 법원에서는 보석 신청만 하는 거라 별로 중요한 건 없을 거야. 일하러 가는 게 나아."

케이티는 고집을 부리고 싶었지만 아빠의 목소리가 너무 단호했다. 앨버트는 케이티가 이 일과 얽히지 않길 바랐다. 누군가 법원에 온 케이티를 알아보기라도 하면 앨버트는 견딜 수 없을 것 같았다. 케이티는 어차피 월요일 저녁이면 지역 신문에 난 기사로 벡스힐 전체가 아빠의 기소 사실을 알게 될 거라고 말하고 싶었다. 하지만 일단은 마음을 억누르고 아빠를 위해 자신이라도 책잡힐 행동을 하지 말아야겠다고 생각했다.

마지막으로 아빠와 포옹하며 케이티는 눈물을 삼켰다. 경사가 앨버트를 감방으로 데리고 돌아갔다. 케이티는 만약 월요일에 보석 석방 판결을 받지 못하면 아빠가 어떻게 감옥 생활을 견딜지 걱정이 됐다. 아빠는 걷기와 정원 가꾸기 같은 바깥 활동을 좋아했다. 창고에서 일을 할 때도 문을 활짝 열어뒀다. 무엇보다 살인자 꼬리표를 어떻게 감당할까?

케이티는 집으로 돌아가기 전 공중전화 부스에 들어가 마이클 본햄에게 전화했다. 본햄의 차분한 목소리에 케이티는 조금 안심이 됐다. 본햄은 마음이 앞선 케이티가 말을 버벅거려도 재촉하지 않았다.

"아빠가 불을 질렀을 리 없어요. 아빠는 글로리아 아줌마의 친구였다고요. 아빠는 정직한 사람이에요. 제발 믿어주세요."

"알아요, 케이티 씨. 아버님의 말이 진실이라고 생각하지 않았으면 저도 변호를 맡지 않았을 거예요. 내일 만나서 자세히 얘기해주세요. 레이놀즈 씨에 대한 다른 의견을 말해줘도 좋아요."

케이티는 다음 날 오전 11시에 해안가 마린 카페에서 만나기로 하고 전화를 끊었다. 질리네 집에 가서 아빠의 일을 전부 이야기하고 싶었지만 아직은 때가 아니었다. 로버트는 알아야 했다. 하지만 늘 로버트가 먼저 집으로 전화를 해왔기에 그의 번호를 따로 적어놓지 않았다. 이번에는 그렇게 돌아갔으니 당분간은 전화를 하지 않을지도 모른다. 케이티는 저녁을 먹자마자 로버트에게 편지를 써야겠다고 생각했다. 그러기 전에 먼저, 아빠가 바람을 피웠다는 건 오해라고 엄마를 설득해야 했다. 쉬운 일은 아닐 것이다. 힐다는 좀처럼 마음을 되돌리는 법이 없으니까.

일요일 오전, 케이티는 아빠가 부탁한 물건과 로버트에게 보낼 편지를 챙겨 집을 나섰다. 안타깝게도 엄마와의 대화는 진전이 없었다. 힐다는 끝까지 앨버트가 외도했다고 주장했다. 이쯤되니 살인혐의로 기소된다는 게 어떤 의미인지 모르는 게 아닌가 싶기도 했다. 엄마의 도움이 없으면 아빠는 종신형을 선고받거나 사형을 당할 수도 있었다. 하지만 엄마는 보석으로 풀려나도 집에 못 들어오게 할 거라는 따위의 말만 했다. 케이티는 참지 못하고 엄마에게 소리를 질렀다.

"정말 아빠가 26번지에 불을 질렀다고 생각하세요? 그게 아니라면 아빠를 도와주셔야죠."

"내 코앞에서 그 여자랑 시시덕거렸으니까 대가를 치러야지."

케이티는 할 말을 잃었다. 정신 차리라며 엄마의 뺨을 때릴 뻔했다. 하지만 그렇게 했다간 상황이 더 악화될 테니 간신히 분노를 참아내고 집 밖으로 나왔다. 날씨가 지독하게 추웠지만 엄마의 말도 안 되는 주장에서 벗어날 수 있어서 좋았다. 힐다는 앨버트의 외도가 사실인 것처럼 계속 떠들어댔다. 하지만 정말 그렇게 생각한다면 왜 그전에는 아무 말도 하지 않았을까? 미친 사람이 아니고서야 남편이 외도를 감추려고 한밤중에 불륜 상대의 집에 불을 질렀으리란 결론을 내는 건 불가능한 일이었다. 힐다는 그동안 의심하긴 했지만 화재 사건으로 확실해졌다고 했다. 앨버트가 불타는 집을 슬픈 얼굴로 바라봤으며, 들것이 나온 후엔 대놓고 울었다는 게 이유였다. 그렇다면 케이티는 자신을 비롯한 이웃의 모든 사람이 용의자일 거라는 말을 속으로 삼켰다.

경찰서에 들러 아빠의 물건을 전달한 케이티는 해안가에 있는 마린 카페로 향했다. 어제 통화할 때 마이클 본햄은 진한 갈색 양가죽코트를 입고 있는 사람을 찾으라고 했다. 케이티는 그를 한눈에 알아봤다. 그는 사람들이 대화를 엿들을 수 없는 카페 안쪽 귀퉁이 자리에 앉아 있었다. 본햄은 많은 주름과 백발인 머리 탓에 오십 대 후반처럼 보였다.

"본햄 변호사님?" 케이티가 손을 내밀며 물었다. "케이티 스피드예요."

본햄은 커피 두 잔을 주문하고 음식을 먹을 건지 물었다.

"아니요, 괜찮아요. 뭘 먹었다간 체할 것 같아요."

"이해해요. 하지만 지금 아는 정보만으론 경찰이 계속 아버님을 붙잡아두지 못할 거예요. 그날 밤의 상황을 좀 더 정확하게 묘사해 주시겠어요? 레이놀즈 씨에 대해서도요."

"아줌마는 착하고 좋은 분이셨어요. 저는 절대 두 분이 부적절한 관계였다고 생각하지 않아요. 설령 그게 진실이라고 해도 아빠가 아줌마를 죽이는 건 이상하지 않나요? 엄마가 들으면 기함하겠지만, 아빠는 바람을 피워서라도 엄마를 떠날 핑계를 만들고 싶었을 거예요. 그 정도로 엄마는 아빠한테 항상 성질만 부리시거든요. 그리고 도대체 어떤 사람이 아내한테 들킬까 봐 사랑하던 여자를 죽이겠어요?"

"그런 경우가 꽤 있어요. 주로 아내가 돈이 많을 때 얘기지만요. 돈 얘기가 나와서 말인데, 아버님도 자산이 꽤 있으시잖아요. 레이놀즈 씨가 아버님을 협박했을 가능성은 없나요?"

케이티는 변호사를 쳐다보며 미간을 좁혔다. "가정폭력을 당한 여자들을 도와주는 사람이 협박이란 단어와 어울린다고 생각하시나요?"

"물론 아니죠. 하지만 케이티 씨, 협박은 누구나 할 수 있어요. 모든 가능성을 열어두고 생각해야죠."

"변호사님, 아빠는 잘나가는 사업가예요. 착하고 너그러운 분이시지만 바보는 아니라고요. 경찰이 왜 글로리아 아줌마네 집에 왔던 여자들의 남편을 조사하지 않는 건지 모르겠네요. 그쪽이 용의자로 훨씬 더 유력하지 않나요?"

"동의해요. 하지만 경찰은 레이놀즈 씨가 그런 선행을 하고 있었다는 걸 모르는 것 같아요. 여자들을 폭력적인 남편에게서 보호하려면 철저히 숨겨야 했을 테니까요. 경찰이 가진 증거라고는 아버님 지문이 묻은 등유통과 창고에 불을 일으킨 소재의 천뿐이죠."

초조해진 케이티의 눈동자가 흔들렸다. "변호사님이 보기에 저희 아빠가 멍청해 보였나요?"

"당연히 아니죠. 전혀요."

"만약 아빠가 정말 범인이라면 등유통이나 천 같은 결정적인 증거를 경찰이 찾을 수 있게 창고에 그대로 내버려뒀을까요?"

본햄이 피식 웃었다. "안 그랬겠죠. 제가 꼭 검찰에 얘기할 거예요. 외모는 아버님과 별로 닮지 않았는데 직설적인 건 똑같네요. 아주 좋아요."

둘은 조금 더 대화를 나눴다. 케이티는 지금 일하고 있는 법률사무소와 최근에 구한 런던 직장에 관해 얘기했다. 그녀는 풀죽은 목소리로 말했다. "이 사건이 알려지면 아무데서도 저와 일하고 싶어 하지 않을 거예요."

"안타깝지만 알려지겠죠. 벡스힐은 너무 좁은 동네고, 아버님은 유명한 사업가시니까요. 내일 출근하면 직속 선배한테는 먼저 말하는 게 좋을 것 같네요. 다른 데서 듣기 전에 직접 말하말하는 편이 이해를 구하기 좋을 거예요. 런던 직장에는 안 알려도 별문제 없을 것 같고요."

"제가 아빠를 위해 할 수 있는 게 뭐가 있을까요? 아줌마의 다른 자녀분들과도 얘기하실 건가요? 아줌마가 아빠를 어떻게 생각하고 있었는지 말해줄 수도 있잖아요."

"그렇게 하도록 해야죠. 이번 주 금요일이 장례식이니 가서 대화를 해봐야겠어요. 다른 지인들도 만나보고요."

"저도 장례식장에 가서 조의를 표하고 싶은데……"

케이티의 말에 본햄이 입술을 모았다. "케이티 씨, 마음은 알겠지만 아마 환영받지 못할 거예요. 제가 대신 레이놀즈 씨의 따님과 얘기를 나눠볼게요."

"아, 마를렌이라는 분이 있어요. 글로리아 아줌마가 바빠서 자리를 비울 때면 그분이 가게를 봐주시곤 했어요. 오랜 친구 사이 같아 보였고, 쿠든 비치에 산다고 했는데 정확한 주소는 생각이 안 나요." 케이티가 갑자기 기억났다는 듯이 말했다.

"유용한 정보네요. 검은색 험버를 운전하는 여성분에 관해 얘기해줄 수도 있겠어요." 본햄이 기쁘게 웃어 보였다.

"저도 뭔가 도움을 드리고 싶어요." 케이티의 목소리에 아쉬움이 잔뜩 묻어났다. 본햄은 그런 케이티가 기특해 부드럽게 머리를 쓰다듬었다.

"레이놀즈 씨가 친구나 싫어했던 사람에 관해 얘기했던 적이 있는지 잘 생각해보세요. 알 만한 사람한테 물어보는 것도 좋고요. 가끔은 소문도 도움이 될 수 있어요. 경찰이 화재 직후에 가까운 이웃들을 심문하긴 했지만, 그녀와 친했던 다른 이웃이 있을 수도 있잖아요?"

케이티가 고개를 끄덕였다. 당장 생각나는 사람은 없었지만 곰곰이 생각해보고 알아보러 다녀야겠다고 마음먹었다. "최선을 다할게요."

"그래요. 저는 먼저 일어나볼게요. 친척들이 점심을 먹으러 오기로 해서 아내를 도와줘야 해요. 그렇지 않으면 혼나거든요. 케이티 씨, 뭔가 떠오르는 게 있거나 사소한 거라도 알아내면 꼭 전화해요! 그리고 계획대로 런던으로 이사하게 되면 주소와 연락처도 알려주고요."

케이티와 본햄은 함께 카페를 나섰다. 차로 집까지 데려다주 겠다는 본햄의 제안은 거절했다. "걷는 게 좋아요. 엄마한테 화를 내고 싶은 마음을 가라앉혀주거든요." 케이티가 악수하며 말했다. 본햄은 웃으며 케이티의 어깨를 가볍게 두드렸다.

"힘든 시기인 거 알아요. 그래도 낙심하지 말고 아버님을 믿으세요. 결국 다 잘될 거예요."

월요일 점심에 케이티는 아스피린을 사러 약국에 갔다. 두통이 심했다. 어제 본햄과 헤어진 후에는 질리네 집에 들러 같이 점심을 먹었다. 집에 늦는다고 전화를 해뒀지만 6시쯤 돌아갔을 땐 엄마가 호통을 쳤다. 케이티는 가끔 엄마가 피해자 역할의 연기를 전공한 건 아닌지 의심이 됐다. '난 늘 혼자야!'라고 외치는 듯한 패턴화된 과정이 있었다. 케이티는 엄마가 경찰에게 남편이 방화범이라고 하지 않았다면 혼자가 아니었을 거라고 말하고 싶었지만, 엄마가 정말 그랬을 거라고 확신할 수는 없어서 참았다. 출근해서는 마시필드 사장에게 아빠의 체포 사실을 전했다. 사장이 경악하며 당장 나가라고 할 줄 알았는데 의외로 그는 위로의 말을 건넸다.

"정말 기가 막히는군. 잘못 짚어도 한참 잘못 짚었네."

"경찰이랑 검사도 알아줘야 할 텐데 말이죠. 그리고 사장님, 제가 런던에 직장을 구하게 됐어요. 퇴사 2주 전에 말씀드리고 업무를 정리하려고 했는데, 상황이 이렇게 됐으니 지금 당장 나가길 바라실 수도 있을 것 같아서……"

"추천인 의뢰 전화가 왔을 때 이미 예상했어. 그리고 우리 회사 최고 직원한테 당장 나가라고 할 리가 있나. 혹시라도 아버지 때문에 런던에 가는 계획이 미뤄진다면 여기서 원하는 만큼 더 일해도 돼."

차갑고 진지한 사람이라고만 생각했던 사장의 친절에 케이티는 놀라서 눈물이 고였다. "감사해요, 사장님. 저 정말 감동했어요. 괜히 회사에 폐를 끼치는 건 아닌지 모르겠네요."

"무슨 그런 말을 해. 케이티가 우리와 일한 게 벌써 몇 년인데. 고객들도 거의 다 알잖아. 앨버트 씨는 훌륭한 분이고 레이놀즈 씨도 좋은 분이었지. 사람들도 대부분 경찰이 실수했다고 생각할 거야. 자, 이제 오늘의 업무를 시작해보자고. 지금 문서 안 보내면 회사 문 닫아야 하니까."

아침부터 시작된 두통은 오후가 돼도 여전했다. 케이티는 신선한 공기를 쐬러 해안가로 내려왔다. 으스스한 날씨에 인적이 드물었다. 해변을 때리는 파도는 방파제를 부수려고 위협하는 듯했다. 바다 근처는 바람이 거세 걸음을 걷기가 힘들었다. 케이티는 길을 건너 바람이 덜 부는 쪽으로 이동했다. 낯익은 차 한 대가 주차 중이었다. 검은색 험버였다! 이런 기막힌 우연이라니. 케이티는 걸음을 재촉해 차에서 내리는 여자 곁으로 다가갔다.

"저기, 글로리아 레이놀즈 아줌마 친구분 맞으시죠? 시간 괜찮으시면 잠깐 이야기를 나눌 수 있을까요?"

"네, 그런데 최근에 글로리아가 죽은 건 알죠?"

중년 여자는 갑자기 다가온 케이티를 경계하며 인상을 찌푸렸다. 케이티가 언론사에서 나왔다고 생각하는 것 같았다.

"네, 알아요. 저희 집이 그 맞은편이거든요. 저는 신문사에서 나온 게 아니에요. 글로리아 아줌마를 정말 좋아했어요. 꼭 하고 싶은 말이 있는데 시간을 내주시면 안 될까요?"

여자는 여전히 겁먹은 눈치였다. "오후 일정이 있어서 길게는 안 돼요. 일단 바람이 많이 부니 안으로 들어와요."

두 세대가 붙어 있는 평범한 연립주택이었다. 현관문을 열고 들어가자 10여 년 전 유행했던 장식들이 눈에 들어왔다.

"경황이 없어서 성함도 못 여쭤봤네요. 저는 케이티 스피드라고 해요. 글로리아 아줌마가 돌아가시다니…… 이런 비극이 또 어디 있겠어요."

"그렇죠. 끔찍해요." 여자의 눈에 눈물이 고였다. "저는 에드나 콜트레인이에요. 그럼 앨버트 씨의 딸인가요?"

"네, 맞아요. 저희 아빠를 아시나요?"

"한 번 만난 적이 있어요. 글로리아가 앨버트 씨 얘기를 자주 하기도 했고요. 글로리아를 많이 도와주시는 것 같더라고요. 글로리아가 참 좋아했어요."

아빠의 체포 이후 들은 것 중 가장 좋은 소식이었다.

"그런데 지금 아빠가 글로리아 아줌마와 딸을 방화 살인한 혐의로 기소됐어요. 아빠는 누구를 해칠 사람이 아니거든요. 좋아하고 호감이 있던 여자는 더더욱이요." 케이티의 말에 에드나의 안색이 급격히 어두워졌다. "죄송해요. 많이 놀라셨죠. 아빠가 에드나 씨와 글로리아 아줌마가 무슨 일을 하는지 말해줬어요. 제 생각엔 화재가 그 일과 연관이 있는 것 같아요."

케이티는 부엌으로 가서 차를 만들어 왔다. 에드나의 안색이 조금 돌아온 것 같긴 했지만 여전히 공포에 질린 얼굴이었다.

"글로리아랑 엘시가 불에 타 죽었다고요? 방화라고 듣긴 했지만 소문일 거라고만 생각했어요. 게다가 아버님이 의심받고 있다니! 어떻게 그럴 수 있죠? 글로리아는 앨버트 씨가 다정하고 친절한 사람이라고 했어요." 케이티에게서 찻잔을 건네받는 에드나의 손이 떨렸다.

"맞아요. 누군가 아빠에게 뒤집어씌우려는 게 분명해요. 경찰이 아빠 창고에서 등유통을 발견했거든요."

"영국 남자 절반이 창고에 등유통 하나쯤 두지 않나요."

"하지만 아빠한텐 등유를 사용하는 히터가 없어요. 마지막으로 통을 사용한 건 휘발유 때문이었는데, 어쨌든 아빠의 지문이 덕지덕지 묻어 있었죠. 그리고 불난 집에서 발견된 것과 동일한 커튼 천 같은 것도 있었어요. 분명 아줌마의 도움을 받던 여자들의 남편 중 한 명이 범인일 거예요."

"맙소사!" 에드나가 소리를 지르며 몸을 움켜쥐었다. "그 사람들이 우릴 해칠까 봐 항상 무서웠어요. 글로리아에게 여러 번 애기했지만 그 인간들은 겁쟁이라 괜찮다며 오히려 절 다독였죠. 아내는 때려도 다른 사람들은 두려워한다면서요.”

“혹시 경찰서에 가서 이 일을 얘기해주실 수 있을까요?”

“미안하지만 그건 어려울 것 같아요. 그랬다간 밤에 잠도 못 잘 거예요.” 에드나가 겨우 목소리를 쥐어짜 답했다. 케이티는 소파에 앉은 에드나 곁으로 가서 손을 잡았다.

“에드나 씨, 글로리아 아줌마도 경찰이 이 일을 알길 바라실 거예요. 경찰이 보호해줄 테니까 너무 걱정 말고요.”

“안 돼요, 그건 정말 못 하겠어요. 제 남편도 난폭한 사람이거든요. 제가 어디 있는지 알면 찾아와서 죽일 거예요.”

케이티는 글로리아와 에드나, 글로리아의 집에 찾아오던 다른 여자들이 어떻게 살아왔을지 짐작할 수 있었다. 남편이 쫓아오지 않을까 늘 불안에 떨었을 것이다. 막연한 공포가 아니었다. 이 문제가 어떤 식으로든 공론화되는 건 위험했다.

“법정에서 증언해달라는 게 아니에요. 그냥 에드나 씨와 글로리아 아줌마가 했던 일을 경찰에 설명해주기만 하면 돼요. 경찰이 지켜줄 거예요.”

“그럴 리 없어요. 우리가 맞아서 뼈가 부러진 채로 입원했을 때도 경찰은 남편을 데려가 경고만 하고 풀어줬어요. 그러면 그들은 곧장 집에 돌아가 다시 아내를 때리죠. 아마 경찰들도 대부분 자기 아내를 때릴 거예요. 아내가 마음에 안 드는 행동을 하면 때려도 된다고 생각하죠.” 에드나는 분노했다.

“에드나 씨, 제발요. 제가 같이 가드릴게요. 경찰서에 가기가

정 어려우시면 저희 아빠의 변호사에게만이라도 말해주세요. 글로리아 아줌마를 생각해서요."

"우리가 지금까지 고통받는 여자들을 도울 수 있었던 건 이 일을 철저히 비밀로 했기 때문이에요. 여자들 중 일부는 빈민가의 보잘것없는 노동자가 아니라 중산층 사람들이었어요. 소위 지적이고 권력 있는 남자를 남편으로 뒀죠. 케이티 씨의 부탁대로 했다간 수십 명의 여자와 아이들이 위험해져요."

순간, 케이티는 글로리아와 에드나의 유대가 특별하다고 느꼈다. 용감하고 이타적인 여자들. 자신들이 학대에서 벗어난 것에 안심하며 조용히 살 수도 있었지만 그들은 거기에 머물지 않고 비슷한 상황에 있는 이들에게 도움의 손길을 내밀었다. 글로리아와 딸의 죽음은 그 일이 얼마나 위험한지 보여주는 증거와도 같았다. 에드나에게 목숨을 걸어달라고 할 수는 없었다.

5

월요일, 케이티가 퇴근하려는데 전화벨이 울렸다. 본햄이었다.

"정말 죄송하게 됐어요. 사형 판결을 받을 만한 범죄라 보석 허가가 안 났어요. 아버님이 케이티 씨에게 이렇게 전해달라고 하셨어요. 진실은 언젠가 밝혀질 테니 낙심하지 말라고요."

케이티의 걱정은 현실이 됐다. 그녀가 쏟아지려는 눈물을 겨우 삼키며 말했다.

"너무 불공평해요. 아빠는 누구보다도 정직한 사람이에요. 도망쳤을 리가 없어요."

"판사도 아는 눈치였어요. 하지만 법이 우선이니까요. 앨버트 씨는 오늘 밤 루이스 교도소로 이송될 거예요. 런던에 있는 브릭스톤 교도소로 이감될 수도 있고요. 주로 중죄를 지은 사람들이 있는 곳이에요. 그래도 케이티 씨가 런던으로 이사하면 찾아가기가 어렵진 않겠네요."

"우리 아빠 어떡하죠?" 케이티가 훌쩍이며 말했다.

"아버님이 자기는 군대에도 있었으니까 버틸 수 있을 거라고 전해달라셨어요. 그러니 너무 걱정 말고 런던에서의 새로운 생활을 즐기라는 말씀도 하셨고요."

"제가 아빠를 잊을 거라고 생각하시는 건 아니겠죠?"

"그럼요. 이제 친구와 좋은 시간을 보내며 자유롭게 살라는 뜻일 거예요. 아버지는 케이티 씨가 드디어 독립한다고 기뻐하시던 걸요."

케이티는 감정을 추스르고 에드나와 만나서 나눈 이야기를 전했다.

"그분 마음도 이해가 가요. 실제로 폭력적인 남편에게서 아내를 보호하는 법적 장치가 없으니까요. 제가 에드나 씨를 법정에 증인으로 세울 수도 있겠지만, 스스로 준비가 됐을 때 출두하시는 편이 더 좋긴 하겠네요."

"우선 제 주소와 연락처를 드렸어요. 변호사님 것도요. 에드나 씨의 마음이 바뀔 수도 있으니까요. 지금은 장례식장에 가는 것도 두려워하고 있지만, 조금 더 시간이 지나면 미안한 마음에 도와주려고 하실 수도 있잖아요."

"그럴 수도 있겠죠. 그렇지만 뭐가 두려운지는 알겠어요. 친구가 불에 타 죽었다는 사실만으로도 끔찍하잖아요. 아내한테 폭력을 휘두른 남자들을 제대로 처벌해야 해요. 그래야 사회가 바뀌고, 가정폭력이 절대 용납될 수 없다는 걸 보여줄 수 있어요."

다음 날 저녁, 로버트는 공중전화로 집에 전화를 걸었다. 다행히 케이티가 받았다. 엄마가 받았으면 케이티를 바꿔주려 하지 않았을 테다. "하던 대로 일요일에 전화할걸 그랬어." 로버트가 떨리는 목소리로 첫마디를 뗐다. "누나 편지를 오늘 아침에야 받았어. 아빠가 체포됐다니…… 도대체 무슨 일이야? 그동안 엄마는 왜 전보를 안 친 거지?"

"아직도 고집부리고 계셔." 케이티는 엄마가 통화에 귀 기울이고 있다는 걸 알고 조심스럽게 말했다. "지금이라도 너랑 통화가 돼서 다행이다. 나도 런던에서 돌아온 후에 소식을 들었어. 편지에 쓴 대로, 아빠가 나는 보석 심리에 오지 못하게 했어. 결국 못 풀려나셨고. 지금은 루이스 교도소에 계셔."

"악몽 같네. 누나, 우리 이제 어떡해?"

로버트는 울고 있는 듯했다. 케이티는 로버트에게 에드나를 만난 이야기와 마시필드 사장도 아빠를 지지했다는 말을 전했다.

"그런데 벌써 동네에 아빠 소문이 돌고 있나 봐. 사람들이 길거리에서 얘기하다가 내가 지나가면 조용해지더라고. 딱 봐도 험담하고 있었던 거지."

"어떻게 그럴 수 있지? 그동안 아빠가 이웃들을 얼마나 많이 도와줬는데! 그런 건 그새 잊은 건가?"

"로버트니? 나 좀 바꿔줘." 힐다가 케이디 바로 뒤에 서서 외쳤다. 케이티는 엄마에게 전화기를 건넸다. 그녀는 로버트가 엄마를 설득할 수 있을지도 모른다는 기대를 했다. 케이티는 로버트가 집에 함께 있었으면 좋겠다고 생각하며 위층으로 올라갔다.

이웃들의 수군거림은 쉽게 끝나지 않을 것 같았다. 워낙 조용한 동네이기에 사람들은 이런 흥미로운 사건을 놓치지 않았다. 이번 주말이면 아빠를 아는 사람들 모두가 그가 글로리아와 격정적인 외도를 했다고 확신할 게 뻔했다. 어쩌면 멍청한 경찰이 그랬던 것처럼 사람들도 글로리아가 아빠를 협박했다고 의심할 수도 있다.

질리는 이번 주말에 런던으로 떠날 예정이었다. 금요일을 함께 보내기로 한 케이티는 목요일 저녁, 평소보다 일찍 잘 준비를 하고 있었다. 그때 전화벨이 울렸다. 엄마는 자기 전화는 아닐 거라며 짜증을 냈다. 케이티는 전화를 받으러 복도로 나갔다. 에드나였다. 운 듯한 목소리였다.

"케이티 씨가 돌아가고 내내 글로리아와 앨버트 씨를 생각했어요. 내일 글로리아의 장례식에 가고 싶은데 신문에 나서 누가 찾아올까 봐 겁이 나요."

케이티는 에드나에게 전화가 왔다는 사실만으로도 아빠를 도울 수 있을 것 같은 희망이 생긴 기분이었다. "경찰이 수상한 사람을 감시할 테니 안전할 거예요."

"그렇겠죠? 하지만 케이티 씨도 글로리아랑 제가 몇 년간 겪은 일을 완전히 이해하지는 못했을 거예요. 왜 이렇게까지 무서워하는지도요."

"무슨 일이 있었는지 말해주시겠어요?"

"저한테 글로리아는 단순한 친구가 아니었어요. 같은 공포를 견뎌낸 자매였죠. 우리는 런던 중심에 있는 병원에서 만났어요. 1950년이었죠. 둘 다 남들이 부러워할 편한 중산층 인생을 살고 있었고요. 남편들은 교양 있는 전문직 종사자였죠. 그런데 그날 밤, 우리는 남편에게 맞아 심하게 다친 상태였어요. 나는 팔이 부러지고 갈비뼈에 금이 갔어요. 시력도 거의 잃을 뻔했고요. 글로리아는 온몸에 발길질을 당해서 간신히 서 있었어요. 맞은 건 초저녁이었는데, 그때 아이들은 집에 없었어요. 우리 애들은 친구네 집에서 잔다고 했고 글로리아네 아이들은 할머니 댁에 가 있었어요. 아이들이 있었으면 병원에 안 갔을 거예요. 그냥 다른 때처럼 대충 치료하고 낫기를 기다리거나 다음 날 아이들이 학교에 가고 나서야 병원에 들렀겠죠."

케이티는 에드나의 말이 믿기지 않았다. 다정하고 당당한 글로리아가 남편에게 폭행을 당했다는 사실은 충격적이었다. 케이티가 간신히 말했다. "에드나 씨, 너무 끔찍해요! 그래도 계속 얘기해주세요."

"시간을 뺏고 싶지 않아요. 이것보다 더 중요한 일이 많을 테니까요. 하지만 이 일이 어떻게 시작됐는지는 알고 있었으면 좋겠어요. 저는 햄스테드 전원주택지에, 글로리아는 프림로즈 힐에 살았어요. 그날 밤 우리가 만난 병원은 각자 집에서 6킬로미터 정도 떨어진 곳이었죠. 혹여 아는 사람을 마주칠까 봐 둘 다 집에서 멀리 떨어진 병원에 갔던 거예요."

"그런데 왜 피해자들이 숨어야 하죠?"

"사람들은 보통 우리가 남편의 신경을 긁었거나 잘못을 했을 거라고 생각하죠. 저녁 식사가 5분 늦어졌다거나 셔츠가 다려져 있지 않다는 사소한 일로 이렇게 됐으리라고는 생각도 못 하는 거예요." 감정이 격해진 에드나의 목소리가 갈라졌다.

"늘 공포에 시달렸겠어요."

"우리 둘 다 그랬죠. 남편들이 분노하지 않도록 항상 조심히 달래가며 살았어요. 솔직히 남편이 그냥 죽어버렸으면 싶기도 했어요. 폭력의 정도가 나날이 심해지니까 이러다 내가 죽을 수도 있겠다 싶더라고요. 그날 밤 만난 글로리아는 저와 비슷한 나이에 배경까지 같아 왠지 위로가 됐어요. 말도 안 되는 폭력을 참고 사는 한심한 사람이 나뿐인 건 아니구나 싶어서요. 나중에 글로리아도 같은 얘길 하더라고요. 치료를 기다리며 오래 이야기를 나눴어요. 속마음을 다 털어놨죠. 다른 사람 앞에서 은행 지점장인 남편이 잔혹하다고 인정한 건 처음이었어요. 글로리아의 남편은 치과의사였고요. 둘 다 학벌도 좋고 아쉬울 게 없었죠. 전쟁 때도 마찬가지였어요. 사무 업무를 배정받았으니까요. 어쨌든 우리는 인생이 바닥을 쳤다는 걸 알았어요. 비싼 옷을 입고 박살난 얼굴로 괴로워하며 술에 취해 싸우다 다친 사람들 사이에 앉아 있었으니까요. 그때 글로리아가 제 손을 잡고 이렇게 말했어요. '에드나, 오늘 우리가 만난 건 운명이에요. 우리와 아이들을 지켜야 할 때가 온 거죠.'"

에드나는 잠시 침묵했다. 글로리아와 자신이 서로에게 어떤 존재였는지 말하려는 듯했다. 그녀가 무너지지 않으려 노력하는 게 느껴졌다. 케이티는 에드나의 이야기를 더 들어야 했다. 그녀와 친해지면 아빠에게 도움이 되는 건 물론이고, 글로리아와 딸이 살해당한 이유를 자세히 알아낼 수도 있을 것이다.

"그 밤이 우리 인생의 전환점이었어요. 우리는 더 대범하고 용감해졌죠. 병원 사회복지사에게 말해 우리를 도와줄 사람의 주소를 받았어요." 에드나의 목소리에 힘이 실렸다. 그녀의 이야기는 놀라움의 연속이었다. 다른 장소와 시간에, 다른 이유로 만났다면 케이티는 에드나를 고민이나 슬픔은 전혀 모르고 사는 중산층 여자쯤으로 생각했을 것이다.

"그래서 나중에 같은 처지에 있던 여자들을 도와주신 거예요?"

"결국에는 그랬죠. 하지만 그것도 몇 년이 지나고 시작한 일이었어요. 당장은 우리 문제에 집중해야 했으니까요. 며칠 후에 글로리아와 저는 던킨 씨를 만나러 킹스 크로스 역으로 갔어요. 예순다섯 살은 돼 보이는 연약하고 늙은 여자였는데 그녀야말로 진정한 영웅이에요. 남편에게 폭행당한 여성들을 수년간 조용히 도와주고 있었거든요. 자기 돈을 들여 여자들이 새 인생을 살수 있도록 했죠. 다행히 우리는 비상금이 있었어요. 살림 비용에서 조금씩 빼돌리거나 남편이 술에 취해 있을 때 주머니에서 훔쳐 우체국 계좌로 넣어놨던 돈이었죠." 에드나가 잠깐 말을 멈추더니 허탈하게 웃었다. "서로 이 얘기를 할 때 어찌나 웃음이 나던지. 항상 죄책감을 느꼈거든요. 남편들이 우리에게 한 짓에 비하면 아무것도 아닌데 말이죠."

"던킨 씨는 두 분을 어떻게 도와주셨나요?"

"우리가 헤이스팅스에 2주 정도 머물 수 있는 집을 알려줬어요. 그렇게 편한 곳은 아니지만 아이들을 데리고 가서 미래를 계획할 시간을 벌기엔 충분할 거라고 했죠. 정말 편하지는 않더라고요. 변기는 밖에 있고 욕실도 없었어요. 하지만 머무는 내내 햇살이 좋아서 꼭 천국 같았어요. 아이들도 좋아했고요. 우리는 해변에서 즐거운 시간을 보냈어요. 마침내 자유를 얻은 기분이었죠. 남편이 언제 집에 돌아올지 긴장할 필요도, 폭력으로 끝날 말다툼을 걱정할 필요도 없었으니까요."

"다른 사람들에게 어디로 가는지 말하셨나요?"

"부모님한테 안전한 데 있다고 전화를 드리긴 했어요. 하지만 실수로라도 남편 귀에 들어갈까 봐 어딘지는 말씀드리지 않았죠. 아이들도 친구들에게 전화하지 못하게 했어요. 아무도 아빠에 대해서는 묻지 않더라고요."

"2주가 지난 후에는 어떻게 하셨나요?"

"그때는 이미 런던으로 돌아가지 않겠다고 마음먹은 상태였기 때문에 임시로 머물던 곳 근처에 욕실이 있는 집 한 채를 빌렸어요. 애들은 9월부터 시작하는 지역 학교에 등록했고요. 저는 호텔 일을, 글로리아는 헤이스팅스에 있는 가게에 일을 구했죠. 우리는 서로의 아이들을 돌보고 얼마 없는 재산을 공유했어요. 그렇게 보낸 4년은 정말 행복했어요."

"나중엔 벡스힐에 좋은 집을 구하셨잖아요. 그건 어떻게 하신 거예요?" 결혼만이 좋은 집을 구하는 방법이라고 생각했기에 케이티는 두 사람 모두 다른 남자를 만났을 거라고 짐작했다.

"글로리아는 운이 좋았어요. 남편이 갑자기 심장마비로 죽었거든요. 집과 재산이 모두 글로리아한테 가게 됐죠. 덕분에 콜링턴 가街에 있는 집을 살 수 있었어요. 드레스 가게도 열고요. 저는 지난번 케이티 씨가 봤던 그 작은 집을 임대하고 병원에서 의료 관련 사회복지사로 일하게 됐어요."

"두 분을 도와준 사람과 같은 일을 하게 되셨네요?"

"우연은 아니었어요. 예전부터 여러 사회문제를 다루는 일이 적성에 잘 맞을 거라고 생각했거든요. 결혼 전에는 간호사로 일했어요. 추가 자격을 얻으려고 다른 과정도 밟았죠. 우리는 비슷한 상황에 놓인 여자들에 비하면 운이 좋았어요. 완전히 새로 시작할 수 있었으니까요. 아직도 대부분은 남편이 아내를 훈계해도 된다고 생각해서 이런 변화를 지지하지 않거든요."

"그래서 폭행당한 여자들을 찾아 나서신 거예요?"

"아뇨, 일부러 찾지는 않았어요. 몇 년 전에 병원에서 응급실에 내려가 어떤 여자와 대화할 기회가 있었어요. 얼굴을 알아보기 힘들 정도로 심하게 다친 상태였죠. 여자의 팔에는 여섯 살짜리 아이가 안겨 있었어요. 입원해야 해서 아이를 봐줄 곳이 필요했죠. 어떤 여자들은 그런 상황에서도 치료를 받고 집으로 돌아가요. 아이들 때문에요. 그 여자를 보는 순간 예전의 제 모습이 떠오르면서 뭘 해야 할지 알겠더라고요. 그래서 여자와 아이들을 집으로 데려왔어요. 글로리에게도 이 일을 알렸죠. 그렇게 시작된 거예요."

그 순간 케이티는 글로리아의 남편이 죽었기 때문에 아빠가 방화범으로 몰린 거란 생각이 들었다. 에드나가 행복하게 자신들의 과거를 이야기하고 있는 상황에서 어떻게 아빠를 도와달라고 설득할 수 있을까.

"정말 대단해요, 에드나 씨."

"그렇지 않아요. 우리가 해야만 했어요. 여자들은 하루나 이틀 정도 머물다 집으로 돌아갔어요. 그들이 '그래도 남편을 사랑해요'라고 말할 때마다 화가 났죠. 꼭 남편의 폭행을 납득한다는 것처럼 들렸거든요. 물론 그중엔 새로운 삶을 결심한 여자들도 있었어요. 조금의 용기와 국가보조금을 받을 수 있는 방법, 일자리를 구할 때까지 머물 장소만 있으면 가능한 일이었어요."

에드나가 말을 멈췄다. 전화기 너머로 에드나의 무거운 숨소리가 들렸다.

"하지만 케이티 씨, 아내를 때리던 남편들은 혼자가 되면 미쳐버려요. 아내를 찾으려고 모든 방법을 동원하죠. 그러면서 그게 사랑인 줄 알아요. 그 믿음이 너무 확고해서 심지어 주변 사람들도 남편이 아내를 정말 사랑한다고 믿게 돼요. 정말 위험한 거죠. 우리는 남편들에게 거주지가 알려질까 봐 이혼을 하려고 하지 않았어요. 남편에게서 도망친 지 15년이나 지났는데도 여전히 남편이 저를 찾아낼지도 모른다는 두려움에 떨어요. 남들이 보기엔 남편이 부양비 지급도 면하고 집도 혼자 쓰게 됐으니 잘됐다고 하겠지만, 남편은 그렇게 생각하지 않을 거예요. 제게 두 아이를 빼앗겼다며 서러운 척을 하겠죠. 애들한테도 손찌검을 했으면서요. 그래서 애들은 아빠를 보고 싶어 하지도 않거든요.

하지만 그는 자신이 피해자인 소설을 쓰고 있을 거예요. 아직도 저를 찾고 있을지도 모를 일이고요.”

태어나 들은 이야기 중에 가장 안타까운 일이었다. 한때 자기를 사랑하고 지켜주겠다고 약속한 사람인 아이들의 아빠를 두려워해야 한다니.

“무슨 말인지 알겠어요, 에드나 씨. 무엇이 두려운지 충분히 이해해요. 그래도 내일 장례식에는 꼭 가셔야 해요. 지금까지 글로리아 아줌마와 함께한 시간을 생각해서라도요. 많은 사람 사이에 섞여 있으니까 안전할 거예요.”

잠시 침묵이 흘렀다. “케이티 씨는 글로리아와 정말 많이 닮았네요. 글로리아도 항상 나를 설득했거든요. 그날 병원에서 글로리아를 만나지 않았다면 남편에게 돌아갔을 거예요. 글로리아는 언제나 제가 흔들리지 않도록 단단히 붙잡아줬죠.”

“오늘 밤에도 마음 단단히 먹으셔야 해요. 그리고 내일 글로리아 아줌마에게 조용히 전해주세요. 저도 아줌마 장례식에 가고 싶었지만 자녀분들 마음이 불편할 것 같아서 가지 못했다고요.”

에드나가 체념에 가까운 한숨을 내쉬었다. “알았어요, 갈게요. 긴 얘기 들어줘서 고마워요. 케이티 씨가 런던으로 가기 전에 한 번 더 만날 수 있을까요?”

“그럼요. 내일 기운 내서 잘 다녀오시고요.”

케이티는 에드나를 다시 만나면 아빠에 관한 이야기를 털어놓아야겠다고 생각했다. “누구야?” 전화기를 내려놓자 힐다가 외쳤다.

“회사 전화예요.” 에너지가 바닥나 엄마에게 에드나의 이야기를 들려줄 기운이 없었다. 자기 목숨을 걸고 다른 사람을 도와주는 것을 힐다가 이해할 리 없었다. 케이티는 방으로 돌아갔다. 따뜻하고 아늑한 침대에 누워 에드나에게 들은 이야기 속 여자들을 떠올렸다. 아이들을 보호하려 폭행을 당하고도 조용히 참고 지냈던 사람들.

"어떻게든 도움을 주고 싶어. 하지만 글로리아 아줌마를 죽인 진범을 알아내는 게 우선이야." 케이티는 불을 끄며 혼자 중얼거렸다.

마이클 본햄은 글로리아의 장례식 문상객들과 자연스럽게 어울렸다. 평소와 같이 춥고 흐린 날이었다. 많은 여자가 모피코트를 입고 있었다. 밍크코트를 입은 사람도 보였다. 문상객 대부분이 여자였다. 글로리아에 대해 알고 나니 남자 문상객이 별로 없는 건 당연한 일처럼 느껴졌다. 은퇴한 나이로 보이는 남자 여덟 명은 아내에게 끌려온 듯했다. 사복경찰로 보이는 남자 둘이 장례식장을 감시하고 있었다.

나이 든 부부 몇 쌍이 장례식장으로 들어왔다. 서로 대하는 모습을 보니 이웃들인 것 같았다. 이후 두 대의 영구차가 도착하고 또 다른 차가 뒤따라왔다. 본햄은 장의사가 꽃으로 장식한 관 두 개를 조심스럽게 내려 운반대에 싣는 모습을 지켜봤다. 그제야 두 모녀가 화재로 사망한 비극이 무겁게 다가왔다.

울어서 눈이 부은 채 남편 팔에 안겨 있는 젊은 여자는 헤이스팅스에 산다는 첫째 딸인 듯했다. 본햄은 첫째 딸의 이름이 재니스 플로라이트이고, 함께 오지 않았지만 자녀가 둘 있다는 걸 알아냈다. 그는 막 장례식장에 도착한 젊은 남자에게로 시선을 돌렸다. 멀리서부터 뛰어온 듯 숨을 몰아쉬고 있었다. 본햄은 그 남자가 맨체스터에서 대학에 다니는 아들 폴 레이놀즈일 거라고 확신했다. 남자가 재니스에게 다가가자 그녀의 얼굴이 조금 밝아졌기 때문이다.

장례식은 간략하게 진행됐다. 교구목사는 글로리아 레이놀즈나 그녀의 딸 엘시를 만나본 적도 없고 성격도 잘 모르는 듯했다. 글로리아의 아들 폴이 몇 마디 하려다 이내 마음을 추스르지 못하고 다시 재니스의 옆으로 가 앉았다.

장례식에서 함께 부른 찬송가는 '하나님의 크신 사랑'이었다. 본햄이 전해 들은 글로리아와 잘 어울리는 곡이었다. 글로리아는 계산하지 않고 친절을 베풀었다. 앨버트가 글로리아의 집에 자주 들른 이유를 알 것도 같았다. 본햄은 자신도 글로리아를 알았다면 그랬을 거라고 생각했다.

앨버트가 아내에 대해서는 별로 이야기하지 않았지만, 본햄은 피고의 아내가 남편의 무고를 증명하려 애쓰지 않는 경우는 처음이었기에 힐다가 어떤 사람인지 짐작할 수 있었다. 그는 앨버트가 완전히 무고하다는 사실을 깨달았다. 이제 증거가 될 물건이나 증언해줄 사람을 찾기만 하면 됐다.

묘지 옆에 서 있기엔 날이 추웠다. 문상객 대부분은 매장이 끝나자마자 자리를 떴다. 본햄은 딸 재니스와 아들 폴이 다른 사람 품에 안겨 있는 모습을 지켜보다가 사람들이 거의 돌아갔을 때쯤 폴에게 다가갔다.

"애도를 표해도 괜찮을까요?" 본햄이 폴과 악수하며 말했다. "프랭크 시버스라고 합니다. 어머님을 잘 알지는 못했지만 먼저 간 제 아내가 많이 좋아했어요. 살아 있었다면 레이놀즈 씨 소식에 충격받고 애통해했을 거예요."

본햄은 자신의 신분을 감추는 게 잘못이라는 걸 알았지만 앨버트를 구하려면 글로리아의 가족과 좀 더 친해져야 했다.

"와주셔서 감사해요. 저희 누나가 블랙 스완에 자리를 마련했어요. 함께 가시면 좋을 것 같아요." 폴의 녹갈색 눈동자에 눈물이 가득 차올랐다. 폴의 예의 바른 태도에 본햄은 거짓말을 한 사실이 부끄러워졌다. "좋아요. 감사합니다."

스무 명 정도의 사람이 블랙 스완의 전용 공간으로 들어갔다. 불을 지펴놓아 아늑했다. 일부만 자리에 앉고 나머지는 옹기종기 모여 셰리주를 들고 돌아다니는 종업원의 잔을 받아들었다. 대화는 아주 조용히 이어졌다.

"돌아가신 아내분이 저희 엄마와 아는 사이셨다고 동생에게 들었어요."

재니스가 다가오는 걸 보지 못한 본햄은 깜짝 놀랐다.

"네, 맞아요. 저도 레이놀즈 씨를 만날 기회가 있었다면 좋았을 텐데. 들어보니 정말 좋으신 분이셨던 것 같더라고요."

"친절하고 베풀 줄 아는 분이셨어요. 늘 사람들을 도우려고 하셨죠. 폴과 제가 엄마와 엘시의 죽음을 어떻게 받아들일 수 있을지 잘 모르겠어요. 땅으로 꺼지는 기분이에요."

"이웃인 앨버트 스피드 씨가 경찰에 체포됐다는 소식은 들으셨나요?"

본햄은 독설과 분노가 섞인 답변을 예상했지만 재니스는 고개를 저으며 말했다. "말도 안 돼요. 앨버트 씨가 그랬을 리 없어요. 엄마랑 좋은 친구였거든요. 엄마도 앨버트 씨를 좋아했고 아마 그분도 그렇게 느낀 것 같아요."

"두 사람이 같은 감정을 느꼈다고 확신하긴 어렵죠." 본햄이 조심스럽게 말했다.

"두 분이 같이 있는 걸 못해도 열 번은 봤는데, 정말 좋은 친구인 것 같았어요. 앨버트 씨는 늘 엄마 얘기를 잘 들어주셨거든요. 앨버트 씨는 필요할 때마다 엄마를 도왔고 엄마는 그분을 웃게 했어요. 집에서는 웃을 일이 별로 없는 것 같아 보였거든요. 제 생각엔 경찰이 큰 실수를 한 것 같아요."

본햄은 침을 꿀꺽 삼켰다. 재니스의 말을 듣자 자신의 정체를 밝혀야 할 것 같았다.

"같은 생각이에요. 방금 하신 말씀을 들으니 제 소개를 다시 해야겠네요. 재니스 씨 말이 맞아요. 앨버트 스피드 씨는 착하고 따뜻한 사람이고 레이놀즈 씨를 좋아했어요. 이곳에 제가 재니스 씨와 동생분을 만나러 온 이유를 이해해주셨으면 해요. 처음부터 앨버트 씨의 변호인이라고 말하지 못한 것도요."

"부끄러운 줄 아세요. 정직하지 못하시네요." 재니스가 날카롭게 말했다. "장례식에서 감시하는 경찰들을 보니 저와 제 동생이 느끼기에도 경찰이 자신들의 실수를 아는 듯했어요."

"또 한 가지 말씀드리고 싶은 건, 앨버트 씨의 딸 케이티 씨도 장례식에 참석해 조의를 표하고 싶어 했다는 거예요. 케이티 씨도 어머님을 굉장히 좋아했지만 자제분들이 불편해할까 봐 오지 못했어요."

"엄마는 케이티 씨가 참 괜찮은 친구라고 얘기했어요. 성질 더러운 엄마 말고 아빠를 닮아 다행이라면서요."

힐다의 성질이 더럽다고 말하는 부분에서 본햄은 피식 웃었다. "경찰을 압박해서 진범을 알아내야겠어요. 재니스 씨와 동생분이 도와주시면 정말 감사하겠어요."

"엄마가 하셨던 일은 알고 계세요?"

"네, 알아요."

"폴과 저는 그 잔인한 남자들 중 한 명이 범인일 거라고 생각해요. 아빠가 돌아가셨기에 망정이지, 아니었으면 가장 유력한 용의자였을 거예요."

"어머님이 수상한 사람을 봤다고 한 적이 있나요?"

"아니요. 아마 봤어도 말씀 안 하셨을 거예요. 항상 저희를 보호하려고 하셨거든요. 아빠에 대한 얘기도 전혀 안 하셔서 저희도 굳이 물어보지 않았죠."

"화재 직전이나 크리스마스에 만났을 때 걱정이 있어 보이진 않으셨나요?"

"전혀요. 평소처럼 행복해하셨어요. 크리스마스 때 저희 셋이 엄마 집에 모두 모여서 들떠 계셨죠. 가게가 잘 되고 있던 덕분에 장식과 선물을 사러 시내에 가시기도 했어요. 8월에 데번에 있는 별장으로 다 같이 휴가를 떠날 계획을 세워보기도 했죠. 2월에는 런던으로 쇼핑을 하러 가실 거라고 했고요. 걱정하는 게 있었다면 이런 계획도 세우지 않으셨겠죠."

"재판이 열리면 앨버트 씨를 위해 증언해주실 수 있나요?" 열정을 보였던 지지자들도 이 시점에서는 물러나곤 했기에 본햄은 대답을 기다렸다. 재니스는 망설임 없이 답했다.

"기꺼이요. 엘시와 저는 앨버트 씨에게 가정이 있다는 걸 알았지만 엄마와 잘 되길 바라기도 했어요."

"두 분이 그런 관계였나요?" 실례가 될 수 있는 질문이었기에 본햄이 조심스레 물었다.

"아니에요. 그러기에 앨버트 씨는 너무 반듯한 분이죠. 결혼생활에서 받은 엄마의 상처가 너무 크기도 했고요. 그래도 앨버트 씨가 전화하면 얼굴이 환해지시곤 했어요. 다른 사람하고 그러시는 건 본 적이 없거든요."

"감사해요, 재니스 씨. 정말 솔직한 분이시네요. 주소를 알려주시면 며칠 후에 다시 연락드릴게요. 다시 한 번 조의를 표합니다. 받아들이기 힘드실 텐데, 재니스 씨가 보여준 강단과 의지, 따뜻함에 감탄하지 않을 수 없네요. 재니스 씨와 자녀분들, 동생분을 위해 기도할게요."

"가시기 전에 엄마 친구 에드나 아줌마와 얘기해보실래요? 엄마가 도왔던 여자들의 정보를 전부 알고 계신 분이에요." 재니스의 눈에 눈물이 가득 고여 있었다.

6

장례식 날 저녁이었다. 케이티는 그날이 에드나를 염탐할 가
장 좋은 기회라고 생각했다. 하지만 거리는 한산했고 밖에 있기
엔 날이 너무 추웠다. 케이티는 에드나의 집 문을 두드렸다. 문
을 열고 나온 에드나의 얼굴엔 운 기색이 역력했다. 눈만 충혈된
게 아니라 온몸에서 슬픔과 실의가 느껴졌다. 문이 닫히자마자
케이티는 에드나를 안아줬다.

"많이 힘드셨겠어요. 그래도 가길 잘했다고 생각하셨죠? 글로
리아 아줌마네 자녀분들도 좋아했을 거고요." 위로의 말을 들은
에드나는 케이티에게 기대 어깨를 들썩이며 다시 울기 시작했다.

"케이티 씨!" 에드나가 몸을 일으켜 눈을 비비며 말했다. "오늘
종일 잘 버텼는데 조금 전에 제 딸 클레어의 전화에 더는 눈물

을 참을 수 없었어요. 클레어는 오늘 사정이 있어서 오지 못했고 아들은 외국에 있거든요. 글로리아는 제 아이들한테 두 번째 엄마 같은 존재였죠. 저도 글로리아의 아이들에게 그런 존재이고요. 클레어는 괴로워하면서 지난 일을 이야기하고 싶어 했어요."

"아빠에 대해서요?"

에드나가 고개를 저었다. "아뇨, 우리는 절대 그 사람 얘기를 하지 않아요! 우리 두 가족이 함께 보낸 좋은 시간에 대해서요. 클레어는 자신이 글로리아를 어떻게 생각하는지 말하지 못한 게 가장 가슴 아프다고 했어요. 그런데 이미 늦었죠. 저도 같은 마음이라 클레어의 말이 너무 와닿았어요. 좋았던 시간도 다 사라져버렸으니까요."

케이티와 에드나는 집 안쪽에 있는 거실로 자리를 옮겼다. 케이티는 소파에, 에드나는 안락의자에 앉아 대화를 이어갔다.

"앨버트 씨의 변호사가 장례식에 왔었어요. 좋은 분 같던데요. 재니스한테 들으니 그 애와 한참 얘기를 나눴다더라고요. 재니스와 엘시는 앨버트 씨가 이혼하고 글로리아와 재혼하면 좋겠다고 생각했대요. 그렇지만 그 둘 사이에 그런 일이 없었던 건 알죠? 그냥 좋은 친구 사이였어요. 재니스가 앨버트 씨의 재판에 도움이 되는 증언을 하겠다고 했어요. 저한테도 방법을 찾아보라고 했고요."

에드나의 말을 들은 케이티는 한시름 던 듯한 기분이 들었다. 하지만 에드나를 위험에 처하게 하고 싶지는 않았다.

"그런데 괜찮으시겠어요? 두려워하셨잖아요."

"겁이 나지만 도와야죠. 우리 모두 앨버트 씨가 범인이 아니란 걸 알아요. 누명을 쓰고 벌을 받는 건 말도 안 되죠. 우리의 일은 악한 남자들한테서 여자들을 구하는 거지, 선한 남자들까지 적으로 돌리지는 않아요. 내일 경찰서에 갈 거예요. 케이티 씨, 그 전에 주고 싶은 게 있어요."

에드나는 자리에서 일어나 벽 쪽에 있던 등받이가 앞으로 오게 의자를 돌렸다. 그녀는 의자 커버를 벗기더니 그 안에서 회색 노트 한 권을 꺼냈다. 케이티는 어리둥절했다.

"내가 피해망상에 빠져 있다고 생각할 수도 있어요. 하지만 케이티 씨, 여기 적힌 내용이 공개되면 사람들이 위험에 빠질 수도 있어요."

"뭐가 적혀 있는 거죠? 두 분이 도와준 여자들에 관한 건가요? 그렇다면 경찰한테 보여줘야 하지 않을까요?"

"경찰을 믿었다면 벌써 그렇게 했겠죠. 하지만 그럴 수 없어요. 그 여자들과 관련된 게 맞아요. 그 여자들이 누구인지, 어디 살았고 남편에게 어떤 짓을 당했는지, 지금은 어디에 살고 있는지가 다 적혀 있죠. 우리가 아는 사람들은 전부요. 정보를 잘못 넘겼다가는 엄청난 혼란이 생길 수 있어요."

에드나는 노트의 첫 장을 펼쳤다. "이걸 봐요. 하이게이트에 사는 수전 미첼, 네 살과 여섯 살 아이 둘. 2년 전 8월에 캠던타운 지하철역 밖에 있던 수전과 아이들을 차에 태워 왔어요. 4주 전에 남편이 계단 아래로 그녀를 밀어 다리가 부러졌죠. 그리고도 계속 발길질을 하다가 바닥에 쓰러져 괴로워하는 수전을 두고 나가버렸대요. 여섯 살짜리 아이가 이웃을 불러 그녀를 병원으로 데려갔고요. 다행히 지인이 수전과 우리를 연결해줬죠. 하지만 우리에게 바로 연락하지는 않았어요. 남편에게 다시 맞아 갈비뼈가 부러진 뒤에야 전화를 했죠. 아들을 때리려는 걸 막으려다가요!"

"맙소사!"

"다들 그래요. 아이까지 위험해졌을 때에야 집을 나가야겠다고 결심하죠. 돈이 없어서 애들을 데리고 갈 곳이 없으니까 그냥 참는 거예요. 여자들 대부분이 런던 북서쪽에 살았어요. 저와 글로리아처럼요. 아치웨이에 있는 휘팅턴 병원에서 우리한테 연락해왔죠." 에드나는 다시 노트를 보며 말을 이어갔다. "수전을 여기로 데려와서 임시 숙소를 찾을 때까지 글로리아와 이틀 밤을 지내게 했어요. 이곳에서 지내는 동안 다친 다리와 갈비뼈도 다 나아서 숙식이 제공되고 애들도 데려갈 수 있는 곳에서 가정부로 일하게 됐죠. 작년 여름에 소식을 들었는데 스코틀랜드에 정착해서 행복하게 사는 것 같았어요. 글로리아와 저처럼 남편이 두려워 이혼을 하거나 양육비를 받아내려고는 하지 않았죠."

"그럼 이 노트에 사건들이 구체적으로 정리돼 있는 건가요?" 케이티는 경찰이 수전의 남편에게 정보를 알리면 남편이 바로 그녀를 찾아올 거란 사실을 이해했다.

"네. 사실 수전은 잘 풀린 케이스죠. 믿기 어렵겠지만 많은 여자가 결국 남편에게 다시 돌아가요. 어떤 사람들은 그 여자들이 나약하거나 나쁜 남자와 사는 걸 즐긴다고 생각해요. 하지만 저는 함부로 판단하고 싶지 않아요. 그들이 그 전쟁터로 돌아가는 데엔 수많은 이유가 있을 테니까요. 우리가 모든 사람을 구할 수는 없다는 걸 금방 깨달았죠." 에드나는 케이티에게 노트를 건넸다. "이걸로 필요한 일을 해요. 나는 월요일에 앨버트 씨를 위해 증언하고 나면 2주 후에 여길 떠날 거예요."

"떠나신다고요?" 예상하지 못한 일이었다.

"그래요. 글로리아가 없으니 길을 잃은 것 같아요. 외롭네요. 클레어랑 손주들하고 더 가까이 있고 싶어요. 오늘 직장에도 말했고요. 여기도 임대주택이라 벡스힐에 묶여 있을 이유가 아무것도 없어요."

케이티는 잠시 할 말을 골랐다. 소중한 친구를 잃은 슬픔과 두려움만으로도 떠날 이유는 충분했지만 일을 그만두면서까지 그렇게 하리라곤 생각하지 못했다. 그녀는 손에 들고 있는 노트를 내려다봤다.

"행운을 빌게요, 에드나 씨. 떠나실 때까지 기다렸다가 말씀하신 대로 일을 처리할게요."

"케이티 씨도 런던에서 일이 잘 풀리길 바라요. 실컷 나가 놀아요. 못된 인간이랑 결혼해서 정착하지 말고, 글로리아와 내가 누리지 못한 삶을 맘껏 즐겼으면 좋겠어요." 에드나가 웃으며 말했다.

월요일 오후, 케이티의 사무실로 본햄의 전화가 걸려왔다. 그는 그날 아침 에드나가 경찰서로 전화해 증언했다는 말을 전했다.

"레이놀즈 씨가 앨버트 씨를 많이 아꼈고 자녀분들도 그렇게 생각한다고 했어요. 앨버트 씨가 방화범이라는 건 말도 안 되는 헛소리라면서요."

"이제 아빠가 감옥에서 나올 수 있나요?"

"안타깝게도 당장은 아니에요. 그래도 다음 공판 땐 보석으로 풀려날 수 있을 것 같아요."

케이티는 에드나에게 받은 노트에 대해 말하고 싶었다. 본햄은 노트를 경찰에게 가져가 거기 적힌 남편들을 조사하게 할 것이다. 하지만 에드나와의 약속을 지켜야 했다. 아직 다 읽지 못하기도 했고. 노트의 존재가 알려지는 게 며칠 미뤄진다고 문제가 생기진 않을 것이다.

프랭클린&스펜서&마시필드에서의 마지막 날은 슬펐다. 케이티는 다 함께 먹을 케이크를 가져갔고 모두 진심으로 아쉬워했다.

"첫아기를 가질 때까지 여기 있을 줄 알았는데…… 케이티 씨가 없으면 허전할 거예요."

케이티는 회계부서의 랜돌프를 포옹하며 말했다. "이제 더 큰 세상으로 나갈 때가 됐어요. 엄마같이 대해주셔서 감사해요. 그리울 거예요."

케이티는 직장의 모든 동료가 보고 싶을 것 같았다. 나이 들고 재미없는 마시필드 사장님까지도. 랜돌프가 케이티의 대모 같은 역할을 해줬다면, 다른 동료들도 각기 특징이 있었다. 케이티는 여자동료들과 쇼핑하거나 퇴근 후 술 한잔하는 시간이 즐거웠다. 변호사들과 수습직원들의 아낌없는 조언, 점심에 접수원 레이첼과 매니큐어를 바르던 기억…… 케이티는 이곳에서 일하며 많은 걸 배웠다. 좌절하고 짜증이 날 때도 있었지만 그래도 웃는 날들이 더 많았다. 울음을 터뜨린 날에는 동료들의 위로가 있었고 함께 수다를 떠는 시간이 많아질수록 서로를 더 알아가게 됐다. 케이티는 새로운 직장도 이만큼 괜찮기를 바랐다.

직원들은 케이티를 위해 '새 직장에서의 행운을 빕니다'라고 쓰인 커다란 카드에 한 마디씩 적고 돈을 모아 화장품과 미용도구를 넣을 빨간색 가죽 파우치를 선물했다. 케이티가 떠날 때 마시필드 사장이 말했다. "주중에 벡스힐에 올 일이 있으면 언제든 들러. 새 직장이 마음에 안 들면 다른 데도 추천해줄 테니까 꼭 연락하고."

케이티가 런던으로 떠나는 토요일 아침이었다. "저 이제 가요, 엄마." 복도에 나와 있는 케이티의 짐가방을 보고도 엄마는 부엌에서 창문만 닦고 있었다. 딸이 집을 떠나도 전혀 걱정되거나 슬프지 않다는 듯이.

"일요일에 전화할게요."

엄마는 작은 발판 사다리 위에서 뻣뻣하게 굳어 있었다. 마른 몸의 뼈 마디마디가 딸이 떠나는 데 대한 분노를 표출하는 것처럼 보였다.

"교회에 있을지도 몰라."

"그럼 받으실 때까지 계속할게요. 엄마, 태연한 척하지 마세요.

제가 떠나서 슬픈 거 다 알아요. 이러다 평생 저 못 보면 어쩌시려고요."

케이티는 날 선 반응을 예상하며 문 쪽으로 몸을 반쯤 돌렸다. 놀랍게도 엄마가 사다리에서 내려오는 소리가 들렸다.

"내가 걱정을 이렇게밖에 표현할 수 없는 사람인 걸 어쩌겠어."

그렇게 말하는 엄마의 얼굴은 부드러웠고 금방이라도 울음을 터뜨릴 것처럼 입술이 떨렸다. 케이티는 엄마를 안아줬다. 힐다는 뻣뻣하게 서 있었지만 케이티의 포옹을 거부하진 않았다.

"저 괜찮을 거예요, 엄마. 아기 새도 언젠가 둥지를 떠나야죠." 케이티가 엄마의 뺨을 어루만지며 부드럽게 말했다. "지금 안 가면 기차 놓치겠다." 케이티는 이 대답이 작별 키스나 '잘 지내'라는 말만큼이나 좋았다.

아침에 벡스힐을 떠난 케이티는 오후 1시쯤 런던에 있는 조앤과 켄의 집에 도착했다. 질리는 상기된 얼굴로 케이티를 맞이하러 계단을 뛰어내려왔다.

"도대체 언제 오나 기다리고 있었어. 봐둔 아파트가 하나 있는데 2시까지 오래. 가방 놓고 바로 나가자. 가면서 말해줄게!"

둘은 서둘러 해머스미스에서 치스윅으로 갔다. 질리와 함께 일하는 동료가 아파트를 소개해줬다고 했다.

"바로 저 밑에, 레이븐스코트 공원 옆이야. 지금은 재키라는 애가 살고 있는데 이번 달 말에 플랫메이트랑 호주로 간대. 우리한테 먼저 보여주려고 집주인한테 일단 내놓지 말고 기다려달라고 했다더라고. 침실은 좀 작고 하나인데, 어둡거나 냄새가 나지는 않아. 가구도 괜찮고."

케이티는 집세가 주당 12파운드라는 사실에 기뻤다. 매력적인 가격이었다.

"집주인 소여 씨는 자기가 신경 안 써도 되게 관리를 잘하는 장기 세입자를 원한대. 그래서 재키가 우리를 조용하고 예의 바른 애들이라고 얘기해놨다니까 행동 조심해." 질리가 장난기 어린 얼굴로 말했다. "그나저나 이번 주에 너무 무리하게 일했더니 집에 가자마자 드러눕고 싶다."

섀프츠베리 로드에는 나무가 줄지어 서 있었다. 8번지는 작은 테라스 하우스였다. 케이티와 질리가 둘러볼 방은 1층이었다. 거실은 적당히 넓었고 밖이 내다보였다. 뒤쪽에 있는 침실은 조금 작았지만 지낼 만할 것 같았고, 싱글 침대 두 개와 커다란 붙박이장이 있었다. 부엌은 복도 끝에, 화장실은 뒷마당으로 가는 길에 위치했다. 재키가 질리와 케이티에게 집을 안내하는 동안 집주인 소여는 위층에서 세입자와 대화를 나눴다.

"케이티가 법학원 법률비서라고 하면 소여 씨가 좋아할걸. 엘리트를 선호하시거든." 재키가 낄낄대며 말했다. "나는 처음 집 보러 왔을 때 해러즈(런던 중심부에 있는 고급 백화점)에 자주 간다고 속였어. 사실 근처 카페에서 일할 때였거든. 그래도 해러즈에서 가끔 뭘 산 건 사실이니까. 더 좋은 직장으로 옮기고 나서 매장 감독이 나한테 집적거려서 그만뒀다고 했지. 내 플랫메이트는 빅토리아 꽃집에서 일하는데 소여 씨는 거기가 대단한 곳인 줄 알아. 궁전 꽃을 담당하기도 했으니까."

케이티는 질리가 이 집을 왜 마음에 들어 했는지 알 것 같았다. 벡스힐에 있는 질리의 집과 비슷한 분위기였다. 질리의 집에 있는 가구와 장식들은 대부분 허름하고 낡았지만 케이티는 늘 그 집이 좋았다. 어쨌든 주당 12파운드로는 저택에 살 수 없다. 집은 나름대로 꾸미면 된다. 축축한 냄새도 안 나고, 어둡지도 않았다.

30분 후 케이티와 질리는 킹 스트리트로 돌아갔다. 3월 초에 들어가기로 임대계약을 하고 2주 치 집세를 보증금으로 먼저 냈다. 소여는 바로 앞 브렌트퍼드에 살아서 일일이 집을 확인하러 오지 않을 것이다. 위층 세입자들도 둘과 비슷한 또래라 소음을 조금 냈다고 해서 불평하지는 않을 듯했다.

"오늘 밤에 해머스미스 클럽에 갈래? 축하는 해야지." 질리가 케이티를 부추겼다.

일요일 오후, 둘은 전날 클럽에서 새벽 1시에 돌아와 꼬질꼬질한 상태로 방 침대에 누워 있었다. 수십 명의 남자와 춤을 추고 술을 마시며 화려한 밤을 보냈다. 그곳에서 만난 롭과 존은 더블데이트를 하고 싶어 했다. 홀딱 반할 정도는 아니었지만 반듯하게 생긴 남자들이었다. 증권거래소에서 일한다던 그들은 매너도 나쁘지 않았고 소호에 있는 최고의 중국 식당에 데려가겠다고도 했다. 질리의 표현을 빌리면, '알아서 고급 식당에 데려가겠다는데 굳이 우리 돈으로 맛집 탐방을 해야 할 이유가 있을까?'.

점심을 먹고 난 후에야 케이티는 질리에게 사건의 진행 상황을 전했다. 예상대로 질리는 충격을 받은 듯했다. 앨버트가 체포된 사실은 알고 있었지만 케이티에게 이렇게 많은 비밀이 있을 줄은 몰랐다.

"그래서 아빠는 좀 어떠셔? 글로리아 아줌마 장례식은 어땠는지 들었어?"

케이티는 지금까지 벌어진 모든 일을 간략하게 말했지만 에드나에게 받은 노트 이야기는 하지 않았다. 생각이 완전히 정리될 때까지는 아무에게도 말하지 않는 게 좋을 것 같았다.

"에드나 씨가 뭘 그렇게 두려워하는 건지 모르겠어. 어떤 미친놈이 글로리아 아줌마 집에 불을 질렀다고 쳐. 그런데 다른 사람집에도 그렇게 할까?" 질리는 이해할 수 없다는 투로 말하며 얼굴을 찌푸렸다.

"에드나 씨랑 글로리아 아줌마가 도와준 여자들이 남편한테당한 부상에 대해 들으니 에드나 씨도 안전하진 않을 것 같더라고. 게다가 그분은 여자들을 차에 태워서 움직였으니까 더 위험할 수도 있어."

"그래서 동네를 떠나신다고? 정말 안됐다. 그 나이에 새로운곳에서 다시 시작한다고 생각해봐."

잠시 후 질리는 잠이 들었다. 케이티는 누워서 질리의 말을 곱씹었다. 불쌍한 에드나. 그렇게 힘든 일을 겪고도 사람들을 도왔는데, 정작 에드나에게 도움이 필요할 때는 누가 곁에 있어줄까?

일요일 저녁이 되자 에드나는 큰 짐가방을 들고 서둘러 차로 갔다. 그녀는 트렁크에 짐을 싣고 아끼는 물건들을 담은 상자를 가지러 다시 들어갔다. 며칠 있다가 사위의 밴을 빌려 나머지 물건을 가지러 와야겠다고 생각했다. 누군가 지켜볼까 두려웠기에 하루도 더 머물 수 없었다.

본햄은 에드나가 위험하다고 생각하지 않았다. 글로리아의 집에 불을 지른 사람이 누군지는 몰라도 이미 만족하고 있을 듯했다. 벡스힐에 있는 다른 집에 똑같은 짓을 하지는 않을 것이다.

하지만 에드나는 마음을 굳혔다. 딸 클레어의 가족들과 브로드스테어스에서 새롭게 시작하고 싶었다. 벡스힐에서 아주 먼 곳이기에 아는 사람을 마주칠 일도 없을 것이다. 클레어와 로저는 호텔을 운영했는데 늘 직원이 부족했다. 에드나는 새로운 동네에서 일을 구할 때까지 클레어의 호텔에서 일하기로 했다.

냉장고에 남은 음식까지 처리한 후 집 안의 불을 모두 껐다. 신발과 코트 몇 벌이 든 가방을 들고 문을 잠근 뒤 에드나는 집을 떠났다. 날이 무척 추웠다. 눈이 올 것 같아 서둘러 차에 시동을 걸고 출발했다. 글로리아가 죽은 후 처음으로 어두운 거리를 두리번거리지 않았다. 만약 그렇게 했다면 길 끝에 있는 적갈색 재규어를 그냥 지나치지 않았을 것이다. 이 동네에 그렇게 비싼 차는 흔하지 않으니까.

오늘 밤 곧장 브로드스테어스로 갈 계획은 아니었다. 뉴롬니에 있는 여관에서 며칠 묵었다 가려고 방을 예약했다. 전에도 클레어의 집으로 가는 길에 들러 머물곤 했던 곳이다. 벡스힐에서 헤이스팅스로 가는 동안 에드나는 해방감을 느꼈다. 내일 점심 때쯤이면 클레어의 가족과 함께 또 한 번 새로운 인생을 시작할 것이다.

헤이스팅스를 지나고 게스트링 도로에 접어들자 주위가 한산해져 긴장이 풀렸다. 에드나가 좋아하는 길이었다. 여름에 라이로 갈 때 자주 다니는 길이라 익숙했다. 그런데 윈첼시에 들어서기 직전, 차 한 대가 에드나를 앞질렀다.

"멍청한 놈. 길이 점점 좁아진다는 걸 아나 모르겠네." 에드나가 중얼거렸다. 그녀의 차가 오래된 랜드게이트 아래를 지나 습지로 이어지는 가파른 언덕을 내려갈 때였다. 맞은편에서 헤드라이트 상향등을 켠 차가 올라오며 경적을 울렸다. 에드나는 눈이 부셔서 앞을 제대로 볼 수 없었다. 같은 차선이라고 생각해 차를 피하려 반대 차선으로 방향을 틀었다. 그때 헤드라이트 사이로 하얀 물체가 보였다. 급하게 브레이크를 밟고 핸들을 반대로 돌리려고 했지만 이미 늦었다.

무언가 우지끈, 부서지는 소리가 들리며 차는 가파른 잔디 언덕 위로 미끄러져 강을 향해 돌진했다. 에드나는 소리를 지르며 핸들을 꼭 붙들어 속도를 늦추려 했다. 하지만 자동차는 바위 위로 튕기며 속력을 냈다. 눈앞에는 자동차 헤드라이트에 있는 타르처럼 검고 번지르르한 강이 펼쳐졌다.

자동차가 강으로 빠지며 문 아래부터 얼음처럼 차가운 물이 차오르기 시작했다. 에드나는 영화에서 이런 장면을 본 적이 있었다. 주인공은 수압 때문에 결국 문을 열지 못했다. 자동차가 강에 떠 있는 느낌이었지만, 물은 벌써 반쯤 찬 상태였다.

헤드라이트가 켜졌는데도 주위는 칠흑같이 어두웠다. 에드나는 사고 목격자가 있기를 바라며 윈첼시로 고개를 돌렸다. 하지만 구원의 빛은 보이지 않는 듯했다. 강 건너에 습지대가 보였다. 에드나는 경적을 눌러봤지만 작동하지 않았다. 공포에 떠는 자신의 비명만 들릴 뿐이었다.

갑자기 헤드라이트가 꺼졌다. 에드나는 본능적으로 창문 핸들을 돌렸다. 차가운 물이 홍수처럼 차 안으로 흘러들어와 자동차가 더 가라앉을 수도 있었지만, 창문이 유일한 탈출구였다. 에드나는 창문 위쪽 끝을 잡고 밖으로 나가려 애썼다. 머리와 어깨를 내밀어 운전석에서 벗어나려 안간힘을 썼지만 다리가 빠져나오지 못한 채로 창문에 끼어버렸다. 물은 계속 차올랐다.

다시는 클레어와 손주들, 아들 로버트를 볼 수 없을 거란 직감이 들었다. 에드나는 피하려던 차가 윈첼시에서 자신을 앞지른 적갈색 재규어라고 확신했다. 뒤따라오다 앞질러 간 뒤, 다시 언덕 아래에서부터 올라와 에드나를 도로에서 떨어뜨린 것이다.

에드나는 왜 밤에 움직였을까. 아침까지 기다렸어야 했는데. 차가 거의 다니지 않는 도로였다. 지금 지나가는 차가 있다고 해도 강에 빠진 에드나와 검은색 차를 보기는 어려울 테다. 자동차가 계속 가라앉으며 물이 목까지 차올랐다. 에드나는 도와달라고 소리 지르며 창문 밖으로 나가려 했지만 찬물이 몸을 마비시켰다. 남아 있는 힘과 빠져나갈 의지가 완전히 사라졌다.

남자는 두 명을 제거했다. 모든 게 끝났다.

7

"그래서 새 직장은 괜찮을 것 같니, 케이티?" 조앤이 식탁에서 야채가 든 접시를 건네며 물었다. 케이티는 출근 첫날 얼마나 무서웠는지를 떠올렸다. 직원 모두가 우아하고 똑똑해 보여서 괜히 자신만 시골뜨기처럼 느껴졌다.

"월요일에는 좀 무섭기도 했는데 이제는 누가 누구고 어떤 일을 하는지 알아서 좀 나아졌어요. 아마 괜찮을 거예요."

"나도 동물원에서 처음 며칠은 그랬어. 길도 못 찾았다니까. 내가 동물에 대해 아무것도 모르는 바보같이 느껴지더라고. 그런데 어느 순간 자리가 잡히더라. 그래도 당분간은 '새로 온 애'로 불리겠지만." 질리가 웃으며 말했다.

켄은 케이티와 질리를 번갈아 봤다. "너희 둘 다 대단해. 원하던 직장도 구하고 적당한 아파트도 찾고. 너희가 계속 우리와 함께 있으면 좋겠지만 독립하려는 의지는 감탄스러워." 둘이 대답할 말을 찾는 사이에 복도에서 전화가 울렸다.

"누구지? 이 시간에 전화할 사람이 없을 텐데." 전화를 받으러 가는 켄을 보며 조앤이 말했다. "언더우드입니다. 누구시죠?" 평소와 달리 낮고 정중한 켄의 목소리에 케이티와 질리가 숨죽여 웃었다. "네, 있어요. 바꿔드릴게요." 켄이 거실로 돌아왔다. "네 전화야, 케이티. 목소리가 상류층 인사 같던데." 케이티는 바로 전화를 받았다. 마이클 본햄이었다.

"여보세요. 좋은 소식인 거죠? 아빠가 풀려났나요?"

"케이티 씨, 그러면 좋겠지만 아버님과 직접적으로 연관된 소식은 아니에요. 주말에 에드나 콜트레인 씨의 자동차가 라이 근처 도로에서 미끄러져 강으로 떨어졌대요."

"말도 안 돼. 설마……" 케이티는 숨이 턱 막혀 말을 잇지 못했다.

"아니에요, 에드나 씨는 살아 있어요. 아슬아슬하긴 했지만요. 어떤 남자가 개랑 산책하다가 이상한 소리가 나서 가봤더니, 강에 빛이 보이고 비명 소리 같은 게 들렸대요. 허둥지둥 내려가니까 차는 거의 물에 잠기고 에드나 씨가 창문에 몸이 반쯤 낀 채로 엎드려 있었다더군요. 어찌어찌 밖으로 꺼내서 인공호흡을 했대요. 운 좋게 다른 사람이 손전등 불빛을 보고 차를 세워 구급차를 불렀고요. 지금 헤이스팅스 병원에 입원해 있어요."

"아빠와 직접적인 연관이 없다고 하신 건 단순 사고가 아니란 말씀인가요?"

"그런 것 같아요. 경찰 의견도 그렇고요. 에드나 씨가 의식을 되찾은 후에 적갈색 재규어가 범인인 것 같다고 했어요. 윈첼시에 들어서기 전에 차 한 대가 자신을 추월했는데, 조금 뒤에 똑같은 차가 좁은 도로를 역주행해 올라와서는 헤드라이트를 깜빡이며 들이받았대요. 피하려고 방향을 틀었는데도 부딪쳤고요."

"너무 끔찍해요!" 케이티가 소리쳤다.

"그렇죠. 정말 무서운 일이에요. 심지어 처음부터 계획적으로 움직인 것 같아요. 경찰이 에드나 씨의 차바퀴 아치와 날개 부분에서 크게 파인 곳을 발견했거든요. 차체에는 적갈색 흔적이 있었고, 윈첼시 도로 밑에는 급하게 타이어를 돌린 자국도 남아 있었어요. 의도한 게 아니라면 차를 추월하고 다시 돌아올 리없죠. 왼쪽의 파인 부분도 그렇고요. 역주행이 아니었으면 왼쪽이 아니라 오른쪽 바퀴 아치가 나가는 게 정상이니까요. 적갈색 자국도 재규어의 색과 일치해요."

"맙소사! 그럼 불을 질러 글로리아 아줌마와 딸을 죽인 범인과 같은 사람인 거예요?" 케이티는 순간 기절할 것 같은 기분을 느꼈다.

"그럴 수도 있죠. 에드나 씨는 브로드스테어스에 있는 딸의 집에 가는 길이었어요. 재규어를 본 사람이 에드나 씨의 뒤를 밟은 것 같아요."

"길을 잘 안다는 건 이 지역 사람이라는 거겠죠?" 케이티가 조심스레 말했다.

"꼭 그렇지는 않아요. 그냥 한 번 가봤던 도로일 수도 있으니까요. 경치가 좋으면서도 위험한 길로 유명한 곳이잖아요. 어쨌든 이런 소식을 전하게 돼서 미안해요. 그래도 알려야 할 것 같아서요."

"말해주셔서 감사해요. 에드나 씨를 보러 가실 건가요? 가시게 되면 정말 죄송하다고, 쾌유를 빈다고 전해주세요. 그런데 얼마나 다치신 거예요?"

"쇼크가 가장 심각하대요. 거의 익사할 뻔했으니까요. 앞쪽 유리에 머리를 심하게 부딪쳤고 손목을 접질린 데다 온몸이 멍투성이래요. 쇼크 때문에 심한 감기와 폐렴에 걸리기도 했나봐요. 강에서 조금만 더 있었어도 위험했을 거예요. 누가 발견해서 도와준 게 기적이죠. 알다시피 그 아래는 집도 없고 습지대뿐이잖아요. 더구나 겨울밤에 그 길을 지나가는 사람이 있을 확률은 거의 희박하죠. 에드나 씨 말처럼 개 주인이 구세주인 거죠. 아무튼, 케이티 씨 말도 전할게요."

"앞으로 얼마나 더 두려움 속에 사실까요. 누군가 자기를 해치려 할 걸 예상하고 벡스힐을 떠나신 거였어요." 케이티의 눈에 눈물이 고였다. 사실 케이티는 에드나가 글로리아를 죽인 사람이 자기를 쫓아올 것 같다고 했을 때만 해도 과잉반응이라고 생각했다.

"그래도 이제 개인병실에 있으니까 안전할 거예요. 경찰이 계속 병실 앞을 지키면서 방문객을 확인하고 있거든요. 에드나 씨는 꽤 안정된 상태예요. 자제분의 집에 가면 더 안정되실 거고요."

"아빠도 이 일을 아시나요?"

"네. 오늘 루이스 교도소에 들러서 말씀드렸어요. 물론 이 일로 무죄가 되진 않겠지만 경찰에게 제대로 된 조사를 촉구할 계기가 만들어진 셈이죠. 아, 동생분도 왔다 갔어요. 로버트 씨가 케이티 씨에게 전화하겠다고 했어요."

본햄은 새 직장과 아파트에 대해서도 물었다. 케이티는 직장도 괜찮고 아파트도 구했다고 답했다. 그는 새로운 소식이 있으면 전화를 하거나 편지를 쓰겠다는 말로 대화를 마무리했다.

"어떡해, 너무 속상하다. 누군지는 몰라도 정말 최악이야. 빨리 잡히길 기도하자." 케이티가 거실로 돌아가 에드나 이야기를 전하자 질리가 말했다.

저녁을 먹은 후 혼자 침실로 올라온 케이티는 에드나가 준 노트를 꺼내들고 무엇을 해야 할지 생각했다. 노트에는 에드나와 글로리아가 도와준 여자들이 남편과 살던 주소가 적혀 있었다. 아직 그 주소지에 살고 있는 사람 중 바퀴 아치가 파인 적갈색 재규어를 모는 사람이 있다면 경찰이 체포할 수 있는 결정적인 증거가 될 테다. 하지만 과연 벡스힐 경찰이 런던까지 와서 자동차를 조사할까?

확신할 수 없었다. 케이티는 라이와 헤이스팅스와 같은 남부 해안 쪽 경찰들이 대도시 경찰들의 활동 지역에 침범하길 꺼린다고 들었다. 대도시 경찰서에 주소를 요청할 수도 있지만 일을 제대로 하리라는 보장이 없었다. 본햄도 다른 지역 경찰들이 서로 정보와 인력을 공유하지 않는 건 잘못된 거라고 지적했었다.

그녀가 수첩을 경찰에 넘기면 돌려받지 못할 수도 있다. 그렇게 되고도 경찰이 아무 조치도 취하지 않으면 케이티는 죄책감에 시달릴 것 같았다.

"그러니까 네가 직접 나서는 거야, 케이티." 그녀가 혼자 중얼 거렸다. "그렇게 어렵지 않아. 집으로 돌아가지 않은 여자들의 주소를 찾아서 차를 확인하기만 하면 돼. 모두 가까운 데 살고 있잖아."

질리에게 이 계획을 말하면 말릴 게 뻔했다. 조앤과 켄도 반대하겠지. 하지만 주소를 확보하면 들키지 않고 토요일에 혼자 확인하러 다녀올 수 있다. 종일 혼자 밖에 있을 핑계를 대기가 쉽진 않겠지만 뭐라도 지어낼 수 있을 것이다.

케이티는 아빠에게 보내는 편지에 직장과 새로운 아파트에 관한 내용, 런던 생활을 얼마나 즐기고 있는지에 대해 적었다. 본햄이 전화로 에드나의 소식을 알려줬던 내용도 덧붙였다. 케이티는 이번 사건이 아빠에게 좋은 방향으로 작용하길 바랐다. 직접 훼손된 재규어를 찾아낼 거라고 말하고 싶었지만 괜히 아빠를 걱정하게 하고 싶지 않았다. 이후 로버트에게도 편지를 쓰며 아빠의 안부를 묻고 자신의 소식을 적었다. 제대로 대화할 수 있게 전화번호를 알려달라는 부탁도 빼놓지 않았다.

목요일 점심시간에 케이티는 샌드위치와 에드나에게 받은 노트를 들고 직원실로 갔다. 회사 사람들이 거의 사용하지 않는 작은 방이었다. 투박하고 공기가 통하지 않으며 싱크대와 노란색 호마

이카 탁자, 흔들거리는 의자와 낡은 소파가 전부인 공간이었다.

케이티는 탁자에 노트를 펼쳐놓고 가장 최근에 만난 여자들의 이름이 적힌 마지막 페이지부터 살펴보기 시작했다. 목록을 거꾸로 되짚어 올라가며 남편이 있는 집으로 돌아가지 않은 여자들의 이름을 적어나갔다.

11월 말부터 12월 사이에 도움을 받은 마지막 다섯 명은 명단에 포함하지 않았다. 에드나가 집에서 나온 첫 달이 폭행을 당한 여성들에게 가장 괴로운 시기라고 했던 말이 생각났기 때문이다. 익숙한 곳을 그리워하며 경제적인 어려움에 시달리는 경우도 있었다. 부탁할 친구와 가족도 없어서 더 외롭고 힘들게 느껴지는 시기라고 했다. 남편이 그렇게 나쁜 사람은 아니라는 합리화를 하게 되고 자신이 나와 있는 동안 남편이 과거의 행동을 뉘우쳤길 바라게 된다. 그래서 케이티는 지금쯤이면 집으로 돌아갔을지도 모를 그 여자들은 목록에서 제외했다.

노트를 훑으며 한 번도 남편에게 돌아가고 싶다는 유혹에 넘어가지 않은 여자 여섯 명을 추렸다. 그 여자들의 남편은 모두 짐승이었다. 자신의 아내가 심각한 부상으로 병원 신세를 지게 될 때까지 폭행을 멈추지 않았다. 그중 세 집의 자녀들은 엄마가 맞는 광경을 목격하고 정신과 치료를 받아야 했다.

"뭘 그렇게 열심히 봐요? 그것도 이렇게 음침한 장소에서." 찰스의 목소리에 케이티는 깜짝 놀랐다. 그러고는 어색하게 웃었다. 찰스는 회사에서 가장 젊은 변호사였다. 큰 키에 짙은 갈색 머리, 초콜릿색 눈동자가 매력적이었다. 소위 연애 경험이 많은 여자들이 그를 본다면 '침대로 부르는 눈'이라고 할 법했다. 완벽하게 고르고 하얀 치아를 드러내며 웃으면 케이티도 그에게 반할 것 같았다.

"깜짝 놀랐잖아요." 케이티는 에드나의 노트와 자신이 적은 'A부터 Z' 목록을 덮으며 말했다.

"가지 말아요. 추워서 밖에 나가고 싶지 않아요. 차를 좀 만들 건데, 저랑 차 한잔 마시지 않을래요?"

케이티는 시계를 봤다. "그럼 아주 잠깐만 있을게요. 점심시간이 10분밖에 안 남았거든요."

케이티는 찰스가 막내 변호사라는 건 알았지만 전체적인 계급 구조는 아직 파악하지 못한 상태였다. 어떻게 법정 변호사가 되는지, 법정 변호사와 칙선 변호사의 차이는 무엇인지, 어떤 과정을 거쳐야 변호사가 되는지, 혹은 칙선 변호사는 무엇이 더 특별한지 등. 아마 찰스가 알려줄 수도 있을 것이다.

찰스는 주전자를 올려놓고 케이티를 돌아봤다. "뭐에 열중하고 있었는지 말 안 해줬잖아요."

"아, 별거 아니에요. 런던에 올 때 친구가 준 주소록이에요."

"'A부터 Z' 목록은요?"

케이티는 살짝 움찔했다. 찰스를 속이기는 쉽지 않을 듯했다.

"그냥 다들 어디 사는지 확인 중이었어요."

"찾아가려고요? 왜요?"

"그럴 수도 있고요. 제 친구 엄마의 주소록인데 지금 병원에 계시거든요. 너무 멀지 않으면 그분들을 찾아가 보려고 했어요."

"편지를 쓰는 편이 낫지 않나요?" 차 만들기를 마친 찰스는 벽에 기대 팔짱을 끼고 물었다. "왜 거짓말하는 거예요?"

케이티는 얼굴이 빨개졌다. "뭘 그렇게 꼬치꼬치 물어요? 사무실에서 어떤 사람이 문틈으로 고개를 내밀고 무슨 일을 왜 하는지 물으면 뭐라고 답할 건가요?"

"신경 *끄*라고 하겠죠." 찰스가 웃었다.

"그럼 좀!"

"좀 뭐요? 퇴근하고 술 한잔하러 갈래요?"

"저를 더 닦달하려고요?"

"아마도요. 그런데 이 일보단 케이티 당신에 관한 거로요. 저는 사람들을 알아가는 게 좋거든요. 어때요? 같이 갈래요?"

"안 돼요. 지금 친구 이모네서 지내고 있는데 이모님이 저녁을 준비해 주신댔거든요."

"그럼 내일은요? 금요일이니까 다음 날 쉬잖아요. 또 다른 평계가 있나요?"

"생각이 안 나네요. 좋아요, 찰스. 일단 지금은 차를 빨리 마시고 다시 일하러 가야겠어요." 케이티가 미소 지었다.

오후 내내 케이티는 업무에 집중하기가 어려웠다. 찰스처럼 잘생기고 성공한 사람이 데이트 신청을 했다는 사실이 믿기지 않았다. 퇴근하고 술 마시는 게 데이트인지는 확신할 수 없지만, 아마 그렇지 않을까. 혹시 새로 온 여자들에게 다 작업을 거는 걸까? 궁금했지만 물어볼 사람이 없었다. 변호사들은 사무실 직원과 친하게 지내면 안 되는 분위기였다.

케이티는 빨리 집에 가서 질리에게 회사에서 있었던 일을 말해주고 싶었다.

"완전 잘됐다! 괜찮은 남자 같은데 열심히 올가미를 씌워봐. 나도 동물원에서 눈여겨보고 있는 사람이 있어. 그 사람은 아직 나를 모르지만." 질리가 체셔 고양이처럼 히죽히죽 웃었다.

"그 사람도 곧 널 알게 될 거야. 그리고 나는 '올가미 씌우는' 데는 관심 없어. 무슨 야생 동물도 아니고."

"동물한테 배울 게 얼마나 많은데. 간식으로 훈련도 되고, 짝짓기할 암컷을 위해 사냥도 한다고." 질리가 키득대며 말하자 케이티가 비웃었다. "그놈의 짝짓기, 나는 못 하게 할 거야. 뭐, 내일 술 한잔하고 나면 어떻게 될지 모르지만."

"토요일이나 일요일 데이트로 이어지길 바랄게. 나는 주말 내내 일해야 하는데, 네가 외로운 건 싫으니까." 질리가 슬픈 표정을 지었다.

"네가 없으면 외롭겠지만 버틸 수는 있어." 케이티가 웃었다. 토요일 계획에 대해 거짓말할 필요가 없어졌다. "토요일에 일 어디서 끝나? 내가 그쪽으로 가서 기다렸다가 햄스테드나 다른 데로 같이 술 마시러 갈까?"

"나 동물원 갔다 오면 냄새나." 질리가 코를 찡그리며 대답했다. "어떤 여자애들은 거기서 씻고 옷을 갈아입는데 나는 그렇게까지 하지는 않으려고. 집에 들러서 샤워하고 나가자."

저녁을 먹은 후에 케이티는 에드나에게 편지를 쓰려고 책상 앞에 앉았다. 본햄이 에드나가 머물고 있는 브로드스테어스의 주소를 알려줬다. 이전보다 더 두려움에 떨고 있을 에드나를 생각해 노트에 관한 이야기나 그들 중 누가 범인인지 확인하러 간다는 계획은 알리지 않았다. 에드나에게 일어난 일을 듣고 얼마나 속상한지만 적었다. 케이티는 새로운 직장과 1주일 후에 질리와 새 아파트로 이사할 계획에 관해서도 썼다.

하지만 편지를 쓰면서도 케이티의 마음은 찰스로 가득했다. 데이트에 무슨 옷을 입고 가야 할지 고민하고, 그날 저녁에 머리를 감아야겠다고 생각했다. 런던에서는 그래도 서른다섯 살 이하의 사람들 사이에서 올림머리 유행이 지나 다행이었다. 많은 여성들은 실라 블랙(Cilla Black, 영국 가수)의 짧은 머리나 어깨 길이에서 밖으로 뻗치는 머리를 고집했다. 하지만 케이티가 보기에 미니스커트를 입는 잘나가는 여자들은 대부분 긴 생머리였다. 스트레이트 포커처럼 곧게 뻗은 머리를 마는 건 늘 번거로웠기에 유행이 지나가서 기뻤다. 사무실 복장으로는 너무 짧다는 잔소리를 들을 각오로 흑백 패턴의 시프트 드레스를 입기로 결심했다.

그날 밤, 케이티는 잘 준비를 하며 접착테이프로 앞머리를 고정했다. 그렇게 하면 머리가 뻗치지 않고 자연스럽게 말린다. 갑자기 긴장이 됐다. 이전에 데이트했던 남자들은 대부분 현장노동직에 세련되지 않았고 말도 거의 없었다. 하지만 찰스는 말을 잘하는 편이라 자신를 지루하고 촌스럽다고 여길까 봐 걱정이 됐다. 케이티는 쾌활하고 똑똑해 보일 만한 대화 주제를 생각하다 잠이 들었다.

"그래서 정말 그 노트로 뭐하고 있던 건지 말 안 해줄 거예요?" 찰스가 케이티의 두 번째 술잔을 채우며 물었다.

"호기심이 많네요. 이미 말씀드린 대로예요." 케이티가 웃으며 말했다. 찰스는 케이티 옆에 앉아 맥주를 한 모금 들이켰다. 마이터는 직장인들이 교외에 있는 집으로 가는 길에 가볍게 술을 마시러 들르는 곳이라 퇴근 시간엔 대체로 붐볐다. 찰스는 하이 홀본High Holborn에 있는 술집으로 케이티를 데려갔다. 직장동료를 마주치고 싶지 않았기 때문이다.

"공립학교 출신 인간들은 정말 진저리나요. 저녁 내내 일 얘기를 한다니까요. 저는 퇴근하면 일 생각은 하고 싶지 않아요. 법조계에서는 보기 드문 유형이죠."

케이티도 그렇게 생각했다. 찰스는 사무실 사람이나 일과 관련된 얘기는 전혀 하지 않았다. 그는 질리에 관해 물었다. 언제부터 친구였는지, 이사하려는 아파트는 어떤 곳인지 등등. 찰스는 햄프셔에 있는 작은 마을에서 태어났고 여동생이 둘 있다고 했다. 지금은 웨스트민스터에서 마이크라는 친구와 함께 산다. 둘은 케임브리지 대학교에서 만났고, 마이크는 증권거래소에서 일한다. 케이티는 찰스가 변호사 일을 별로 좋아하지 않는데 부모님 등쌀에 하게 된 듯한 느낌을 받았다.

"노트에 대해 그렇게 숨기는 걸 보니 분명 무슨 일을 계획하고 있는 거죠? 변호사를 하다 보면 거짓말을 알아채는 눈치가 빨라져요. 아버지가 지금 두 여자를 방화 살인한 혐의로 구금된 것도 알고 있고요."

케이티는 충격에 입을 다물 수 없었다. "그걸 어떻게 알아요?"

"제가 기억력이 좀 좋거든요. 신문에서 벡스힐에 사는 스피드라는 남자가 불을 질러 두 사람이 죽었다는 기사를 봤어요. 그땐 그냥 넘겼는데 사무실에 케이티 스피드라는 직원이 새로 온 거죠. 벡스힐 출신. 그래서 뭔가 연관이 있겠구나 생각했어요. 하지만 걱정 마요, 케이티. 다른 사람들은 몰라요."

케이티는 땅으로 꺼지고 싶은 기분이었다. 당황스러웠지만 자신의 입장을 설명하려 했다.

"괜찮아요. 저한테 아버지의 결백을 입증하려 하지 않아도 돼요." 찰스가 케이티의 손에 자신의 손을 포개며 말했다. "제가 알아낸 바로는, 아, 몇 군데에 사건에 대한 정보를 물어봤거든요. 벡스힐 경찰이 조사에 처참히 실패했던데요. 아버지는 보석금 없이 곧 풀려나실 것 같아요. 이제 노트에 대해 다시 물을게요. 아버지를 위해 탐정 역할을 하려는 거죠?"

글로리아와 에드나에 대해 사실대로 털어놓을 수밖에 없었다. 케이티는 노트에 그 둘의 도움을 받은 여자들의 정보가 적혀 있다고 말했다. 그리고 누군가 에드나를 죽이려 했다는 얘기도 덧붙였다.

"그렇군요. 하지만 그 남자들의 정보를 알아내려 하면 안 돼요. 적갈색 차를 찾았다고 해도 차 주인이 당신을 죽이려 먼저 움직일 수도 있어요." 찰스가 조심스레 말했다.

"찾아가서 문을 두드리려는 건 아니었어요. 차를 찾으면 경찰이랑 아빠 변호사한테 정보를 넘기려고 했죠."

"그래도 위험해요. 이 남자는 눈치가 빠르고 관찰력과 인내심도 있는 것 같아요. 양심의 가책도 없이 글로리아와 에드나에게 복수하려 했고요. 치명적인 조합이죠. 그렇지 않나요?"

"그렇죠. 하지만 그 남자는 저를 모르잖아요? 들키지 않고 집 앞을 지나갈 수 있을 거예요."

"그걸 어떻게 장담하죠? 이 남자는 글로리아 씨를 죽이려고 오랜 기간 동안 계획을 세웠어요. 글로리아 씨의 장례식에 조문객으로 왔을 수도 있고 방화를 계획하면서 케이티를 봤을 수도 있어요. 아버지가 글로리아 씨와 친구인 걸 확인하고 아버지 창고에 등유와 천을 넣어둔 걸 수도 있고요. 케이티를 알 수도 있단 소리죠."

"거기까지는 생각을 못 했어요." 케이티가 고개를 숙이며 말했다. 찰스는 케이티의 얼굴을 손으로 들어 올리며 미소 지었다.

"그러니까 제가 변호사인 거죠. 저는 확률을 따지는 일로 먹고 살잖아요. 나쁜 사람들을 몇 년째 변호하고 기소하면서 사람을 신뢰하고 싶은 마음을 억누르며 살았죠. 케이티도 그러는 게 좋아요. 아무튼, 잔소리하려고 데이트 신청한 건 아니니까. 빨리 마시고 좋은 식당을 찾아가볼까요?"

사실 찰스는 이미 마이터에서 가까운 곳에 있는 작은 이탈리아 식당을 예약해놨다. 화려하기보단 아늑한 장소였다. 빨간색 체크무늬 식탁보와 키안티(이탈리아 토스카나 지방산 적포도주) 병에 꽂힌 촛불이 있었다.

종업원과 주인이 찰스를 친절하게 맞이하는 걸로 보아 단골인 듯했다. 케이티는 찰스에게 주문을 맡겼다. 케이티가 이탈리아 음식에 대해 아는 거라곤 벡스힐에 있는 그리스인이 운영하는 식당의 음식이 전부였다. 식당 주인은 메뉴판에 피자와 라자냐를 적어 놓고 글로벌한 식당이라고 자부했지만 둘 다 맛도 없었다.

찰스는 더 이상 노트나 케이티의 아빠에 관한 얘기를 꺼내지 않았다. 전채요리로 마늘 버섯 요리를 먹으면서 찰스는 질리와 함께 살 아파트, 케이티의 관심사에 관해 물었다.

"저도 오지랖이 넓어요." 케이티가 농담조로 말했다. "사람들 관찰하는 것도 좋아하고요. 그래서 사람과 관련된 직업이 적성에 맞나봐요. 춤이랑 독서, 수영도 좋아해요. 그리고 제 집이 생기면 요리랑 정원 손질도 제대로 해보고 싶고요. 찰스는요?"

"크리켓을 꽤 하는데 피아노는 못 쳐요. 책 읽기랑 국토대장정도 좋아하고요. 그런데 사실 변호사 일은 즐겁지 않아요. 사람들에 대한 기대가 있어서 그런가봐요. 현실은 거짓말과 사기가 난무하고 사람들은 욕심만 많죠. 의리라곤 찾아볼 수도 없고요."

"그럼 직업을 바꿀 수 있다면 어떤 일을 하고 싶어요?"

"비웃으면 안 돼요."

"당연하죠." 케이티가 약속했다. 찰스는 와인을 잔 안에서 돌리며 망설이다 말했다. "채소밭을 꾸리고 나무랑 꽃을 심어서 팔고 싶어요."

"좋은데요. 그런데 조금 전에는 정원 가꾸기를 좋아한단 말은 하지 않았잖아요."

"그냥 케이티가 먼저 말했길래요. 저는 어렸을 때부터 묘목 이식이나 퇴비 거르기, 식물에 물주기 같은 일을 좋아했어요. 본가에 가면 잡초 뽑고 울타리를 손질하는데, 부모님은 별로 안 좋아하시죠."

"저희 부모님도요." 케이티가 웃었다. "제가 잡초 뽑다가 꽃도 뽑을까 봐 아빠가 매의 눈으로 감시하세요. 올해 화초는 무슨 색으로 할지, 채소밭에 뭘 새로 심을지 의견을 말해도 무시당하기 일쑤고요."

둘은 동시에 웃었다. 그 순간, 케이티는 자신이 이 남자를 좋아한다고 느꼈다. 단지 잘생기거나 직업이 좋아서가 아니었다. 오늘 밤이 영원했으면 좋겠다는 생각뿐이었다.

케이티와 찰스는 오랫동안 저녁을 먹으며 많은 이야기를 나눴다. 지중해식 토마토와 바질 소스를 곁들인 닭 요리를 먹었지만 케이티는 찰스를 보느라 자기가 뭘 먹고 있는지도 몰랐다. 말할 때의 찰스는 무척 쾌활했다. 전에 만났던 남자들과는 달랐다. 그들은 흥미로운 대화는커녕, 문장을 제대로 마무리하지도 못했다. 찰스의 초콜릿 같은 눈동자가 케이티의 척추에 달콤한 전율을 일으켰다.

엄마 이야기까지 할 생각은 아니었다. 그런데 정신을 차려보니 케이티는 힐다가 얼마나 까다로운 사람인지에 관해 말하고 있었다.

"평생 엄마 눈치를 보며 산 것 같아요. 아빠도 그러셨죠. 엄마는 항상 성질을 내고 짜증을 부리시거든요. 즐거워하는 모습을 본 적이 없어요."

"친할머니가 그러셨어요. 그래서 할아버지도 고생하셨죠. 저희 아버지한테도 못되게 구셨고요. 아버지는 케임브리지로 가서 따로 살았어요. 한 번은 할머니께 기회를 드리는 의미로 저희를 데려가신 적이 있어요. 손주가 가면 좀 달라질까 해서요. 하지만 소용없었죠. 저와 동생들이 있을 때도 할머니의 불평과 비난은 끊이지 않았거든요. 할아버지는 할머니와 떨어져 있으려고 오랜 시간을 정원에서 보내셨어요. 제가 다섯 살인가 여섯 살밖에 안 됐을 때였는데도 알겠더라고요. 할머니는 제가 열세 살 때 돌아가셨어요. 솔직히 아버지와 할아버지 어깨에서 짐이 덜어진 듯했죠. 장례식 직후에 아버지랑 할아버지 집에서 시간을 보냈던 게 기억나요. 두 분은 위스키를 마시면서 저와 함께 카드 게임을 하셨어요. 두 분 다 깔깔대며 저를 놀리셨죠. 그 뒤로 저는 정원 일을 도와드리고 쓰레기를 태울 모닥불을 피우며 할아버지 집에서 많은 시간을 보냈어요. 할아버지는 할머니에 대한 얘기를 전혀 꺼내지 않으셨어요. 아버지한테도요. 어쨌든 할아버지는 훨씬 행복해 보이셨죠."

"저는 이 지긋지긋한 일이 끝나면 아빠가 엄마한테 돌아갈지 궁금해요. 엄마는 편지도 안 쓰고 교도소에 찾아가지도 않았어요. 보석으로 풀려나도 집에 못 들어오게 할 거라면서요."

"아버지 본인을 위해서라도 안 돌아가셨으면 좋겠네요. 할머니가 돌아가시고 나서도 할아버지는 8년을 더 사셨는데, 제가 본 모습 중에 가장 행복해 보이셨거든요. 그땐 이혼이 흔하지 않았잖아요. 아버지는 어머니가 항상 웃는 모습이어서 사랑에 빠졌다고 하신 적이 있어요. 어머니는 다른 사람을 흉보지 않으셨어요. 저희 남매가 어렸을 때도요. 저는 그게 정말 좋았어요. 올바르게 행동하고 무언가를 성취해서 엄마가 저희를 자랑스러워하게 해드리고 싶었죠."

"변호사가 돼서 어머니가 엄청 자랑스러워하셨겠어요."

"그런데 케이티, 어머니는 제가 정원사가 돼도 자랑스러워하셨을 거예요. 어쩌면 변호사가 된 것보다 더요. 어머니가 도와줄 수 있는 일이니까요. 하지만 변호사였던 할아버지를 따라 이 길을 선택했죠."

"정원사 일도 분명 잘했을 거예요. 그리고 언제든 일을 그만두고 원하는 걸 할 수 있잖아요. 여기 계속 있을 필요 없어요. 그렇지만 지금은 가지 말아요. 제가 런던에 온 지 얼마 안 됐으니까 당신을 좀 더 알아가는 게 우선이에요."

마지막 말이 입을 떠나는 순간 케이티는 아까 술을 마시고도 식당으로 자리를 옮겨 와인 두 잔을 더 마신 걸 후회했다. 너무 직설적이었다. 절대 말을 많이 하지 않기로 저녁 내내 혼자 다짐했던 걸 전혀 지키지 못했다. 케이티는 찰스를 제대로 쳐다볼 수 없었다. 힐끗, 곁눈질로 보니 찰스는 웃고 있었다.

"그렇게 말해줘서 고마워요, 케이티. 갑자기 회사가 더 좋은 곳처럼 느껴지네요."

찰스는 지하철로 케이티를 해머스미스까지 데려다줬다. 역 밖으로 나와서는 케이티에게 팔을 둘러 가까이 잡아당겼다.

"당신은 보물 같은 사람이에요. 발견되지 않은. 아직 아무도 그 가치를 제대로 알아보지 못한 거죠." 찰스가 부드럽게 말했다. 그러고는 사람들이 지나다니는데도 케이티를 자기 쪽으로 돌려 키스했다.

지금껏 케이티가 경험한 것 중 최고의 키스였다. 발가락이 꼬이고 심장은 더 빠르게 뛰었다. 처음 느껴보는 달콤한 끌림이었다. 키스는 멈출 줄을 몰랐다. 케이티는 이대로 시간이 멈추길 바랐다. 입술이 떨어진 후에도 그는 여전히 가까이 있었다. 찰스는 이마에 입을 맞추고 케이티를 끌어안았다.

"주말에 부모님 뵈러 가기로 한 게 후회되네요. 당신과 시간을 보내고 싶어요. 대신 월요일 밤에 영화 보러 갈까요? 〈그리스인 조르바〉가 꽤 괜찮대요." 잠시 후에 찰스가 말했다.

"좋아요."

케이티는 이 남자와 함께라면 얼어 죽을 것처럼 추운 버스 정류장에 앉아만 있어도 행복할 것 같았다. 찰스는 케이티를 집까지 데려다주며 작별 키스를 했다. 아까보다 더 깊게.

"이제 가야겠어요. 안 그럼 웨스트민스터로 가는 지하철을 놓칠 거예요. 월요일에 봐요." 찰스가 한참 후에 말했다.

케이티는 현관으로 가는 계단에 올라서서 찰스가 걸어가는 모습을 지켜봤다. 두꺼운 남색 외투를 입었는데도 몸이 탄탄하고 유연해 보였다. 보폭이 크고 단호한 걸음걸이까지 완벽했다. 찰스는 길을 반쯤 걸어가다 돌아서서 케이티에게 인사하며 뒤로 걷기 시작했다. 케이티는 손으로 얼굴을 가렸다. 날이 추운데도 얼굴이 화끈거렸다. 기쁨의 환호성을 지르며 길 위에서 춤을 추고 싶은 기분이었다.

8

케이티는 질리가 바지를 입으려고 한 발로 폴짝 뛰는 소리에
잠에서 깼다. 전날 밤, 케이티가 돌아왔을 때 질리가 자고 있어
서 아직 찰스와의 데이트 이야기를 들려주지 못했다. 내심 아침
에 먼저 물어봐주길 기다렸지만 질리는 늦을까 봐 서두르느라
정신이 없었다. 질리가 아래층으로 내려가려고 문을 열다 케이티
를 돌아보며 물었다. "데이트는 어땠어?"

"엄청났지. 지금은 말고, 이따 밤에 얘기해줄게."

"기대할게! 다시 찰스 꿈꾸러 가." 질리가 우스꽝스러운 표정을
지어 보였다.

케이티는 다시 누웠지만 어젯밤 찰스와의 키스 생각에 다시
잠들지는 못했다. 동시에 감옥에 있는 아빠가 생각나 죄책감이

들기도 했다. 찰스가 적갈색 재규어를 찾지 말라고 조언했지만, 케이티는 그냥 여섯 명의 집 앞을 지날 뿐인데 무슨 일이 생길까 싶었다. 조금 튀는 밝은색 머리만 털모자로 숨기면 되지 않을까. 무엇보다 케이티는 런던을 더 자세히 둘러보고 싶었다. 날씨도 상쾌하고 맑아서 산책하기에 완벽했다.

조앤이 차려준 든든한 아침을 먹고 나오자 11시가 다 돼 있었다. 케이티는 햄스테드 지하철역 밖에서 'A부터 Z' 목록을 훑어 봤다. 첫 번째 주소는 황야가 내려다보이는 언덕 위의 집이었다. 햄스테드에 처음 와본 케이티는 첫눈에 이곳이 부유한 동네라는 걸 알아차리고 놀랐다. 지나는 길에 있는 작은 상점들과 보석 가게, 기념품점에 혹해서 들르고 싶었지만, 나중에 질리와 다시 와서 구경하겠다고 다짐하며 참아냈다.

첫 번째 집은 마거릿 포스터가 다섯 살과 일곱 살, 두 아들을 데리고 나간 곳이었다. 아름다운 조지아풍의 집은 양옆에 창문을 두고 가운데 대문이 있는 형태였다. 앞쪽에는 울타리가 쳐진 정원이 있었다. 케이티는 집 안을 몰래 훔쳐보려 쇠로 된 높은 대문 앞에 멈춰 섰다.

마거릿의 남편은 로얄 프리 병원의 외과의사였다. 빛나는 남색 현관문 양옆으로 공 모양의 녹색 덤불이 돌항아리에 깔끔하게 심겨 있었다. 외관만 봐서는 그녀의 남편이 폭력적인 사람일 거라고 상상하기 어려웠다. 잔디밭 중앙에는 작은 나무가 있었고, 그 아래에는 올해 처음 보는 스노드롭(이른 봄에 피는 작고 흰 꽃)이 피어 있었다. 가꾸는 정성으로 보아 연말에는 정원이 더 아름다울 것 같았다. 하지만 진입로나 차고는 없었고 도로에 적갈색 재규어도 보이지 않았다. 물론 직장에 세워뒀을 수도 있으니 저녁 때 다시 한 번 들르는 편이 좋을 것이다.

다음 집은 골더스 그린 근처였다. 지도를 보며 예상했던 것보다 도착하는 데 시간이 더 걸렸다. 마찬가지로 부유한 동네였지만 수잰 프리먼의 오래된 집은 마거릿의 집보다 허름해 보였다. 두 채가 붙어 있는 어설픈 튜더 양식의 연립주택은 흰색 페인트를 덧칠할 시기를 놓친 것 같았다. 앞마당은 많은 쓰레기로 무척 더러웠다.

프리먼으로 보이는 남자가 진입로에서 차를 닦고 있었다. 남색 포드 조디악이었다. 차고가 활짝 열려 있었지만 안에 다른 차는 없었다. 케이티는 그 집을 빠르게 지나갔다.

골더스 그린에 있는 세 번째 집을 찾아갈 무렵부터 케이티는 지치기 시작했다. 세 번째 집 역시 두 세대가 붙어 있는 평범한 연립주택이었다. 창문에는 정갈하고 하얀 망이 달려 있었고 앞마당에는 포장도로가 깔려 있었다. 진입로에 세워진 차는 검은색 구형 포드였다.

케이티는 골더스 그린 역 근처 카페에서 차를 한잔 마시고 헨던으로 가는 기차를 탔다. 다음 두 집은 역에서 가깝고 서로 붙어 있었다. 발이 아프기 시작했는데 그나마 다행이었다. 여섯 번째 집까지 오늘 다 살펴보는 건 무리일 것 같았다.

네 번째 집은 낡은 테라스 하우스였다. 케이티는 재규어를 모는 사람이 살 만한 집은 아니라고 생각했다.

다섯 번째 집은 우드빌 로드 10번지로, 1930년대에 지어진 깔끔한 단독주택이었다. 둑 위에 높이 지어져 차고가 아래에 있었고 현관으로 올라가는 계단이 보였다. 집에서 차고까지 진입로가 내리막으로 연결돼 있었다. 차고에는 커다랗고 빛나는 새 자물쇠가 걸려 있었는데 멀리서도 눈에 띄었다. 너비가 일정한 커튼이 달린 창문은 윤기 났고 진입로는 잡초도 없이 깨끗했다. 집주인의 자부심이 느껴지는 집이었다.

하지만 커다란 새 자물쇠는 어딘지 모르게 수상하고 어울리지 않았다. 케이티는 노트에 데어드레이 라일리가 남편의 폭력으로 입원했었다고 적혀 있던 게 생각났다. 데어드레이는 글로리아와 에드나에게 남편이 자신을 차고에 며칠씩 가두기도 했다고 고백했다. 진입로에 잡초가 있거나 창문에 아이들 지문이 묻어 있다는 사소한 이유 때문이었다. 가정폭력을 목격한 트라우마로 정신과 치료를 받아야 했던 아이가 바로 데어드레이의 아들 토니였다.

케이티는 집을 너무 오랫동안 쳐다봤다는 걸 깨닫고 발걸음을 옮겼다. 길을 따라 걷다 길가에서 차를 고치고 있는 남자를 발견했다. 케이티가 순발력을 발휘했다.

"저…… 혹시 근처에 적갈색 재규어를 모는 사람이 있나요?"

"네, 10번지에 사는 라일리요. 무슨 일이시죠?"

케이티는 긴장해 침을 꿀꺽 삼켰다. "아, 그 차가 저번에 제 차를 긁고 가버렸거든요. 보험금을 청구하려면 차 번호가 필요해서요."

"그건 도와줄 수가 없어요. 차가 항상 차고에 있어서 차 번호를 몰라. 차를 긁고 그냥 가버렸다니. 건방진 게 딱 라일리가 맞는 것 같네요. 자기가 잘난 줄 알거든."

케이티는 유용한 정보를 얻어 기분이 좋아졌다. 노트에는 데어드레이가 라일리를 떠나 퍼셀로 개명했다고 적혀 있었다. 이제 집으로 돌아가 본햄에게 전화해 이름과 주소를 경찰에 넘기라고 하면 된다. 케이티는 남자에게 감사의 인사를 전하고 역을 향해 다시 길을 따라 올라갔다.

에드 라일리는 어떤 여자가 자신의 집을 지켜보는 걸 발견하고는 바로 계단을 뛰어내려와 외투와 목도리를 챙겼다. 낯익은 얼굴인데 어디서 봤는지 기억나지 않았다. 그러다 이내 깨달았다. 앨버트 스피드의 딸이었다. 글로리아 레이놀즈 집의 방화범으로 지목돼 체포된 남자의 딸.

"내가 사는 데를 어떻게 알아냈지? 뭘 더 알고 있는 거야?"라일리가 혼자 중얼거렸다. 그는 거실 창문으로 다가가 여자가 뭘 하고 있는지 살폈다. 여자는 가던 길을 멈춰 동네 사람과 대화를 나누다 동시에 라일리의 집 쪽으로 고개를 돌렸다. 라일리는 여자의 입을 막아야 했다. 가능한 한 빨리.

에드 라일리는 범죄소설 마니아였다. 완벽한 범죄자들은 자신이 아닌 다른 사람이 의심받을 만한 장치를 마련한다. 라일리는 방화를 계획하며 글로리아 레이놀즈의 집 뒤편을 뒤지던 중에 한 남자가 뒷문으로 나가는 걸 봤다. 레이놀즈는 남자에게 손 키스를 날렸다.

당연히 라일리는 그 남자를 따라갔다. 기쁘게도 길 건너 맞은편 집에 사는 남자였다. 은밀하게 뒷문으로 빠져나와 뒷골목으로 빠르게 사라졌다가 콜링턴가 끝에서 다시 나타난 것으로 보아 레이놀즈와 바람피우는 사이인 것 같았다. 라일리는 바로 깨달았다. 그 남자를 범인으로 만들어야 한다.

라일리는 그 남자의 집 창고에 들어가 석유통을 찾아 등유를 섞은 후 일요일 아침 일찍 레이놀즈의 집에 불을 질렀다. 그러고는 등유를 흡수시킬 천과 똑같은 소재의 천을 남자의 집 창고에 두고 레이놀즈의 우편함에도 쑤셔 넣었다.

라일리는 천에 불을 붙이자마자 콜링턴가에서 사라졌다. 조금 떨어진 거리에 세워둔 차에서 불길이 피어오르는 것을 확인한 그는 만족스러운 기분으로 시동을 걸었다. 그는 벡스힐에 돌아올 생각이 전혀 없었다. 하지만 전국 신문에 이 일이 크게 언급되지 않자 사람들이 화재에 대해 뭐라고 떠드는지 궁금해졌다. 다시 벡스힐에 도착한 라일리는 동네 사람 두세 명을 붙잡고 이 안타까운 사건을 어떻게 생각하는지, 글로리아 레이놀즈와 아는 사이였는지를 물었다. 의견은 다양했다. 몇몇은 좋은 여자였다고 했고 일부는 남성 편력이 심한 여자라고도 했다. 하지만 앨버트 스피드같이 유명한 사업가가 불을 질렀으리라고는 믿지 않는 눈치였다.

에드는 자신이 범죄를 뒤집어씌운 남자에 대해 더 알아야 했다. 그래서 부츠(영국의 드러그스토어)에서 기침약을 사는 척하며 통통하고 말 많은 여자점원에게 콜링턴가의 화재를 언급했다. 여자는 기다렸다는 듯이 입을 열었다. 글로리아 레이놀즈는 좋은 사람이었으며 드레스 가게도 근사했다고 했다. 그러고는 라일리에게 글로리아와 아는 사이였는지 물었다. 그는 잘 알지는 못했지만 글로리아를 죽이려 한 사람이 있다는 게 믿기지 않는다고 답했다. 그러자 여자는 경찰의 실수일 거라며 앨버트 스피드는 무고하다고 말했다.

"앨버트 씨를 수년간 알아왔어요." 그녀는 단호했다. "딸 케이티 씨와 종종 이곳에 들렀죠. 지금은 케이티 씨도 다 컸지만요. 저 밑에 법률사무소에서 일해요."

30분 후, 라일리는 법률사무소 창문 앞을 지나갔다. 금빛이 도는 긴 딸기색 머리의 예쁘고 귀여운 소녀가 보였다. 앨버트 스피드의 딸, 케이티.

조금 전에는 머리를 털모자로 가리고 있어서 바로 알아보지 못했다. 하지만 케이티가 분명했다. 케이티 스피드. 그녀가 자신의 집 앞을 지나갔다.

런던에서 뭘 하는 거지? 이사를 온 걸까, 아니면 단지 염탐하러 온 걸까? 나를 도대체 어떻게 알아낸 걸까. 라일리는 케이티가 다시 자신의 집 앞을 지나가길 바라며 지갑과 열쇠를 준비했다. 그녀가 코너를 돌자 뒤따라가려고 집을 나섰다. 큰길로 들어선 케이티는 역을 향해 걸어갔다. 라일리는 케이티를 따라잡아 매표소 줄에서 그녀의 바로 뒤에 섰다. 케이티는 해머스미스로 가는 편도 표를 끊었다. 그녀가 플랫폼으로 가자 라일리도 표를 샀다.

라일리는 케이티와 거리를 두려고 열차 가장 끝 칸으로 갔다. 그는 떨어진 신문을 주워 읽는 척하며 케이티를 주시했다. 열차에 사람이 별로 없었지만 캠던타운 역에서 사람이 많이 탈 것이다.

케이티는 아담하고 예뻤다. 섬세한 이목구비와 복숭아색 피부는 신혼 때의 데어드레이를 떠오르게 했다. 하지만 케이티는 데어드레이처럼 고분고분한 스타일이 아니었다. 신혼 초, 데어드레이는 좋은 집에서 살게 된 것에 감지덕지하며 라일리가 시키는 일이라면 모두 했다. 그녀는 남편에게 반항하거나 복종하지 않으면 그가 폭행을 멈출 수도 있다는 사실을 몰랐다. 결국 라일리는 늘 자신을 무서워하고 비위를 맞추려는 아내가 지겨워졌다.

그러나 케이티는 전사였다. 아빠의 결백을 증명하려면 어쩔 수 없었다. 당차게 런던을 헤집고 다녔지만 사실 사자 입 속에 머리를 집어넣는 격이었다. 그녀는 라일리가 평생 꿈꿔온 여자였다. 자신이 무슨 짓을 해도 움츠러들지 않을 여자. 승부욕이 생겼다.

그런데 자신의 주소는 어떻게 알아낸 걸까. 라일리는 데어드레이가 아이들과 떠난 후 아내를 도와준 사람을 알아내기까지 4년이 걸렸다. 험버 운전사의 존재도 알아내긴 했지만 이름은 몰랐다. 글로리아 레이놀즈의 장례식에 간 라일리는 다른 문상객 틈에 섞여 튀지 않도록 신경 썼다. 그날 겁에 질려 있는 작고 뚱뚱한 여자가 눈에 들어왔다. 그 여자는 누군가 자기를 덮칠까 봐 계속해서 두리번거렸다. 라일리는 그녀의 뒤를 밟았다. 여자가 두려움에 떨고 있다는 사실이 더 명확해졌다. 밤이 되자 여자는 가방을 들고 집을 나섰다. 그는 여자를 도로 밖으로 떨어뜨려 처리했다고 믿었다. 차가 강에 빠지는 소리가 들렸고 헤드라이트가 꺼진 걸 확인했으니까.

하지만 여자가 익사했는지는 아직 확실하지 않았다. 라일리는 서둘러 런던으로 돌아갔다. 신문에는 아직 소식이 없다. 어찌어찌 차에서 빠져나와 목숨을 건졌다고 해도 증거가 될 만한 걸 기억하진 못할 것이다. 차가 돌진할 때 헤드라이트 때문에 눈이 부셨을 테니까.

에드워드 라일리는 자신이 보통의 남자들보다 똑똑하다고 생각했다. 아무것도 없는 집에서 태어나 기초교육밖에 받지 못했지만 자신의 집과 건축사업의 가치를 따지면 100만 파운드 정도의 재산을 보유한 셈이기 때문이다.

라일리는 도버Dover에서 태어났다. 아빠는 그가 태어나기도 전에 바다로 사라졌다. 라일리는 끔찍한 공동주택에서 엄마와 할머니 손에 자랐다. 그는 아빠가 잘생기고 똑똑한 사람이었지만 임신을 핑계로 남자에게 빌붙으려는 창녀에게 발목을 잡혔을 거라고 생각했다.

라일리는 여자들에게 인기 있는 라틴계 배우 같은 외모와 예리한 성격을 아빠에게서 물려받았다고 생각했다. 확실히 엄마를 닮지는 않았으니까. 라일리의 머리는 석탄처럼 까맣고, 짙은 눈은 음울한 분위기를 풍겼다. 하지만 그의 엄마는 앙상하고 안색이 창백했으며 눈은 연한 파란색이었지만 거의 색이 없는 것처럼 보였다. 멍청하고 글을 읽지도 못했다. 의지가 약해서 만만한

사람이었다. 돈이 생기면 진gin을 사는 데 전부 써버리는 할머니
도 마찬가지였다.

대여섯 살쯤부터 라일리는 사람들이 어떻게 다른 삶을 사는
지 비교할 수 있게 됐다. 그는 부자가 되겠다고 다짐했다. 열일곱
살 땐 전쟁이 났다. 나이만 된다면 입대하고 싶었다. 농장 일로
근근이 벌어 먹고살아가는 데 지쳤기 때문이었다. 수입이 짭짤
한 맨손 권투 시합에 참여하기도 했지만, 얼굴을 다치면 여자들
에게 인기가 없을까 봐 걱정이 됐다. 입대는 자신의 남자다움과
용감함을 보여줄 기회라고 생각했다.

그래서 열여덟 살이 되자마자 그는 군대에 들어갔다. 기초훈련
을 우수한 성적으로 마쳐 이집트로 파견되기도 했다. 거칠고 매
력 있는 외모와 약간의 속임수로 위험한 전쟁현장에서 제외돼 보
급품 관리와 사무 관련 일을 맡았다. 그는 장교들과 어울리며 자
신이 갖고 싶었던 가정의 모습을 상상했다. 장교들이 말하고 먹
고 입고 행동하는 방식까지 모두 따라하고 싶었다. 그렇게 하지
않으면 자신과 같은 환경을 자식에게 물려주게 될 것만 같았다.

장교인 로이스턴 호킨스 소령은 라일리만큼이나 부도덕한 사
람이었다. 소령은 전쟁이 끝날 무렵 라일리에게 부동산 개발사업
을 소개했다. 호킨스는 부모에게 런던의 테라스 하우스를 전부
물려받았는데 대부분 심각한 폭탄 피해를 입었다. 그는 라일리에
게 부동산 관리를 맡기고 수익의 절반을 갖게 하는 대신, 장소
를 수리하고 세입자들에게 집세 받아내는 일을 하게 했다.

라일리에게 딱 맞는 직업이었다. 그는 가난하고 병들고 늙고

힘없는 사람들에게 동정심을 느끼지 않았다. 집세를 내지 않으면 가차 없이 내쫓았다. 라일리는 돈이 절박한 사람들에게 집수리를 맡겨 적은 보수를 주고 가장 싼 재료를 쓰게 했다.

그는 돈을 모아 스물여덟 살에 '라일리의 리얼 홈'이란 회사를 차렸다. 런던의 부지 몇 곳을 사서 될 수 있는 한 집을 빽빽하게 지었다. 이 시기에 데어드레이를 만났다. 그녀는 아름다웠고 수녀원 학교를 나왔다. 전쟁 동안엔 노섬벌랜드에 있는 웅장한 섬에서 청소 매니저로 일했다. 라일리는 데어드레이가 예의 바르며 조만간 매입할 저택을 관리할 수 있는 사람이라고 생각했다.

하지만 일은 그의 생각대로 굴러가지 않았다. 결혼증명서에 잉크가 마르자마자 데어드레이가 임신을 해버린 것이다. 그는 악을 쓰며 우는 아기들이 아니라 자기처럼 다 큰 아들만을 상상해왔다. 그 무렵, 부동산 한 곳에서 발생한 화재가 다른 세 채에까지 번져 엄마가 죽고 두 아이가 심한 화상을 입는 사건이 일어났다. 조사 결과, 모든 집의 전선에서 문제가 발견됐다. 부적절한 재료로 판명돼 주택을 철거해야 했다. 라일리가 지은 다른 집들도 대부분 안전하지 않다고 판명되자 '라일리의 리얼 홈'의 집들은 싸구려 건물의 전형으로 전락했다. 사람들은 그가 피를 보기만을 바랐다.

라일리는 대출을 받아야 했고 빚을 갚으려면 가진 걸 전부 팔아야 했다. 결국 원점으로 돌아왔다. 저택을 사겠다는 야심찬 꿈이 날아가버렸다. 라일리는 판매원으로 일하면서 밤에는 시끄럽게 칭얼대는 아기와 성가신 아내가 있는 셋방으로 퇴근해야 했다.

그는 데어드레이에게 화풀이를 했다. 처음엔 아내를 때린 사실이 부끄러웠지만 곧 그러한 행위가 내면의 긴장을 풀어준다고 생각하게 됐다. 늦어지는 저녁 식사, 완벽하지 않은 다림질 등 구타의 이유를 찾는 건 어려운 일도 아니었다. 둘째 아들이 태어날 때쯤에는 다시 건축사업을 시작해 새 이름을 내걸고 돈을 벌어나갔다. 하지만 데어드레이의 듣기 싫은 목소리와 책망하는 듯한 눈빛은 그의 폭력성을 더욱 자극했다.

라일리는 케이티가 눈치채지 못하도록 적당한 거리를 유지하면서 해머스미스 역 밖까지 쫓아갔다. 그가 케이티를 어떻게 납치할지 생각하는 데 정신이 팔린 상태인 줄도 모르고 들뜬 그녀의 발걸음은 가볍기만 했다. 물론 지금 당장 납치할 생각은 아니었다. 어둑어둑했지만 여전히 사람이 많았고 케이티를 실을 자동차도 없었다.

그는 케이티가 사는 곳을 알아낸 후 자동차를 몰고 다시 올 계획이었다. 그 나이대 여자들은 주로 토요일 밤에 놀러 나가므로 그때를 노리면 될 것이다. 라일리는 케이티가 오늘 알아낸 것을 자기 아빠의 변호사에게 말하기 전에는 다른 사람들에게 알리지 않을 거라고 생각했다. 변호사 사무실 직원이므로 비밀을 지키는 데 익숙할 것이다. 변호사는 월요일에야 출근한다. 경찰에게 알릴 생각이었으면 헨던 경찰서로 곧장 갔을 것이다. 혹시 경찰을 신뢰하지 않는 걸까?

케이티는 큰길에서 벗어나 옆길로 돌았다. 라일리는 모퉁이에서서 쥐똥나무로 된 생울타리 뒤에서 그녀를 지켜봤다. 케이티는 여섯 번째 집의 계단을 올라갔다. 바로 앞에 가로등이 있어 움직임이 선명하게 보였다.

라일리는 케이티가 다시 나올까 봐 잠시 기다렸다가 그녀가 나오지 않자 돌아서서 역으로 향했다.

"뭘 하다가 이렇게 녹초가 돼서 왔어?" 케이티가 들어와 소파에 드러눕자 조앤이 물었다.

"그냥 거리 구경하느라 좀 많이 걸었어요. 햄스테드에도 가고요. 거기 좋던데요?"

"맞아. 나랑 켄도 좋아하는 곳이야. 여름이면 황야를 걷고 스패니어즈로 술을 마시러 가곤 하지. 젊을 때는 거기 있는 수영장에도 갔어. 날 좀 풀리면 너랑 질리도……"

전화벨이 울려 대화가 끊겼다. 조앤이 전화를 받으러 가서는 케이티를 향해 소리쳤다. "질리야. 너 바꿔 달래, 케이티."

질리는 들떠 있었다. 동물원에서 관심을 두고 있던 배리라는 남자가 오늘 밤 있는 파티에 질리를 초대하며 케이티도 데려오라고 했기 때문이다. 질리는 흥분해서 갈라진 목소리를 냈다.

"그래서 당연히 가겠다고 했지. 그런데 옷 갈아입으러 집까지 가기는 좀 그러니까 여기로 옷 좀 가져다줄래?"

질리는 케이티에게 원하는 옷을 설명하고 전화번호를 남겼다. 정문 바로 앞에 있는 공중전화 부스에서 전화하면 직원 출입구로 데리러 나가겠다고 했다.

"몇몇 동료들도 일 끝나고 같이 가기로 했거든. 여기서 먼저 좀 마시다 시간 맞춰 가려고. 길 건너면 바로라 가까워."

케이티는 8시까지 가기로 약속하고 전화를 끊었다. 조앤은 질리가 집에서 저녁을 먹지 않아 약간 화가 난 듯했다. 그녀는 스튜를 만들었다고 했다.

"내일 먹으면 되죠." 케이티가 조앤을 위로했다. 조앤은 어미닭처럼 항상 음식을 먹이고 싶어 했다. "파티에 오라고 한 남자를 질리가 좋아하거든요. 그래서 저녁은 먹을 생각도 못 하고 있을 거예요."

"뭐, 너라도 먹었으니 됐지." 조앤이 딱딱하게 말했다. "파티에서 술 마실 텐데 빈속으로 가면 안 되잖아."

케이티는 스튜를 아주 맛있게 먹었다. 하지만 이 집에 오고 나서 처음으로 조앤의 지나친 참견이 성가시게 느껴졌다. 참견은 엄마로 충분했다. 그래도 1주일 후면 이 집을 떠난다. 문득 자신이 배은망덕한 사람인 것처럼 느껴져 부끄러웠다.

저녁을 먹은 후 케이티는 샤워를 하고 크리스마스 전에 글로리아의 가게에서 산 초록색 드레스를 입었다. 머리 손질과 화장을 마치고 아끼는 검정색 하이힐을 신자 기분이 좋아졌다. 질리가 부탁한 옷과 신발을 챙겨 가방에 담고 아래층에서 시간이 될 때까지 기다렸다.

"지하철 놓치지 않게 적당히 놀다 와. 남자애들이 집적대지 못하게 하고." 조앤이 말했다. 케이티는 웃음을 참으려 입술을 깨물었다. 엄마가 늘 하던 말이었다. 케이티는 '집적댄다'는 게 뭔지 정확히 알지 못했다. 키스를 시도하는 거? 아니면 치마에 손을 대는 거?

　라일리는 끊임없이 시계를 확인했다. 7시 15분. 점점 인내심이 바닥나기 시작했다. 그는 큰길에서 모퉁이를 돌면 바로 있는 도로 끝에 차를 대고 기다렸다. 그곳에 반쯤 버려진 집을 봐둔 참이었다. 케이티를 앞마당으로 끌고 와 의식을 잃게 만들고, 자동차 트렁크에 쑤셔 넣을 계획이었다. 기다리는 시간이 초조하게 느껴졌다.

9

갑자기 비가 심하게 쏟아졌다. 라일리는 케이티가 나오지 않을 것 같아 큰소리로 욕을 내뱉었다. 그래도 혹시나 하는 마음에 길 끝에 있는 케이티의 집이 잘 보이도록 와이퍼를 켜고 기다렸다.

7시 30분이 되자 케이티가 현관문을 열고 나왔다. 그는 날아 갈 듯한 기분을 느꼈다. 음산한 날씨는 납치를 실행하기에 제격 이었다. 지나다니는 사람이 한 명도 없었고 케이티는 우산을 들 고 세찬 바람에 맞서고 있었다.

에드는 파카에 달린 모자를 쓰고 차에서 내렸다. 케이티를 보 지도 않고 트렁크를 열어 무언가를 찾는 척하며 서 있었다. 또각 거리는 하이힐 소리가 점점 가까워졌다. 그는 케이티가 지나갈 때까지 트렁크를 뒤졌다. 그러고는 타이어 레버를 들고 한 바퀴 돌려 케이티의 뒷머리를 세게 내리쳤다.

케이티는 바로 들고 있던 우산과 가방을 떨어뜨리며 무거운 짐처럼 라일리 쪽으로 쓰러졌다. 그는 재빨리 케이티의 몸을 일으켜 트렁크에 내던지고 우산과 가방도 아무렇게나 집어넣었다. 가로등 불빛으로 케이티의 얼굴을 확인했다. 너무 사랑스러운 얼굴이라 잠시 수치심을 느꼈지만, 아주 잠깐일 뿐이었다. 자유를 위해 감상에 젖을 여유가 없었다.

질리는 동물원 직원실에서 동료 에이미와 케이티를 기다리고 있었다. 다른 직원들은 모두 떠났고, 두 사람도 코트를 걸친 채 나갈 준비를 마친 상태였다. 질리는 에이미의 인내심이 바닥나고 있는 걸 느꼈다.

"왜 안 오지. 옷 챙겨서 8시까지 오기로 했는데."

"길 잃은 거 아냐? 지하철을 반대로 탔던가." 거울을 보고 있던 에이미가 귀 앞쪽의 애교머리를 만지며 말했다.

"나는 여기서 좀 더 기다리고 싶은데…… 너는 이제 가고 싶지? 난 이 더러운 옷으로는 파티 못 가. 안 올 것 같은 사람을 빗속에서 기다리긴 더 싫고."

"지금 문을 잠그긴 해야 돼. 나는 이제 파티 장소로 가야겠다. 너는 그냥 집으로 가는 게 낫지 않겠어?"

질리가 한숨을 쉬었다. "그래, 에이미. 그래도 나는 밖에서 좀 만 더 기다리다 갈게. 올 수도 있으니까. 기다리게 해서 미안."

질리는 매표소 앞에서 20분을 더 기다렸다. 지붕 아래에 있었는데도 바람에 비가 날려 한기가 느껴졌다. 결국 질리는 캠던타운 역으로 걸어갔다. 질리는 케이티에게 화가 났다. 데이트를 했다는 그 변호사의 전화를 받고 자신이 아닌 그 남자와 있기로 결정한 거라고 생각했다. 나빴다. 케이티는 질리가 배리와 잘해보려고 파티에 가는 걸 알고 있을 터였다. 작업복 차림으로는 가지 못할 거라는 사실도.

질리가 집에 도착했을 때 조앤과 켄은 잠옷 위에 가운을 걸친 채로 벽난로 옆에서 텔레비전을 보고 있었다. 조앤의 머리에는 철로 된 롤러가 말려 있었다. 거실은 찜질방 같았다.

"일찍 왔네. 케이티는?"

"동물원에 안 왔어요. 계속 기다렸는데."

조앤의 물음에 질리가 소파에 털썩 앉아 난로에 손을 녹이며 답했다.

"무슨 소리야? 7시 30분에 너 만난다고 옷이랑 신발 챙겨서 나갔는데. 내가 '이 비에 나간다니 미쳤구나!' 했는데도 괜찮다면서 그냥 웃더라고."

"그럼 어디로 간 거죠? 지하철에서 길을 잃었나? 런던 지리도 잘 모르잖아요."

"길을 잃은 거였으면 우리한테 전화하지 않았을까? 아니면 다른 친구라도 만났나?" 켄이 말했다.

"어떤 친구요? 어젯밤에 데이트한 직장동료 말고는 런던에 아는 사람도 없을 텐데…… 오늘 그 사람한테 전화 왔었어요?"

"아니, 온종일 밖에 있다 들어왔어. 햄스테드 구경하고 왔다던데. 전화는 아무한테도 안 왔어. 그리고 너 만나러 갈 게 아니면 네 옷은 왜 챙겼겠어." 조앤이 말했다. 잠시 침묵이 흘렀다. 켄이 먼저 입을 열었다. "경찰에 실종신고를 해야 하나?"

"바보 같은 소리 하지 마. 아직 10시밖에 안 됐잖아. 그랬다간 시간 낭비하게 만들지 말란 소리나 들을걸." 조앤이 비웃었다.

"저는 일단 샤워하고 잘게요. 춥고 피곤해요. 케이티 들어오면 저 깨우지 말라고 해주세요. 내일도 일찍 출근해야 하거든요."

질리는 다음 날 아침 7시에 일어났다. 밖은 아직 어두웠지만 커튼 사이로 가로등 불빛이 들어왔다. 케이티의 침대는 어젯밤 잠들기 전에 본 그대로였다. 갑자기 정신이 번쩍 들었다. 케이티는 사랑하는 엘비스 프레슬리를 만나 저녁 식사에 초대를 받아도 자신에게 전화를 할 친구였다. 그리고 그녀는 아직 처녀인데다 보수적이어서 어떤 남자와도 밤을 함께 보내지 않을 것이다.

"어떡하죠? 케이티 엄마한테 먼저 연락드려야 할까요? 조금 더 기다려 보는 게 나을까요? 아니면 지금 경찰에 신고해요?" 질리는 조앤과 차를 마시려고 식탁에 앉으며 물었다.

"케이티 엄마는 여기로 전화한 적 없잖아. 그러니까 케이티가 엄마한테 가진 않았을 것 같아. 일요일이라 사무실로 전화할 수도 없고…… 경찰에 신고하기는 좀 이른 것 같은데." 조앤이 신중하게 말했다.

"그런데 왠지 불길한 느낌이 들어요. 차에 치여서 병원에 있으면 어떡해요?"

"그럼 우리한테 전화가 왔겠지. 열쇠고리에 우리 전화번호를 끼워뒀을 거야. 숫자는 못 외운다면서 내가 보는 앞에서 그렇게 했거든. 열쇠는 항상 들고 다니잖아." 조앤의 목소리는 단호했다.

"맞아요. 나중에 상기된 얼굴로 들어와서는 어디 갔었는지 놀랄 만한 얘길 해주겠죠?" 질리가 두 번째 잔을 채우며 말했다.

"정말 그런 거였다면 우릴 걱정시켰으니까 등짝을 한 대 때려주고 싶을 것 같은데." 조앤이 날카롭게 말했다. 질리는 조앤의 말을 듣는 순간 깨달았다. 조앤이 케이티가 어딘가에서 좋은 시간을 보내고 있을 거란 터무니없는 생각을 하고 있다는 걸. 하지만 질리는 케이티를 잘 알았다. 그녀는 다른 사람을 걱정하게 할 성격이 아니다. 알고 지내는 내내 질리는 케이티가 세심한 사람이라고 생각해왔다.

"이제 출근해야 해요. 이따 집으로 전화할게요. 그때까지 아무 소식 없으면 저 퇴근하고 나서 같이 경찰서에 가요." 질리는 마지못해 식탁에서 일어났다.

질리가 지하철역으로 갈 때, 케이티는 창문도 없는 어둑한 방 침대에 누워 있었다. 그녀는 영문도 모른 채 어딘가로 끌려왔다. 몸을 펼 수 없었던 것으로 봐서는 자동차 트렁크에 있었던 것 같다. 엔진 소리와 함께 젖은 도로 위에서 자동차 타이어가 긁히는 소리를 들었다. 뒤통수가 아파서 만져보니 혹이 나 있었다. 피도 났는지 끈적끈적했다. 그제야 누군가 자신을 기절시켜 트렁크에 태웠다는 사실을 깨달았다.

마지막 기억은 조앤과 켄의 집 계단을 내려올 때의 것이다. 바람에 우산이 뒤집혔다. 하이힐을 따로 챙기고 튼튼한 플랫 슈즈를 신었어야 했다고 생각하던 차였다.

지금은 신발이 없고 코트가 이불처럼 덮여 있었다. 누군가 자신의 몸에서 코트를 벗긴 기억은 나지 않았다. 납치범이 차를 멈추고 자신을 확인했을 거라 짐작했다. 강간당한 것 같지는 않았다. 남자가 괴물은 아니거나, 목적지로 데리고 가서 범행을 저지르려 기다리고 있다는 뜻일 테다.

울퉁불퉁한 구간을 지나고 자동차가 멈췄다. 케이티의 몸이 격하게 흔들렸다. 다리가 뭉친 걸 보니 꽤 오랜 시간이 지난 듯했다. 트렁크가 열렸다. 캄캄했고, 비가 계속 내리고 있어서 납치범의 얼굴을 확인할 수 없었다. 남자는 케이티의 팔을 잡고 두 발로 서게 했다. 소리를 질러 반격하려 했지만 남자가 얼굴을 세게 후려쳤다.

"소리 질러도 소용없어. 아무도 못 들어." 남자가 으르렁거리듯이 말했다. 그러고는 팔을 잡아끌어 어두침침한 단층주택으로 데려갔다. 맨발로 차가운 웅덩이와 돌을 딛는 바람에 발이 아팠다.

"저를 여기로 데려온 이유가 뭐예요? 뭐 때문에 이러는 거죠? 누구세요?" 케이티가 남자를 향해 소리쳤다.

"뭐 때문인지, 내가 누군지는 네가 더 잘 알 텐데. 데려온 이유도 한번 맞춰보지 그래?" 남자가 문을 열고 좁은 통로로 케이티를 밀어 넣으며 말했다. 축축한 곰팡이 냄새가 났다. 버려진 장소의 냄새.

"에드워드 라일리?" 케이티의 마음이 두려움으로 소용돌이쳤다.

"그래." 남자가 불을 켜며 말했다.

예상과 달리 남자는 미친 사람이거나 대문짝만 한 어깨를 가진 건장한 폭력배처럼 보이지는 않았다. 누가 봐도 잘생긴 얼굴에 어려 보이기까지 했다. 어두운색의 머리와 눈, 말끔한 피부에 광대뼈가 도드라진 얼굴이었다. 키가 크고 말랐으며 몸은 탄탄해 보였다. 부드러운 올리브색 피부와 매부리코 때문에 이탈리아 배우 같기도 했다. 벨벳 칼라가 있는 검은 외투는 비싼 브랜드의 옷이었다.

케이티는 제발 보내달라고 애원했다. 아니면 너무 추우니 차에서 코트라도 가져다달라고 부탁했다. 하지만 남자는 케이티의 말을 무시하고 복도 끝까지 끌고 가 가파른 계단 아래로 밀쳤다. 감옥 같은 방이었다. 창문도 없고 바닥에는 삭막한 갈색 리노타일이 붙어 있었다. 벽은 옅은 파란색이었고, 천장에는 마개 없는 전구 하나가 달려 있었다. 깔끔했지만 가구는 침대뿐이었고 화장실과 세면대는 낮은 벽 뒤에 있었다.

남자는 입을 다문 채 케이티를 침대 쪽으로 밀어 넣고 밖으로 나가 문을 잠갔다. 남자가 돌계단을 올라 복도 쪽으로 가는 소리가 들렸다. 이후 묵직한 문이 철커덕 소리를 내며 세게 닫히고 잠겼다.

케이티는 한동안 소리를 지르며 미친 듯이 문을 두드렸다. 하지만 얼마 후, 그녀는 남자가 집에 없다는 사실을 깨달았다. 이곳이 어딘지는 몰라도 케이티의 비명이나 문을 사정없이 두드리는 소리를 들을 사람이 없다는 건 확실했다. 케이티는 차분하게 나갈 방법을 궁리하기 시작했다. 흥분해봤자 탈출에 아무 도움이 안 된다.

하지만 무서워서 자꾸 울음이 났다. 날이 이렇게 추운데 덮을 거라곤 곰팡내 나는 까끌까끌하고 거친 담요가 전부였다. 냄새가 더 고약한 흑백 쿠션도 있었다. 케이티는 평생 이런 침대에서 자게 될 거라고는 생각해본 적도 없었다. 만지고 싶지도 않았다. 이 추운 감옥에서 벗어나려면 빨리 대책을 마련해야 했다.

잠긴 문 외에는 나갈 방법이 없었다. 밖의 소리에 귀를 기울여 봤지만, 자동차 소리나 개가 짖는 소리도 들리지 않았다. 이번엔 바깥 풍경을 기억해보려고 애썼다. 남자가 자신을 강제로 끄집어 냈던 길고 매끈한 차밖에 떠오르지 않았다. 아마 재규어였을 것이다. 어둠 속에서 빛을 발하는 거리 조명을 본 기억도 없었다.

남자에게 맞은 뺨이 달아올랐다. 알 수 없는 곳에 갇혀서 무서운 건 둘째치고, 케이티는 탐정 역할을 시작하기 전에 철저하게 대비하지 못한 자신에게 화가 났다.

방화 살인범은 명백히 지능적이었다. 콜링턴가에 단서가 될 만한 흔적도 남기지 않았고, 무고한 사람에게 범죄를 뒤집어씌우기까지 했다. 범행 전에 글로리아의 집을 관찰하고 차 사고를 감행하기 전에는 한동안 에드나를 주시했을 것이다. 그러니 찰스 말대로 남자가 케이티의 얼굴도 봤을 확률이 높다. 케이티는 왜 찰스의 말을 귀담아듣지 않았을까. 진짜 멍청하거나 거만한 사람이 아니고서야 변호사의 조언을 무시하기는 쉽지 않은데!

결국 케이티는 라일리의 집을 찾아 나섰고 이웃에게 질문하기도 했다. 마치 자신이 투명인간이라도 된 것처럼. 라일리는 분명 케이티가 사는 해머스미스까지 뒤따라왔을 것이다. 그러고는 그녀가 토요일 밤에 외출할 것을 예상하고 그날 저녁에 차를 몰고 왔다. 만약 케이티가 집밖으로 나오지 않았다면 적절한 때를 기다렸을 것이다. 케이티는 운이 없기도 했지만 무엇보다 생각이 짧았다.

만약 해머스미스 역에서 내려 곧장 경찰서로 가서 알아낸 정보를 알렸다면? 혹은 마이클 본햄에게 전화를 했다면. 무엇보다 최악은 손가방에 에드나의 노트를 두고 왔다는 사실이다. 코트, 신발과 함께 에드나의 노트가 라일리의 차 안에 있었다. 조앤과 켄의 집에 놔두고 왔다면 질리가 케이티의 행적을 알아냈을지도 모른다.

지하실에 갇혀 언제 살해당할지 모르는 상황보다 더 끔찍한 일이 있을까. 남자는 분명 케이티를 죽이려고 할 것이다. 자기가 사형당할 수도 있는 정보를 쥐고 있는 사람이니 죽이지 않을 리 없다.

질리는 케이티가 동물원에 나타나지 않아 걱정했을 것이다. 질리와 조앤, 켄은 얼마나 기다렸다 실종신고를 할까? 경찰은 케이티를 찾아낼 수 있을까? 케이티는 아무에게도 노트에 관해 얘기하지 않았고, 질리가 발견해 읽을까 봐 침대 아래 숨겨놓곤 했다. 노트에 대해 아는 사람은 찰스뿐이지만 그 안에 적힌 주소는 알 리가 없다.

케이티는 숨을 깊게 들이마시며 똑똑한 찰스를 믿어보기로 했다. 월요일 아침에 케이티가 출근하지 않으면 의아해할 것이다. 토요일 저녁에 집에 돌아오지 않았다는 사실까지 알게 되면 아빠 문제를 해결하러 갔다고 추측할 테다. 찰스는 질리에게 노트에 관해 물어보겠지. 하지만 노트는 없다. 납치범을 잡을 단서는 적갈색 재규어뿐이다.

영화 속 탐정들은 대상과 장소에 상관없이 누구든 찾아낸다. 하지만 케이티의 오늘 행적을 아는 사람이 없는데 어떻게 그녀를 찾아낼 수 있을까?

케이티는 자신이 지금 있는 지하실이 헨던에서 봤던 남자의 집은 아닐 거라고 확신했다. 그때 본 집과 달리 이곳은 1층짜리 건물이었고 가로등도 없었다. 런던이라고 하기엔 너무 멀리 왔다. 남자는 다른 사람이 지하실이나 집을 찾아내기 한참 전에 케이티를 죽여서 처리할 수도 있다.

토할 것 같이 속이 울렁거려 화장실로 달려갔다. 변기 쪽으로 몸을 구부리자 얼어 죽을 만큼 춥다가 땀이 났다. 에드나의 말을 무시하고 경찰에게 노트를 보여주며 주소를 찾아가봐 달라고 부탁했어야 한다. 혼자 범죄를 해결해보겠다는 건 얼마나 어리석은 생각이었나.

케이티는 너무 추워 고약한 냄새가 나는 담요라도 뒤집어써야 했다. 머리가 지끈거리고 속이 메스꺼웠지만, 그중에 가장 최악은 두려움이었다. 과연 어떻게 죽이려는 걸까. 빨리 끝내줄까? 남자는 두 명을 불태워 죽이고 에드나를 강에 빠뜨려 익사시키려던 사람이다. 그렇다면 케이티를 두고도 망설이지 않을 테다.

케이티는 잠에서 깼다. 하지만 시계도 없고 날이 밝았는지 확인할 창문도 없어서 한 시간을 잤는지 여덟 시간을 잤는지 알수 없었다. 그렇게 가만히 누워 있는데 갑자기 남자가 첫 번째 문을 따고 들어오는 소리가 들렸다. 남자는 문을 잠그고 돌계단을 내려와 두 번째 문 앞으로 다가왔다. 당황한 케이티는 침대를 벗어나 방 안에 무기로 쓸 만한 게 있는지 빠르게 둘러봤다. 아무것도, 심지어 신발도 없다는 걸 알면서도.

문이 열리자 케이티는 순간 남자에게 달려들어 때려눕힐까 하는 생각도 했다. 하지만 막상 눈앞에 남자가 나타나자 꼼짝도 못하고 얼어버렸다.

"안녕, 케이티. 차에 태우려고 때린 건 미안. 그런데 너랑 상관없는 일에 참견하는 건 좀 그렇지. 안 그래?"

남자의 목소리는 굵고 나긋나긋했다. 아내를 때리는 살인자보다는 의사나 변호사에 더 어울릴 법한 톤이었다.

"우리 아빠가 저지르지도 않은 일로 감옥에 있어요. 딸이라면 당연히 아빠의 결백을 증명하려고 하지 않겠어요?" 케이티가 겨우 말을 꺼냈다. 남자가 웃었다. 그의 짙은 눈과 하얀 이는 경계심을 누그러뜨리기 충분했다.

"나는 원래 통찰력 있고 용기 있는 여자들을 좋아해. 하지만 안타깝게도 너의 그런 행동 때문에 내 자유를 잃을 뻔했어. 그건 안 되지."

순간 케이티는 영화 속 주인공이 된 것 같았다. 남자는 전쟁 영화에 나오는 나치 장교를 연상하게 했다. 금발은 아니었지만 어떤 제복을 입든 잘 어울릴 것 같았다. 잔인하고 악한 사람이었 지만 외모나 말투는 그렇지 않았다.

"저를 왜 죽이려고 하는 거죠? 당신에게 도움이 될 수도 있잖 아요." 케이티는 자기도 모르게 말을 내뱉었다. 남자는 웃더니 종이봉투를 건넸다. 뜨거운 봉투 안에는 피시 앤 칩스와 콜라 한 캔이 들어 있었다.

"최후의 만찬인가요?"

"그럴지도. 그러니까 맛있게 먹어."

남자는 말도 없이 돌아서서 케이티를 당황하게 했다.

케이티가 영문도 모르고 피시 앤 칩스가 든 봉투를 열고 있을 때 조앤의 집 전화벨이 울렸다.

"케이티인가보네. 질리는 지금 집에 오고 있을 테니까." 조앤이 켄에게 말했다. 조앤은 일어나 전화를 받는 대신 누구일지 추측 하기만 했다. 켄은 조앤의 이런 행동이 성가셨다. 온종일 케이티 의 소식을 기다리느라 긴장해 있었는데, 조앤 때문에 더 힘들었 다. 조앤은 케이티의 가족이 이상하다며 그녀의 아빠가 실제로 불을 지른 범인일지도 모른다는 막말을 해댔다.

"당신이 헛소리하면 안 되니까 내가 받아야겠다." 켄이 딱딱하 게 말하며 복도로 걸어가자 조앤은 당황했다. 켄은 이번엔 사과 하지 않을 생각이었다.

"해머스미스 4371번지입니다."

"켄 씨 맞나요?"

"네, 맞습니다만."

"찰스 스티븐슨입니다. 이름으로 불러서 죄송해요. 케이티가 성을 안 알려줘서요. 혹시 케이티 집에 있나요?"

"그냥 켄이라고 해도 돼요. 케이티가 일하는 법학원의 변호사 이신가요?"

"네, 맞아요."

"전화주셔서 다행이에요, 찰스 씨. 케이티가 사라졌거든요. 어제 저녁에 제 조카 퇴근 시간에 맞춰서 보기로 했는데 약속 장소에 나타나지 않았대요."

"24시간 동안 보거나 들은 게 없는 건가요?"

"네. 내심 당신을 만나러 갔길 바랐는데…… 그런데 질리는 케이티가 전화도 없이 그럴 사람이 아니라더군요. 경찰에 신고해야 하는 걸까요. 그런데 48시간은 지나야 실종신고를 할 수 있지 않나요?"

"보통은 그렇죠. 그런데 느낌이 좀 안 좋네요. 혹시 질리 씨와 통화할 수 있나요?"

"오늘도 출근을 해서 지금은 집에 없어요. 아마 20분 후면 도착할 거예요."

"제가 집으로 찾아봬도 될까요? 질리 씨와 얘기를 나누고 싶어서요."

"지금이요?"

"네, 일요일 밤이라 불편하시겠지만, 부탁드릴게요. 경찰서를 찾아가기 전에 질리 씨를 먼저 만나는 게 좋을 것 같아요."

"당연히 괜찮죠. 솔직히 이성적인 분이랑 얘기할 수 있어서 다행이에요." 방문을 허락한 켄은 주소를 알려줬다. 거실로 돌아가자 조앤이 그를 노려봤다. "그럼 나는 비이성적이라는 거야?"

"오늘은. 질리는 케이티의 아빠가 누구보다 착한 사람이라고 했어. 그를 아는 사람들은 전부 그가 결백하다고 믿는대. 그리고 케이티가 실종된 것도 왠지 그 화재 사건과 무관하지 않을 것 같아. 그러니까 케이티 아빠를 안 좋게 말하지 마, 조앤. 케이티가 알면 상처받을 거야. 질리도 안 좋아할 거고."

조앤이 대답 없이 입술만 비죽이자 켄은 한숨을 쉬었다. 조앤은 오해하고 착각하는 데 선수였다. 그때 문을 여는 열쇠 소리가 들렸다. 켄은 복도로 나가 반갑게 질리를 맞았다. "드디어 왔구나!" 그는 비에 젖은 질리의 코트를 걸어 놓고 말리기 위해 부엌으로 갔다. "케이티 소식 들은 건 없고?"

"없어요, 삼촌." 질리의 눈에 눈물이 차올랐다. "지금 경찰서에 갈까요?"

"우선 저녁부터 먹어. 케이티 직장동료가 온다니까 신고는 그 사람에게 맡기자." 조앤이 거실에서 나오며 말했다.

"찰스 씨 말이에요? 케이티랑 데이트했던?"

"응. 방금 찰스 씨한테 전화가 왔길래 내가 받아서 상황을 설명했어. 그랬더니 지금 여기로 오겠대."

"케이티가 벌써 죽었다고 생각하는 것 같진 않았죠?" 질리가 따뜻한 삼촌의 품에 안기며 물었다. 켄은 질리를 안아주며 등을 도닥여 진정시켰다.

"아닐 거야." 켄이 부드럽게 말했다. 하지만 변호사가 그렇게 생각했을지도 모르겠단 느낌에 가슴이 철렁했다.

10

"케이티가 토요일에 정확히 어디 간다고 했는지 말해주세요."
케이티가 혼자서 런던을 돌아다녔단 말을 들은 찰스가 조앤에게
물었다. 모두 거실에 모여 있었다. 켄과 조앤은 소파에, 질리와
찰스는 각각 안락의자에 앉아 마주 봤다.

"햄스테드가 좋았다고 했어요. 나중에 질리랑 같이 가서 가게
들을 제대로 구경하겠다고도 했고요."

"다른 일을 하느라 가게를 구경할 시간은 없었다는 거군요. 무
슨 일인지 아시나요?"

조앤이 고개를 저었다.

"질리 씨는 뭐 들은 거 없어요? 친구들끼리는 서로 다 얘기하
잖아요." 찰스가 물었다.

"아침에는 얘기할 시간이 없었어요. 졸리다면서 저녁에 얘기하자고 했거든요. 그러고 나서 저녁때 약속 장소에 나타나지 않은 거죠."

"케이티가 사무실에서 낡은 노트를 보고 있었어요. 노트에서 주소를 옮겨 적어 'A부터 Z' 목록을 만들더군요. 뭐하는 건지 물으니 벡스힐 근처에 있는 지인을 찾는 거라고 둘러댔는데, 누가 봐도 거짓말이었죠. 아빠한테 살인죄를 뒤집어씌운 범인을 찾으려는 것 같았어요."

"저한테는 그런 말 없었어요." 질리는 순간 화가 났다. 자신에게도 말하지 않은 걸 만난 지 얼마 되지도 않은 남자에게 말한 것도 모자라 아빠 이야기까지 다 털어놓았다는 사실에 상처받았다. 하지만 질리가 급하게 출근하느라 말하지 못한 것일 수도 있었다. "무슨 노트요? 저는 본 적도 없어요!"

"사무실에선 계속 감추다 나중에 술 마실 때 말해줬어요. 에드나라는 사람한테 받았다고요. 차 사고로 강에 빠져 거의 죽을 뻔했던 분이요. 그 사람은 알죠?"

"네. 그 일로 케이티의 아빠가 풀려나길 바랐는데……."

"아무튼 그 사람이 케이티한테 노트를 줬나봐요. 에드나 씨와 글로리아 씨가 가정폭력에서 벗어날 수 있도록 도와준 여자들의 주소와 특징들이 적혀 있더라고요. 케이티는 노트를 훑어보면서 적갈색 재규어 주인을 찾아보겠다고 했어요."

"맙소사! 케이티가 왜 아무 말도 안 했지? 그래서 토요일에 여기저기 살피고 다녔던 걸까요?"

"아무래도 그런 것 같아요. 최악의 시나리오는 케이티가 그 남자를 찾았고, 그걸 눈치챈 남자가 여기까지 따라왔을 수도 있다는 거예요."

"그러고 케이티가 집을 나섰을 때 납치했다고요? 아, 이런. 케이티를 죽이면 어떡하죠!" 질리는 흥분했다.

"우리 벌써 단정짓지는 말아요. 혹시 그 노트가 어디 있는지 아나요?"

"아뇨, 방에서 한번 찾아볼게요. 케이티가 저한테 그 계획을 말했으면 저는 분명 뜯어말렸을 거예요." 질리가 눈물을 쏟아냈다.

"케이티는 결단력 있는 사람이에요, 질리 씨. 위로가 될지 모르겠지만 그 누구도 케이티를 막지 못했을 거예요. 아빠가 방화범이 아니라는 증거를 절박하게 찾아다녔으니까요." 찰스가 한숨을 쉬었다.

"불쌍한 케이티. 그 애가 무슨 생각을 하는지 알았으면 좋았을 텐데. 다른 건 몰라도 그 집들을 찾아다닐 때 같이 가자고 했을 거예요. 케이티랑 질리는 거의 한 몸이나 다름없는데…… 질리도 걱정이네요. 이제 어쩌면 좋죠?" 질리가 거실에서 나가자 켄이 슬픈 목소리로 말했다.

"제가 경찰서에 가볼게요. 질리 씨가 노트를 찾으면 경찰한테 주소랑 차 주인을 확인해달라고 부탁해볼 수 있을 거예요."

20분 정도 후 질리는 빈손으로 거실에 내려왔다. 얼굴에 걱정이 가득했다. "없어요. 이불 속이랑 침대 밑, 서랍이랑 옷장도 다 뒤져봤어요. 더는 찾아볼 만한 곳도 없어요."

찰스는 가슴이 철렁했다. 노트가 없다면 어디서부터 실마리를 찾아나가야 할지 감이 잡히지 않았다. 갑자기 얼굴에 열이 올라 손수건으로 이마를 닦아냈다. 적잖이 당황스러웠다.

"케이티가 들고 갔나봐요. 일단 지금 경찰서에 가보긴 할게요. 질리 씨, 우선 케이티의 신상 정보 좀 알려주세요. 생년월일이랑 집주소, 사진도 있으면 주시고요."

"즉석사진 부스에서 함께 찍은 것밖에 없어요. 그것도 작년 여름에요." 질리가 핸드백에서 사진을 꺼내며 말했다.

찰스는 작은 흑백사진을 잠시 바라봤다. 사진은 케이티의 연분홍빛 피부와 아름다운 눈, 빛나는 머리색을 담아내지 못했지만 둘은 행복해 보였다. 이런 사진이야말로 그 순간을 기억하려고 간직하는 물건이었다. 그는 케이티를 다시 만나 그녀와 더 많은 추억을 쌓을 수 있길 바라고 기도했다. 하지만 안 좋은 예감을 떨쳐내기는 어려웠다.

"실종신고가 끝나는 대로 전화드릴게요. 뭐라도 듣거나 노트를 찾았거나, 아니면 그냥 얘기가 하고 싶은 거여도 좋으니 전화주세요. 낮에는 법원에 있어서 못 받을 수도 있어요. 메시지 남기시면 시간 될 때 바로 전화할게요."

찰스가 케이티의 정보를 받아 적으며 말했다. 그러고는 자신의 집과 사무실 전화번호를 적어 질리에게 건넸다. 질리는 또 눈물을 쏟아내며 찰스를 올려다봤다. "죽이려는 거겠죠? 그렇지 않으면 납치를 하지도 않았겠죠."

그는 그럴 가능성이 가장 크다는 사실을 끝내 인정하지 못했다. "케이티는 대범하고 영리하니까 별일 없을 거예요." 찰스는 괜히 더 힘줘서 말했다.

해머스미스 경찰서로 가기 위해 차에 올라타는 찰스의 마음은 어느 때보다 무거웠다. 케이티가 노트를 집에 두고 갔으면 일이 훨씬 수월했을 것이다. 노트 없이는 건초 더미에서 바늘을 찾는 격이었다. 물론 마이클 본햄도 찾아갈 예정이었다. 그리고 에드나에게도. 노트에 적힌 이름 몇 개 정도는 그녀가 기억해낼 수 있을지도 모른다. 물론 가능성은 희박하지만.

찰스는 누군가와 지나치게 깊은 감정으로 얽히고 싶지 않았다. 성인이 된 후 줄곧 피하려 애썼던 감정이었다. 주위에 여자가 많았지만 그는 그들과 어떤 약속도 하지 않았다. 케이티와도 아직 진지한 사이는 아니었다. 고작 한 번의 저녁을 같이 보내고 어떻게 그럴 수 있겠는가? 하지만 찰스는 주말 내내 케이티를 생각하다 오늘 밤엔 전화를 걸기까지 했다. 그러니 케이티가 발견될 때까지 그는 편히 쉴 수 없을 것이다. 찰스는 그저 케이티가 살아 있기를 바랐다.

케이티는 지금이 밤인지 낮인지 알 수 없었다. 시간을 알 길이 없으니 더 답답했다. 라일리가 가져다준 피시 앤 칩스를 먹고는 추위에 떨다 담요에 파묻혀 잠이 들었다. 하지만 이번에도 한 시간을 잤는지 여덟 시간을 내리 잤는지는 알 수 없었다.

그녀는 일어나 울기 시작했다. 가망이 없었다. 죽음이 눈앞에 있었다. 라일리가 고통 없이 빠르게 보내줄 것 같지 않았다. 무엇보다 추워서 몸에 감각이 없었다. 이대로 그가 돌아오지 않는다면 굶어 죽고 말 테다. 만약 고문하러 돌아오는 거면 어쩌지?

케이티는 울면서 후회의 시간을 보내고는 침대에서 일어나 몸에서 열이 날 때까지 움직였다. 뛰는 것부터 시작해 침대에서 하늘자전거 타기, 어릴 때 배운 발레 스트레칭까지. 몸에 열이 나자 절망적인 기분에서 조금은 벗어날 수 있었다. 그녀는 몇 가지 사실을 추측할 수 있었다. 우선 그가 가져다준 음식이 뜨거웠던 걸로 봐서 10분 정도 거리에 가게가 있을 것이다. 또 대부분의 피시 앤 칩스 가게가 7시쯤 여는 걸 고려하면 음식을 가져다준 시간을 대강 알 수 있다. 시골에 있는 가게는 예외였다. 시골에는 일요일에 여는 가게가 거의, 아니 아예 없었기에 위치는 도시 변두리쯤으로 예상해볼 수 있다.

게다가 남자는 전형적인 타입의 살인자가 아니다. 본인이 생각하고도 웃겼다. 살인자에 대해 뭘 안다고? 아무것도 모른다! 하지만 남자는 생김새나 목소리가 괴물 같지 않았다. 출근길에 마주칠 법한 남자였다. 머리는 단정하고 수염도 깔끔하게 정돈하는 스타일이었다. 남자는 케이티를 바로 죽이지 않았다. 이곳에 데려오려고 기절시키고는 음식까지 가져다줬다. 시체를 어떻게 처리하는지 모른다는 뜻일까. 이 부분이 살인의 가장 큰 골칫거리라고들 하던데. 아니면 단순히 케이티와 놀고 싶어서? 고양이가 쥐나 새를 죽이기 전에 데리고 노는 것처럼.

케이티는 후자이길 바라며 이 문제에 집중하기로 했다. 남자가 케이티에게 더 흥미를 가지도록 만들면 살아남을 확률이 높아진다. 하지만 어떻게 흥미를 끌 수 있을까? 두려워하는 표정이나 목소리를 숨기면 될까?

에드나는 여자를 괴롭히고 때리는 남자들 대부분이 자신의 부족함을 채우기 위해서 그런다고 했다. 그래서 자신도 처음부터 반격하거나 도망갔어야 했다고 덧붙였다. 하지만 에드나는 남편이 화를 내는 데는 어느 정도 자기 책임이 있다고 믿어서 그러지 못했다. 그렇다면 케이티가 감금된 상황에 개의치 않는 태도를 보이면 어떨까? 풀어달라고 애원하기보다 히터와 따뜻한 옷을 가져달라고 요구하는 것이다. 그러면 그의 마음을 누그러뜨릴 수 있을지도 모른다. 이런 생각을 하는 것만으로도 기분이 나아졌다. 울면서 문을 두드리는 건 아무 소용이 없다.

문 밖에서 발걸음 소리가 다시 나기까지 최소 2일은 지난 것 같았다. 잠이 들지는 않았으니 실제로 그만큼의 시간이 흐른 것은 아닐 것이다. 케이티는 살면서 이렇게나 지독한 지루함을 경험한 적이 없었다. 해야 할 일이나 책, 음식도 없이 극심한 공포만이 계속됐다. 케이티는 독방이 왜 사람을 미치게 만드는지 이해가 가기 시작했다. 추위도 고통스러웠다. 냄새나는 담요로 아무리 몸을 감싸도 여전히 온몸이 떨렸다.

계단에서 발소리가 들리자 케이티는 몸을 일으켜 구겨진 드레스를 폈다. 오스카 여우주연상에 버금갈 연기를 해내려 시동을 걸었다. 필요한 물건을 요구하고 매력을 발산하되 두려움은 감춰야 했다.

"오셨어요? 히터랑 따뜻한 옷 좀 갖다주세요. 여기 진짜 북극 같아요. 그리고 이 담요들, 냄새 진짜 구려요." 남자가 들어오자 케이티가 말했다. 그는 들어온 문을 잠글 생각도 하지 못하고 그대로 멈춰 섰다. 완전히 어리둥절한 표정이었다.

"아, 알겠어요." 그의 반응에 케이티의 연기는 탄력을 받았다. 라일리는 정말 놀란 것 같았다. "제가 질질 짜는 모습이 보고 싶은 거죠? 죄송하지만 저는 안 울 거예요. 서로 도움이 되면 좋잖아요. 저는 당신한테 필요한 걸 부탁할 거예요. 음식이랑 히터, 따뜻한 옷, 책 이런 것들이요. 그러니 당신도 저한테 원하는 게 있으면 말해주세요. 아, 그리고 제 핸드백에 화장품이랑 빗이 들어 있으니까 그것도 돌려주시고요. 칫솔이랑 치약도 필요해요."

"네가 도대체 뭔데 나한테 이러는 거야?" 그렇게 묻는 그의 목소리에서 케이티는 약간의 감탄을 감지했다.

"케이티 스피드요. 법률비서. 그러는 당신은요? 존 조지 헤이그(영국의 연쇄살인마로 살해 후 시체를 황산에 녹여 처리했음)에 이은 제2의 황산살인마인가요? 아니면 존 크리스티(아내를 포함해 최소 여덟 명을 살해한 것으로 알려진 영국의 연쇄살인마)? 당신이야말로 도대체 뭔데요?"

남자는 확실히 잘생긴 편이었다. 어두운색 머리와 감성적인 눈, 조각 같은 광대뼈가 취향이라면. 영화 〈싸이코〉에 나오는 안소니 퍼킨스를 연상하게 하기도 했다. 그 정도로 섬뜩한 느낌은 아니고 나이도 더 있었지만. 케이티는 질리와 그 영화를 두 번이나 보러 갔던 기억이 났다. 매번 무서워서 혼났다.

"뭐 먹고 싶은지 물어보러 온 건데. 이런 모욕을 당하려고 온 게 아니라."

"아, 죄송해요! 그렇지만 머리를 쳐서 여기 가둬놓고는 제가 고분고분하길 기대하는 건 아니겠죠? 음식은 뭐가 있나요?"

"피시 앤 칩스나 소시지 앤 칩스."

"둘 다 좋아하는 건데, 잘됐네요." 케이티가 말했다. 그러고는 남자들이 치명적이라고 했던 미소를 지어 보였다.

뜻밖에 그는 웃었다. "넌 진짜 특이한 애야, 케이티. 그런데 나를 화나게 만들지는 마. 내가 좀 못됐거든."

"그건 잘 알죠. 왜 저희 아빠한테 글로리아 아줌마와 딸을 죽였다는 누명을 씌운 거죠? 당신한테 뭘 잘못했길래요."

"입 작작 놀려." 라일리가 말했다. 그가 가까이 다가왔다. 케이티는 움츠러들지 않으려고 노력했다.

"예상했던 질문 아닌가요? 특히 이렇게 배고프고 추운 극한의 상황에서는요. 그러니 소시지 앤 칩스랑 제가 부탁한 물건 가져다주세요." 케이티는 용감한 척했다. 순간 라일리의 눈이 놀라움으로 커졌다. 그러고는 이내 원래의 얼굴로 돌아와 어금니를 꽉 깨물었다. 케이티는 속으로는 떨고 있었다. 라일리는 말없이 뒤돌아 나가면서 문을 잠갔다.

"꼴좋네. 이제 음식이고 뭐고 없어. 적당히 했어야지." 케이티가 혼자 중얼거렸다.

찰스는 세인트 판크라스 역으로 서둘러 가 브로드스테어스로 가는 5시 15분 기차를 겨우 탔다. 기차는 퇴근하는 사람들로 붐볐다. 법원에 있느라 더 일찍 나올 수는 없었다. 지금은 화요일 저녁이고 케이티가 실종된 지 거의 48시간이 지났다. 경찰은 아무 단서도 찾지 못했다. 해머스미스 거리에 떨어졌을지도 모를 케이티의 신발이나 물건을 수색했지만 발견된 것은 없었다. 경찰은 찰스에게 런던에 있는 적갈색 재규어가 몇 대나 될 것 같은지 물었다. 모르겠다는 찰스의 답에 경찰은 7천 대라고 했다. 쉽지 않은 조사가 될 터였다.

어제 아침, 찰스는 마이클 본햄에게 전화를 걸었다. 본햄은 케이티의 실종소식에 충격을 받은 듯했다. 본햄은 자신과 찰스에게 알고 있는 걸 전부 말해달라고 에드나를 설득하는 데 실패했다. 그래서 지금 찰스가 에드나의 딸 클레어의 집으로 가는 중이었다. 본햄은 내키진 않았지만 케이티의 엄마에게도 연락했다고 말했다.

"힐다 씨는 별 반응도 없었어요. 그냥 '역시 케이티는 자기가 잘난 줄 알아요.' 하는 식이던데요. 이게 말이 됩니까! 어떤 엄마가 딸의 납치소식을 듣고도 이렇게 무덤덤할 수 있어요? 내 딸이 그랬다면 완전 정신이 돌아버렸을 거예요. 한편으론 아빠를 도우려는 용기가 기특하기도 했겠죠."

둘은 변호사다운 대화를 나누며 믿기지 않는 인간의 행동에 관해 이야기했다. 본햄은 에드나가 지금 얼마나 겁을 먹고 무기력한 상태인지 알려줬다.

"딸 말로는 하룻밤 새 20년은 더 늙은 것처럼 보인다더라고요.

초인종 소리만 들려도 공포에 떨고요. 케이티를 어떻게든 도와주고 싶어 하긴 하는데, 자기를 해치려 했던 사람이 다시 쫓아올까 무서운가봐요. 그리고 저희한테 글로리아 씨와 함께 도왔던 여자들에 대해 알려주는 것도 망설이더라고요. 본인이나 가족한테 영향이 갈까 봐요."

"이해해요. 하지만 에드나 씨가 말하지 않으면 더 많은 여성이 위험해진다는 사실을 상기시켜야 해요. 거의 확실해 보이지만, 노트가 납치범 손에 들어갔다면 그 사람의 전 아내뿐 아니라 남편을 떠난 여자들 모두가 다칠 수 있으니까요."

"저도 그렇게 생각해요. 찰스 씨, 에드나 씨를 만나서 설득해봐요. 저는 실패했어요. 노트에 적은 것들을 전혀 기억하지 못한다고 했는데, 거짓말 같아요."

찰스는 에드나가 유용한 정보를 기억해내길 기대하며 브로드스테어스로 갔다. 심각한 폭행을 당한 여자들의 이름이나 주거지 정도는 기억하고 있을 것이다. 찰스도 변호사 일을 하면서 만난 끔찍한 사건들은 절대 잊지 못했다.

본햄은 앨버트 스피드에게도 딸의 실종소식을 알려야 한다는 의무감이 들었다. 찰스는 최소한 며칠은 좀 더 찾아보고 알리자고 했다. 감옥에 있는 사람에게 딸이 살인자의 손아귀에 있다고 전하는 건 너무 가혹했다. 본햄은 힐다에게 로버트의 번호를 받아 전화를 걸었다. 로버트는 자기가 직접 아빠를 찾아가 말하겠다고 했다. 런던으로 가서 케이티를 찾는 일에 합류하겠다고도 했지만, 본햄은 아빠를 만난 후에는 엄마 옆에 있어 주는 편이 더 좋겠다는 말로 로버트를 말렸다. 힐다가 아무리 괜찮은 것처럼 보여도 실은 그렇지 않을 수 있기에 로버트의 도움이 필요할 것이다.

에드나의 딸 클레어와 사위인 언원은 스머글러라는 작은 호텔을 운영했다. 여름이면 화분이 놓인 현관에서 바다가 훤히 보여 그림같이 아름다운 곳이었다. 하지만 비가 오는 어둠 속에서 택시 창문 너머로 보이는 호텔은 그저 낡고 허름했다. 불빛도 드문드문 희미하게 보였다. 찰스는 하룻밤 묵고 가겠다고 한 걸 후회했다. 침대는 약간 축축하면서 울퉁불퉁할 듯했고 아침에 뜨거운 물도 나오지 않을 것 같았다. 호텔에 도착하자 이십 대 후반의 작고 매력적인 짙은 머리색의 여자가 문을 열었다.

"스티븐슨 씨?"

찰스가 그렇다고 대답하자 여자는 문을 활짝 열면서 그를 맞이했다.

"오늘 날씨 참 구질구질하네요. 런던에서 변호사가 여기까지 오는 걸 영광으로 생각하라고 엄마한테 말했어요. 보통 저희 손님들은 조금 지루한 편이라 흥미로운 대화를 기대하기는 어렵거든요."

"제 얘기도 그렇게 흥미롭지는 않을 텐데요. 그래도 너무 지루하지 않게 최선을 다해볼게요." 찰스가 미소를 띠며 말했다. 그는 뜻밖에 쾌활한 클레어가 이미 마음에 들었다.

"엄마는 위층에 계세요. 지금 내려오시기가 좀 그런가봐요. 저였어도 차가 길에서 굴러 그대로 찬물에 익사할 뻔 했다면 방에서 나오고 싶지 않았을 거예요."

"저도 그렇게 생각해요." 찰스가 잠시 망설이다 다시 입을 열었다. "제가 지금 위층으로 가보는 게 좋을까요?"

"아뇨. 먼저 차라도 마시고 가세요. 엄마는 지금 저녁 식사 중이시거든요."

찰스는 에드나를 만난 적이 없었다. 하지만 그녀의 방에 들어서는 순간, 그녀의 얼굴에 드리웠던 죽음의 그림자를 읽을 수 있었다. 그녀는 육십 대처럼 보였고 동공이 풀린 상태로 초조하게 손을 떨었다. 찰스가 다가가 악수를 하려고 손을 내밀자 에드나는 겁을 먹고 움찔했다.

"에드나 씨, 무서워하지 않으셔도 돼요. 도움을 드리려고 왔어요." 찰스가 부드럽게 말했다. 그러고는 그녀의 의자 옆에 쪼그리고 앉아 팔에 손을 얹으며 안심시켰다. "끔찍한 일들을 겪으신 거 알아요. 정말 안타까워요. 그런데 에드나 씨를 해치려 했던 남자가 케이티를 납치한 것 같아요. 그러니 케이티를 위해서라도 두려움을 이겨내셔야 해요."

"저도 그러고 싶어요." 에드나가 입술을 떨며 작은 목소리로 말했다. "저는 케이티 씨를 좋아해요. 내가 노트를 주지만 않았어도! 케이티 씨가 그걸 경찰이나 본햄 씨에게 가져갈 거라고 생각했어요. 혼자 찾아 나설 거라고는……"

"덕분에 저희 모두 케이티가 거침없는 사람이라는 걸 알게 됐죠. 그래도 좋은 의도였으니까 저희가 수사를 도와야 해요."

"제가 뭘 하면 되죠?"

"에드나 씨와 글로리아 씨가 만났던 최악의 상황을 떠올려주세요. 특히 남편에게 돌아가지 않은 여성들을 기억나는 대로 다 말씀해주시면 도움이 될 것 같아요."

에드나는 눈을 감고 무릎 위에 손을 모았다. "과거를 떠올리려면 이렇게 해야 해요. 가서 저녁을 좀 드시고 오세요. 그동안 기억나는 걸 대충 적어볼게요."

아래층에 내려가자 클레어가 찰스를 따뜻하게 맞이했다. 찰스는 에드나의 말을 전했다.

"뭔가 기억해내실 거예요. 항상 그러시거든요. 그 괴물 같은 인간을 제대로 떠올릴 수 있을지는 지켜봐야겠지만요. 예전에 들은 얘기들은 모두 하나같이 악마의 자손들 같았어요. 일단 앉으세요, 스티븐슨 씨." 클레어가 부엌에 있는 식탁을 가리키며 말했다. "조금 있다가 음식을 내올게요. 우선 진토닉부터 한잔하실래요? 아니면 방을 먼저 보시겠어요?"

"방은 조금 이따가요. 진토닉 좋죠."

클레어는 토닉처럼 쾌활했다. 술이 들어가자 부엌은 따뜻한 활기를 띠었다. 그녀는 유쾌하고 솔직하며 세심한 최고의 대화상대였다.

"제 본업은 사회복지사예요. 여기는 제가 일을 그만뒀을 때 돌아오려고 사뒀어요. 운영도 어렵지 않고요. 객실이 네 개뿐인데, 스티븐슨 씨가 오늘 유일한 손님이에요."

"어머니의 길을 따르기로 하신 건가요?"

"그렇죠. 엄마랑 저는 절박하고 가진 것 없는, 가망 없는 사람들에게 끌리나봐요. 아마 아빠 때문일 거예요. 엄마가 아빠한테 고통받는 걸 보고 나니 죄책감이 들었어요. 사람들은 브로드스테어스처럼 아기자기한 곳에서는 가정폭력이나 아동 성추행 같은 인간의 추악한 악행이 없을 거라고 생각해요. 장담하지만, 여기서도 그런 일이 빈번하게 일어나요."

찰스가 동의했다. "맞아요. 제 의뢰인들도 사회의 각계각층에서 와요. 사악한 사람들은 어디에나 있나봐요."

클레어가 웃었다. "'사악'하다는 말이 딱 맞네요! 그래서 케이티 씨랑은 어떻게 아는 사이예요? 앨버트 씨의 변호사는 아니시고……"

"케이티가 저희 법학원에서 법률비서로 일하게 됐거든요. 지난 금요일에 사무실 규율을 어기고 제가 그녀에게 데이트 신청을 했죠."

"그럼 케이티 씨가 좋아서 도우려는 거예요? 아니면 의무감?"

"직설적이시네요. 원래 이런 걸 잘 인정하는 편은 아닌데…… 맞아요, 케이티한테 마음이 있어요." 찰스가 웃으며 말했다.

"좋네요. 사람들 마음을 확실하게 알아둬야 편해요. 경찰보다 더 동기부여가 되겠네요. 케이티 씨가 실종된 걸 두고 다들 뭐라고 해요?"

"납치라고 단정짓기는 너무 빠르다고요. 그런데 케이티가 이유도 없이 사라졌을 리 없죠!"

"가끔 그런 일도 있으니까요. 어쨌든 케이티 씨의 아빠가 누명으로 구금된 게 확실하고, 저희 엄마도 죽을 고비를 넘겼으니 경찰이 모든 방법을 동원해서 진짜 살인범을 잡아야 할 텐데요."

저녁 식사를 마친 찰스는 위층에서 나는 종소리를 들었다.

"엄마일 거예요. 뭔가 기억이 나셨나본데요." 클레어가 말했다.

찰스는 맛있는 음식을 대접한 클레어에게 감사의 인사를 전하고 서둘러 계단을 올라갔다. 에드나의 무릎 위에 메모지가 놓여 있었고 종이 전체가 글씨로 빼곡했다.

"우리가 '첫 번째'라고 부른 사람을 떠올리니까 다른 것들도 연달아 기억났어요. 우리가 도와준 첫 번째 여자는 아니지만 남편에게 돌아가지 않은 첫 번째 사람이에요. 켄티시타운에서 온 소냐 버칠이라는 여자였어요. 우리가 도와줘서 브라이튼으로 이사하고 자기와 아이의 성을 패터슨으로 바꿨어요. 소냐의 남편도 형편없긴 한데 그 사람은 아닌 것 같아요. 일단 운전을 못 하고 돈이 없어서 공영아파트에 살았거든요. 그러니 운전을 배웠다고 해도 재규어를 몰 수는 없겠죠. 그리고 소냐 말대로라면 그렇게 똑똑한 사람도 아니었고요."

"브라이튼에 정착한 후의 소식도 들으셨나요?"

"네. 항상 크리스마스카드를 보내왔거든요. 4년 전쯤인가 괜찮은 남자를 만났고 두 아이도 학교에 잘 다니고 있다는 내용이 적혀 있었죠."

"소냐 씨나 남편의 주소는 기억 안 나시죠?"

"남편은 데니어 하우스라고 불리는 아파트 단지에 살았어요. 2층이었는데 몇 호였는지는 기억이 안 나네요. 소냐는 브라이튼 기차역 근처에 살았는데 주소까지는 모르겠어요. 카드나 편지에 절대 적지 않았거든요. 저희가 여자들에게 충고했던 것도 있고요. 과거 지인들에게 새 주소를 알려주지 말라고 늘 당부했어요. 그래야 안전하니까."

찰스가 고개를 끄덕였다. "알려주신 주소로 경찰한테 확인을 요청할게요. 또 말씀해주실 게 있나요?"

놀랍게도 에드나는 총 아홉 명의 이름과 그들이 사는 동네를 기억해냈다. 정확한 집주소까지는 아니더라도. 심지어 아이들의 당시 이름과 나이를 술술 늘어놓아 찰스를 놀라게 했다. 개명한 이름과 이사한 주소까지 알고 있는 경우도 있었다. 찰스는 현재로서는 엄청난 성취라고 생각했다.

에드나는 여자들이 찾아왔을 때 어떤 부상을 입고 있었는지 모두 선명하게 기억했다. 한 여자는 등에 다리미 모양으로 붉은 화상을 입은 상태였단 말에 찰스는 기겁했다. 어떤 여자는 얼굴에 페인트 제거액이 범벅인 채로 찾아왔는데, 완전히 타들어갈 때까지 씻어내지 못하도록 남편이 팔을 붙잡고 있었다고 했다. 팔다리가 부러지고 막대기로 맞은 자국이 있거나 눈에 멍이 들고 이가 부러져 찾아오기도 했다. 어떤 임산부는 남편이 계단 아래로 밀어 다음 날 유산했다.

"무시무시하죠?" 에드나가 이야기를 마치며 볼을 타고 흐르는 눈물을 닦았다. "글로리아와 저도 남편 때문에 비슷한 경험을 했지만 이 불쌍한 여자들을 만날 때마다 마음을 다잡을 수 있었어요. 경찰이 이런 일을 해결해야 하는데 '가정'폭력이라고 단정 짓는 게 화가 나요. 남편을 체포해도 몇 시간 후면 풀려나 집에 돌아와서는 아내에게 똑같은 짓을 반복하죠."

하루가 길었다. 찰스는 지쳤다. 다음 날 아침 일찍 일어나려면 빨리 잠자리에 들어야 했다. 그는 일어나 몸을 굽혀 에드나의 볼에 입맞췄다. "당신은 용감하고 착하고 영감을 주는 여성이에요. 범인을 찾아 사형을 선고받을 수 있게 해볼게요. 그리고 지금부터 저도 최선을 다해 학대당한 여성들을 도울 거예요."

에드나는 찰스를 향해 웃어 보이며 그의 손을 잡았다. "케이티 씨가 무사히 돌아와서 둘의 앞날에 좋은 일들이 가득하길 빌게요. 학대당한 여성들을 돕는 데 최선을 다하겠단 말도 믿을 거고요. 사람들의 인식과 법을 바꿀 수 있는 분이시니까요."

11

케이티는 너무 배가 고팠다. 살아 있는 생쥐라도 잡아먹을 수 있을 정도였다. 머릿속으로는 계속 생쥐를 먹는 행위처럼 역겹고 우스꽝스러운 생각을 했다. 케이티는 자신이 미쳐가고 있다는 조짐이 아닐까 생각했다.

책에서 배가 고프거나 목마른 사람들은 늘 더운 곳에 있었다. 그들은 수도꼭지나 분수에서 물이 뚝뚝 떨어지는 신기루를 본다. 반대로 케이티가 있는 곳은 너무 추웠다. 더운 곳을 상상하고 싶었지만 잘 되지 않았다. 얼어붙은 폐기물 따위는 쉽게 떠올릴 수 있었지만 상태만 악화시킬 뿐인 생각은 그만뒀다.

라일리가 홧김에 나가버렸을 때, 케이티는 자신의 지나친 요구 때문에 한두 시간 정도 벌을 주려는 거라고 생각하며 그가 음식을 가지고 돌아오길 기대했다. 하지만 라일리는 돌아오지 않았다. 시계도 없고 햇빛도 볼 수 없었지만 케이티는 그 후로 48시간이 흘렀다고 생각했다. 자려고 했지만 추워서 잠이 오지 않았다. 도저히 할 일이 없어서 몽상에 잠겼다. 아무것도 먹지 못한 상태로 계속 지내다가 몸을 일으키지도, 걷지도 못하게 되는 상상을 했다. 라일리가 아예 돌아오지 않는 끔찍한 상황도 떠올렸다. 케이티를 그대로 죽게 놔두는 방법도 분명 그녀를 처리하는 해결책 중 하나이기 때문이다.

굶어 죽는 데는 시간이 얼마나 걸릴까? 케이티는 물이 없으면 인간이 1주일밖에 버티지 못한다는 사실을 알았지만 음식에 관해서는 들은 바가 없었다. 몇 주 정도는 버틸 수 있을까?

생각할수록 무서웠다. 배가 아플 정도로 배가 고팠고 머릿속은 온통 음식 생각뿐이었다. 프라이팬에 지글지글 구운 소시지부터 황금처럼 노릇하게 누워진 감자를 곁들인 선데이 로스트(영국에서 일요일 점심에 먹는 전통 로스트비프 요리), 버터가 새어 나오는 치즈 토스트까지. 케이티가 열다섯 살에 읽은 수용소 생활에 관한 책에는 매일 빵 껍질이나 감자 껍질 등의 먹을거리를 찾는 장면이 나왔다. 당시에는 그런 일을 직접 경험하게 될 거라고는 꿈에도 몰랐다.

케이티는 음식에 대한 생각을 그치려고 벡스힐에 있는 집을 떠올렸다. 춥고 배고픈 상황에 처하자 집은 호화로운 궁전 같았고, 만찬을 준비하던 엄마는 완벽하고 사랑스럽게 느껴졌다. 벡스힐에서 근무했던 사무실에 준비된 누군가의 생일 케이크도 떠올랐다. 소시지롤을 사러 길 건너 빵집으로 달려가거나 윔피 바에서 점심시간을 보내기도 했다. 이런 생각을 하고 있자니 양파 튀김 냄새가 나는 것 같아 군침이 돌았다.

다른 생각을 하려고 애썼지만 케이티의 머릿속은 계속해서 음식 생각으로 가득했다. 중간중간 찰스 생각도 했다. 그날의 키스를 떠올리면 배고픔을 잠시 잊을 수 있었다. 적갈색 재규어를 찾아 나서지 않았다면 어땠을까 하는 상상도 해봤다. 자신의 실종 소식을 들은 아빠는 마음이 무너져 내렸을 테다. 아빠는 딸 없이 사는 자유보다 감옥에서의 삶을 선택할 사람이니까.

엄마도 울었을지 모른다. 한 번도 우는 모습을 본 적은 없지만. 케이티는 문득 그동안 왜 엄마에게 차갑고 예민하게 구는 이유를 묻지 않았을까 생각했다. 무엇이 엄마를 그렇게 만들었을까? 이제와 생각해보니 케이티는 엄마에 관해 아는 게 없었다. 어디서 자랐는지 또는 아빠와 어떻게 만났는지도 몰랐다. 어릴 때의 엄마는 어떤 모습이었을까? 부모님은 어떤 분들이었을까? 물음표투성이였다.

몸을 따뜻하게 하려고 담요 속에 웅크리고 있자니 온몸이 저렸다. 케이티는 억지로라도 몸을 일으켜 스트레칭을 하고 몸을 움직이려고 했지만 머리가 핑 돌아 다시 담요를 덮고 누웠다. 그때 문밖에서 다시 들리지 않을 것 같던 발소리가 들렸다. 먹을 것을 주러 온 걸까, 아니면 죽이러 온 걸까. 심장이 뛰기 시작했다. 케이티는 방어하듯 담요로 몸을 꽁꽁 싸맸다.

"기상, 일어나." 라일리의 익살스러운 말투는 겁을 줄 때보다 더 무섭게 느껴졌다. 케이티는 그를 힐끗 봤다. 놀랍게도 라일리는 전기난로와 쇼핑백을 들고 있었다. 쇼핑백에는 옷과 음식이 들어 있는 듯했다. 케이티는 본능적으로 벌떡 일어나 고맙다고 하려다 이내 평정심을 찾았다.

"지금 무슨 요일이에요? 몇 시나 됐죠?" 케이티가 잠깐 눈을 붙인 척 하품하며 물었다.

"목요일 오후 4시. 어제 오려다 못 왔어."

"지금이라도 왔잖아요." 케이티는 아무렇지 않은 듯 말하려 했지만 눈은 쇼핑백에 고정돼 있었다. 벌떡 일어나서 덥석 가져오고 싶었다.

"엄청 차분하네. 절박할 줄 알았는데."

"뭐가 절박해요? 당신이?"

라일리는 당황한 듯 보였다. 그가 쇼핑백을 건네며 말했다. "여기 옷이랑 먹을 거. 지금 시간에 뜨거운 음식을 구하긴 어려워서 돼지고기 파이랑 케이크랑 과일 조금. 난로도 때줄게."

돼지고기 파이를 덥석 잡아 입에 쑤셔 넣고 싶은 마음을 억누르기는 쉽지 않았다. 그가 가져온 난로는 한 줄짜리였는데도 열기가 거의 그대로 전해졌다. 케이티는 난로와 거리를 두고 가방에서 갈색 스웨터와 갈색 바지, 크림색 셔츠를 꺼냈다. 스웨터는 바로 입고 나머지 옷은 접어서 침대 위에 뒀다. 새 옷은 아니었지만 질이 괜찮았다. 라일리 아내의 옷인 듯했다. 양말과 속바지도 있었다. 새로 산 듯한 속바지 세 개는 막스 앤 스펜서(의류, 식품, 가정용품 등을 판매하는 영국의 유통기업) 봉투에 들어 있었다.

"좋네요. 고마워요." 케이티가 떨리는 손으로 돼지고기 파이를 집어 들며 말했다. 네 명은 족히 먹을 수 있는 양이었고 페이스트리는 황금처럼 빛났다. 그녀는 딱 4초 안에 파이를 게걸스럽게 다 먹어치울 수 있었지만 참았다.

"죄송해요. 접시에 올려놓고 포크랑 나이프로 먹고 싶은데 그럴 수가 없네요." 케이티가 예의 바르게 말했다. 한 입 베어 물자 엄청난 행복이 밀려왔지만 티를 내지 않으려 애썼다.

파이는 완벽한 맛이었다. 고기는 촉촉했고 페이스트리는 입에서 녹았다. 하지만 포크와 나이프, 접시 없이 우아하게 먹기는 힘들었다. 그래서 몇 입 먹고는 기름종이에 싸서 다시 쇼핑백에 넣어뒀다.

"나머진 나중에 먹을게요. 이제 설명 좀 해주실래요? 왜 글로리아 아줌마 집에 불을 지른 거죠?"

케이티의 물음에 라일리는 벽에 기대서서 팔짱을 꼈다. "그년이 내 아내를 빼앗아갔어. 이미 알고 있겠지. 조수 같은 년이 너한테 말해주고 노트도 줬잖아."

"글로리아 아줌마와 에드나 씨는 아내와 아이들이 당신에게서 벗어나 새로운 삶을 살도록 도와줬어요. 누군가는 해야 하는 일이었죠. 데어드레이 씨를 거의 죽일 뻔했잖아요, 당신. 아이들도 그 모습을 지켜봐야 했고요."

"고작 몇 번 때렸을 뿐이야. 나랑 잘살고 있었다고. 애들도 부족한 거 없이 컸고. 자전거도 원하는 장난감도 전부 있었어."

"엄마 팔다리가 부러졌는데 장난감이 다 무슨 소용이에요. '그냥 때린' 정도가 아니었죠?"

"데어드레이를 알아?"

케이티는 남자의 반응에서 일말의 희망을 감지했다.

"당연히 모르죠. 제가 어떻게 알겠어요. 에드나 씨랑 글로리아 아줌마와도 아주 비밀스럽게 만났다고요. 제가 데어드레이 씨랑 다른 여자들을 알게 된 건 저희 아빠가 글로리아 아줌마의 살인자로 지목된 후였어요. 그래서 당신 뒤를 쫓은 거고요."

"나를 뒤쫓았어?" 라일리의 목소리가 한 옥타브 올라갔다.

"네, 그랬어요." 케이티가 반항하듯 말했다.

"나를 찾아서 어쩌려던 건데?"

"당연히 신고하려고 했죠."

"그런데 안 했잖아. 내가 알아. 너를 뒤따라갔으니까."

케이티는 이미 다른 사람에게 얘기했다고 하면 라일리가 자신을 더 빨리 죽일 것 같았다.

"해머스미스 경찰서로 곧장 가지 않은 걸 후회하고 있어요. 월요일 아침에 아빠 변호사에게 전화하려고 했거든요. 그런데 봐요, 저는 지금 여기에서 당신하고 있잖아요. 그러니 당신 이야기를 들려주는 게 어때요?"

"내가 왜?" 라일리가 젖은 타르처럼 짙은 눈동자로 케이티를 뚫어져라 쳐다봤다.

"기분이 안 좋잖아요. 저한테 얘기하고 나면 좀 나아질지도 모르죠."

"안 좋지 않은데."

케이티는 한숨을 쉬었다. "아닐걸요. 늘 불행했잖아요. 그게 아니라면 데어드레이 씨를 찾으러 다니지 않았겠죠. 보고 싶어서 다시 데려오려던 거잖아요. 그렇게 하면 다시 행복해질 줄 알고. 물론 그럴 리 없었겠지만."

케이티는 여기저기 심리상담사가 할 법한 표현을 섞어가며 뜬구름 잡는 말을 지어냈다. 실은 남은 돼지고기 파이와 케이크를 먹고 싶은 마음뿐이었지만.

"데려오고 싶지 않아, 지금은. 멍청하고 불쌍한 여자였어. 그런 여자는 없어도 괜찮다고."

"농담이죠? 당신은 전혀 괜찮지 않아요. 화가 가득하잖아요. 화를 털어버리지 않으면 다시 행복해질 수 없을 거예요. 새로운 인생을 시작하지 못하는 건 물론이고요."

케이티는 침대에 다시 앉아 담요를 툭툭 치며 라일리에게 옆에 앉으란 표시를 해 보였다.

"당신은 참 재밌어요, 에드. 에드라고 불러도 되죠?"

라일리는 케이티 옆으로 가지 않았다. 기괴하고 짙은 눈으로 케이티를 빤히 내려다볼 뿐이었다. "그래, 그러던지. 그런데 무슨 속셈이야?"

"속셈이라니요?" 케이티는 못 알아들은 척하며 얼굴을 찌푸렸다. "저는 그냥 저를 죽이려는 남자가 어떤 사람인지 알고 싶을 뿐이에요. 죽일 거잖아요. 그렇죠? 왜 바로 죽이지 않는지는 모르겠지만요. 칼로 찌르거나 목을 졸라 누군가의 앞마당에 묻을 수도 있었잖아요."

그 말을 내뱉는 순간 케이티는 라일리가 직접적인 살인은 하지 않는다는 걸 깨달았다. 글로리아와 에드나에게도 불을 지르거나 길에서 떨어뜨리는 방법을 사용했다. 가까이에서는 죽이지 않는다.

"그래서 내가 너를 놓아줄 거라고 생각하면 오산이야."

케이티는 미소 지었다. 라일리는 아무 계획도 없어 보였다.

"뭐가 좋다고 웃어?"

"음식이랑 따뜻한 옷에 난로까지 있잖아요. 30분 전에 비하면 엄청난 발전이죠. 당신은 흥미롭고 잘생긴 남자예요. 데어드레이 씨가 당신의 어떤 면에 반했는지 알 것 같아요. 그런데 도대체 그녀를 왜 때렸어요?"

"입 다물어." 라일리가 욱했다. 짙은 눈이 더 어두워지고 얼굴은 분노로 시퍼레졌다. "이제 갈 거야. 계속 질문하면 다신 안 올 거고."

"그러세요. 저는 그냥 당신을 더 알아가고 싶었을 뿐이에요." 케이티는 차분한 목소리로 말했다. 라일리는 문을 쾅 닫고 바로 나가버렸다.

케이티는 다시 돼지고기 파이를 집어 입 속에 욱여넣었다. 그녀는 허기를 채우며 방금 나눈 대화를 곱씹었다. 라일리는 확실히 특이하고 알 수 없는 사람이었다. 데어드레이를 때린 이유를 묻자 갑자기 화를 낸 점이 흥미로웠다. 라일리는 자신이 한때 사랑했던 여자를 폭행했다는 사실을 애써 잊으려는 듯했다. 그리고 아내가 떠난 이유가 글로리아 때문이라고 믿고 싶어 했다. 결혼 초기의 데어드레이는 확실히 연약한 여자였다. 하지만 결국 그녀는 마음먹고 라일리를 떠났다. 그런데 자기 때문에 떠났다는 걸 모르다니. 웃기는 일이다.

라일리가 여자들에게 저지른 행동을 연구한다고 해서 케이티의 상황이 나아지진 않았다. 이제 배도 찼고 옷과 난로도 생겼지만 이곳을 탈출할 방법은 여전히 없었다. 누가 케이티를 찾아내겠는가? 질리가 경찰을 재촉하는 모습이 눈에 선했다. 마이클 본햄도 그랬을 것이다. 하지만 그들이 케이티를 찾는 건 불가능에 가까웠다.

불현듯 가망 없는 상황을 인식한 케이티는 주저앉아 울기 시작했다. 라일리가 정말 직접적으로 사람을 죽이지 않는다면 케이티를 굶어 죽게 할 게 분명했다.

케이티가 천천히 굶어 죽어갈 자신의 미래를 상상하고 있을 때, 질리는 로버트와 전화하면서 울지 않으려 애쓰는 중이었다. 케이티가 납치되기 전에 로버트가 그녀에게 보낸 편지가 오늘 도착했다. 질리는 봉투를 열어 편지를 읽으며 죄책감이 들기도 했지만 로버트의 번호가 적혀 있기를 바라는 마음이 더 컸다.

질리는 늘 로버트를 좋아했다. 한때는 로버트와 사귀면 어떨까도 생각했지만 그런 일은 없었다. 로버트는 질리를 누나로만 대했다. 편지에는 아빠를 만난 얘기가 적혀 있었다. 아빠가 얼마나 잘 버티고 있는지, 엄마가 미쳐가는 건 아닌지 걱정하는 등의 내용이었다. 어떤 여자가 죄 없는 남편이 감옥에 갇혀 있는데 이리도 무덤덤할 수 있을까?

로버트는 케이티만큼이나 재미있고 따뜻하면서도 흥미로운 편지를 썼다. 질리는 편지 쓰기에 소질이 없었다. 부모님이 케이티의 아빠처럼 책을 좋아하지 않으니까. 질리는 용기 내 로버트에게 전화했다.

"안녕, 로버트. 질리 카터야. 전화번호를 알아내려고 네가 케이티에게 쓴 편지를 봤어. 안 좋은 소식이 있거든."

로버트가 케이티의 소식을 조금은 알고 있어서 다행이었다. 마이클 본햄이 힐다에게서 로버트의 번호를 받아 케이티의 실종소식을 전했다고 했다. 로버트는 질리의 전화가 무척 반가웠다. 듣고 싶은 소식을 전해줄 것 같았다. 케이티가 방금 문을 열고 들어와서 옛 친구와 만난 이야기를 장황하게 늘어놨는데 아무래도 술을 진탕 마신 것 같다는. 하지만 질리와 로버트는 케이티가 그럴 사람이 아니라는 걸 알았다.

"상황이 별로야. 너한테 말하게 되지 않기를 바랐는데."

"알아. 태연하던 엄마도 이젠 걱정을 하시더라고."

"엄마가 전화하셨어? 여기로는 안 하셨는데."

"어제 아빠 보러 루이스 교도소에 갔다 벡스힐에도 들렀어. 엄마도 어쩔 줄 몰라 하시던데. 엄마는 전화를 어색해하셔서. 특히 모르는 사람한테 하는 건 더. 그래서 그냥 애써 외면하려는 거야. 여전히 아빠한테는 안 간다고 하셨는데, 아빠가 보고 싶지 않아서는 아니고 감옥에 찾아가는 자체를 무서워하시는 것 같아. 누나에 대해서도 걱정하시는 것 같더라. 말을 못 잇더라고.

어쨌든 안 좋은 소식이라 얘기하기 쉽지 않았을 텐데 전화해줘서 고마워, 누나. 노팅엄으로 돌아왔는데 어젯밤 일 때문에 이따 다시 벡스힐로 가려고. 부모님 옆에 있어야겠어. 아빠한테 기운을 보태주고, 엄마가 무너지지 않을 수 있도록 챙겨드려야지. 그리고 엄마를 설득해서 아빠한테 같이 가보려고. 누나 찾는 걸 도우러 런던에 가고 싶은데 엄마랑 집에 있는 게 나을 것 같아."

"그래, 어차피 네가 여기서 할 수 있는 것도 별로 없어. 동물원이라는 꿈의 직장에 취직해서 정말 기뻤는데. 아파트를 구하고 나서는 너무 설레서 사고 싶은 쿠션이랑 램프 이야기를 나누기도 했어. 미친 듯이 파티도 즐기면서 사람들이 런던에 오면 하는 정신 나간 짓은 다 해보고 싶었지. 그런데 지금은 울고만 있네. 케이티가 너무 걱정돼, 로버트."

"나도 그래, 누나. 왜 혼자 셜록 홈스가 되려고 했던 걸까? 그리고 살인범을 찾으러 갈 거였으면 어디로 간다고 메모라도 남겼어야 하는 거 아냐?"

"죽었으면 어떡해? 나는 케이티 없이는 못 살아. 너도 그렇지?"

"당연하지. 내가 노팅엄으로 가기 전까지 우리는 모든 걸 함께 했어. 그래서 우리가 연애를 못 한 건가 싶기도 해. 우리 둘이 노는 게 너무 즐거웠거든."

"케이티는 항상 자기가 널 얼마나 아끼는지 얘기했어. 어떨 때는 질투가 나기도 했지." 질리가 울며 말했다.

"나한테도 누나에 대해 똑같이 얘기했어. 그거 듣고 나도 누나 질투했는데. 우리 둘 다 똑같네." 로버트가 떨리는 목소리로 말했다. 로버트의 집주인이 전화를 쓰는 바람에 통화를 끝내야 했다. 하지만 새로운 소식이 있으면 언제든 벡스힐 집으로 전화하라고 말했다.

"항상 조심해, 누나. 몇 주 후에는 이 모든 일이 다 끝나고 우리 셋이 웃으면서 얘기할 수 있었으면 좋겠다."

브로드스테어스에서 돌아온 날 밤, 찰스는 에드나에게 받은 종이를 경찰에 넘겼다. 그는 경찰이 열성적이지도 의욕적이지도 않아서 낙담했다. 경찰들은 퉁명스럽게 '저기 두고 가시면 이따 확인할게요'라고 말했다. 찰스는 그 말을 믿을 수 없어 며칠 휴가를 내고 직접 조사에 나서기로 했다. 우선 경찰청 범죄수사과에서 근무했던 덕분에 아직도 경찰과 연줄이 있는 친구의 도움으로 여자 세 명의 주소를 알아냈다. 이 중 두 집에는 아직 남편이 살고 있었다. 버칠은 켄티시타운의 공영아파트에 살았으며 심한 과체중으로 걷지도 못했다. 이웃의 말에 의하면 집 밖으로 나오는 일도 거의 없었다. 운전면허는 물론 재규어도 없었다.

두 번째 주소지는 햄스테드였다. 그곳에 사는 사람은 로얄 프리 병원의 외과의사였다. 그는 재규어가 아닌 메르세데스를 몰았다. 찰스는 멀리 떨어진 하버스톡 힐에 있는 신문 가판대 주인에게서 정보를 주워들었다. 포스터란 이름의 그 외과의사는 크리스마스부터 3주 동안 여자친구와 카리브해에서 유람선을 타고 있었다. 그러니 글로리아의 집에 불을 지르는 건 불가능했다.

찰스는 세 번째 주소지를 찾아갔다가 옆집 사람에게 탤벗 부부가 3년 전에 이사 갔다는 얘기를 들었다. 이웃이 말하는 탤벗 부인이 그냥 여자친구인지 남편에게 돌아간 아내인지는 알 수 없었지만 더 묻지 못했다. 재규어를 타는지 물어봤지만 이웃은 회색 로버를 탔다고 말했다.

다음 단계는 에드나의 목록에 있는 다른 이름들과 선거인 명부를 대조해 주소를 알아내는 일이었다. 길고 고된 작업을 통해 네 개의 주소를 찾아냈다. 동명이인의 집인지는 확실하지 않았다. 문을 두드려 아내를 때린 사람이 사는지 물어볼 수는 없는 노릇이었다.

찰스는 주소지에 직접 찾아갈 빌미를 만들기 위해 전력청에서 설문조사를 나왔다고 했다. 이덴의 집은 아내가 열아홉 살도 안 돼 보였고 만삭인 데다 이사 온 지는 3달밖에 되지 않았다. 캐머런의 집은 남편이 흑인이었고 벽에 걸린 사진으로 보아 아내와 아이들도 있었다. 버틀러는 예순이 훨씬 넘었고 마지막으로 찾아간 시모어의 집에서는 아내가 찰스를 들여보내 남편과 셋이 차를 마시자고 권유했다. 남편은 휠체어에 앉아 있었고 서로에게 헌신하는 게 보였다.

찰스는 힘이 빠졌다. 목록에 있는 마지막 집에 전화를 걸고 햄스테드 히스 공원에서 가벼운 산책을 했다. 산책은 생각을 정리하는 데 도움이 됐다. 그는 아내를 폭행하는 남자들을 생각하느라 잠시 잊고 있던 케이티를 떠올렸다. 6일 전 토요일 아침에 이곳, 햄스테드에 왔을.

그 남자가 케이티에게 무슨 짓을 했을까? 찰스는 변호사였기에 납치범이 반드시 희생자를 해친다는 사실을 알고 있었다. 그들은 몸값을 요구하며 돈을 받은 후에 피해자를 풀어주겠다고 약속하고도 결국 죽여버린다.

그러면 이제 어떻게 케이티를 찾아야 할까? 찰스는 누가 어디로 케이티를 데려갔는지 모른다. 그 남자가 적갈색 재규어를 몬다는 것밖엔 아는 게 없었다. 그리고 그가 살인을 위해서라면 기꺼이 먼 거리를 움직인다는 것도.

살인범을 잡는 데 힌트가 될 사람이 한 명 있다. 그의 전 아내. 남편에게 맞다가 도망친 그 여자. 찰스는 살인범의 주소를 찾는 건 잠시 제쳐두고 주머니에서 에드나의 목록을 꺼냈다. 그러고는 집으로 돌아가지 않은 여성들에 대해 에드나가 기억해낸 사실을 되짚어봤다.

클레어는 에드나가 글로리아의 집에서 지내던 여자들이 새로 정착한 곳의 주소는 절대 적어두지 않는다고 했다. 격분한 남편이 쳐들어와 정보를 찾아낼 위험이 있으니까. 에드나는 그 많은 여자의 이름을 잘 기억해냈다. 결혼 당시 이름과 개명한 이름까지. 어떤 동네로 갔는지도 대부분 기억했다.

"이 사람들 중에 누가 그 납치범의 아내인 거지?" 찰스가 목록을 훑어보며 혼잣말을 했다. 목록에 있는 여자들은 브라이튼과 헤이스팅스, 이스트본, 루이스, 턴브리지 웰스 등 다양한 지역에 살고 있었다. 여자들이 다른 곳으로 이사하지 않았으리란 보장도 없었다. 찰스와 대화를 나누려 할지조차 알 수 없었다. 그들은 남편에게서 달아나 이름을 바꾸고 친구는 물론 친척들과도 연락을 끊었다. 과연 그런 여자들이 지금의 평화를 깰 수도 있는 낯선 사람과의 대화라는 위험을 감수하려고 할까?

이 여자들을 찾아내는 데는 시간이 얼마나 걸릴까? 사무실을 오래 비울 수는 없다. 그리고 이 사람들도 납치범이 케이티를 어디에 숨겼는지는 알지 못한다. 결국 헛수고를 하게 될 수도 있다는 뜻이었다. 찰스는 큰 오크나무 앞에 멈췄다. 그러고는 나무 몸통에 등을 기대고 가지를 올려다봤다. 그는 잎이 없어 형체가 그대로 드러나는 겨울나무들이 좋았다.

케이티도 겨울나무를 닮았다. 장식도 포장도 없이 있는 그대로 자기 생각을 말하고 소신 있게 행동한다. 겁 없고 현명하며 끈질기다. 얼굴은 아름답고 우아했다. 머리카락은 금빛이 도는 붉은 실 같았고 눈동자는 투명한 푸른빛을 띠었다. 찰스가 런던에서 만난 여자 중 솔직한 여자는 거의 없었다. 대부분 미래가 밝은 남자들만 만나려 했고, 다른 사람의 마음보단 자신의 외모에 더 많은 신경을 썼다. 지금 하는 모든 행동이 헛수고가 되더라도 케이티는 기꺼이 그렇게 할 가치가 있는 사람이었다. 그녀를 찾아야 한다. 반드시 찾을 것이다.

12

라일리는 케이티에게 돼지고기 파이와 물건들을 가져다주고 대화하다 씩씩거리면서 나가버린 그 다음 날 바로 돌아왔다.

케이티는 놀랐다. 라일리가 며칠 동안 돌아오지 않을 거라 예상하고 케이크를 아껴 먹고 있던 차였다. 전기난로와 따뜻한 옷 덕분에 상황이 조금 나아졌지만, 시간을 때우려면 무언가 읽을 게 필요했다.

그래서 라일리가 흠뻑 젖은 우비를 입고 머리에서 물이 뚝뚝 흐르는 채로 종이책 네 권과 칫솔, 치약이 든 가방, 화장품과 빗이 들어 있는 손가방을 들고 돌아왔을 때 케이티는 라일리를 끌어안고 싶은 충동을 억누르지 않았다. 케이티를 대하는 라일리의 태도가 부드러워지고 있었다. 케이티는 풀려날 수 있지 않을까 하는 기대를 품기까지 했다. 물론 비현실적인 소망이었다.

케이티는 찬물로 씻어야 했고 수건이나 비누도 없었다. 머리는 점점 기름지고 있었다. 수감자 주제에 고급 호텔을 기대하는 것도 웃긴 일이었다.

"반갑네요." 케이티가 손가방을 뒤지며 말했다. 에드나의 노트만 없었다. 이미 예상한 일이었다. 케이티에겐 이제 펜과 거울이 있다. 화장을 할 생각은 없었지만 손가방을 가지고 있으니 마음이 편해졌다. "가져다줘서 고마워요."

"너는 참 특이한 애야. 음식을 달라고도 안 하고. 먹고 싶지 않은 거야?"

"아뇨, 먹고 싶긴 한데 무례하게 굴고 싶지 않아서요. 너그럽게도 제가 요구한 물건을 가져다주셨는데 음식 타령까지 하면 좀 그렇잖아요."

"음식은 이제 안 갖다줄 거야."

순간 등줄기를 타고 소름이 돋았다. 케이티는 공포에 질린 얼굴로 라일리를 쳐다봤다. 이게 무슨 장난이지?

"서로 합의했잖아요." 케이티가 애써 울음을 참으며 말했다. "실은 진짜 절 죽이고 싶은 게 아니잖아요. 당신이 잡히지 않을 방법을 생각해냈어요. 마스크를 씌운 채로 데려가서 제가 어디 있었는지 모른다고 할게요. 어느 날 밤에 당신이 제게 안대를 씌워 차에 태우고는 어디 멀리 떨어진 허허벌판에 떨구고 가는 거예요. 저는 사람 사는 동네가 나올 때까지 걷다가 경찰에 신고해달라고 하면 되는 거죠."

"네가 계획을 다 짰다 이거야?" 라일리의 목소리에 한기가 감돌았다.

케이티는 계속해서 라일리를 설득하려고 애썼다. "모르시겠어요? 완벽한 아이디어라고요!"

하지만 돌아온 라일리의 대답에 케이티는 뺨을 얻어맞은 기분이었다. "그딴 아이디어 필요 없어. 그냥 닥치고 내가 하고 싶은 대로 하게 놔둬."

케이티는 순간 충동적으로 온 힘을 실어 라일리를 때렸다. "어렸을 때 못 배웠어요? 남자는 여자 때리는 거 아니라고." 케이티가 소리를 질렀다. "당연히 못 배웠겠지. 아빠한테 빌빌대면서 참기만 하는 엄마를 보고 뭘 배웠겠어. 그래서 부인을 때렸어요?"

라일리의 얼굴이 분노로 시커멓게 변했다. 그는 케이티에게 다가와 목을 조르려고 손을 뻗었다. 이제 와서 저자세를 취하면 케이티는 시퍼렇게 멍이 들 때까지 맞을 것 같았다.

"나한테 손댈 생각 하지 마요. 나는 당신, 하나도 안 무서우니까. 이 세상에서 당신을 이해해보려는 여자는 나밖에 없을 거야."

라일리는 뻗었던 손을 거두더니 문으로 다가가 열받은 듯 열쇠를 찾아 더듬거렸다. 이내 그는 문을 쾅 닫고 나가버렸다.

"도망가라, 이 겁쟁이야. 평생 듣기 싫은 소리는 피해 다니기만 했겠지!"

케이티가 문을 향해 소리쳤다. 계단을 오르는 발소리가 서서히 멀어졌다. 케이티는 침대에 털썩 주저앉아 손으로 얼굴을 가렸다. 말이 그렇게까지 나올 줄은 몰랐다. 멍청한 짓이었다. 이제 라일리는 돌아오지 않을 것이다. 혹이 난 뒤통수가 따갑고 배가 고팠다. 그렇게 반항해서 무얼 얻으려 했던 걸까.

일요일에 찰스는 옛 친구 패트릭 블라이에게 연락했다. 패트릭과는 케임브리지 대학교에서 함께 법을 공부했다. 하지만 패트릭은 집안 사정으로 2년 만에 자퇴했다. 그 후 경찰이 된 그는 경찰청 범죄수사과로 빠르게 승진했다. 찰스는 이대로라면 패트릭이 경찰국장까지 될 수 있을 거라고 생각했다. 똑똑한 데다 매력까지 있으니까. 하지만 예상과 달리 패트릭은 경찰을 그만두고 몇 년 전 사설탐정 사무실을 차렸다. 친구들과 동료경찰들은 패트릭을 비웃으며 1년 안에 빈털터리가 될 거라고 했지만, 아직까지는 잘해내고 있었다.

패트릭은 찰스의 전화를 받지 않았다. 그가 집에서 일하느라 전화를 받지 못했다고 생각한 찰스는 래드브룩 스퀘어까지 차를 몰고 갔다. 패트릭은 노팅힐 인종 폭동 때 나온 노래 가사처럼 지하층의 아파트를 샀다. 집은 크고 화려했지만 예전만큼은 아니었다. 동네는 완전히 죽었다. 전쟁 이후 세입자들을 많이 받아놓고 관리하지 않는 집주인들과 원룸에 사는 젊은이들로 형편없어졌다. 가까운 동네인 래드브룩 그로브에는 다국적의 이민자들이 모여 살았는데, 래드브룩 스퀘어도 그곳만큼 심각했다.

하지만 패트릭은 언젠가 상황이 역전돼 래드브룩 스퀘어가 다시 부유한 동네가 될 거라고 확신했다. 어쩌면 패트릭 말이 맞을지도 모른다. 찰스가 차를 세우고 둘러보자 최근에 수리한 것 같은 집들이 꽤 보였고 광장 중앙에 있는 공원도 정돈돼 있었다. 또 래드브룩 그로브가 젊은이들 사이에서 세련된 지역으로 떠오르고 있다는 소문도 돌았다.

패트릭은 앞쪽 방을 사무실로 쓰고 지하실은 흰색과 남색으로 칠해 광을 냈다. 아직 안쪽 방은 어떻게 활용할지 구상 중이었다. 찰스와 마지막으로 만났을 때는 방수벽을 설치하겠다고 했다.

찰스가 문을 두드리자 패트릭이 회반죽 얼룩이 번진 녹색 작업복 차림으로 문을 열었다. 덩치가 크고 동그란 얼굴에 튀어나온 귀, 짙은 눈과 굵고 덥수룩한 턱수염이 특징이었다. 자꾸 빠지는 머리를 밀어 대머리가 되자 악당처럼 보이기도 했지만, 중후한 목소리가 이미지를 반전시켰다.

"이게 누구야. 내 친구 찰스 아냐! 커피 내려야겠다." 패트릭이 웃으며 말했다. 패트릭과 찰스는 커피를 마시며 늘 하던 농담을 주고받았다. 패트릭은 찰스가 법원에서 가발을 쓰고 잘난 변호사에게 알랑거린다고 놀렸다. 찰스는 패트릭이 강간범 같은 사람들이나 몰래 훔쳐본다며 반격했다.

그래도 전문가다운 패트릭의 사무실을 구경하는 건 좋았다. 바닥에는 종이 무더기나 쓰러질듯한 서류철들도 없었다. 모두 회색과 흰색이었고 패트릭과 비서의 책상에는 잡동사니 없이 전화와 타자기, 서류 상자만 놓여 있었다.

"일요일 아침 일찍부터 무슨 일이야? 마음에 드는 여자가 결혼한대? 아니면 상류사회에 신물이 나서 나랑 같이 일하려고?"

"얼추 비슷해. 거기에 살인까지 더하면." 찰스가 웃더니 이야기를 시작했다. 찰스는 패트릭이 늘 진심으로 경청하는 태도를 높이 샀다. 한 번에 전부 알아들어 말을 반복할 필요가 없었다. 처음부터 설명하느라 시간이 조금 걸렸지만 패트릭은 중간에 끼어들거나 확인하는 말을 하지 않았다.

"어떻게 생각해?" 이야기를 마친 찰스가 물었다. "이 여자들이 사는 곳을 알아낼 수 있겠어? 그리고 케이티를 무사히 찾아낼 확률은 얼마나 될까?"

패트릭은 책상에 팔꿈치를 괴고 신중하게 생각했다. 그러고는 한참 후에 입을 열었다. "우리 둘 다 알잖아. 납치범이 피해자를 곱게 놓아줄 리 없다는 거. 절제를 못 하는 사람이기도 하고. 글로리아 씨와 딸을 죽이기 전에도 살인을 해봤을걸. 불을 지른 거나 앨버트 씨한테 뒤집어씌운 걸 보면 초짜는 아닌 것 같아. 글로리아 씨가 사는 데는 어떻게 알아냈을까? 벡스힐에는 볼거리도 없고 놀 만한 곳도 없잖아. 그러니까 우연히 마주친다는 건 세계 헤비급 챔피언이 되는 확률이랑 비슷하지. 길에서 떨어졌다는 여자가 범인의 얼굴을 보지는 못했지?"

찰스가 고개를 저었다. "우리가 모르는 게 너무 많아. 에드나 씨가 준 여자들 목록에 그 남자의 아내가 있는지도 확실하지 않고. 건초 더미에서 바늘을 찾는 격이지."

"맞네. 그래도 그쪽에 정보가 있는 지인들이 좀 있어. 에드나 씨가 그 여자들이 휘팅턴 병원에서 왔다고 했지? 그러면 거기부터 알아봐야겠다. 몇몇은 거짓 정보를 줄 수도 있지만 사회복지사들은 보통 기억력이 상당히 좋거든. 지금 연락해보자."

찰스의 예상대로 사회복지사는 일요일에 근무를 하지 않았지만, 패트릭은 경찰 수사 중인 긴급한 문제라고 속여 접수원에게서 전화번호를 받아냈다.

그렇게 알아낸 번호로 전화를 건 패트릭의 화려한 언변에 찰스는 새어 나오는 웃음을 참으려 노력했다. 패트릭은 일요일이라 교회에 가고 있을 해게티에게 전화해 진심으로 죄송하다고 사과하며 한 젊은 아가씨의 인생이 달린 문제에 도움을 받고자 연락했다고 말했다. 찰스는 패트릭이 머스웰 힐이라고 받아 적은 주소를 쳐다봤다. 지금 당장 떠나야 했다.

"해게티 씨가 좀 조심스러워하긴 하는데, 그래도 지금으로선 사회복지사들이 우리한테 제일 중요한 사람들이야. 다른 사람들은 손도 못 대는 문제들을 다루니까. 얘기할 때 남편도 같이 있겠대. 긴장한 것 같더라."

차가 별로 막히지 않아서 30분만에 해게티의 집에 도착했다. 그중 10분은 패트릭이 정장에 넥타이를 갖추고 면도를 하느라 걸린 시간이었다. 해게티의 집은 알렉산드라 공원 근처의 잘 관리된 테라스 하우스였다. 남편이 문을 열어줬다. 키가 크고 눈길을 끄는 백발의 남성이었다.

"일요일에 손님이 찾아오는 게 흔한 일은 아니에요. 그래서 아내가 어지간히 중요한 일이 아니었으면 찾아오지 않았을 거라고 하더군요." 남편이 다소 날 선 목소리로 말했다.

"맞습니다. 젊은 여성이 위험에 처했어요. 그런데 단서를 찾는

데 도움이 될 거의 유일한 사람이 아내분이시거든요. 이쪽은 미들 템플 법학원의 변호사 찰스 스티븐슨이고 저는 아내분께 말씀드렸다시피 전직 경찰이자 현직 사설탐정입니다."

패트릭은 찰스에게 사건의 배경 설명을 맡겼다. 찰스가 폭행당한 여성들의 이야기를 시작하자 해게티 부인의 눈에 걱정이 어렸다.

"휘팅턴 병원에서 글로리아 씨와 에드나 씨를 만난 건 그분들이 구타당한 날이었어요. 그때 있었던 사회복지사가 두 사람한테 가정폭력에서 벗어나게 도와줄 분을 소개해줬죠. 그래서 이 용감한 두 분이 다른 사람들을 돕기 시작한 거예요."

찰스는 글로리아와 그녀의 딸이 화재로 죽었고 에드나도 목숨을 잃을 뻔했다고 전했다. 지금은 케이티가 범인을 찾아 나섰다 실종된 상태라는 말도 덧붙였다.

"두 분이 병원에 왔을 때 저는 없었을 거예요." 해게티 부인이 걱정스레 말했다. "하지만 제가 거기서 일할 때 똑같은 상황에 처한 여성들을 많이 도왔죠. 정말 어려운 문제예요. 찾아갈 기관도 없고 경찰은 '가정 내' 문제라고 치부해 자신들의 소관이 아니라고 하거든요. 특히 애들이 있으면 집을 떠나 새로운 삶을 시작하기가 더 어렵죠. 그래서 결국 대부분이 집으로 돌아가요. 애들을 맡기지 못하면 일을 구할 수 없어 생활이 불가능해지니까요."

해게티 부인은 잠시 감정이 복받치는 듯 말을 멈췄다. 당연히 마음이 쓰이는 일이었다. 부인은 볼에 흐르는 눈물을 닦으며 애써 웃었다.

"죄송해요. 감정을 조절하기가 어렵네요. 제 선임이 글로리아 씨와 에드나 씨가 어떤 일을 하는지 말해준 적이 있어요. 친절을 베푼 대가로 딸과 목숨을 잃다니, 정말 끔찍해요. 납치된 아가씨를 구하기 위해 할 수 있는 건 다 해야 해요. 너무 늦지 않았으면 좋겠네요."

"글로리아 씨에게 여자들을 보낸 적이 있나요?" 패트릭이 물었다.

"직접 보낸 적은 없어요. 저한테는 연락처가 없었거든요. 던킨 부인이라는 분이 주로 다리 역할을 하셨는데, 안타깝게도 나이가 많아서 작년에 돌아가셨다고 들었어요. 그 이후로는 상황이 어려운 여자들을 받아주는 민박집 주소를 알려주는 수밖에 없었죠."

"그럼 폭행을 심하게 당한 여성분들의 이름은 기억하시나요? 병원에 왔을 때 이름이요." 찰스는 에드나가 가지고 있던 노트를 설명하며 물었다.

"글쎄요. 기억나는 건 없어요."

"혹시 여기 적힌 이름들을 보고 뭐라도 떠오르는지 살펴봐주시겠어요?" 찰스는 에드나가 적은 목록을 꺼내 보였다.

해게티 부인은 아주 신중하게 이름을 살피며 도움이 될 만한 정보를 떠올리려는 듯 입술을 오므렸다. 종이를 돌려주는 해게티 부인의 얼굴엔 안타까운 표정이 역력했다.

"몇몇 이름은 들어본 것도 같은데 확실하진 않아요. 휘팅턴 병원에 왔었다면 기록이 남아 있을 거예요. 그걸 살펴보고 가정폭력을 당한 환자인지 확인하면 기억이 되살아날지도 몰라요. 운이 좋으면 적어오신 목록에 있는 여자들을 찾을 수도 있고요. 그런데 한 가지 알아두셔야 할 건, 여자들이 이름과 주소를 가짜로 줄 때가 있다는 거예요. 전부 그렇지는 않지만요. 아무튼 내일 한번 볼게요."

"오늘은 어렵겠죠?" 찰스가 기대 섞인 목소리로 물었다.

부인은 미안한 표정을 지었다. "점심 약속이 있어요. 그게 아니어도 오늘 옛날 기록을 들추는 건 무리예요. 내일 10시에 뵐게요. 그때쯤이면 승인을 받을 수 있을 거예요."

해게티 부인의 집을 나오며 찰스가 한숨을 쉬었다. "영화에서 보던 것보다 훨씬 힘드네."

"그렇지. 끈기가 99퍼센트고 운은 고작 1퍼센트야. 그래도 너무 실망하지는 마, 찰스. 부인이 분명 이름을 알아낼 거야. 뭔가 기억이 났지만 우리가 헛걸음할까 봐 조심스러워서 말을 아꼈던 것 같아."

"우리?"

패트릭이 키득댔다. "내가 너 혼자 일 망치는 걸 보고만 있을까 봐? 그런데 아내를 찾아서 남편을 알아낸다고 해도 케이티 씨를 어디에 숨겼는지는 알아내지 못할 수도 있어. 전과나 차 번호, 다른 정보들이 있어도 말이야. 남자는 아내랑 오래 떨어져 지냈을 테니까. 아내로는 분이 안 풀려서 글로리아 씨랑 에드나 씨한테 접근했던 거야. 아내가 떠난 후엔 자기만의 은신처를 구했겠지. 아마 아내를 찾아서 가두려고 했던 게 아닐까? 그게 영국 어디일지는 모르겠지만."

찰스는 사건을 맡기 전에 늘 철저히 준비하는 편이었지만 이번에는 막막하기만 했다. 이렇게나 복잡할 거라고는 예상하지 못했다.

"하지만 누군지 확인만 되면 언론에 알려서 목격자를 찾을 수도 있지 않을까?"

패트릭은 찰스를 한심하다는 눈빛으로 쳐다봤다. "아주 좋은 생각이야, 찰스! 그러면 케이티 씨를 죽일 확률이 높아지겠지. 그걸 바라는 거야? 물론 그것도 아직 그녀를 죽이지 않았을 때의 얘기지만. 동물은 궁지에 몰리면 공격하잖아."

"그럼 어떡해?"

"중요한 것부터 해결해야지. 일단 가서 점심이나 먹자. 내일 운이 좋아서 해게티 부인이 용의자를 좁혀주면 그 집 앞에서 잠복하고 있다가 이동할 때 따라가는 거야. 집에 없으면 들어가서 장소를 알아낼 단서를 찾아보고. 이렇게 빈약한 증거로는 수색영장을 받을 수가 없어." 패트릭은 풀이 죽은 찰스를 보고 주제를 바꿨다. "그래서, 케이티 씨 얘기 좀 해봐. 어떤 사람이야?"

"깜찍한 인형 같아." 찰스가 웃으며 말했다. "그런데 반전이 있지. 용감하고 거침없고 결단력 있는 데다 똑똑하기까지 해. 그 괴물 같은 놈이 케이티를 다치게 했다면 가만두지 않을 거야."

"아주 푹 빠진 것 같은데?" 패트릭이 한쪽 눈썹을 들어 올렸다. "네가 누구한테 홀딱 반하는 날이 올 줄이야."

"데이트는 한 번밖에 못 했어. 그다음 날 납치당했거든. 그래서 단순히 좋아하는 사람이라 불안한 건지 뭔지 모르겠어."

"그거야 나도 모르지 뭐." 패트릭이 크게 웃었다. "난 여자랑은 거리가 멀잖아. 엄마가 계속 결혼하라고 난리야. 아내를 쇼핑하듯이 고를 수 있다고 생각하시나봐!"

찰스가 웃었다. 둘 다 여자 문제에는 약했다. 패트릭은 만나는 모든 여자와 사랑에 빠져 지나치게 집착하는 편이었다. 집착이 시작되면 여자들은 패트릭을 떠났다. 찰스는 정반대였다. 애정 표현을 하지 않아 여자들이 외로워했다. 하지만 케이티는 특별했다. 찰스는 케이티도 자신과 같은 감정을 느꼈길 바랐다.

그날 저녁 찰스는 질리와 조앤, 켄을 만나러 해머스미스로 갔다. 조앤과 켄은 겁에 질려 있었지만 질리는 훨씬 안정된 상태인 듯했다. 질리가 따로 이야기하자며 찰스를 부엌으로 데려갔다. 질리의 행동에 조앤과 켄은 불편한 기색을 내비쳤다.

"맨날 참견하려고 하세요. 특히 이모가요." 질리가 찰스에게 차를 만들어주며 말했다.

질리는 연한 회색의 스웨터 드레스를 입고 있었다. 그녀는 눈에 띄게 예쁜 편은 아니었지만 어딘가 특별한 구석이 있었다. 눈이 충혈된 것으로 보아 적어도 최근 며칠은 찰스만큼이나 잠을 이루지 못한 듯했다. 하지만 좋은 컨디션을 유지하려 애썼다.

"이모가 나쁜 의도로 그러시는 건 아닌데, 자기가 모든 일에 전문가인 줄 아세요. 어제는 케이티가 납치된 게 아니라 아빠가 불을 질렀다고 생각해서 벡스힐의 집으로 돌아갔을 거라는 거예요. 어떻게 생각해요? 제정신인 걸까요? 생각이란 게 전혀 없는 분 같아요."

"현실을 직시하지 않는 사람들이 얼마나 많은지 알면 놀랄걸요. 한번은 우체국에서 무장 강도로 기소된 사람을 변호한 적이 있어요. 처음엔 본인이 아니라고 우기다가 재판 하루 전에 갑자기 범행을 인정하는 거예요. 그래서 유죄로 항변을 바꾸고 아내에게 말하겠다고 했어요. 그런데 아내가 제 말을 안 믿는 거 있죠! 아내는 저를 때리려고 하더니 자기 남편이 그랬을 리 없다며 악을 쓰더라고요."

질리가 웃었다. "엄마가 그러는데 벡스힐 사람들이 케이티의 아빠를 두고 말이 많은가봐요. 어떤 날은 이중결혼을 했다는 둥 하면서요! 무고한 사람을 두고 그런 소설이나 쓰고. 정말 다들 할 일도 없죠."

"케이티는 이렇게 든든한 친구가 있어서 좋겠어요. 이모 말은 신경 쓰지 말아요. 아마 혹시라도 자기 조카에게 안 좋은 일이 생길까 봐 걱정돼서 그러시는 걸 거예요. 그런데 저한테 얘기하려던 게 뭐예요?"

"케이티에 대한 거요. 찰스 씨, 케이티는 정말 강한 사람이고 사람을 설득하는 능력도 뛰어나요. 이모랑 삼촌 앞에서는 얘기할 수 없지만, 3년 전쯤에 케이티랑 제가 파티에서 런던 남자 두 명하고 얽힌 적이 있어요. 시골 남자들에 비하면 좀 괜찮았죠. 깔끔한 정장에 비싼 신발을 신고 화려한 말솜씨까지 갖췄었거든요. 그런데 이 남자들이 저희를 집에 데려다주지 않고 곧장 패어라이트 글렌으로 가더라고요. 헤이스팅스 반대편이요. 뭘 하려는 건지 너무 빤히 보여서 저는 울음이 터졌어요. 남자 중 한 명이 칼을 보여주면서 말을 안 들으면 찌르겠다고 했거든요. 무서웠어요. 그런데 케이티는 선생님처럼 행동하는 거예요. 왜 싫다는 사람과 섹스를 하려고 하냐면서요. 여자에게 그런 걸 강요하는 남자는 딱 보면 수준을 알 수 있다고 했어요. 잘생기고 옷도 잘 입고 비싼 차까지 있으니까 달콤한 말로 여자들을 꼬실 수 있을 거라고 덧붙이기도 했죠. 그러면서 케이티는 '하지만 우리는 안 돼요. 우리한테 강요하는 건 강간이에요. 경찰에 신고하면 체포당할 테죠. 차 번호를 알거든요'라고 했어요."

질리가 말을 이어갔다. "정말 멋졌어요. 목소리가 떨리지도 않았죠. 차 번호를 읊으면서 칼을 든 사람한테 맞섰어요. 그런 행동도 모두 경찰에게 말하겠다고 했죠. 한 치의 망설임도 없이 말이에요. 그러고는 벡스힐로 데려다달라고 했어요."

"그래서 데려다줬어요?"

"아뇨, 헤이스팅스로 돌아가는 길에 케이티가 내려서 택시를 타겠다고 했어요. 가면서 그러더라고요. 다음에 또 마주치면 안 되니까 우리가 어디 사는지 모르게 해야 한다고요. 케이티는 이런 사람이에요. 타고난 차분함과 당당함을 갖고 있죠. 저는 남자들한테 고분고분해서 별별 상처를 다 받았는데, 케이티는 항상 사람을 꿰뚫어 봐요. 그래서 납치범한테도 그렇게 했을 거라고 믿어요."

"그랬으면 좋겠네요, 질리 씨. 그 얘길 들으니 희망이 생겨요.

내일 병원 기록도 보기로 했어요."

"글로리아 아줌마랑 에드나 씨가 만났던 휘팅턴 병원 말이죠? 케이티가 말해줬거든요."

"맞아요. 응급실 환자 목록에서 구타당해서 온 사람을 찾아보려고요. 케이티를 납치한 남자의 아내를 찾는 중이에요."

"저도 같이 가서 도와도 되나요?"

"그건 안 될 것 같아요. 경찰이었던 친구가 부탁해서 겨우 보게 된 거거든요. 질리 씨까지 있으면 상황이 애매해질 거예요."

"알았어요. 그냥 저도 제대로 된 도움을 주고 싶어서요." 질리가 슬픈 얼굴로 말했다.

"알아요. 대신 뭔가 발견하면 질리 씨도 부를게요. 일단 내일 저녁에 전화로 어떻게 됐는지 알려줄게요."

13

배고픔이 극에 달했다. 라일리가 마지막으로 들른 건 4일 전이었을 것이다. 케이티는 그가 가져다준 책을 모두 읽어 더는 볼게 없었다. 무기력한 기분이 들고 몸이 아팠다. 따뜻한 게 추운 것보다 낫긴 했지만 잠깐 몸이 타오를 듯 뜨거웠다가 이내 부들부들 떨렸다. 온몸이 쑤셨다. 이렇게까지 무섭고 외로운 기분은 처음이었다.

케이티는 이제 이곳에서 죽을 일만 남았다고 생각했다. 고통과 배고픔이 전부인 지금의 상황을 모두 잊고 싶어서 체온이 계속 올라 기절하기만을 바랐다.

그녀는 손가방에 들어 있던 작은 노트에 메모를 하며 시간을 보냈다. 지금 기분과 라일리, 찰스, 로버트, 질리, 부모님에 대한 생각을 적었다. 사람들에게 미처 전하지 못한 말도 적어나갔다. 하지만 문득 여기서 죽게 되면 의미가 없다는 생각이 들었다. 메모를 발견하고 읽을 사람이 아무도 없을 테니.

케이티가 그를 때려서 벌을 주려는 걸까? 라일리는 살면서 한 번도 여자에게 맞아본 적이 없을 듯했다.

몸이 아파 침대에 담요를 감고 누워있으면서도 라일리를 이해하고 싶었다. 어쩌다 평생 사랑하겠다고 맹세한 아내에게 손찌검을 하게 됐을까? 왜 아내가 자신의 폭행 때문에 떠난 것이란 사실을 인정하지 못하는 걸까? 심지어 그는 글로리아와 엘시를 죽이고 케이티의 아빠에게 죄를 뒤집어씌우려 했다. 에드나도 죽이려 했고. 미친 걸까? 어쩌다 이렇게 꼬인 사람이 돼버린 걸까?

라일리에 대해 생각하다 잠깐 잠이 든 케이티는 다른 사람들과 함께 방 안에 있는 이상한 꿈을 꿨다. 아빠와 남동생 로버트가 꿈에 나왔다. 케이티는 이를 현실로 착각해서 아빠를 불렀다. 그러다 깨서 주위를 둘러봤지만 아무도 없었다. 자신과 침대, 화장실, 세면대뿐이었다.

또 다른 꿈에는 정원이 나왔다. 무성한 잔디와 구불구불한 오솔길을 사이에 두고 환한 꽃밭이 있는 근사한 정원이었다. 하지만 아무리 걷고 또 걸어도 빠져나갈 방법이 없었다. 케이티는 끝도 없이 계속되는 길을 빙빙 돌았다.

그때 어떤 소리 때문에 꿈에서 깼다. 누군가 와주기를 간절히 바라는 마음이 환청을 만들어낸 줄 알았다. 하지만 소리가 반복됐다. 분명 환청이 아니었다. 가볍고 당당한 발걸음이 라일리인 것 같았다. 케이티는 몸을 일으킬 수 없었다. 누운 채로 라일리가 문가에 서서 자신을 바라보는 시선을 느꼈다.

"무슨 일이야? 내가 때린 데 혹이라도 났어?"

"몸이 안 좋아요." 케이티가 쉰 목소리로 말했다.

라일리가 문을 잠그는 소리가 들렸다. 그러고는 케이티가 있는 침대로 왔다.

"피시 앤 칩스랑 보온병에 커피를 좀 가져왔어."

좋아서 펄쩍 뛰어야 할 상황이었지만 배가 뒤틀리면서 몸 상태가 더 악화되는 듯했다.

"어서 일어나서 뜨거울 때 먹어." 라일리의 말에 케이티가 힘겹게 몸을 일으켰다. 눈앞에서 방이 핑 돌았다. 라일리가 피시 앤 칩스 봉투를 무릎에 올려놓자 냄새에 속이 메스꺼웠다.

케이티는 입을 손으로 틀어막고 비틀거리며 변기로 갔다. 속에 있던 것을 게워냈지만 음식은 없고 액체뿐이었다. 무릎을 꿇고 주저앉아 차가운 세면대에 머리를 박았다.

"음식 괜히 가져왔네." 라일리가 말하며 물 한잔을 케이티에게 건넸다. 하지만 그녀는 물을 삼키자마자 도로 토해냈다.

"자, 침대로 돌아가는 게 낫겠다." 라일리가 케이티의 팔을 부축해 일으켰다. 케이티는 침대에 누워서 라일리가 지하실을 나가 열쇠로 문 잠그는 소리를 들었다. 몸도 아픈 데다 다시 혼자가 됐다는 생각에 참았던 눈물이 쏟아져 나왔다.

"울지 마, 케이티!"

케이티는 라일리가 돌아오는 소리를 듣지 못했다. 게다가 이렇게 다정한 잔소리를 듣게 될 줄은 더더욱 몰랐다. 라일리는 침대에 누운 케이티 옆에 앉아 레몬 향이 나는 젖은 수건으로 얼굴을 닦아줬다.

"물을 좀 더 마셔. 피시 앤 칩스는 냄새나니까 밖에 내놨어. 물은 마실 수 있겠어?"

라일리가 조심스럽게 케이티를 일으켰다. 그녀는 물을 반 컵 정도 마시고 다시 쓰러졌다.

"혹시 또 토할까 봐 그릇 가져왔어. 다른 것도 좀 챙겨왔고. 내가 기분 안 좋을 때마다 먹는 통조림 라이스 푸딩이랑 요거트랑 소화제 같은 거."

케이티는 라일리가 가져온 음식은 거들떠보지도 않았다. 그저 눈을 붙이고 싶었다. 라일리가 담요를 덮어주며 보살펴주는 손길이 느껴졌다.

월요일 아침 9시에 찰스는 패트릭을 차에 태워 휘팅턴 병원으로 갔다. 찰스는 케이티 걱정에 한숨도 자지 못했다. 그녀가 실종된 지 9일째 되는 날이었다. 변호사의 머리로는 케이티가 이미 살해당했을 수도 있다는 생각이 들었지만 마음으로는 케이티가 아직 살아서 구출되길 기다리고 있을 거라고 믿고 싶었다.

찰스와 패트릭은 서둘러 해게티 부인과 만나기로 한 응급실로 갔다. 부인이 하룻밤 사이에 마음을 바꾸지 않고 도와주길 바라면서. 그렇다고 해도 기록을 확인할 수 있는지는 확실하지 않은 상황이었다.

"기록을 봐도 된대요, 해게티 씨?" 부인이 병원 복도를 걸어오자 찰스가 초조함이 묻어나는 목소리로 물었다.

"아이린이라고 불러요. 네, 승인받고 오는 길이에요. 지금 같이 내려가요."

아이린은 찰스와 패트릭을 데리고 크림색과 녹색으로 칠해진 복도를 따라 걸었다. 왔던 길 그대로 계단을 내려가 또 다른 복도를 따라 이동했다. 문을 열고 기다란 형광등을 켜자 창문 없는 방에 파일이 바닥부터 천장까지 쌓여 있었다. 수천수만 개는 돼 보였다. 찰스는 신음했다.

아이린은 놀리듯 한쪽 눈썹을 들어 올렸다. "보기보다 힘들지는 않을 거예요. 대부분 환자 진료기록이에요. 명부는 이쪽에 있고요." 그녀가 웃으며 양장본으로 된 두꺼운 책이 꽂힌 선반 두 개를 가리켰다. "연도순으로 돼 있어요. 1955년부터 1963년까지. 맞죠?"

"그럼 총 여덟 권이죠?" 패트릭이 안심한 듯한 목소리로 물었다. "내가 홀수를 맡을게. 찰스 너는 짝수를 봐. 그리고 아이린 씨는 오가면서 기억나는 이름을 말해주시겠어요?"

"1961년 이전은 제가 여기 없을 때라 아무도 몰라요. 그런데 몇 명은 여러 번 왔을 수도 있으니까 한번 보죠."

"시간은 얼마나 낼 수 있으세요?" 찰스가 물었다. "일하시는 데 방해하고 싶진 않아요."

"오늘 하루 쉬기로 했어요. 위험에 처한 아가씨를 찾는 게 우선이죠."

정오가 되자 응급 상황과 일반 사고 중 가정폭력으로 상해를 입은 여성 수십 명을 찾아냈다. 팔다리가 부러지고 이가 빠지고 눈과 턱이 나가고 멍에 화상까지 다양한 상처의 기록이 남아 있었다. 두 명을 제외하고는 모두 사고로 인한 부상이라고 주장했다. 남편의 폭행 때문이라고 인정한 그 둘도 사회복지사와 상담 약속을 잡지는 않았다.

"봐요, 이게 문제예요. 제가 월요일부터 금요일까지 일하니까 이 여자들이 주말이나 밤에 오면 간호사들이 평일 근무시간에 저를 보러 다시 오도록 설득해야 하거든요. 그런데 주중에도 병원 일로 벅차요. 힘없는 노인 환자가 집으로 돌아가면 돌봐줄 사람이 있는지, 혹은 조언이 필요한 미혼모가 있는지 등을 확인해야 하죠. 어떤 때는 방문 간호사가 환자를 퇴원시키기도 해요. 이런 식으로 계속 바쁘니까 가정폭력을 당한 여자가 저랑 약속을 잡고 차례가 될 때까지 기다리지 않으면 거의 만날 수가 없는 거죠. 남편이 체포될 만큼 부상이 심하면 뒷조사를 할 수 있긴 한데 정말 조심해야 해요. 남편이 아내가 말하고 다니는 걸 알게 되면 상황이 악화될 수 있거든요."

패트릭이 병원 커피를 가져왔다. 세 사람 다 점심을 건너뛰고 작업을 계속했다. 2시 30분이 돼서야 에드나의 목록에 있던 이름을 찾아냈다. 골더스 그린에 사는 수잰 프리먼이었다. 30분을 더 찾자 마거릿 포스터라는 이름이 나왔다.

"이 사람 기억나요." 아이린이 마거릿 포스터를 가리키며 흥분했다. "남편이 외과의사였어요. 여기 있는 햄스테드 빌리지는 진짜 주소예요. 제가 기억하기론 이전에도 왔었어요. 부상도 심각했고요. 남편이 언제 폭발할지 몰라서 늘 공포에 떤다고 털어놨어요. 꽤 오랫동안 남편이 직장에서 받은 스트레스를 푸는 거라고 생각하면서 참고 살았대요. 남편의 지인들은 모두 남편을 매력 있고 다정한, 거의 이상적인 사람으로 여겼다더라고요."

"에드나 씨도 이 여자를 잘 알았어요. 이스트본에서 멀지 않은 마을에 정착했다고 했죠. 하지만 개명한 이름은 기억을 못 하시더라고요."

"그건 내가 알아볼게." 패트릭이 말했다.

조금씩 성과가 생기자 탄력이 붙어 조사를 계속했지만 더 이상의 소득은 없었다. 4시 30분쯤, 세 사람 모두 거의 녹초가 됐을 때 패트릭이 목록에 있는 또 다른 이름을 찾아냈다. 에드나가 데어드레이라는 이름과 브라이튼에 정착했다는 사실을 떠올리며 빼빼 마르고 구타를 넘어 고문을 당했다고 했던 여자였다.

"여기 데어드레이 씨의 부상이 고문 때문이라고 적혀 있어요. 담뱃불 화상이랑 손목에 밧줄 자국, 등에는 막대기로 맞아서 부어오른 상처가 있었고요. 팔도 부러졌네요. 같은 여자가 맞을 거예요." 패트릭이 말했다.

"저도 기억나요." 아이린이 적극적으로 말했다. "이름을 들으니 알겠네요. 얼굴은 창백하고 금빛이 도는 빨간 머리였어요. 큰 눈은 겁에 질려 있고 삐쩍 마른 여자였죠. 아이가 둘 있었던 것 같아요. 성은 라일리였고요. 어릴 때 〈올드 마더 라일리〉라는 영화를 좋아해서 기억해요. 혼지hornsey라고 적힌 건 잘못된 주소예요. 걱정돼서 찾아봤는데 없는 주소였거든요." 아이린이 생각에 잠긴 듯 잠시 말을 멈췄다. "결국 에드나 씨와 글로리아 씨를 찾아갔다니…… 의외네요. 그렇게는 못 할 줄 알았거든요. 미안한 말이지만 언젠가 신문에 살해당했다는 기사가 실릴 줄 알았어요. 아니면 자살했다던가요."

오늘은 여기서 마쳐야 했다. 시간이 늦어져 모두 배가 고팠다.

"도와주셔서 정말 감사해요, 아이린 씨. 남은 세 개도 마저 확인할게요. 소득이 없으면 다시 들러도 되죠?" 찰스가 말했다.

"당연하죠." 그녀가 함박웃음을 지어 보였다. "저는 그동안 촉을 세우고 이름을 더 생각해 볼게요. 꼭 찾았으면 좋겠네요. 전화로 알려주실 거죠?"

찰스와 패트릭은 꼭 그러겠다고 대답한 후 병원을 떠났다.

"그래서 다음 목적지는 어디야?" 찰스가 패트릭에게 물었다.

"아는 사람한테 런던 주소들이랑 적갈색 재규어를 모는 남자를 확인해달라고 할 수 있어. 나는 내일 이스트본으로 내려가서 마거릿 포스터를 만날 테니까 너는 브라이튼으로 가서 데어드레이 씨를 만나봐. 지역 경찰한테 이름을 넘길게. 보통 개명을 했는데 애가 있으면 공영주택 지원서나 학교에 기록이 나오거든."

찰스는 생각에 잠겼다. "이 여자들은 남편이 자기를 찾아낼까 봐 늘 경계하면서 지낼 거야. 그러니 우리한테 문을 안 열어줄 수도 있어. 그러면 어떡하지?"

"상황 봐가면서 해야지. 혹시 모르니까 우리 신분이랑 하고 싶은 말을 적어두는 게 좋을 것 같아. 무서워서 우리랑 얘기를 못

하겠다고 하면 그 종이를 우체통에 넣어두고 오면 되잖아."

케이티는 흠칫 놀라며 잠에서 깼다. 다른 사람과 침대에 누워 있는 꿈을 꾼 줄 알았는데 조심스레 침대를 손으로 쓸자 누군가 만져졌다. 머리맡 불빛은 꺼져있고 따뜻하고 부드러우며 곰팡내 가 나지 않는 무언가로 몸이 덮여 있었다.

"당신 누구야? 나를 어디로 데려온 거야?" 당황한 케이티가 소리쳤다.

"괜찮아, 케이티. 놀랄 거 없어. 나야, 에드." 바로 옆에서 목소리가 들렸다. "네가 아파서 같이 있었어."

케이티는 몸을 움츠렸다. 옷은 전부 입은 상태였고 이불이 몸을 따뜻하고 부드럽게 감쌌다.

"불 켜요." 케이티가 말했다.

스위치를 켜는 소리가 들리고 침대 아래에서 불빛이 비쳤다. 케이티는 지하실에 그대로 있었고 라일리가 신발만 벗은 채로 옆에 누워 있었다. 충격에 말문이 막힌 케이티가 라일리를 빤히 쳐다봤다.

"지금은 좀 어때? 걱정했어."

케이티는 혼란스러웠다. 살인을 예고했던 납치범이 몸이 좋지 않은 자신을 돌봐줬다니. 램프랑 이불은 어디서 가져온 걸까? 얼마나 잔 거지?

"24시간 넘게 잤어." 라일리가 케이티의 속마음을 읽기라도 한 듯 말했다. "위장약을 먹인 다음에 치킨 수프도 먹었어. 그리고 나서 네가 잠들었는데 내가 옆에 있는 게 낫겠더라고. 이불이랑 램프, 주전자 같은 것도 가져왔으니까 차 마시고 싶으면 말해.”

케이티는 자신이 라일리와 한 침대에 누워 있었다는 사실을 받아들이기까지 시간이 필요했다. 그녀는 겨우 고개만 끄덕여 보였다. 게다가 이제는 차를 권하고 있다니.

라일리는 말없이 주전자에 물을 끓였다. 케이티는 몸을 일으켜 이불로 감쌌다. 부모님의 침대 이불과 비슷한 녹색과 흰색 페이즐리(깃털이 휘어진 듯한 무늬) 패턴이었다. 케이티와 로버트는 어릴 적 그 이불로 빈방에서 동굴을 만들곤 했다. 빨래 건조대 위에 담요를 올리고 위에 이불을 덮으면 아늑한 공간이 만들어졌다. 이곳을 집처럼 느낄 수 있는 물건이 있어서 좋았다.

“설탕도요.” 케이티가 주전자에 찻잎을 덜고 있는 라일리를 보며 말했다. “제 거는 묽게 타 주세요.”

“그러지요, 부인.” 라일리가 장난스레 경례를 해 보였다.

“정말 종잡을 수 없는 분이네요.” 케이티는 머그잔과 통밀 비스킷을 손에 들고 말했다. “그렇게 악랄하게 굴 때는 언제고 왜 갑자기 친절해졌어요? 당신은 잘생기고 매력 있는 사람이에요. 제발 설명해주세요, 에드. 당신을 이해하고 싶어요.”

라일리가 어깨를 으쓱했다. “나도 몰라.”

“부모님이 못되게 굴었어요?”

“아빠는 잘 몰라. 같이 시간을 보낸 적이 거의 없어. 아빠도 날 잘 모를걸? 엄마는 술만 마셔댔고. 내가 어렸을 때 엄마가 만났던 남자들은 하나같이 엄마를 때렸어. 맞을 만했지, 뭐.”

"어떻게 엄마한테 그런 말을 해요?" 케이티가 외쳤다.

"창녀에 술꾼에 거짓말쟁이에다가 도둑이었거든. 우리는 스스로 커야 했어. 어떨 때는 엄마 남자친구가 집을 돌보지 않는다는 이유로 우리 남매랑 엄마를 때리기도 했어. 엄밀히 말하면 집도 아니었지. 역겨운 공동주택이었어. 이 얘기를 왜 했나 모르겠네. 아무튼 그때는 다른 집 상황도 우리랑 크게 다르지 않았어."

라일리가 자리에서 일어났다. 개인적인 이야기를 너무 많이 털어놓았다고 생각하는 듯했다.

"난 가야겠다. 몸이 좀 나아져서 다행이야."

케이티는 라일리가 생각을 바꿔 자신을 풀어줄 수도 있다는 기대에 부풀었다.

"곧 다시 와야 해요. 당신이랑 함께 있는 게 좋아요."

라일리는 별다른 말 없이 지하실을 나갔다. 케이티는 얼떨떨한 기분이었다. 그와 함께 있는 게 좋다는 건 진심이었다. 자신을 납치한 남자를 좋아하게 되다니. 기분이 이상했다.

로버트는 아빠가 루이스 교도소 면회실로 들어오는 모습을 지켜봤다. 걱정으로 가득한 앨버트의 얼굴은 칙칙했다. 이곳에 온 후로 키도 줄어든 것처럼 보였다.

"얼굴 보니까 좋네, 로버트." 앨버트가 반가워하며 아들의 어깨를 주무르려고 팔을 뻗으며 말했다.

"안아드리고 싶은데, 여기서는 그러면 안 되죠?"

"응. 그냥 포옹했다고 치자. 엄마는 좀 어때?" 앨버트와 로버트는 작은 탁자를 사이에 두고 앉았다.

"예민해져서 음식도 안 드세요. 오늘도 같이 오고 싶었는데 거절하시더라고요. 아빠 때문이 아니라 감옥이라는 공간에 간다는 자체가 좀 그런가봐요."

"그렇겠지." 앨버트가 반쯤 웃으며 말했다. "케이티는?"

"찰스 씨가 경찰에서 일했던 친구랑 알아보고 있대요. 왠지 느낌이 좋은데 아직은 소식이 없네요. 아빠는 좀 어때요?"

"아들이 자랑스럽지." 앨버트가 미소 지으며 말했다. "나도 같이 케이티를 찾을 수 있으면 좋겠다. 엄마도 힘들 거야. 안 그런 척해도 속은 엄청 썩어가고 있을걸. 정원에서 봄꽃 피는 거 보면서 너랑 맥주 한잔하고 나서 네 엄마가 만든 일요일 저녁 먹고 싶네. 딱 그거면 행복할 텐데."

"아빠는 강한 사람이에요." 로버트가 떨리는 목소리로 말했다.

"전쟁에서 더한 일도 겪었어. 내 걱정은 하지 마, 로버트. 지금 위로가 필요한 건 네 엄마야. 물론 위로하기도 쉽지 않겠지만."

서로의 안부를 물은 후엔 최근에 읽은 책에 관한 이야기를 나눴다. 얼마 지나지 않아 면회의 끝을 알리는 종이 울렸다.

"아빠, 한 가지만 더요. 엄마가 교회에 나가기 시작했어요. 말은 안 하지만 아빠랑 누나를 위해 기도하시는 걸 거예요."

앨버트는 미소를 지을 뿐이었다. "이제 가봐, 아들. 엄마의 기도가 통하기를 빌자."

케이티는 라일리가 자신을 위해 가져온 가방에서 실을 발견하고는 실뜨기 놀이를 하며 시간을 보냈다. 여느 때처럼 그가 떠나고 얼마만큼의 시간이 흘렀는지는 알 수 없었다. 몸은 나아졌고 주전자와 차, 책이 있어 그나마 견딜 만했다. 그녀는 라일리가 돌아오길 기대하고 있었다.

한편으로는 '이 남자를 기다리다니. 제정신이 아니야'라고 생각했다. 심지어 라일리와 키스하고 그다음 단계까지 갔으면 싶은 말도 안 되는 상상을 하기도 했다. 순진하게 그런 행복한 결말을 기대하다니! 침대에 누워 눈을 감으면 라일리와 함께 해변의 모래사장에서 손을 잡고 걸으며 파도를 뛰어넘는 모습이 그려졌다. 웃음으로 가득한 장면이었다. 그러다 환상에서 깨면 구금된 아빠, 글로리아와 엘시의 죽음, 라일리에게서 도망친 아내가 떠올랐다.

점점 미쳐가고 있는 걸까? 감금당하면 납치범과 사랑에 빠지게 되는 걸까?

"사랑은 무슨. 말도 안 되는 소리지." 케이티가 혼잣말을 했다. 지하실에서 목소리가 울리는 듯했다. 케이티는 손가락에 수갑처럼 감긴 실을 풀어냈다.

케이티는 괴물 그 이상도 이하도 아닌 라일리를 미화하는 게 잘못됐다는 걸 알았지만, 그래도 그가 돌아올까 봐 귀를 쫑긋 세우고 있었다. 한참 후에 돌아온 에드는 하늘색 스웨터에 밝은 회색 바지를 입고 비싼 에프터셰이브 로션 향을 풍겼다. 케이티는 그가 자신을 위해 차려입었다는 느낌을 받았다.

"왔어요? 밖에 날씨는 어때요?" 케이티가 웃으며 말했다.

"지난 몇 주 동안 보다는 좀 따뜻해졌어. 여전히 바람은 심하게 불지만."

"얼굴이 안 좋아 보이는데 무슨 일 있어요?" 실은 전혀 그렇게 보이지 않았지만 케이티는 빈말로 물었다.

"커피 한잔 마시고 싶은데. 만들어줄래?"

케이티는 미소를 지으며 커피를 챙겼다. "차가 아니라 다행이네요. 우유가 떨어졌거든요. 그래도 사려 깊은 교도관이 커피에 탈 분유는 주고 가더라고요."

"내가 어렸을 때 세상에서 제일 맛있다고 생각한 간식이 연유가 들어간 차였어." 에드가 골똘히 생각하며 말했다. "얼마 전에 만들어 마셨어. 정말 최악이었지만."

"저는 연유통에 손가락 담가서 빨아먹는 걸 좋아했어요. 지금 먹어도 맛있을걸요."

그는 침대에 앉아 생각에 잠긴 듯했다. "어른이 된다는 게 어릴 때 상상하던 거랑은 다르지?"

케이티는 동감하며 고개를 끄덕였다. "어린 시절에 가장 원했던 게 뭐예요?"

에드는 잠시 자기 손을 내려다봤다. "가끔 엄마가 우릴 데리고 해변으로 소풍을 가줬으면 했어. 바다 가까이에 살아서 언제든 갈 수 있었거든. 다른 애들은 학교가 끝나면 엄마랑 바다에 가더라고. 그게 그렇게 부러웠어."

"바다 근처에 살아서 특별히 바다로 소풍을 가야겠단 생각을 못 하셨나봐요."

"우리랑은 아무것도 안 했어. 동생이 태어났을 때도 그랬어. 나더러 우유를 먹이라고 했지. 한번은 학교 끝나고 집에 왔는데 아기가 다 젖어서 울고 있었어. 엄마는 술이 떡이 되도록 취해서 자고 있었고."

케이티는 안타까운 마음이 들었다. "데어드레이 씨를 보고 엄마 생각이 났어요?"

에드의 눈빛이 위험하게 빛났다. "아니. 전혀 달랐어. 그래서 너는 나를 어떻게 평가하는데?"

"평가라뇨, 에드. 힘든 어린 시절을 보냈네요. 안타까워요. 그렇지만 어렸을 때 힘들었던 사람은 많아요. 그들 모두가 살인자가 되지는 않고요."

"그 여자랑 딸을 죽이려고 한 건 아니야. 데어드레이와 내 아이들을 데려가면 어떻게 되는지 교훈을 주고 싶었을 뿐이지."

"아주 제대로 주셨네요! 최악의 교훈이에요. 글로리아 아줌마의 남은 두 자녀는 어쩌고요? 그 사람들한테 아주 끔찍한 짓을 한 거예요. 바다 소풍이 질투 나서 그랬어요? 아줌마가 데어드레이 씨를 빼앗은 게 아니에요. 당신이 그렇게 만든 거죠."

그는 케이티가 피할 틈도 없이 그녀에게 달려들어 침대로 밀치고는 얼굴을 세게 내리쳤다.

"안 돼요, 에드. 이러지 마요." 케이티가 소리를 질렀다.

에드는 다시 그녀를 때렸다. "빌어봐. 여자들은 그러잖아. 날 약 올리고는 때리지 말라고 애원하지." 그가 짐승처럼 말했다.

"애원 같은 거 안 해요." 케이티는 옥죄는 손에서 벗어나려고 힘을 주며 말했다. "당신이 친절하고 괜찮은 남자일 수도 있겠다고 생각한 제가 멍청했네요. 때려봐요, 힘자랑하고 싶으면. 하지만 애원 따위는 하지 않을 거예요."

그는 계속해서 때렸다. 케이티의 시야가 빨간색으로 얼룩졌다. 눈에 고인 피 때문이었다. 얼굴을 때리는 게 지겨워지면 가슴과 배를 가격했고, 케이티가 몸을 보호하려고 태아처럼 웅크리면 등과 옆구리에 주먹을 날렸다.

"빌라고, 이년아."

케이티는 분노로 일그러진 에드의 얼굴을 보고 싶었다. 하지만 아무리 고통스러워도 그에게 그만해달라고 애원하지는 않을 것이다.

"널 죽일 거야. 그건 알고 있지?" 라일리가 으르렁댔다. "네가 다른 여자들보다 잘난 줄 아는데, 틀렸어. 너는 그냥 오지랖 부리다가 끼어서는 안 될 일에 나댔을 뿐이야."

에드가 무릎을 꿇고 케이티의 배를 과격하게 내리치자 케이티는 침대 밑으로 나동그라졌다. 그러자 그는 케이티의 머리채를 잡아 다시 침대에 올려놓고 때려댔다. 침대가 빙글빙글 돌았다. 눈앞에는 불그스레한 불빛만 아른거렸다. 케이티는 어둠 속으로 추락하고 있었다. 고통과 라일리의 목소리가 서서히 잦아들었다.

14

찰스는 항상 브라이튼을 좋아했다. 하지만 축축하고 차가운 바람이 부는 3월의 아침은 평소와 다르게 느껴졌다. 사방이 지저분했다. 흰 집에는 녹색 곰팡이가 슬었고 창문은 더러우며 쓰레기통은 넘쳐흘렀다. 런던보다 개똥도 훨씬 많아 보였다.

어제저녁 패트릭은 진료기록에 있던 세 라일리 부인의 주소를 알아냈다. 모두 2~3년 전에 아이들과 함께 다른 지역에서 브라이튼으로 이사와 공영주택을 신청했는데, 그중 한 명만 통과했다. 패트릭의 정보원은 여자들의 이름이나 이사 전 주소, 자녀들의 나이는 알려주지 않았다. 패트릭도 정보원에 대해 언급하지 않았다. 찰스는 주택공급부서에서 일하던 옛 애인일 거라고 생각했다. 에드나가 이 사실을 알면 충격을 받았을 것이다. 피해자들을 보호하려던 그들의 노력에도 불구하고 마음에 드는 남자의 요청에 덜컥 기밀정보를 넘기는 여자가 있으니까.

찰스는 택시를 타고 위드딘 지역에 있는 첫 번째 주소지로 갔다. 블라이드 스트리트는 음침했고 철거 직전처럼 보이는 3층짜리 테라스 하우스가 보였다. 어떤 집에도 실내 화장실은 없을 것 같아 보였다.

그중 8번지는 최악이었다. 낡은 현관문에서는 닫혀 있는데도 악취가 새어 나왔다. 초인종도 없어 문을 세게 두드렸다. 반응이 없어 더 세게 두드리자 나무 계단을 내려오는 발소리가 들렸다.

"라일리 부인과 이야기 좀 나누고 싶어서 왔습니다." 찰스가 문을 열어준 여자에게 말했다. 삼십 대로 보이는 여자는 거친 느낌이었다. 크고 더러운 스웨터와 청바지를 입었고 손에는 담배가 들려 있었다. 기름진 머리카락은 머리에 딱 들러붙어 있었다.

"위층에 있으니까 올라가보세요. 고객 수준이 좀 높아졌나 본데!" 여자가 찰스를 위아래로 훑으며 말했다.

찰스는 그 말을 듣고 라일리 부인이 결국 몸을 팔게 된 것인가 하고 생각했다. 혼자 자녀를 키우게 된 여자들은 어쩔 수 없이 그런 선택을 하게 되는 경우가 있었다. 이를 비난할 생각은 없었다. 다만 이렇게 더럽고 보잘것없는 집에서 섹스를 하겠다고 돈을 지불하는 남자가 있다는 사실이 놀라울 뿐이었다.

계단에는 먼지가 소복했고 페인트칠을 한 지는 100년도 더 돼 보였다. 위층의 문이 열려 있어 라디오 소리가 들렸다. 찰스는 문을 두드리며 이름을 불렀다.

"네, 무슨 일이죠?" 문으로 다가온 여자는 실내복 차림으로 머리에 롤러를 말고 있었다.

"라일리?" 찰스가 물었다.

"그런데요?" 여자가 공격적으로 턱을 내밀며 말했다.

삼십 대 후반쯤으로 보이는 여자는 관리를 잘 했다면 꽤 매력적일 얼굴이었다. 하지만 얼룩덜룩한 얼굴로 보아 술꾼인 듯했고 실내복 벨트로 조인 몸은 울룩불룩한 베개 같았다.

"제가 찾는 분이 맞는지 모르겠네요. 이름이 어떻게 되시죠?"

"프리다." 여자가 딱 잘라 말했다. "도박에서 이겼다고 말해주러 온 게 아니면 꺼져요."

"좋은 소식이 아니네요. 귀찮게 해서 죄송해요." 찰스가 웃으며 말했다.

여자가 따라 웃자 부러진 앞니가 보였다. "아주 신사분이시네. 이 동네에선 보기 드문 타입이야. 그 여자가 뭘 잘못했는데요?"

여자는 찰스를 경찰로 착각한 듯했다. "잘못한 건 없어요. 난폭한 남자랑 결혼한 게 잘못이라면 잘못이겠죠. 그 남자를 찾는데 도움이 필요해서요."

"브라이튼에서 애들 키우는 여자들은 거의 이상한 남자랑 결혼했나봐요. 해피엔딩은 다 어디로 갔나 몰라."

"언젠가 해피엔딩이 오길 바랄게요. 저는 가봐야겠어요. 감사해요, 프리다."

찰스는 거리로 나가 우산을 폈다. 택시가 많이 다니지 않는 길인 듯했다. 지도상으로 두 번째 라일리 부인의 집이 그렇게 멀지 않다는 걸 확인하고 걷기로 했다.

하디 플레이스는 공영아파트 단지였다. 우산을 썼는데도 도착할 때쯤 되니 꽤 젖어 있었고 발은 얼음처럼 차가웠다. 적어 온 주소에 의하면 목적지는 2층이었다. 깔끔하고 정돈된 곳이었다. 계단과 콘크리트로 된 층계참도 깨끗했다. 1층에 있는 어린이 놀이터도 관리가 잘 돼 보였다. 찰스가 22번지 문을 두드리자 키가 크고 아름다운 혼혈 여자가 바로 문을 열었다.

찰스는 자기소개를 하면서 이미 이 여자는 자신이 찾는 사람이 아니라는 사실을 알았다. 라일리 부인은 키가 작고 금빛이 도는 빨간 머리라고 들었다. 찰스가 데어드레이라는 사람을 찾으러 왔다며 이름을 묻자 여자는 던이라고 대답했다. 찰스는 예의상 잠시 대화를 나누고 돌아섰다. 목록에 있는 마지막 여자가 자신이 찾는 데어드레이이기를 바랐다.

마지막 주소지는 역 근처였다. 또 실패라 하더라도 기차를 타고 런던으로 돌아가기에는 편리한 위치였다.

스테이션 로드 83번지는 정문이 옆쪽으로 난 야채 가게 위에 있었다. 찰스는 문을 두드리고 기다리며 시간 낭비가 되지 않기를 바랐다. 문이 열리고 여자를 본 순간 찰스는 그녀가 케이티와 놀랄 만큼 닮았다고 생각했다. 작고 말랐으며 머리색도 비슷했다. 눈은 파란색이었다. 하지만 케이티의 하늘색 눈은 생명력과 지성이 넘쳤고, 이 여자의 눈은 흐리멍덩했다. 눈 아래에는 다크서클까지 있었다. 파란색 스웨터에 무릎 길이의 회색 주름치마를 입은 여자는 삼십 대 초반이라고 하기에는 조금 늙어 보였다.

"데어드레이 라일리 씨? 놀라지 마세요. 저는 변호사입니다. 문제를 일으키러 온 건 아니에요."

여자는 당황한 듯했다. 찰스는 명함을 주며 그저 이야기를 나누러 왔다고 재차 말했다. 그가 들어가도 되는지 물었다. 여자는 명함을 꼼꼼히 보더니 약간 망설이면서 허락했다. 지금 이름은 퍼셀이라고 했다.

데어드레이는 집 꾸미는 솜씨가 좋았다. 임대아파트에 딸려 온 가구는 낡아 보였지만 쿠션과 식물, 사진이 끼워진 액자 몇 개와 소파 위에 놓인 새빨간 담요가 아늑한 느낌을 줬다. 그중에서도 여자아이와 남자아이가 학교를 배경으로 찍은 오래된 흑백사진이 분위기를 더했다. 사진 속 아이들은 각각 여덟 살과 일곱 살쯤으로 보였다. 아이들은 데어드레이의 전부였다.

"이 주소는 저밖에 몰라요." 찰스가 안심시켰다. "부인과 아이들은 완전히 안전합니다. 하지만 남편 에드워드 라일리가 케이티 스피드라는 젊은 여성을 납치한 것 같아요."

찰스는 케이티와 현재 정황을 빠르고 간략하게 전했다.

"글로리아가 죽었다고요?" 데어드레이는 경악했다. "나를 도와준 그 착하고 멋진 여자가요? 글로리아와 에드나는 제 생명의 은인이에요." 데어드레이는 눈물이 가득 찬 눈으로 찰스를 바라보며 거짓말이라고 말해주길 애원하는 듯했다. "에드가 그런 거라고요?"

"네. 그 사람을 찾지 못하면 케이티도 죽일 것 같아요."

"그는 악마예요." 데어드레이가 속삭이듯 말했다. "3년이나 지났지만 저는 아직도 그 사람이 저를 찾아내서 무슨 짓을 할 것만 같아요."

찰스는 케이티가 글로리아의 집 맞은편에 살고 있으며, 케이티의 아빠가 살인죄로 체포됐다는 사실도 덧붙였다.

"경찰도 이제 앨버트 스피드 씨가 범인이 아니라는 건 알아요. 법정에 다시 나갈 때까지는 구금된 상태지만요."

"케이티 씨가 글로리아의 집 맞은편에 살았다고요? 저랑 머리색이 비슷한가요?" 데어드레이의 물음에 찰스가 그렇다고 대답했다.

"그럼 제가 그 집에서 지낼 때 창문으로 본 사람이 맞네요. 앞마당에서 아빠를 도와주고 있었어요. 젊고 참 자유로워 보였죠. 봄의 아침처럼 화사했고요. 제 젊은 시절이 생각나서 결혼 전에 신중해야 한다는 걸 말해주고 싶었어요. 문제는 케이티 씨가 에드의 취향이라는 거예요. 어쩌면 좋아. 나한테 한 짓을 케이티 씨한테도 하면 안 되는데."

데어드레이는 라일리의 건축사업이 번창한 배경과 큰 실수로 모든 걸 잃은 과정을 설명했다.

"저랑 그 사람은 건축사업이 망하기 직전에 만났어요. 집도 크고 사정이 괜찮을 때요. 사업이 망하고 이곳과 비슷한 작은 아파트로 이사해야 했죠. 그 시기에 애들까지 태어나서 에드가 부담을 많이 느꼈던 것 같아요."

찰스가 고개를 끄덕였다. "에드를 동정하는 건 아니지만 자존심이 얼마나 상했을지는 알겠어요. 그래서 다른 일을 시작했나요?"

"네. 그 사람이 원래 했던 일이랑 비슷한 사업을 하는 사람 밑에서 일했어요. 에드와 달리 정식으로 일하던 사람이었죠. 에드는 판매와 마케팅을 맡았어요. 그러고는 헨던에 집을 얻었죠. 그때까지만 해도 다 괜찮을 줄 알았어요. 전혀 아니었지만요."

"아직 거기에 살고 있나요?"

"아마 그럴걸요. 그 집을 굉장히 자랑스러워하거든요." 데어드레이가 찰스에게 주소를 알려줬다.

"고마워요, 데어드레이 씨. 그 사람이 케이티를 데려갔을 만한 장소가 있을까요? 어린 시절 추억이 있다거나 사업할 때 가던 곳이라거나. 아니면 친구 집이라도요."

"그 사람은 친구가 없어요." 데어드레이가 어깨를 으쓱했다. "필요한 사람만 곁에 두죠. 보통 사람들한테 있는 배려심이란 게 없어요. 처음 만났을 때는 다정하고 너그러워서 제가 운이 좋은 줄 알았는데, 다 가식이었죠. 전부 다요. 그냥 저를 이기려던 거였어요. 자기 뜻대로 하게 만들려고요. 불쌍한 케이티 씨. 그 사람이 풀어줄 거라고 말하고 싶지만 그러지 않을 거예요. 저도 도망치지 않았으면 결국 에드 손에 죽었을걸요. 애들도요. 그건 확실해요. 다른 사람들한테는 제가 사랑하는 운명의 여자라고 말하겠지만, 그 사람은 사랑이란 단어의 뜻도 모를 거예요."

"유감이네요, 데어드레이 씨. 에드나 씨는 길에서 떨어졌지만 다행히 살아남았어요. 하지만 아직도 그가 자기를 찾으러 올까봐 두려워하고 있어요. 그러니 잘 떠올려봐 주세요. 그 사람이 케이티를 데려갔을 만한 장소를 언급한 적이 있을까요? 저나 경찰을 도와줄 만한 사람이 있나요?"

"케이티 씨가 여자친구인가요?"

"납치되기 전에 한 번 데이트한 게 다예요. 여자친구였으면 좋겠네요."

데어드레이는 자신과 찰스의 차를 만들었다. 집중하느라 생긴 이마의 주름으로 보아 열심히 생각 중인 듯했다.

"그 사람이 도버를 좋아하기는 했어요." 데어드레이가 찰스에게 차를 건네며 말했다. "거기서 태어나고 전쟁으로 입대하기 전까지 살았거든요. 신혼 초기에 저를 도버에 데려갔어요. 저는 그 사람이 과거를 떠올리면 감상에 젖을 거라고 예상했어요. 하지만 막상 도착하니까 분노하면서 알코올 중독자였던 엄마를 대신해 동생들을 챙겨야 했다고 불평만 늘어놨죠. 살던 곳은 이미 허물어지고 없었는데도 끔찍했던 과거를 쉬지 않고 얘기했어요. 그런데 이상하게 그 뒤에도 계속 찾아가더라고요. 저를 또 데려가지는 않고 혼자서요. 갔다 왔다거나 간다고 말할 때도 있었지만 대부분 말도 없이 그냥 사라졌죠. 저는 그 사람 재킷 주머니에 들어있던 주유소 영수증을 보고서야 알았어요. 부동산 중개인 명함도 있었고요. 그러니까 거기에 어떤 장소가 있을지도 몰라요."

"형제자매랑은 연락하고 지냈나요?"

"아니요. 몸서리치게 싫어했어요. 엄마처럼 항상 받을 줄만 안다면서요. 아무도 만나보지 못했어요. 결혼식에도 초대하지 않았거든요."

찰스는 형제자매에 대해 더 물어도 데어드레이가 대답해줄 수 있는 게 없다는 걸 알아채고 다른 질문으로 넘어갔다.

"어쩌다가 헨던으로 오신 거예요? 특별한 이유가 있나요?"

"전쟁이 끝나고 골더스 그린에 사는 유대인 사업가 몇 명을 알게 됐어요. 말아먹은 건축사업과 이익관계로 얽혀 있는 듯했죠. 부자들이 많은 동네라 돈을 뜯어낼 수 있을 거라고 생각했나봐요. 짙은 머리색과 눈 때문에 사람들이 그를 유대인으로 착각했거든요. 골더스 그린에 있는 집은 당연히 못 사고 더 싸고 가까운 헨던에 정착하게 된 거죠."

"관심사는 뭐였어요? 취미 같은 거요."

"그냥 돈이요. 비싼 자동차하고요." 데어드레이가 비웃으며 말했다. "부자인 척하는 걸 좋아했어요. 재규어도 그래서 산 거죠. 집도 웅장하게 지었어요. 다른 집들하고 떨어져 있었는데 현관 주위에 포르티코라는 기둥을 만들어서 화려해 보이게 하고는 아주 자랑스러워했죠."

"부인은 별로 감흥이 없었고요?"

"네. 저는 좀 창피했어요. 그리고 무엇보다 이사하자마자 맞는 횟수가 훨씬 늘어났거든요. 저는 절대 거기로 돌아가지 않을 거예요. 제가 어떤 일을 당했는지 다 얘기할 수도 없어요." 데어드레이는 소매를 걷어 팔에 남은 담뱃불 자국을 보여줬다. "저는 온몸이 상처투성이예요. 착하고 괜찮은 남자를 만나도 이 상처들은 부끄러워서 못 보여주겠더라고요. 에드는 저를 차고에 가두는 걸 제일 좋아했어요. 지하실에 방음장치를 해놔서 아무도 제 소리를 들을 수 없었죠. 불도 밖에서 켜고 끌 수 있었어요.
저를 벽에다 묶어 놓고 고문하고, 어떨 때는 며칠씩 가두기도했
어요."

데어드레이가 겪은 이야기를 듣자 케이티가 그 남자한테 붙잡
혀있다는 사실에 소름이 끼쳤다. 그녀도 그 차고에 갇혀 있을까?

"왜 처음 맞았을 때 도망가지 않으셨어요? 아니면 첫아이가 태
어났을 때라도요."

"저도 스스로 똑같이 물어보곤 해요." 데어드레이가 한숨을 쉬
었다. "나름 변명을 하자면 제가 어렸을 때 수녀들이 운영하는
고아원에서 지냈거든요. 그땐 제가 쓸모없는 사람이라고 느껴졌
어요. 에드를 만났을 때는 너무 어리고 순진했죠. 그가 저를 사
랑해서 결혼하고 싶다고 했을 때는 꿈만 같았거든요. 초반에는
때리면 바로 사과하고 저를 아낀다면서 한 번만 더 기회를 달라
고 했어요." 데어드레이는 눈물이 고인 눈으로 찰스를 바라봤다.
"전쟁이 자기를 그렇게 만들었다고 했는데 저는 멍청하게 그 말
을 믿었죠. 어차피 저는 기댈 사람도, 갈 곳도 없었어요. 하지만
날이 갈수록 그는 더 폭력적이 됐죠. 애들이 울거나 제가 뭔가
를 부러뜨리거나 식사 준비가 늦어지면 폭발했어요. 제인과 토니
를 때리기 시작했을 때 저는 반드시 떠나야겠다고 결심했죠. 저
를 때리는 건 참을 수 있지만, 애들이 맞고 있는데 가만히 있을
엄마가 어디 있겠어요?"

"당신은 좋은 엄마예요, 데어드레이 씨. 늘 기억해주세요."

찰스는 데어드레이가 진심으로 안타까웠다. 마음의 상처는 평

생 아물지 않을 것 같았다. 그녀는 적은 돈으로 두 아이와 살며 외로움을 견뎌야 했다. 하지만 지금은 케이티를 구하는 일이 더 중요하다. 데어드레이는 구타와 공포 외에 더는 할 말이 없는 듯했다.

"이제 가봐야겠어요." 찰스는 헨던에 있는 집을 바로 확인하고 싶었다. "용기 내 저한테 털어놔주셔서 감사해요. 곧 부인을 행복하게 해줄 사람 만나시길 바랄게요. 제가 아까 명함 드렸죠? 유용한 정보가 떠오르면 연락주세요."

찰스는 주머니에서 20파운드짜리 지폐를 꺼내 탁자 위에 올려놨다.

"제인이랑 토니 데리고 좋은 데 가서 식사하세요." 받지 않으려는 데어드레이에게 찰스가 말했다. "그냥 제 자그마한 감사의 표시예요."

데어드레이가 미소 지었다. 그녀의 눈이 반짝였다.

"꼭 케이티 씨를 찾아 함께하게 되길 바랄게요. 나중에 어떻게 됐는지 확인 전화할 거예요."

찰스는 데어드레이에게 가까이 다가가 포옹했다. 그녀가 너무 안쓰러워 마음이 아팠다.

15

케이티는 통증 때문에 거의 움직일 수가 없었다. 한 군데가 아니라 머리와 얼굴, 팔, 몸통, 등과 배, 다리까지 온몸이 아팠다. 사람이 이렇게까지 아픈데도 여전히 살아 있다는 게 놀라웠다. 어쨌든 화장실에 가려면 일어나야 했다.

케이티는 힘겹게 침대 가장자리로 몸을 굴렸다. 한 발을 바닥에 내딛고 오른손으로 침대를 짚어 일어났다. 왼팔 모양이 이상하고 움직일 때마다 미친 듯이 아픈 걸로 봐선 부러진 듯했다. 얼굴에 말라붙어 있는 피는 의식을 잃은 채로 시간이 얼마나 흘렀는지를 보여줬다. 케이티는 온 힘과 의지를 다해 화장실로 갔다. 화장실 세면대 옆 바닥에는 전기주전자와 라일리가 차를 만들려고 가져온 물건들이 있었다.

입 안이 붓고 입술이 찢어져 제대로 차를 마실 수나 있을까 싶었지만, 그런 생각을 하는 자체로 힘이 났다. 적어도 주전자에 물을 끓이고 따뜻한 물로 씻을 수 있으니까.

얼굴에 묻은 마른 피를 대충 닦아내는 데도 시간이 한참 걸렸다. 라일리가 잘해줬을 때 썼던 수건을 사용했다. 어떻게 라일리를 오해했다고 여기고 마음을 열 생각을 했을까? 움직일 때마다 아파서 눈물이 절로 났다.

라일리가 자신을 지하실에 가둔 후로 안 좋은 순간이 많았지만 지금이 최악이었다. 이제 정말 그가 돌아오지 않을 거란 걸 본능적으로 알아차렸다. 굶주림과 고통, 죽음만이 케이티를 기다리고 있었다.

차를 만드는 행위는 지금이 평범한 일상의 일부인 것처럼 느껴지게 했다. 케이티는 기분이 조금 나아졌다. 하지만 통증 때문에 어지럽고 시야에 반점이 어른거렸다. 뇌진탕에 걸린 듯했다. 놀랍게도 우유가 남아 있었다. 케이티는 우유를 차에 가득 부어 열기를 식혔다. 그래도 입이 아파 마시기 힘들었다. 거울을 봐도 도움이 되지 않았다. 시퍼렇게 멍든 두 눈, 부푼 뺨과 입이 너무 흉측해 보였다. 엄마도 자신을 알아보지 못할 것 같았다.

케이티는 다시 침대로 돌아가 남은 차를 마시며 마음을 비우기로 했다. 하지만 쉽지 않았다. 라일리가 가져온 통에 든 비스킷과 오렌지, 바나나가 남아 있었다. 라일리가 케이티에게 떠먹였다는 수프가 들어 있던 보온병은 비어 있었다.

그나마 감사한 건 배가 고프지 않다는 거였다. 팔이 너무 아파 소리를 지르고 싶었다. 시폰 드레스의 안감을 뜯어 팔 붕대를 만들려고 했지만 통증이 심해져서 그만뒀다. 가만히 누워 있으면 그나마 괜찮았다. 케이티는 이불을 덮어쓰고 전부 잊어보려 했다.

찰스는 1시에 다시 런던으로 돌아왔다. 역에서 나오기도 전에 패트릭에게 전화를 걸어 라일리가 사는 곳을 알아냈다며 당장 가자고 말했다.

"정말 다행이다. 나도 방금 돌아왔어. 할 말이 많으니까 일단 만나자. 헨던 역에서 차로 기다리고 있을게."

찰스는 질리에게도 전화해야 했다. 점점 불안해하는 질리에게 케이티를 납치한 남자의 주소를 알아냈다는 소식을 전하면 조금은 안심할 수 있을 것이다. 질리가 낮에는 주로 동물 의료센터 밖에 있다고 했던 게 생각나 음성 메시지를 남기려고 했다. 그러나 기쁘게도 질리가 전화를 받았다.

"정말 좋은 소식이네요." 헨던에 있는 집주소를 알아냈다는 찰스에게 질리가 말했다. "케이티를 찾을 수 있다면 말이에요."

'살아 있는'이라는 수식어를 붙일 필요는 없었다. 찰스와 질리는 당연히 그렇게 믿었다.

"이따 집으로 전화하거나 저녁에 들를게요. 끝까지 믿어보자고요." 찰스가 전화를 끊기 전에 덧붙였다.

패트릭은 잔뜩 긴장한 얼굴로 헨던 역 밖에 주차한 차 안에서 찰스를 기다리고 있었다. 누군가 건드리면 때려눕히기라도 할 기

세웠다. 찰스가 자주 보던 표정이었다. 패트릭은 대학 시절에 종종 싸움에 휘말려 문제를 일으키곤 했다.

"왜 그래?" 찰스가 조수석에 앉으며 물었다.

"그놈이 다른 여자도 납치한 것 같아. 애들 둘이랑."

"설마! 어떻게 알았어?"

"햄스테드에 사는 외과의사의 아내 마거릿 포스터 기억나지? 이름을 페기 애시크로프트로 바꿨는데 지금은 사라졌거든."

"그게 왜 라일리 짓이라고 생각하는데?"

"그 여자의 동네 친구가 그러는데 어두운색 머리에 잘생긴 남자가 가끔 왔었대. 크리스마스가 얼마 안 지났을 때였는데, 눈에 멍이 들어서는 말도 안 되는 변명을 하더래. 그러고는 며칠 후에 아이들을 데리고 동네를 떴고."

"짐도 다 챙겨서?"

"응."

"그냥 야반도주한 거 아닐까? 살인자들이 피해자 집을 치우지는 않잖아." 찰스가 말했다.

"그렇긴 하지만 어디 갔겠어? 부모한테도 연락이 없었대."

"언제 있었던 일이야?"

"몇 주 안 됐어. 이스트본 근처에 살아서 지역 신문에서 글로리아 씨가 죽었다는 기사를 보고 충격받았을 거야. 에드나 씨처럼. 내 생각에는 라일리 짓이 맞는 것 같아. 그 사람한테 맞은 거지. 아이들과 짐을 챙겨서 자기 발로 떠난 건지, 라일리가 납치한 건지는 좀 더 지켜봐야 해. 그런데 만나던 남자가 라일리였던 건 거의 확실해."

"남편은 아니었겠지. 플로리다에서 외과 세미나가 있었으니까."

"동네 친구는 마거릿이 남자인 친구가 있었다는 사실이 놀랍다고 했어. 마거릿, 아니 페기는 남자를 싫어했대. 그런데 라일리가 어떻게 찾아냈지? 무슨 이유로? 아내 때문에 응징할 방법을 찾고 있었던 걸까?"

"두 사람의 접점이 휘팅턴 병원 아니야?" 찰스가 조심스럽게 말했다. "우선 라일리 집에 가서 한번 둘러보자. 단서가 나올지도 모르니까."

잠시 후 둘은 라일리의 집 앞에 차를 세웠다. 찰스는 데어드레이가 집 외관을 부잣집처럼 꾸몄다고 했던 말을 이해했다. 라일리의 집은 이웃집들과 마찬가지로 둑 위에 있었고 아래에 차고로 이어지는 널찍한 진입로가 있었다. 현관문을 둘러싼 돌지붕은 허풍스러웠고 30년대에 지어진 집과는 어울리지 않았다. 양옆에는 웅크린 돌사자가 있었다. 동그랗고 네모난 상록수 덤불이 있는 앞마당은 지나치게 깔끔했다. 사탕 껍질이나 버스표 한 장 떨어져 있지 않았다. 3월 초의 현관 계단은 대부분 곰팡이가 슬어 녹색을 띠었지만 이 집의 계단은 윤이 났다.

"넌 여기 있어. 누가 오면 경적 울리고."

"무단침입하려는 건 아니지? 그냥 지금 경찰 부를까?" 패트릭의 말에 찰스가 충격을 받은 얼굴로 물었다.

패트릭은 음흉하게 웃었다. "내가 이 재미있는 일을 경찰한테 다 넘길 것 같아? 그것도 그렇지만 케이티 씨가 지금 저기 지하

차고에 있는 거면 한시라도 빨리 구해야 하지 않겠어?"

"그건 그렇지만 무단침입은 좀 그래. 내 경력을 망칠 수도 있어. 아마 잘릴 거야."

"못 봤다고 해. 너는 내가 문을 두드리는 모습만 본 거지. 내가 다 책임질게!"

찰스는 패트릭이 진입로를 따라 올라가 초인종 누르는 모습을 지켜봤다. 라일리가 문을 열면 얼마나 터무니없는 말을 지어낼지 궁금했다.

안에서 대답이 없자 패트릭은 차고로 내려가 막대기로 문을 두드렸다. 차고에 아무도 없으면 막대기를 사용해 집에 침입할 요량이었다. 패트릭은 문에 귀를 대고 찰스를 향해 고개를 저어 보였다. 케이티가 안에 없다는 표시였다. 그러고는 옆문을 통해 시야에서 사라졌다.

찰스는 라일리가 돌아오거나 이웃이 강도로 신고할까 봐 걱정이 됐다. 20분밖에 지나지 않았지만 찰스 평생 가장 길게 느껴진 시간이었다.

"집 안이 엄청 깨끗하고 깔끔해." 패트릭이 차로 돌아와 말했다. "음식통을 병사들처럼 줄 세워 놓고 이름표까지 붙여놨던데. 정장하고 재킷은 검은색부터 하얀색 리넨까지 색깔별로 구분돼 있고, 셔츠마다 색깔이 맞는 넥타이가 걸려 있었어. 불쌍한 데어드레이 씨. 저런 일을 다 해야 했다니."

"도움이 될 만한 건 찾았어?"

찰스는 패트릭이 태연하게 행동하자 신경이 쓰였다. 젊은 여자의 목숨이 걸린 문제를 해결하는 게 아니라 직장에서 봄 소풍을 나온 듯한 태도를 보였기 때문이다.

"육지 측량부 지도(영국 정부 후원하에 육지 측량부라는 기관에서 제작하는 무척 상세한 지도) 몇 개를 발견했어. 집이 강박적으로 정돈돼 있는 걸로 봐서는 외부 활동을 안 좋아할 것 같았는데 말이지. 지도에 표시된 건 거의 남부 해안 쪽이었어. 그 중에서 켄트를 눈여겨봤나봐. 그리고 하나 더. 도버 해안이 보이도록 지도가 반대로 접혀 있었어. 최근에 살펴본 것 같아."

"도버에서 태어났다고 했잖아. 데어드레이 씨도 자주 갔다고 얘기했었고."

"그러면 거기로 가야지. 일단 경찰하고 상황을 공유해야 해. 케이티 씨를 찾으려면 인력이 더 필요할 거야. 우리 둘로는 위험해. 라일리가 돌아올 수도 있으니까 여기서 잠복도 해야 하고, 그 사람에 대한 정보도 더 모아야 할 거야. 도버에 가족이나 연줄이 있는지도 알아보고."

찰스는 안도의 한숨을 내쉬었다. 패트릭이 너무 열정적이라 일을 전부 혼자 해결하려 할까 봐 걱정하던 차였다.

"케이티가 여기 있기를 바랐는데…… 또 다른 건 없었어?"

"응. 여기에는 아무도 안 데려왔나봐. 한동안은 본인도 안 들어갔던 것 같고." 패트릭이 실망하는 찰스의 팔을 토닥이며 위로했다. "정말 티끌 하나 없어. 사진은 고사하고 데어드레이 씨랑 아이들 흔적이 눈곱만큼도 안 보였어. 그릇에 과일도 없고. 옷장이랑 서랍도 다 뒤져봤거든. 아내랑 애들을 미친 듯이 찾아다니는 남자가 흔적 하나 안 남겼다는 게 진짜 소름 끼친다."

패트릭은 차에 시동을 걸고 출발했다.

"지금 경찰서로 가자. 아는 사람이 많아서 재촉해볼 수 있을 거야. 그런데 너는 같이 안 가는 게 좋을 것 같아. 나중에 복잡해질 수도 있으니까. 네가 브라이튼에서 찾은 정보를 주면 내 이름으로 경찰에 넘길게."

"그럼 나는 뭐해?"

찰스는 갑자기 독단적으로 행동하려는 패트릭에게 조금 짜증이 났다.

"너는 내일 도버에 가서 이것저것 캐봐야 하지 않을까? 사람들하고 얘기하는 거 잘하잖아."

찰스는 약간 망설이면서 노트를 꺼냈다. 데어드레이가 말해준 모든 정보가 적혀 있었다. 그는 계기판 위에 노트를 올려놓으며 말했다.

"오늘의 기록 모음집."

패트릭은 노트를 힐끗 보고는 웃었다. "나는 못했지만 네가 변호사가 된 이유가 바로 이거라니까. 너는 항상 메모하고 세세히 조사하는 걸 잘했어. 나는 사람들 입 여는 데 소질이 있고."

패트릭이 찰스를 집에 내려주고 떠나자 그는 마이클 본햄에게 전화해 알아낸 정보를 전했다.

"앨버트 씨와 로버트 씨의 걱정이 이만저만이 아니에요. 남동생 로버트 씨 알죠? 지금 벡스힐에서 지내는데 교도소에서 앨버트 씨를 같이 만났어요. 그러고는 근처 호텔로 자리를 옮겨서 술한잔하면서 대화를 더 나눴죠. 케이티 씨 때문에 너무 불안한가 봐요. 지금 전화해서 말씀해주신 걸 다 전해야겠어요. 그리고 좋은 소식도 있어요. 아마 내일이면 앨버트 씨에 대한 고소가 다 취하될 것 같아요. 로버트 씨가 그때까지 교도소에 있다가 같이 집에 가기로 했대요." 마이클이 찰스에게 말했다.

"케이티의 어머니는요? 앨버트 씨를 받아준대요?"

"로버트 씨가 설득 중이에요. 정신적으로 많이 힘든가봐요. 그래도 로버트 씨가 아버지를 집에 들이지 않거나 함부로 대하면 함께 집을 나가겠다고 했대요. 누나랑 아버지만큼이나 강인하고 믿음직스러운 태도에 감탄했어요. 아무리 강한 사람도 이런 압박에는 무너질 수 있는데 말이죠."

찰스는 질리에게도 전화해 소식을 알려야 한다고 했다. "질리 씨도 케이티 걱정에 제정신이 아니에요. 케이티랑 이사하려고 했던 아파트도 포기했어요. 혼자 집세를 낼 수가 없어서 선금을 돌려달라고 했대요. 아마 같은 값에 그만한 집을 구하기는 쉽지 않을 테니까, 질리 씨는 가능하면 계약 파기를 보류하고 싶었을 거예요."

"점점 케이티 씨가 살아 있을 가능성이 줄고 있어요." 본햄이 한숨을 쉬었다. "물론 앨버트 씨나 로버트 씨한테는 얘기하지 않았지만요. 그래도 이제 경찰이 라일리가 납치범이라는 걸 알았으니 뭔가 진전이 있겠죠."

찰스는 질리의 퇴근 시간에 맞춰 7시 이후에 전화를 걸었다.

"좋은 소식 있어요?" 질리가 찰스의 목소리를 듣자마자 물었다.

"네. 일단 납치범 신상이랑 주소를 알아냈어요. 제 친구 패트릭이 지금 경찰한테 정보를 넘기러 갔고요."

질리가 더 자세한 설명을 기다리는 듯해 찰스는 말을 계속했다.

"저는 내일 도버에 가서 더 알아낼 수 있는 게 있나 보려고요."

"저도 같이 가면 안 될까요? 제발요!" 질리가 애원했다. "제가 옆에 있는 게 찰스 씨한테도 좋을 거예요. 사람들도 정장 빼입고 혼자 있는 남자보다 여자랑 같이 있는 남자한테 얘기하는 게 더 편할거고요."

질리의 마지막 말에 찰스가 웃었다. "일은 어쩌고요?"

"이모한테 부탁해서 회사에 아프다고 말하면 돼요. 제발 가게 해주세요, 네? 케이티 찾는 데 뭐라도 도움이 되고 싶어요. 그리고 세세한 걸 알아채는 데는 여자가 남자보다 선수라고요."

"그렇기는 하죠. 그럼 9시 30분에 채링 크로스 역에서 만날까요? 시계 밑에서 기다릴게요."

다음 날 아침, 함께 도버로 가면서 질리는 찰스가 자기가 만나본 남자 중 가장 괜찮은 남자라고 생각했다. 우아하고 똑똑하면서도 질리를 불편하게 하거나 자신이 멍청하다고 느껴지게 하지 않았다. 착하고 잘생긴 데다 유머 감각도 좋았다. 케이티가 무사한 걸 확인할 때까지 웃을 일은 없겠지만 찰스라면 케이티를 구출할 거란 긍정적인 기대를 걸어볼 만했다.

질리는 언젠가 셋이 다함께 저녁을 먹으며 웃고 있는 상상을 했다. 물론 납치됐던 사건 말고 다른 이야기를 하면서. 하지만 질리는 상상을 잠시 보류해야 했다. 단짝친구가 없는 삶은 생각조차 하기 싫었다.

질리는 아파트를 포기해도 상관없었다. 동물원에서 해고당해 벡스힐로 돌아가야 한다고 해도 괜찮았다. 케이티를 찾는 일이 우선이었다.

"제 친구 패트릭이 어젯밤에 라일리 가족에 관한 정보를 알려줬어요." 찰스가 기차를 타고 가는 동안 말했다. "수잰 고슬링과 돌리 미크라는 이모들 주소도 알아냈고요. 엄마 쪽 자매래요. 돌리는 하숙집을 운영한다더라고요."

"도버에 가는 건 처음이에요. 거긴 어때요?"

"좀 답답해요. 근처에 포크스턴은 유쾌하고 밝은데 도버는 뭔가 음침해요. 성이나 페리들이 들락날락하는 부두 때문에 그런 것 같아요. 어쩌면 절벽 때문일 수도 있고요. 정확한 이유는 모르겠지만 범죄율도 더 높고 지저분하죠."

"딱 느낌 오네요." 질리가 웃어 보였다. "에드워드 라일리가 태어났을 만한 곳이에요!"

"가서 이모 돌리부터 만나봅시다. 부두 근처라 하숙집보다는 여관 느낌이겠지만."

"케이티의 엄마는 아직도 이 일에 시큰둥하대요?" 질리가 물었다. "저희 엄마가 케이티 소식을 물어보려고 거의 매일 전화하시거든요. 한번은 케이티의 엄마를 만나러 갔는데 신경 끄라고 했다더라고요."

찰스는 당황스러운 나머지 고개를 저어 보였다. "제가 뭐라고 할 입장은 아니지만 이해가 좀 안 가는 분이기는 하네요."

"케이티도 자기 엄마를 이해하지 못했어요. 지나치게 깨끗하고 정돈된 자기 집에서 사느니 좀 더러워도 우리 집에서 지내고 싶었을걸요."

찰스는 질리가 자신의 집과 가족에 대해 솔직하게 말하는 게 좋았다. 가족을 누구보다 사랑하고 행복한 가정인 건 분명해 보였지만, 남에게 말하기 부끄러울 수 있는 부분까지 거침없이 표현하는 걸 들으니 신선하게 느껴졌다.

"우리 가족도 깔끔이랑은 거리가 멀어요. 사방에 개들의 흔적이 있고 가구는 낡았거든요. 부엌은 대체로 난장판이고요. 그래서 너무 정돈된 집을 보면 뭔가 의심이 간다니까요." 찰스는 라일리의 집을 설명한 패트릭의 묘사를 덧붙였다. "제 변론은 여기까지입니다." 찰스가 웃었다. "지나치게 깔끔하면 오히려 더 혼란스러운 느낌이에요."

화이트 클리프 하숙집은 상상한 대로였다. 부두 옆 혼잡한 도로 위에 있어서 숙소가 절실한 사람들만이 예약할 것 같은 곳이었다.

빨간 벽돌은 흰색으로 칠해져 있었지만, 곰팡이로 녹색을 띠며 벗겨지고 있어서 집이 병들어 보였다. 창문과 커튼도 몇 년간 손대지 않은 듯했다.

돌리 미크가 문을 열었다. 그녀는 해변에서 파는 야한 엽서의 모델 같았다. 가슴은 풍만하고 다리는 나무의 몸통처럼 보였다. 회색 머리에는 롤러를 말고 지저분한 꽃무늬 작업복 차림으로 담배를 물고 있었다.

"아, 메이비스는 멍청하게 안젤로 라일리 같은 인간을 만났어요." 돌리가 현관에서 뱃고동 소리만큼 크게 말했다. "근데 결혼은 안 했어요. 그 정도로 오래 사귀진 않았죠. 그런데 에드를 가지게 되면서 성을 라일리로 바꾼 거예요. 제가 정신 차리고 애를 지우라고 했는데 싫다더라고요. 라일리를 사랑하니까 아기를 낳겠다면서요."

찰스는 이런 이야기를 길에서 듣고 있기가 불편했다. 그는 밖이 춥고 시끄러우니 안으로 들어가는 게 어떻겠냐고 물었다.

"아직 아침 먹은 거 안 치웠어요." 돌리가 풍만한 가슴을 위로 들어 올리고 길바닥에 담배를 던지며 말했다. "그러니 제 뒤를 잘 따라와야 할 거예요."

집 안에선 튀긴 음식이 썩은 듯한 악취와 담배 냄새가 진동했다. 그나마 거실은 불을 피워놓아서 따뜻했다. 거실 중앙에는 빨갛고 흰 체크무늬 식탁보로 덮인 큰 탁자가 있었다. 사용한 수저와 접시가 일곱 개쯤 있었고 남은 음식 옆에 담배꽁초가 보였다. 오래된 신문부터 통조림 음식 상자, 가득 차 있거나 비어 있는 술병 등의 잡동사니가 널브러져 있었다.

돌리는 질리와 찰스가 앉을 수 있도록 소파에 있던 옷을 치웠다. 그러고는 여동생이 아일랜드와 이탈리아 혼혈인 쓸모없는 화부를 만나 인생을 망친 이야기를 한참 했다. 돌리가 말을 마치자 찰스가 말했다.

"사실 조카분인 에드워드 라일리에 대해 여쭤보려고 왔어요."

"에드는 착한 애였어요." 돌리가 작업복을 끌며 식탁 의자에 앉았다. "메이비스가 술에 쩔어 계속 임신하는 바람에 신경도 못 써줬죠. 에드가 동생들을 다 돌봤어요. 근데 자기가 잘난 줄 알았나봐요. 위험한 놈이죠."

찰스와 질리는 홀린 듯이 돌리의 말에 귀를 기울였다. 돌리는 여동생의 개인적인 이야기를 거침없이 뱉어냈다.

"걔는 남자가 술만 사주면 다리를 쩍쩍 벌려댔어요. 한번은 여기서 하숙집 남자애 거기를 물고 빨고 하는 걸 나한테 들켰죠. 고작 2실링을 받고. 참나! 나는 만지기만 해도 2실링보다는 더 받을 거야. 주둥이에 처넣는 건 고사하고."

찰스가 계속 유도한 덕분에 그녀가 마침내 라일리에 관한 이야기를 시작했다.

"걔가 군대에 간 건 좋은 선택이었어요. 전투는 별로 안 나간 것 같더라고요. 뜨거운 탱크인가 뭔가에 들어갔다고 자랑하던데, 다 거짓말일 거예요. 그러다 제대할 때 돈이 좀 생겨서 군대에서 사기를 쳤나봐요. 우리한테 얼마나 매정했는지. 자기 엄마나 우리한테도 돈을 안 주더라고요. 메이비스를 때려서 이도 부러뜨렸어요. 그러더니 몇 년 동안 안 보이다가 어느 날 무지하게 비싼 정장을 차려입은 에드가 번쩍거리는 차를 끌고 왔어요. 무슨 건축회사를 차렸다면서 우리한테 잘난 체하며 돈을 뿌렸어요. 근데 쫄딱 망했다죠? 신문에서 봤거든요. 한번은 결혼한 여자를 데려왔어요. 괜찮은 여자였는데 개랑 살기는 너무 약해빠져 보였죠. 반항을 좀 하라고 했더니 그냥 웃고 말더라고요. 내말이 농담인 줄 알았던 거죠."

"돌리 씨, 에드 때문에 아내가 거의 죽을 뻔하다 결국 도망쳤어요." 찰스는 돌리가 사태의 심각성을 인지하고 요점 없는 추억팔이를 멈추길 바랐다. "그러고는 아내의 탈출을 도와준 여자의 집을 찾아가서 불을 질러 두 명을 죽였어요."

돌리의 입이 떡 벌어졌다. 방금 불을 붙여 입에 문 담배가 바닥에 떨어졌다.

"맙소사!" 돌리가 외쳤다. "경찰이 찾고 있어요?"

"네, 당연하죠. 곧 여기에도 올 것 같아요. 지금 중요한 건 케이티 스피드라는 아가씨예요. 에드가 납치했어요. 그가 케이티도 죽일까 봐 무서워요. 도버에 에드가 있을 만한 곳이 있으면 어디든 제발 알려주세요."

"못 본 지 몇 년은 더 됐어요. 근데 친구가 크리스마스 직전에 여기서 봤다고는 하던데요."

"어디서요?"

"저쪽 위에서."

"돌리 씨, 에드의 엄마는 아직 살아있나요?"

"아뇨, 1956년에 죽었어요. 술 때문이죠 뭐. 지금은 제 여동생 수잰하고 저만 남았어요. 수잰은 저랑 달라요. 종교도 있고 구세군에 들어갔어요."

"학창시절 친구들은요? 아는 사람 있으세요?"

"네댓 명이 같이 몰려다녔어요. 주로 킹스 헤드에서 술을 마시니까 거기로 가서 존 슬론을 찾으세요. 성질이 더러우니 말조심하고요."

"돌리 씨, 한 가지만 약속해주세요." 찰스가 가까이 다가가 돌리의 눈을 똑바로 쳐다봤다. "오늘 이후에 에드가 여기 오거나 누군가 그를 봤다고 하면 저나 경찰한테 바로 전화주시겠어요? 제가 왔던 건 비밀로 해주시고요."

"알겠어요. 개 편을 들 생각은 추호도 없어요." 돌리는 희미하게 파란 눈을 번뜩이며 진심을 담아 대답했다. "저한테는 안 오겠지만 만약 오면 거시기를 차서 내쫓을 거예요."

"지저분한 곳에 사는 거친 사람을 만나고 나면 우리 가족이 나름 세련되게 느껴져서 좋아요."

질리가 에드의 이모 수잰이 사는 동네로 이동하면서 말했다. 찰스가 웃었다. 질리의 솔직한 태도가 신선했다. 질리는 사람을 끄는 데가 있었다. 전형적으로 예쁘지는 않았지만 매력 있는 얼굴이었다. 질리의 큰 키와 우아한 움직임, 아찔하게 긴 속눈썹과 어우러진 도발적인 눈은 기린을 떠올리게 했다. 타탄 패턴의 미니스커트에 긴 부츠를 신은 다리가 섹시했다.

질리는 도버로 가는 길에 미니스커트를 싫어하는 조앤 이모가 갑자기 충격을 받을까 봐 치마 길이를 야금야금 줄이고 있다고 했다. 찰스는 기발한 방법이라고 생각했다.

"돌리는 거칠고 메이비스는 떠돌이였고." 찰스가 수잰의 집에 다다랐을 즈음 말했다. "엄마가 어떤 사람이었는지 궁금해지네요. 그래도 돌리는 악의 없는 사람 같았어요."

"좋은 점이 뭐라도 있어야죠." 질리가 웃었다. "근데 메이비스가 2실링을 받고 한 행동을 얘기할 때는 정말 땅속으로 꺼지고 싶었어요."

수잰의 집은 좁은 뒷길에 있는 작은 테라스 하우스였다. 거리는 더럽고 좁았으며 현관을 열면 인도가 바로 나오는 형태였다. 질리는 그래도 9번지만 문간이 닦여있고 반짝거리는 창문에 눈부시게 하얀 망이 달려 있다고 말하며 덧붙였다.

"구세군이니까 당연히 깔끔한 걸 중요하게 생각하겠죠."

백설공주 스타일의 머리를 한 작고 마른 여자가 검은 옷차림으로 문을 열었다. 여자는 어리둥절한 눈으로 질리와 찰스를 쳐다봤다.

"수잰 고슬링 씨?" 찰스가 물었다. 돌리와 같은 엄마 뱃속에서 나왔다는 게 믿기지 않을 정도로 닮지 않아서, 순간 찰스는 자신이 집을 잘못 찾아온 줄 알았다. 수잰이 고개를 끄덕이자 찰스는 명함을 내밀었다.

"메이비스 씨의 아들 에드에 대해 여쭤볼 게 있어서 왔습니다. 저는 변호사고 이쪽은 제 조수 카터 양이에요. 잠시 들어가도 될까요?"

"에드가 죽었나요?" 수잰이 좁은 복도를 따라 안쪽에 있는 거실 겸 부엌으로 둘을 안내하며 물었다. 불이 피워진 벽난로를 빼면 아늑한 구석이라곤 없는 음산한 방이었다. 벽난로 위쪽 선반에는 나무로 된 십자가상이 달려 있었다. 수잰이 식탁보가 덮인 식탁 의자로 오라고 손짓했다.

"아니요. 그런데 사고를 쳐서 경찰이 수배 중이에요. 저희는 지금 케이티 스피드라는 아가씨 때문에 왔어요. 10일 전에 에드한테 납치당했거든요. 죽일까 봐 걱정이에요."

수잰 고슬링은 특이한 모자나 코트를 입지 않는 한 사람들 사이에서 전혀 눈에 띄지 않을 인상이었다. 특징 없이 부드럽고 온화한 노인의 얼굴이었으며 입 주변이 쪼그라들어 있었다. 찰스의 말에도 표정 변화가 없었다. 충격이나 공포의 기색도 없고, 조카에 대해 험한 말을 하는데도 분노하지 않았다.

"그 아이가 스무 살이 된 이후로 저는 이런 일이 생길 거라고 어느 정도 예상은 했어요. 사악해진 걸 알고 항상 기도했거든요. 걔가 그렇게 된 데에는 메이비스 탓이 커요. 메이비스는 최악의 엄마였어요. 애들이 다 고생했는데 그중에서도 에드가 특히 고생이 많았죠."

수잰은 차를 권유하며 찻장을 열어 컵을 꺼냈다. 찰스는 컵과 컵 받침이 네 개뿐인 걸 보고 수상하게 생각했다.

"에드가 고생했던 얘기를 좀 더 해주세요." 질리가 요청하며 찰스가 자신을 조수라고 부른 걸 상기시키려는 듯 찰스를 쳐다봤다. "메이비스 씨가 에드를 때렸나요, 아니면 그녀가 데리고 온 남자들이 그랬나요?"

"메이비스는 항상 에드한테 화풀이를 했어요. 애들 아빠 안젤로를 많이 닮았거든요. 메이비스가 안젤로를 사랑했던 것처럼 에드를 사랑해줬다면 그 애가 그렇게까지 되진 않았을 거예요. 불쌍한 에드가 메이비스의 분노와 상처를 온전히 떠안았죠. 메이비스는 에드를 때리고 경시했어요. 담뱃불로 지지기도 했고요. 아동학대협회에 신고하겠다고 협박해도 비웃기만 했어요. 계속 임신을 하기도 해서 일곱 살인가 여덟 살이던 에드가 그 애들을 다 돌봤죠. 에드는 메이비스한테서 잔인함을 배웠을 거예요. 어릴 때는 착하고 인내할 줄 아는 아이였는데…… 그러다가 맨손 권투를 시작해서 챔피언까지 됐죠. 에드를 먼지 취급하던 사람들이 그 애를 알아주기 시작했어요."

"전쟁이 났을 때는 입대하기도 했죠?" 질리가 물었다. 수잰은 찻주전자에 물을 끓이며 고개를 끄덕였다.

"전쟁이 나자마자 입대하고 싶어 했어요. 열일곱 살이었는데도요. 가고 싶어 안달이었죠. 거기다 대고 제가 뭐라고 하겠어요?"

"언니분하고 어쩜 이렇게 다르세요? 구세군이신 건 알았지만, 항상 이렇게 달랐나요?"

질리의 물음에 수잰이 미소 지었다. "하느님이 보시기에 우리 인생의 출발점은 다 똑같아요. 자라면서 하는 선택들이 우리 삶을 바꾸죠. 저는 어린 나이에 농장 인부였던 시드니라는 남자랑 결혼했어요. 포크스턴 근처 작은 집에서 행복하게 살았죠. 그러다가 딸이 두 살 때 디프테리아라는 전염병으로 죽었어요. 남편은 3년 후에 농장에서 탈곡기 사고로 죽었고요."

"정말 유감이에요." 찰스와 질리가 동시에 말했다.

수잰은 식탁에 찻주전자를 올려놓고 식기실에서 작은 우유병을 가져왔다.

"오래된 일이에요. 그때 구세군 회원이 제가 길을 잃고 두려워하는 모습을 보고 도움을 줬어요. 감사할 따름이죠. 저는 남편과 살던 시골집을 떠나 도버로 와야 했어요. 그때는 가진 게 아무것도 없었어요. 언니들이 있었지만 저는 언니들처럼 되고 싶진 않았거든요. 아이러니하게도 어린 에드가 저를 위로해줬어요. 메이비스한테서 에드를 데려와 제가 직접 키우지 않은 게 후회돼요. 그 애가 안 좋은 길로 가는 걸 막을 수도 있었을 텐데."

차를 다 마시고 나서 수잰은 말린 과일이 든 쿠키를 권했다. 잠이 안 와서 아침 일찍부터 만들었다고 했다.

"손님이 올 걸 예상했나봐요." 수잰이 슬픈 미소를 띠며 말했다.

찰스는 그녀에게 에드가 어떤 범죄를 저질렀는지 설명했다. 케이티를 납치했으며 도버로 데려간 게 유력하다는 정보를 얻어 그가 케이티를 가뒀을 만한 곳을 아는 사람이 있을지 찾는 중이라고 했다.

"최근에 에드가 찾아온 적이 있나요?" 찰스가 물었다.

"아뇨. 여기는 안 올 거예요. 마지막으로 왔을 때 저를 협박했거든요. 아내가 떠났을 즈음이었던 것 같아요. 잔뜩 화가 난 상태로 찾아왔더라고요. 저는 그 애가 저를 죽이려는 줄 알았어요. 제가 아내가 어디로 갔는지 안다고 생각했던 것 같은데, 저는 몰랐거든요. 그 애의 아내를 본 건 딱 한 번, 결혼하고 함께 왔을 때뿐이었어요. 이후에 편지도 쓰고 애들 생일에 생일카드랑 작은 선물을 보내기도 했지만 만나지는 않았어요. 전화가 없어서 연락도 못 했고요."

"그래서 그때 어떻게 하셨어요?" 질리가 물었다.

"옆집 부인의 남편이 듣길 바라며 소리를 질렀죠. 그 사람이 에드를 쫓아냈어요. 저는 데어드레이가 떠난 게 다 에드 잘못이라고 말하면서 다시는 오지 말라고 했어요. 사람들 말로는 도버에 돌아오기는 했다더라고요. 사람들이 마지막으로 그 애를 도버에서 봤다고 한 게 3달 전인가 그래요. 저한테 찾아오지는 않았고요."

질리는 수잰에게 구세군에서 무슨 일을 하는지 물었다. 그녀는 둑 아래에 있는 노숙자 쉼터로 1주일에 서너 번씩 봉사를 하러 간다고 했다.

"도버가 슬픈 동네라는 걸 이제야 알았어요. 사람들은 페리를 타고 영국에서의 새로운 삶을 기대하며 이곳에 도착하지만, 결국 도버를 벗어나지 못해요. 여자 문제로 배에서 뛰어내리는 외국 선원들도 있죠. 다른 도시보다 알코올 중독자들도 많고요. 요즘은 젊은 애들이 마약까지 들여오잖아요. 젊었을 때 알았으면 다른 데로 이사했을 거예요. 그걸 몰랐던 바람에 여태 이곳에서 다른 사람들이 길을 찾도록 도와주고 있네요."

"곧 경찰이 몇 가지를 물어보러 올 것 같아요. 그렇지만 그 전에 에드가 오면 경찰에 직접 신고하시는 게 좋을 거예요." 찰스가 말했다.

"제가 신고할 걸 아니까 여기에 오지는 않을 거예요. 제가 몸집은 작아도 할 말은 하거든요."

"케이티가 있을 만한 곳이 정말 없을까요? 어릴 때 놀던 곳이라든지, 돈이 있을 때 사뒀던 곳이라든지요."

수잰은 고개를 저었다. "죄송해요. 짐작되는 곳이 없어요. 생각나면 경찰한테 말할게요."

그녀는 질리에게 케이티와 잘 아는 사이였는지 물었다.

"자매같이 친한 단짝이에요." 짧게 답하는 질리의 뺨을 타고 눈물이 흘렀다. "케이티를 무사히 집으로 데려와야 해요."

자리에서 일어난 수잰이 질리에게 다가가 그녀를 안아주며 말했다. "다시 만날 수 있기를 기도할게요. 제 조카 때문에 이런 일을 겪게 해서 정말 죄송해요."

"좋은 분이네요." 질리가 찰스와 길을 되돌아 걸어가며 말했다. "그런데 에드도 참 안 됐어요. 피해자에서 가해자가 된 셈인 거잖아요."

"이제 킹스 헤드로 가요." 찰스가 라일리에 대한 질리의 동정을 무시하며 말했다. 불쾌한 감정을 인정하고 싶지 않았다. "거기 음식이 맛있으면 좋겠네요."

16

찰스는 킹스 헤드의 우람한 남자 바텐더에게 비터 맥주와 질리를 위한 레모네이드를 주문했다. 점심때인데도 바가 거의 가득 차 있었다. 대부분 백수이거나 화물을 내리려고 기다리는 부두 노동자 같았다.

"에드워드 라일리라는 사람이 여기 온 적 있나요?" 찰스가 술값을 계산하며 물었다.

"그 쓰레기를 궁금해하는 사람이 있을 줄이야." 옆에 서 있던 거칠게 생긴 대머리 남자가 말했다.

원한이 느껴지는 남자의 목소리에 찰스는 놀랐다. 그래도 라일리에 대해 물을 사람이 있어 다행이었다.

"저는 변호사 찰스 스티븐슨이라고 합니다. 라일리가 젊은 여자를 납치했어요. 그를 최대한 빨리 찾아야 해요. 라일리와 어린 시절을 함께 보낸 존 슬론이라는 사람을 찾고 있는데 혹시 아시나요?"

바텐더가 찰스에게 눈치를 주려고 작게 기침했다. "이 사람이 존 슬론이에요."

공격적이었던 슬론의 표정이 환한 미소로 바뀌었다. 슬론은 찰스에게 손을 내밀며 물었다. "이 동네에서 그랬어요?"

둘은 악수했다. 찰스는 조금 당황했지만 슬론이 보여주는 친절한 태도에 안심했다. 슬론은 건장한 체격이었다. 먼지투성이 작업복과 무거운 부츠로 봐서는 건축업 종사자인 듯했고 귀에는 연필이 꽂혀 있었다.

"아뇨, 런던에서요. 에드와 어렸을 때 친분이 있으셨다고 들어서 만나 뵙고 얘기를 나누고 싶었어요. 즐겨 가던 곳이나 캠핑 갔던 장소가 있을까 해서요. 젊은 여자를 가둬둘 만한 곳을 찾고 있거든요."

슬론은 골똘히 생각했다. "거의 마을이나 해변에서 놀았어요. 세인트 마거릿 만灣에 좀 자주 갔었고요. 거기를 좋아했거든요. 그런데 전쟁 후에는 매일 자랑질이나 하고 콧대가 높아져서 안 만났어요. 군대 얘기를 얼마나 부풀려서 했는지 몰라요. 사실은 우리가 전투에 나가있을 때 사무실에나 있었으면서."

슬론의 반대편에 서 있던 더 크고 마른 빨간 머리 남자가 입을 열었다. "크리스마스 직전에 왔어요."

슬론은 놀라서 그 남자를 쳐다봤다. "왜 말 안 했어, 브리?"

"라일리 얘기하면 네가 화낼 것 같아서. 그냥 예의상 몇 마디 나눈 게 다야. 몇 년 전에 여기 부동산을 사뒀는데 그게 잘 됐나봐. 일이 필요하냐고 묻던데."

"거기가 어디예요?" 찰스가 물었다. 조금씩 심장이 뛰기 시작했다.

"말은 안 했어요. 워낙 거짓말을 입에 달고 사니까 저도 더 안 물어봤죠."

"저 밑에 부동산 중개인한테 가서 물어보면 알 수 있을 거예요. 맥스웰이라고, 도버에 누가 뭘 샀는지 다 꿰고 있는 사람이에요."

"알려주셔서 감사해요. 제가 술을 사도 될까요?"

둘은 모두 맥주로 하겠다고 했다. 찰스가 술값을 낸 뒤에도 슬론은 이 일에 대해 더 알고 싶어 했다.

"걔는 항상 이상하고 성질이 더러웠어요. 크고 작은 거짓말을 숨 쉬듯 했고요. 그 젊은 여자는 누구예요? 도버에 있는 곳이면 저희도 데려가세요. 걔랑 해결해야 할 문제가 좀 있거든요."

찰스는 슬론이 이 일에 끼어들려고 하자 살짝 긴장해서 질리를 쳐다봤다.

질리가 나섰다. "찰스 씨, 지금 당장 찾으러 가는 건 무리예요. 오후 약속에 늦지 않으려면 지금 기차를 타러 가야 한다고요."

"아, 그러네요. 이제 가야겠어요. 일단 경찰한테 맡길게요. 아무튼 도움주셔서 감사합니다."

거리로 나가자 찰스가 질리에게 말했다. "타이밍이 좋았어요.

뭔가 코너에 몰리는 기분이었거든요. 근데 변호사라고 밝히지 말았어야 하는 거 아닌가 모르겠네요. 그들이 라일리를 싫어하긴 하지만 경찰이나 변호사를 더 싫어할 것 같은데……"

"그냥 순수하게 도와주려는 것 같았어요." 질리가 찰스를 안심시켰다. 찰스는 슬론같이 거친 남자들을 상대하는 데에 익숙지 않아 긴장한듯 보였다. "그런데 부동산 중개인 앞에서는 너무 많은 얘기를 흘리지 않는 게 좋을 것 같아요. 그쪽 사람들은 가십을 좋아하잖아요. 게다가 이 지역 출신 남자가 납치범으로 수배 중이라니까 얼마나 흥미진진하겠어요. 방화 살인을 했다는 것까지 알게 되면 도시 전체가 그 사람에 대해 떠들 거예요."

찰스는 부동산 중개인 맥스웰이 그렇게 똑똑한 사람이 아니라는 걸 단번에 알아차렸다. 마흔 정도로 보이는 맥스웰은 요란한 넥타이에 싸구려 정장 차림을 하고 있었다. 검은 머리에는 왁스를 잔뜩 칠해 아내가 베갯잇을 거의 매일 바꿔야 할 것 같았다. 찰스가 딱 질색하는 유형이었다. 제대로 된 대화를 할 능력이 없어서 시끄럽고 천박하게 재미없는 농담이나 끊임없이 해대는 사람.

찰스는 런던에 있는 의뢰인을 변호하고 있으며 의뢰인이 범행 당시 이 지역에서 일했다는 말로 사건을 적당히 감췄다. 그러고는 맥스웰에게 최근 5년간 부동산 구매자 목록을 요구했다. 주인 이름이 라일리인 것 같은데 헷갈린다고 말하는 것도 잊지 않았다. 맥스웰은 서류함 서랍을 열고 닫으며 라일리라는 이름을 반복해서 중얼거렸다.

"팔린 부동산 목록은 전부 가지고 계시죠? 회계사가 요구할 텐데."

"네, 있어요. 그게 아니라 라일리라는 이름 때문에요. 가물가물한데 이유가 기억이 안 나네요."

찰스는 맥스웰이 파일을 가져올 때까지 가만히 기다렸다. 맥스웰은 파일을 열어 부동산 목록을 손가락으로 훑어 내렸다.

"여기 있네! 세인트 마거릿 만에 있는 폐허를 샀다고 돼 있어요. 4년 전에요. 런던에서 잘나가는 사람처럼 굴었던 게 기억나네요. 현장에서 큰 개발 프로젝트를 한댔나. 그래서 이름이 머리에서 맴돌았나봐요."

"이 목록 좀 복사해도 될까요?" 찰스가 물었다. "의뢰인한테 목록을 보여주고 어디서 일했는지 확인해야 하거든요."

"맞다! 그 사람이 건축작업을 혼자 다 할 거라고 큰소리쳤어요. 일하는 사람들을 못 믿는다면서."

"그냥 잘난 체하려고 한 소리일 거예요. 저희는 목록만 복사해서 갈게요."

찰스는 맥스웰이 이런 개인적인 정보를 정식 승인절차 없이 넘기는 모습에 놀랐다. 거기까지 생각하기에는 너무 멍청한 건지, 변호사가 자기의 사무실까지 찾아와 기분이 좋았던 건지는 알 수 없었다. 맥스웰은 복사기에 종이 서너 장을 넣고 동작 버튼을 눌렀다.

"좋습니다, 형씨." 찰스가 복사한 종이를 받아들며 거만한 목소리로 말했다. "고마워요."

"완전 높은 사람 말투던데요." 질리가 부동산을 나와서 걸어가며 키득댔다. "'좋습니다, 형씨!' 그런데 그쪽 사람들은 진짜 이렇게 말해요?"

"많이들 그래요. 그리고 껄끄러운 상황에서 예의 있게 벗어나는 좋은 방법이기도 하죠."

"그럼 저도 기억해 둘게요." 질리가 웃음을 멈추지 못하며 말했다. "그런데 여자한테도 '형씨'라는 말을 많이 쓰나요?"

"생각해보니까 별로 안 쓰는 것 같네요." 명랑한 질리 덕에 찰스도 덩달아 들뜬 기분으로 대답했다. "자, 이제 택시를 타고 세인트 마거릿 만으로 가죠."

"경찰에 신고하고 이 일을 넘겨야 하지 않을까요?"

"질리 씨, 여기까지 왔는데 그렇게 하긴 아쉽잖아요. 조금만 더 가면 돼요. 그리고 그냥 폐허면 알리는 의미가 없어요. 괜히 우리만 민망해지겠죠."

"법조계에서 일하는 분치고는 경찰을 별로 신뢰하지 않네요."

"해요, 신뢰. 경찰청에서 명령이 떨어지면 저녁때쯤 경찰들이 도버에 쫙 깔릴 거예요. 하지만 저는 지금 당장 케이티를 찾아야겠어요."

"케이티가 아직 살아있을까요?" 질리가 입술을 떨며 물었다.

"모르겠어요." 찰스가 솔직하게 대답했다. "하지만 그렇게 믿고 싶어요. 저보다 케이티를 오래 알았잖아요. 질리 씨 생각은 어때요? 케이티는 무사할까요?"

"케이티는 무기가 없으면 혀를 이용해서라도 반격했을 거예요.

좀 센 구석이 있거든요. 근데 그러면 라일리가 더 사악하고 난폭해질 수도 있겠죠. 저는 케이티가 없는 삶은 상상이 안 돼요. 할머니가 돼도 같이 쇼핑하고 애프터눈 티를 즐길 거라고 생각했거든요."

찰스는 달려오는 택시를 잡았다. "세인트 마거릿 만으로 가주세요." 그는 질리가 울고 있는 듯해 쳐다보지 않으려 했다.

맥스웰은 주소지를 찾아가기가 어려울 거라고 했다. 택시 기사는 주소를 찾는 데 성의를 보이지 않았다. 기사는 세인트 마거릿 만으로 이어지는 가파른 언덕에서 차를 세웠다. 그러고는 오른쪽을 대강 가리키며 퉁명스럽게 말했다.

"저 길 위에 있는 것 같은데요. 차로 올라가기에는 파인 데가 너무 많아서요."

택시 기사 말대로 올라가는 길엔 물이 가득한 구덩이가 많았다. 길 양쪽에는 덤불이 줄지어 있고 3월 초라서 잎이 거의 없는데도 덤불 뒤쪽이 잘 보이지 않았다. 찰스와 질리는 오른쪽에 있는 농장 문으로 갔다. 그 너머 굽은 길 끝에 다 무너져가는 농가와 헛간이 펼쳐졌다. 최소 500미터는 될 것 같았다. 바다가 보여 여름에는 목가적인 분위기를 풍기겠지만, 하늘과 바람이 회색빛인 오늘은 춥기만 했다. 바람이 계속해서 나뭇가지를 때렸다.

30미터 정도를 더 걸어가자 왼쪽에 또 다른 농장 문이 나타났다. 넓은 들판은 텅 비어 있었고 위쪽으로는 삼림이 이어지는 듯했다. 신발과 바지가 진흙으로 범벅이 된 찰스가 조사를 그만두자고 말하려 할 때쯤 울타리 바로 위에서 굴뚝이 보였다.

찰스와 질리는 거의 200미터를 더 걸어가서 우거진 삼림에 파묻힌 단층 석조 오두막을 발견했다. '딘 오두막'이라는 푯말의 글자는 희미했고, 일부가 담쟁이덩굴에 가려 제대로 읽을 수가 없었다.

"누군가를 숨기기에 완벽한 장소네요." 찰스가 생각에 잠겨 말했다.

오두막 앞 자갈밭과 진흙길 위에 자동차는 없었지만 15센티미터 정도의 바퀴 자국이 남아 있었다. 빗물이 조금 고여 있고 타이어 자국이 선명한 걸로 보아 최근에 생긴 듯했다.

"서리가 껴서 자국이 그대로 남아 있었나." 찰스가 혼잣말을 하듯 중얼거렸다. "한번 둘러볼까요."

"부동산 중개인이 말한 것만큼 황폐하지는 않은데요. 일단 지붕이랑 창문도 달려 있잖아요."

"지붕을 수리한 것 같은데요. 봐요!" 찰스가 지붕을 가리켰다. 그가 가리키는 곳에는 새 타일이 널찍하게 붙어 있었다. 다른 타일보다 선명한 빨간색이었다.

"돌벽도 수리한 것 같아요. 앞쪽을 먼저 끝내고 군데군데 빠진 부분을 메웠나본데요. 저희 아빠도 가끔 그런 식으로 작업하시거든요."

오두막 뒤쪽으로 돌아가기는 쉽지 않았다. 벽돌 더미와 오래된 돌무더기, 콘크리트 혼합기가 길을 막았고 양쪽의 덤불과 나무 때문에 피해갈 수도 없었다.

"꼭 누가 뒤쪽을 보지 못하게 하려고 손을 써 놓은 것 같네요." 찰스가 말했다.

커튼 때문에 창문으로 집 안을 들여다볼 수 없었다. 두 사람은 창문을 두드리며 소리쳤다. 우체통을 통해 집 안을 들여다봤지만 복도는 텅 비어 있고 방문은 전부 닫힌 상태였다.

"제 친구 패트릭이었다면 일단 들어가고 봤겠지만 역시 저는 그렇겐 못 하겠어요. 택시 기사가 우리랑 맥스웰의 얼굴을 기억할 수도 있어요. 그리고 조금 있으면 어두워지니까 세인트 마거릿 만까지 걸어가서 택시를 잡아야 해요."

"알겠어요. 그런데 기차를 타기 전에 도버 경찰서에 들러서 누구한테라도 말해야 하지 않을까요? 경찰이 아직 여길 모르고 있을 수도 있잖아요. 그래야 런던 경찰이 뭔가 알아내면 여기 경찰들이 바로 가서 확인하죠."

질리는 오두막을 등지고 뒤를 돌았다. 여름이 되면 들판에서 바다까지 펼쳐지는 경관이 이름다울 것 같았다. 맥스웰이 라일리에게 들었다던 부지 개발계획은 이 삼림과 오두막을 두고 한 말일 거라고 생각했다. 질리는 이 생각을 찰스에게 말하면서 숲속에 숨겨둔 다른 장소가 있을 것 같다고 덧붙였다.

"왠지 이곳에 케이티가 있을 것 같단 느낌이 강하게 들어요. 그런데 우리끼리 제대로 알아내기는 힘들 것 같으니까 도버로 가서 도움을 청해봐요." 질리가 말했다.

찰스는 질리를 부축하며 길을 따라 되돌아갔다. 춥고 바람이 불었다. 친구를 향한 질리의 걱정이 느껴졌다.

"질리 씨, 미안해요. 문을 걷어차고 들어갈 용기가 없어서. 그리고 택시 기사한테 기다려달라고 하지 못한 것도요."

질리가 억지로 웃어 보였다. "빨리 걸으면 그나마 따뜻해지긴 할 거예요."

케이티는 죽을 것만 같았다. 통증이 너무 심해 차라리 빨리 죽음이 찾아와 이 고통을 끝내주길 바랐다. 엄마와 아빠, 로버트 의 얼굴이 계속 머릿속을 스치며 행복했던 기억들이 떠올랐다. 아빠는 스포츠의 날에 100미터 달리기를 하는 케이티를 보려고 근무 중에 나왔었다. 무더운 날이었다. 시간에 맞춰 갈 수 있을 지 모르겠다고 했던 아빠는 케이티가 출발선에 섰을 때에 맞춰 도착했다. 아빠가 엄지를 들어 올려 마음으로 같이 달리겠다는 표시를 해 보였고, 케이티는 시작과 동시에 로켓처럼 튀어나갔 다. 뛰는 내내 이어진 아빠의 응원에 케이티는 엄청난 격차로 우 승을 차지했다.

엄마는 행사를 좋아하는 내색을 보이지 않았지만 케이티가 크 리스마스 예배에서 캐롤 솔로 파트를 부를 때는 눈물을 훔쳤다. 케이티가 여덟 살이던 해였다. 엄마는 집으로 돌아가는 길에 케 이티의 목소리가 천사 같았다고 했다.

로버트와의 행복한 기억은 셀 수 없었다. 여러 장면이 겹쳐서 떠올랐다. 풀로 덮인 경사지 아래에서 롤리폴리를 하며 자지러지 게 웃기도 했고, 케이티가 여덟 살이고 로버트가 다섯 살이던 때 에는 서로 옷을 바꿔 입고 시내에 나가기도 했다. 케이티는 로버 트의 모자에 머리를 숨겨 남자아이인 척 했지만 드레스를 입은 우스꽝스러운 모습의 로버트에게는 아무도 속지 않았다.

첫 데이트에 로버트를 데리고 나가기도 했다. 피터와 극장 밖에서 만나기로 했는데 혼자 가기는 무서웠다. 원래는 피터를 만난 후에 로버트는 집에 돌아가기로 돼 있었지만 순간 당황한 케이티가 로버트와 함께 셋이 영화를 봐도 되겠냐고 물었다. 그날 저녁 로버트는 너무 어색했다며 다시는 그러지 말라고 했다. 그 와중에 피터가 괜찮다며 로버트의 표까지 계산한 상황이 떠올라 배꼽 빠지게 웃었다. 안타깝게도 피터와의 데이트는 그때가 마지막이었다.

로버트와 보드 게임을 하고 같이 볼링 연습을 하거나 공원에서 테니스를 치고 꽁꽁 언 바다에서 수영 내기를 하기도 했다. 밤에는 이야기를 나누며 낄낄댔고 많은 걸 공유했다. 하지만 그것들은 모두 로버트가 대학에 가면서 끝나버렸다.

이제 케이티는 로버트가 결혼할 여자를 만나지도 못하고 조카를 안아볼 수도 없다. 엄마에게 왜 이렇게 매정했냐고 물을 수도 없고 엄마가 따뜻하고 유쾌하게 바뀌어가는 모습을 볼 수도 없다. 케이티가 없는 아빠의 인생은 완전히 달라질 것이다. 케이티는 아빠가 자신과 로버트를 모두 사랑하지만, 자신에게 더 애틋하다는 걸 알았다. 케이티가 없으면 가족이 흩어질 것이다. 로버트는 직장에 집중하고 아빠도 일에 몰두하려고 노력할 것이다. 그리고 아마 집에 있을 이유가 없어 엄마를 떠날지도 모른다. 그러면 엄마는 어떻게 될지 상상조차 할 수 없었다.

마지막으로 질리. 질리와 질리의 가족은 케이티에게 소중했다.

케이티는 질리와 서로의 결혼식에 참석하고 아이들에게 대모가 되어주고 할머니가 될 때까지 함께하는 모습을 늘 그려왔다.

케이티는 자기가 죽으면 찰스도 슬퍼할지 궁금했다. 케이티가 찰스에게 그랬던 것처럼 찰스도 자신에게 특별한 무언가를 느꼈을까? 아니면 그저 혼자 선을 넘어 상상한 걸까?

아무리 고통스럽고 탈출이 불가능해 보여도 마음 한구석에서는 포기하지 말라는 목소리가 들려왔다. 케이티는 탈출할 방법을 찾기 위해 방을 둘러봤다.

케이티가 가능한 좋은 것들을 떠올리며 희망을 찾으려고 노력하는 동안, 찰스와 질리는 케이티가 감금돼 있는 장소에서 고작 몇 미터 떨어진 도버 경찰서에 있었다.

찰스는 경찰의 반응이 탐탁지 않았다. 경찰청에서 에드워드 라일리에 대한 체포명령을 내렸는지 물어도 내근경사 포브스는 대답 없이 멍한 눈으로 쳐다보기만 했다. 찰스는 케이티가 납치당했다고 설명했다. 젊은 여자의 목숨이 위험하다고 열변을 토해도 포브스는 변호사가 이래라저래라 하는 게 못마땅하다는 듯한 표정만 지어 보였다. 찰스는 화가 치밀어 목소리를 높였다.

"그러지 마요. 그래봤자 상황만 더 나빠질 뿐이에요." 질리가 속삭였다.

질리의 말이 옳았다. 찰스의 아빠도 화를 내면 싸움에서 지는 거라고 말하곤 했다. 그래도 찰스는 경찰청이 도버 경찰서에 즉각 수색명령을 내리지 않은 게 답답했다.

"저기요, 세인트 마거릿 만에 케이티 스피드가 있다고 확신하는 게 아니에요. 벌써 죽어서 다른 곳에 묻혀 있을지도 모르죠. 하지만 아직 살아 있는데 당신이 이 사건을 가볍게 여겨서 그녀를 살릴 수 있는 기회를 놓치게 된 거라면 기분이 어떠시겠어요? 이제 겨우 스물셋밖에 안 된 아가씨라고요. 거기 갇힌 사람이 당신 딸이라면 지금쯤 당장 달려가 문을 때려 부수고 있지 않겠어요?" 찰스가 간곡하게 말했다.

"하지만 아직 경찰청 명령이 안 떨어졌어요." 포브스가 계속 같은 말을 반복했다. "그 오두막에 있다는 증거도 없잖아요. 낌새가 있다고 아무 집에나 쳐들어갈 수는 없어요."

찰스는 경사의 퀭한 눈과 상기된 얼굴, 뚱뚱한 몸을 살폈다. 범인을 잡을 생각은 없고 부두 문제나 이민자, 밀반입 관련 일에만 안주할 뿐이었다.

"범인은 벡스힐에 있는 집에 불을 질러서 엄마와 딸을 죽였어요. 또 다른 여자를 길에서 떨어뜨려 죽이려고 했고요. 경찰이었던 제 지인은 그 사람이 이스트본 근처에서 다른 여자와 아이들도 납치한 것 같다고 했어요. 그리고 이번에는 케이티예요. 이래도 경사님은 제가 단순히 느낌만으로 우기는 거라고 생각하실 건가요?"

"그럼 경찰청 윗분한테 전화해보는 건 어때요?" 질리가 제안했다. "아니면 상황을 다 알고 있는 해머스미스 경찰서에라도요."

"여기 계세요. 제가 가서 경찰서장한테 말해볼게요." 포브스가 말했다.

5시 30분밖에 되지 않았지만 밖은 벌써 어둑해지고 있었다. 찰스의 의뢰인들은 종종 경찰에 범죄신고를 해도 심각하게 받아들이지 않거나 말로만 해결할 뿐 아무것도 제대로 하지 않는다고 하소연했다. 찰스는 의뢰인들이 자신들의 입장에서 왜곡한 거라고 생각했는데, 점점 그들의 말이 이해되기 시작했다.

찰스는 후회했다. 존 슬론이 오두막에 같이 가자고 했을 때 그 제안을 받아들였어야 했다. 30분 내로 경찰이 뭐라도 조치를 취하지 않으면 킹스 헤드로 돌아가 사람들을 모아야겠다고 생각했다.

찰스는 기다리는 동안 패트릭에게 전화를 걸었다. 패트릭은 해머스미스 경찰서가 도버 경찰서에 보고하지 않았다는 사실에 놀랐다. 보통 용의자의 출생지이거나 친척과 지인이 아직 살고 있는 지역이라면 지역 경찰서에 알리는 게 정상이라면서.

"잠깐 기다려봐, 찰스. 내가 개네들 엉덩이를 움직여볼게." 패트릭이 말했다.

"케이티가 그 오두막에 있다고 확신할 수는 없어. 바퀴 자국 말고는 의심 가는 게 없었거든. 하지만 케이티가 있는 장소로 우리를 이끌어줄 뭔가가 나올지도 모르잖아."

"경찰이 헨던에 있는 집은 벌써 조사하고 차고에도 가봤나봐. 흥미로운 증거를 찾았다는데 거기까지만 말해주더라. 내가 왜 경찰을 그만뒀던 건지 알겠더라고."

찰스가 전화를 끝내고 질리에게 돌아갔다. 그녀는 지친 듯 보였다.

"질리 씨, 기다리는 동안 우리 뭐 좀 먹고 와요. 경사한테 잠깐

나갔다가 돌아오겠다고 말해둘게요."

길 건너편에 앉아서 먹을 수 있는 피시 앤 칩스 가게가 있었다.

"맛있네요." 질리가 허겁지겁 음식을 먹으며 말했다. "런던에서는 별로였어요. 속이 울렁거려서 못 먹을 줄 알았는데, 불안해서가 아니라 배고파서 그랬나봐요."

"음식이 들어가면 기분이 나아지죠. 경찰서로 돌아갔을 때 제가 또 흥분하게 될 일은 없었으면 좋겠네요." 찰스가 말했다.

"의외예요. 항상 차분하실 줄 알았거든요. 변호사도 분노할 수 있다는 걸 보니까 인간미가 느껴져서 좋네요."

"변호사의 분노가 아니라 케이티를 걱정하는 사람의 분노죠." 찰스가 부드럽게 말했다. "오늘 밤에는 경찰이 반드시 움직이게 만들어야 해요."

17

케이티는 방을 가로질러 주전자가 있는 곳으로 갔다. 움직일 때마다 온몸이 아팠다. 그녀의 계획은 라일리가 이 지하실로 돌아와야 실행에 옮길 수 있었다. 바라는 것이 그대로 이뤄질 가능성은 희박하겠지만, 몇 시간 동안 라일리가 돌아오기만을 간절히 기다렸다.

주전자는 그가 돌아왔을 때를 대비한 무기였다. 케이티는 주전자에 물을 채워 전기 코드를 꽂았다. 그러고는 침대를 문에서 떨어뜨려 문이 열렸을 때의 공간을 더 확보했다. 부러진 팔과 몸 여기저기에 입은 부상으로 제대로 움직이기조차 어려웠지만 탈출의 의지가 고통보다 강했다. 다행히 싸구려 침대라 크게 무겁지 않았다. 케이티는 주전자를 옆에 둔 채로 침대에 앉아 있었다. 라일리가 넘어질 공간을 계산해 난로를 문에서 1미터 정도 떨어뜨려놓았다. 케이티가 물을 끼얹으면 그가 난로를 향해 곧장 넘어져야 한다. 그 틈에 라일리의 손에 있는 열쇠를 낚아챌 것이다.

이제 기다리며 기도하는 일만 남았다.

언젠가 올 사람을 기다리는 것과 평생 오지 않을 수도 있는 사람을 기다리는 것은 전혀 다른 일이다. 심지어 부상의 고통을 참아가며 꼿꼿이 앉아서 준비 태세를 갖추는 건 더욱. 딸깍, 하고 첫 번째 문이 열리는 소리가 나면 두 번째 문을 열기까지 10초가 걸린다. 케이티는 첫 번째 문소리를 듣지 못할까 봐 졸음을 참았다. 물을 뜨겁게 유지하려면 주전자를 계속해서 끓여야 하기도 했다.

케이티는 라일리가 두고 간 책을 집어서 다시 읽기 시작했다. 하지만 부은 눈으로는 제대로 읽기가 힘들어 이내 다시 내려놓았다. 가방에 있던 5파운드짜리 지폐를 꺼내 브래지어 속에 집어넣었다. 비상용 돈이었다. 여기서 나가게 되면 전화를 찾아 경찰에 신고해야 한다. 케이티는 자신의 위치를 알릴 수 있게 공중전화 박스에 주소가 적혀 있기를 바랐다.

발소리가 들리면 번개처럼 움직여야 한다. 하지만 상처 때문에 쉽지는 않을 것이다. 주전자를 들고 서 있다가 라일리가 들이닥치는 순간 열쇠를 낚아채야 한다. 지금보다 두 배는 빠른 속도로 나가서 문을 잠가야 할 테다. 계획이 실패로 돌아가면 라일리가 주전자에 물을 끓여 케이티에게 부어버릴 것이다.

라일리를 가둔다고 해도 완전히 안전하다고 할 수는 없다. 또 다른 열쇠가 있을 수도 있기 때문이다. 하지만 밖에 있는 문을 잠그고 열쇠를 꽂아두면 시간을 조금 벌 수 있다. 라일리는 케이티보다 힘이 세고 신발을 신고 있어서 잠금장치를 발로 찰 수도 있다. 케이티가 신은 거라곤 양말뿐이므로 달려갈 만한 안전한 장소가 바로 보이지 않으면 어디에라도 몸을 숨겨야 한다.

케이티는 자신이 어디에 있는지, 심지어 어느 도시에 있는지도 몰랐다. 집 밖으로 나가서 마주하게 되는 풍경은 큰길일 수도 있고 숲속일 수도 있다. 어느 방향으로 뛰어야 하는지도 모른다.

수많은 변수들을 생각하자 공포가 밀려왔다. 전부 어긋날 수도 있다. 케이티는 늘 과감한 편이라 학교에서 용감한 아이로 알려져 있었지만, 지금은 전혀 그렇지 않았다. 평소 빠른 편이었던 달리기도 상처가 심해서 자신이 없었다.

"하느님, 제발 저에게 힘을 주세요. 그 사람이 오면 저를 도와주세요."

케이티는 지하실에 온 이후 여러 번 기도를 했다. 이곳에서 탈출하면 곧장 교회로 가서 감사기도를 드릴 생각이었다. 질리가 얼마나 비웃을까. 질리는 일요일마다 교회에 가서 '고고한 척하는' 사람들이 서부의 인디언 가족의 벡스힐 이사 소식에 경악하는 이중성을 두고 놀려댔다. 질리 앞에서는 얘기하지 않았지만, 케이티는 어렸을 때부터 자기 전에 기도하는 습관을 들였기에 자란 이후에도 기도를 멈춘 적이 없었다.

양말 세 켤레를 겹쳐 신은 채로 주전자를 다시 데우고 있을 때였다. 그토록 기다리던 딸깍, 하는 문소리가 들렸다. 놀란 케이티는 바닥에서 주전자를 집어 들고 귀를 쫑긋 세웠다.

라일리가 두 번째 자물쇠를 찾으려는 건지 짤그락거리는 소리를 냈다. 아무래도 술을 마신 듯했다. 문이 왼쪽으로 열리면 케이티가 바로 보이지 않을 것이다. 또 문 바로 앞에 있던 침대가 없어진 걸 보면 혼란스럽기도 할 테다. 케이티는 라일리가 방심하길 바랐다.

문이 열렸다. 담배와 술 냄새가 났다. 케이티는 자신의 심장 소리가 들리는 듯해 숨을 죽였다.

"가구 옮겼어?" 라일리가 들어오면서 말했다. "어디 있어? 화장실에?"

"여기요." 케이티는 주전자를 위로 들어 올려 라일리가 돌아보기도 전에 그에게 부었다. 끓는 물이 그의 머리 옆으로 쏟아져 내렸다.

라일리는 고통스러운 비명을 질렀다. 비틀거리다가 정확히 전기난로 위로 넘어졌다. 케이티가 예상했던 대로였다. 라일리의 오른손에 들려있던 열쇠가 바닥에 떨어졌다. 케이티는 재빨리 라일리를 뛰어넘어 열쇠를 낚아챘다. 그러고는 곧바로 나가 문을 잠갔다. 그 몇 동작을 하는 데 온 힘을 쏟아 부어서 계단을 올라가기 전에 벽에 기대 심호흡을 해야 했다.

"좋은 시간 되세요." 케이티가 문에다 대고 소리쳤다. "화상이 고통스럽길 바라요! 당신이 갈 지옥에서의 경험을 미리 하게 되겠네요."

케이티는 힘겹게 층계를 기어올랐다. 두 번째 문을 열고 잠그기 전에 잠시 귀를 기울였다. 라일리가 애처럼 울고 있었다. 그 소리를 듣자 전신을 휘감고 있던 고통이 사그라드는 듯했다.

두 번째 문은 무거웠다. 열쇠뿐 아니라 빗장이 두 개나 걸려 있어서 옆으로 밀어야 했다. 화상을 입은 그가 이 문을 빠져나올 수는 없을 것이다. 문이 살짝 열리자 복도 끝에 부엌이 보였다. 케이티에게 꾸물거리며 구경할 시간은 없었다. 밖은 어두웠다. 왼쪽에 반투명한 문이 있었지만 열쇠는 없었다. 오른쪽에도 복도로 통하는 문이 있었다. 손전등이 놓인 것으로 보아 라일리가 들어오는 데 사용한 문인 듯했다. 현관문에 다다르니 두꺼비집이 보였다. 케이티는 웃음이 새어 나왔다. 통쾌한 마음으로 차단기를 내렸다. 라일리는 이제 어둠과 추위 속에 고립될 것이다.

밖으로 나가 문을 잠갔다. 어둠에 익숙해지기까지는 시간이 조금 걸렸다. 가로등도 없고 심지어 멀리 집이나 마을에서 비치는 불빛도 없었다. 날은 심하게 추웠고 바람이 불었다. 케이티는 흙냄새를 맡고 자신이 지금 서 있는 곳이 시골 한복판이라는 걸 깨달았다. 정원 밖으로 난 길은 비포장도로였다.

돌 때문에 발이 아팠다. 물웅덩이를 보지 못하는 바람에 양말이 젖어서 발이 얼음장처럼 차가워졌다. 조금 더 가다보니 주차된 라일리의 자동차가 보였다. 자동차 후드는 여전히 뜨거웠다. 라일리에게서 낚아챈 열쇠 꾸러미에는 자동차 열쇠도 딸려 있었지만 면허가 없기에 다른 탈출 방법을 찾아야 했다.

"마을이 그렇게 멀지 않을 거야." 케이티가 큰소리로 혼잣말을 했다. 자동차가 세워진 각도를 보며 라일리가 오른쪽에서 왔을 거라 추측하고 그쪽 방향으로 걷기 시작했다. 온몸의 뼈가 걷기를 거부하는 듯했다. 부러져서 대롱거리는 팔은 괴로울 정도로 흔들렸다.

"그래도 이제 자유야. 여기가 어딘지는 몰라도." 케이티가 중얼거렸다.

도버 경찰서에서 찰스는 똑같은 질문을 세 번째 받고 있었다. 아무도 세인트 마거릿 만으로 출동하지 않았다. 질리는 돌아버릴 지경이었다. 그녀는 자신만 쳐다보는 경찰과 퀴퀴한 담배 냄새, 옆방 사람들의 고함을 더는 견딜 수 없었다. 질리는 경찰서 밖으로 나가 킹스 헤드 거리로 갔다. 존 슬론은 아직 바에 있었지만 술에 취해 아무 도움도 되지 않을 듯했다.

"라일리가 있는 데로 찾아간다는 말, 진심이었어요?" 질리가 슬론에게 물었다. "오늘 오후에 갔었거든요. 찰스 씨는 지금 경찰이 그곳으로 출동하길 기다리면서 경찰서에 있어요. 그런데 경찰은 아무것도 할 생각이 없는 듯하고요. 괜찮으시면 저랑 같이 그 집에 쳐들어가실래요? 무리한 부탁인 거 알지만, 케이티가 거기 있을 것 같거든요."

슬론은 질리를 반쯤 감긴 눈으로 바라봤다.

"나 너무 취해서 아무데도 못 가, 아가씨."

"그런 것 같네요. 다른 분은 없을까요? 제발요, 존 씨. 라일리가 케이티를 죽일까 봐 두려워요."

"무슨 일이야, 존? 이 아가씨가 어디를 가자는 거야?" 어깨가 대문짝만 한 남자가 물었다.

"세인트 마거릿 만. 차 있어, 랜스? 우리 좀 태워다줄래?"

질리는 덩치 큰 남자에게 애원하는 눈빛을 보냈다. "제 친구 케이티가 납치당했는데 에드 라일리의 아지트에 있을 것 같아요. 마을 위쪽 언덕 꼭대기에 있는 집이에요. 제발요, 랜스 씨. 제 친구가 위험해요."

랜스는 혼란스러워 보였다. 그는 낮부터 술집에 있었던 게 아니라 전후 사정을 알지 못했다. 슬론만큼이나 취한 듯했지만 질리의 말을 알아듣기는 했다.

"이봐, 친구. 진짜 심각한 일이야. 가면서 말해줄게."

술에 취한 슬론이 강하게 밀어붙이자 랜스가 질리를 향해 다소 바보같이 웃으며 동의했다.

"그래서 아까 같이 왔던 도련님은 어디 있다고?" 슬론은 도버를 벗어나는 차 안에서 물었다. 슬론은 조수석에, 질리는 뒷좌석에 앉았다. 질리를 돌아보는 슬론에게서 위스키 냄새가 진하게 풍겼다. 그래도 바에 있을 때보다는 정신이 조금 돌아온 듯했다.

"경찰서에요. 경찰이 우물쭈물하는데 더 이상 못 참겠더라고요. 계속 수색영장 타령만 해대는 거예요. 저는 지금 당장 케이티가 그 오두막에서 죽었는지 살았는지 확인해야겠어요. 그러기 전에는 런던으로 못 돌아가요."

질리는 라일리에 대해 조금 더 설명했다. 슬론은 집에 불을 질러 두 여자를 죽였다는 대목에서 휘파람 소리를 냈다.

"젠장! 왜 아까 말 안 했어? 목매달아 죽여도 시원찮을 인간이구먼."

"그러니까요. 게다가 케이티 아빠가 방화죄로 누명을 쓰고 체포됐거든요. 그래서 케이티가 무죄를 입증하려고 혼자 탐정처럼 행동하다 이렇게 된 거예요."

"케이티가 거기 있으면 우리가 구출하는 거야." 슬론이 단호하게 말했다. "그리고 나 취한 건 너무 걱정하지 마, 아가씨. 원래 술이 좀 들어가야 일이 잘 된다고."

케이티는 춥고 고통스러웠다. 기분이 이상했다. 발이 너무 시리고 축축해서 걸음을 내디딜 때마다 단도 위를 걷는 느낌이었다. 눈이 부어 시야가 흐릿했다. 팔도 심하게 아팠다. 길이 어두워 큰 돌을 피할 수 없어서 계속 비틀거리며 나아갔다.

"곧 도로가 나올 거야. 누군가 와서 차를 태워주겠지." 케이티가 혼잣말을 했다. 그 말을 내뱉자마자 다시 넘어졌지만 이번에는 어찌할 방도가 없었다. 발목에서 심한 통증이 느껴졌고 땅에 이마를 세게 박았다. 순간 눈앞에 별이 아른거렸다. 케이티는 정신을 잃었다.

"거의 다 왔어요!" 질리가 앞으로 몸을 기울여 헤드라이트에 비친 이정표를 가리켰다. "택시 기사가 내려주기 전에 저걸 봤어요. 그러니까 왼쪽에 길이 있을 거예요."

랜스가 바로 속력을 늦췄다. "에드 라일리는 항상 마음에 안 들었어. 어릴 때도 어딘가 늘 이상한 구석이 있었다니까."

"술주정뱅이 창녀 엄마가 툭하면 애들을 때려대니까 잘못될 수밖에 없지. 저기 봐!" 슬론이 길을 가리키며 외쳤다.

"택시가 여기까지 못 들어와서 걸어갔거든요." 질리가 말했다. 택시가 입구에서 멈춰섰던 길로 접어들자 구덩이 때문에 차가 휘청거렸다. "상당히 울퉁불퉁하네요!"

"나중에 내 서스펜션 고쳐내. 아니, 저건 또 뭐야?" 랜스가 헤드라이트로 앞쪽을 비추다가 급정차했다. 웬 포대 자루 같은 것이 길에 엎어져 있었다.

질리가 다시 몸을 앞으로 기울였다. "빨간 머리인데요. 케이티인 것 같아요!" 그녀는 총알처럼 빠르게 자동차에서 내려 웅덩이에 고인 물을 튀기며 뛰어갔다.

랜스와 슬론도 시동을 켜두고 서둘러 질리를 뒤따라갔다.

"케이티예요. 의식이 없나봐요." 질리가 뒤돌아 소리쳤다. 질리는 케이티 옆에 무릎을 꿇고 앉아 심하게 맞은 얼굴 뒤로 머리를 쓸어 넘겼다. "전쟁터에 나갔다 온 것 같네요. 죽기 직전까지 때렸나봐요. 머리가 아니었으면 못 알아봤을 거예요. 차에 태울 수 있어요?"

"맙소사! 꼴이 이게 뭐야!" 케이티가 있는 곳으로 온 랜스가 성냥을 그으면서 외쳤다. "차에 태워야지."

"빨리 움직이지 않으면 얼어 죽을 거야. 불쌍한 아가씨! 나쁜 놈, 내 손에 걸리기만 해봐라." 슬론이 말했다. 자동차 헤드라이트에 비친 케이티의 얼굴은 간덩어리 같아 보였다. 싸우다가 거의 죽을 지경이 된 남자들은 많이 봤지만 이렇게 충격적인 여자의 몰골은 처음이었다.

"네가 발을 잡아, 랜스. 내가 머리를 받칠게. 뒷자리에 태워서 바로 병원으로 가자."

케이티가 도버 병원에서 응급 치료를 받는 동안 질리는 경찰서에 전화해서 찰스에게 소식을 전했다. 케이티는 위중한 상태였다. 의식이 오락가락했다. 팔과 발목, 두 갈비뼈가 부러졌고 폐렴 증상을 보였으며 구타로 인한 상처가 수두룩했다.

찰스는 질리의 전화를 받고 단숨에 병원으로 달려왔다. 그의 얼굴은 창백했고 눈은 불안에 떨고 있었다. 찰스가 케이티를 얼마나 걱정했는지 알 수 있었다.

"아직은 면회가 안 된대요." 질리가 병실로 가려는 찰스를 막았다. 의사는 케이티의 물리적인 상처는 몇 주 후면 회복되겠지만, 정신적인 상처가 치유되는 데엔 몇 년이 걸릴지도 모른다고 했다.

"발목이랑 부러진 팔은 수술을 해야 한대요."

"사실 질리 씨가 경찰서를 뛰쳐나갔을 때 정말 화가 났어요. 런던으로 가버리려는 줄 알았거든요. 제가 큰 오해를 했네요." 질리에게 사과하던 찰스의 시선이 그녀의 옆에서 초조하게 기다리고 있는 슬론과 덩치 큰 남자에게로 옮겨갔다. "대원들을 모은 거예요?"

찰스의 말에 두 남자는 멋쩍게 웃었다.

"진심으로 감사드려요." 찰스가 말했다.

"아가씨가 위험하다는데 가만히 있을 수는 없죠. 처음부터 같이 갔으면 좋았잖아요. 내가 라일리를 때려죽였을 텐데."

"그런데 케이티는 어떻게 빠져나온 거예요?" 찰스가 혼란스러운 얼굴로 물었다.

"저희도 몰라요. 길에 쓰러져 있는 걸 발견했어요. 차에 타서 한 말이라고는 '진짜 너야, 질리?'가 다였어요. 그러고서 의식을 잃었거든요."

"그럼 라일리는 어디 있는지 모르는 거예요? 질리 씨 전화를 받고 경사가 거기로 바로 출동한다고 했어요. 지금쯤 도착했을 텐데……"

에드 라일리는 쓰러진 상태 그대로 있었다. 그러다 불이 나가자 더듬거리며 침대로 기어갔다. 얼굴과 목에 입은 화상은 미친 듯이 아팠고 넘어지면서는 전기난로에 손을 데였다. 하지만 여자한테 당했다는 사실이 가장 치욕스러웠다.

첫 번째 문은 발로 차고 나갈 수 있어도 두 번째 문은 그럴 수 없었다. 단단한 오크나무로 만들어진 데다 케이티가 빗장도 걸어 잠갔을 것이다. 경찰이 올 때까지 기다리는 수밖에 없었다.

위더스 순경은 하트 레인에 도착하자 자동차 속도를 늦췄다. 위더스와 퍼킨스는 라일리가 있는 곳의 위치나 거리도 알지 못했다. 그저 나무에 가려진 오두막이라는 게 가진 정보의 전부였다. 도로 곳곳에 파인 구덩이는 바퀴의 차축에 닿을 만큼 깊었다.

위더스는 변호사가 재촉할 때부터 라일리가 그곳에 여자를 가 뒀는지 확인하고 싶었다. 하지만 포브스 경사는 충동적으로 행동하거나 규칙을 어기는 사람이 아니었다. 위더스는 경사가 그저 배짱 없는 겁쟁이라고 생각했다. 사람 목숨이 위험할 때는 규칙을 어기는 위험도 감수해야 한다.

"저기 저거, 라일리의 차야!" 퍼킨스가 경찰차 헤드라이트에 비친 재규어를 가리키며 외쳤다. "지원 요청할까?"

"우리 곤봉이면 충분해." 위더스의 목소리에서 자신감이 넘쳤다. "우리한테 덤비면 재미있겠다. 그런 놈들은 좀 맞아봐야 정신을 차리지."

"불이 다 꺼져있어." 퍼킨스가 차에서 내렸다.

"문을 걷어차고 들어가라는 뜻이군." 위더스는 신이 난 듯 보였다. 그는 300밀리미터 사이즈의 부츠 바닥으로 문을 걷어찼다. 한 방에 문이 열렸다.

위더스가 전등 스위치를 눌렀지만 불이 켜지지 않았다. 퍼킨스는 어두컴컴한 복도에 손전등을 비춰 두꺼비집을 찾아냈다. "차단기가 꺼져있네. 여자가 나가기 전에 끄고 갔을까?"

전기가 들어오자 오른쪽에 있는 첫 번째 방이 보였다. 방에는 팔걸이에서 내용물이 삐져나온 낡은 파란색 소파만 덜렁 놓여 있었다. 날짜가 지난 신문들이 여기저기 흩어져 있었다. 가장 최근 신문은 1주일 전의 것이었다. 창턱에는 흘러넘칠 듯한 재떨이가 놓여 있었다. 잿더미가 그대로 남아 있는 벽난로도 보였다.

창에는 다 해진 싸구려 커튼이 걸려 있었다.

복도를 가로질러 간 반대편 방에는 2인용 침대와 침낭, 베개가
있었다. 두 사람은 방을 지나 오두막 안쪽에 있는 부엌으로 향했
다. 식탁보를 덮은 식탁과 오래된 석탄 스토브, 옛날식 싱크대와
위아래로 여는 에나멜 찬장은 전쟁 전 시대를 연상시켰다. 라일
리가 캠핑용 가스레인지를 사용한 흔적이 보였다. 그 옆에는 냄
비와 프라이팬이 있었고 찬장에는 구운 콩과 콘비프, 수프 등의
음식통이 있었다. 하지만 최근에는 손을 대지 않은 듯했다.

"부동산 중개인 맥스웰 말로는 라일리가 몇 년 전에 이 집을
사면서 수리해서 살 거라고 했대." 위더스가 조심스럽게 말했다.
"그래서 콘크리트 자루랑 목재나 배관도구들이 있을 줄 알았는
데 아무것도 없네. 왜 작업을 시작하지 않은 거지? 지금은 어디
있는 거야?"

희미한 소리가 들려 돌아보자 좁은 복도에 또 다른 문이 보였
다. 다른 문과 달리 거대했다. 두 개의 빗장이 걸려 있었고 자물
쇠에 열쇠가 그대로 꽂혀 있었다.

"여기 있나봐. 지하실로 연결되는 것 같은데. 와, 이 빗장 대단
하다. 누군가를 가둘 목적이 아니고서야 누가 방에다가 이런 걸
걸어두겠냐고. 여자가 완전히 복수했네!"

"며칠 동안 썩게 놔둬도 좋았을 텐데." 퍼킨스가 웃었다. "자기
발등 찍히는 꼴 좀 보게. 물론 그러면 안 되겠지만."

다시 소리가 들리자 위더스는 빗장을 풀고 문을 열었다. 가파
른 계단을 내려가니 또 다른 문이 있었다.

"경찰이다! 문에서 떨어져서 손들어!" 위더스가 명령조로 소리 쳤다. "무장한 척해." 그가 퍼킨스를 보고 웃으며 속삭였다. 퍼킨 스가 자물쇠를 따고 문을 열었다. 위더스는 라일리가 밀치고 탈 출할까 봐 경봉을 들어 올렸다. 그러나 라일리는 얼굴에 천 조각 을 댄 채 침대에 가만히 앉아 있었다. 위더스가 납치와 방화, 살 인죄로 체포한다고 했을 때도 별다른 반응을 보이지 않았다. 그 는 이어서 미란다 원칙을 읊었다.

"제가 안 그랬어요. 잘못 찾으셨어요." 라일리가 힘없이 말했다.

"그래, 그랬겠지. 달도 시퍼런 치즈로 만들어졌다고 하지, 왜." 퍼킨스가 말했다. "근데 여자를 잘못 골랐네. 댁한테 아주 제대 로 복수했어."

위더스는 과격하게 수갑을 채우다가 라일리의 얼굴 측면 아래 쪽의 화상과 데인 손을 발견했다. "아프지?" 위더스의 말에 라일 리가 끄덕였다. "그래야지. 아파도 싸."

퍼킨스가 앞장서서 계단을 올라갔다. 위더스는 뒤에서 라일리 를 밀며 따라갔다.

"여기로 애들 불러서 당장 증거물 챙기라고 해야겠다. 현관문 이 부서져서 누가 들어올 수도 있겠어." 퍼킨스가 말했다.

18

병원에 오고도 처음 하루이틀 동안 케이티는 의식이 거의 없었다. 팔과 발목에 깁스를 하고 수술실에서 돌아온 것과 간호사가 개인병실이라고 했던 말이 어렴풋이 떠올랐다. 하지만 진통제가 너무 강해 혈압과 체온을 체크하는 내내 잠이 쏟아졌다.

셋째 날에는 조금 정신이 들었다. 얼굴을 보려고 거울을 부탁했고 심지어 배가 고프다는 말을 하기도 했다. 회복되고 있다는 증거였다. 간호사는 케이티의 맞은 얼굴을 안타까워하면서 붓기는 벌써 가라앉았으니 멍도 곧 사라질 거라고 위로했다.

케이티는 얼굴에 대해 불평하지 않으려고 했다. 어쨌든 살아서 탈출했으니까. 게다가 병실에 있는 꽃과 카드를 보자 사랑받는 기분이 들어 힘이 났다. 찰스는 화려한 분홍색 장미와 회복하면 방문하겠다는 사랑스러운 카드를 놓고 갔다. '프레이&허스트&허버트' 직원 전체가 꽃을 보냈고 조앤과 켄도 꽃과 함께 무사해서 다행이라는 카드를 보냈다.

질리가 보낸 웃긴 카드가 가장 마음에 들었다. 화장한 여자가 침대에 누워 솜털 잠옷 차림으로 초콜릿을 먹는 그림이었는데, 그 옆에는 '관심종자들이란'이란 말이 적혀 있었다. 케이티는 그 카드를 볼 때마다 피식, 웃음이 났다.

그리고 놀랍게도 엄마가 왔다. 엄마는 특별한 날에만 입는 갈색 사향쥐 모피코트를 입고 그에 어울리는 모자를 썼다. 엄마가 뿌리고 온 트위드 향수는 일요일마다 교회에 가던 어린 시절을 떠올리게 했다.

"여기 왜 오셨어요?"

"너 보러 왔지." 힐다는 봄꽃을 침대맡에 내려두고 그 밑에 작은 가방을 놓았다. "가방에 잠옷이랑 세면도구랑 퇴원할 때 입을 옷을 챙겨왔어. 지금 네 꼴 좀 봐라."

케이티가 엄마의 얼굴을 보려고 움직이지 않았다면 아픈 사람에게도 비난하는 어조로 말하는 그녀에게 상처를 받을 뻔했다. 하지만 벡스힐에서 80킬로미터를 달려왔다는 사실만으로도 엄마가 생각보다 자신을 아낀다는 걸 알 수 있었다.

"엄마가 와서 너무 좋아요." 케이티는 포옹하려고 멀쩡한 팔을 뻗었다. 힐다가 가까이 다가와 껴안는 바람에 케이티는 다시 한 번 놀랐다.

"얼마나 걱정했는데. 로버트는 그 남자가 널 죽일 줄 알았대."

"안 죽였어요. 제가 이겼죠. 그런데 지금은 너무 아파서 이긴 것 같지가 않네요."

"예쁜 얼굴이 이게 뭐야." 힐다가 케이티의 뺨을 부드럽게 어루만지며 말했다. "너무 끔찍해. 마른 것 좀 봐."

"입이 나으면 원래대로 돌아올 거예요. 이제 배도 고파요." 케이티는 웃고 싶었지만 얼굴을 조금만 움직여도 통증이 느껴졌다. "일단 앉아봐요, 엄마. 그동안 어떻게 지냈는지 말해주세요."

힐다는 의자를 끌어당겨 앉으며 누가 훔쳐갈까 걱정하는 사람처럼 손가방을 무릎 위에 놓았다. 케이티는 엄마가 준비되기를 기다렸다. 엄마의 머릿속이 훤히 보이는 듯했다. 사과를 할까? 못되게 군 적이 없었던 것처럼 행동할까? 아니면 딸이 기억을 잃었기를 바라고 있을까?

"네?" 한참 생각에 잠겨 있던 케이티가 놀란 듯이 되물었다.

"너한테 못되게 말해서 미안해. 런던 간다고 했을 때 응원해주지 못한 것도. 걱정돼서 그랬어. 결국 내 느낌이 맞았지만."

케이티는 웃고 싶었다. 자신의 행동을 정당화하는 게 딱 엄마다웠다.

"엄마 정말 못됐었어요. 그래도 엄마가 여기 왔으니까 없던 일로 해요. 아빠는 어때요? 풀려난 아빠를 집에 못 들어오게 한 건 아니죠?"

"응. 안 그랬어." 힐다는 부끄러운 듯 말했다. "집에 돌아와서 천천히 대화를 나눴어. 오늘 여기까지 데려다줬고. 나중에 로버트랑 올라오겠다고 나보고 먼저 들어가라고 했어."

케이티는 부모님이 화해하려 노력하는 모습에 기뻤고, 조금 뒤에 로버트를 본다는 생각에 흥분됐다.

"정말 좋은 소식이네요. 하지만 집에 가서 할 얘기가 남았어요. 사실 엄마한테 이해가 안 가는 부분이 많거든요. 설명이 필요해요. 엄마 과거에 대해서도요. 말해주실 거죠?"

"노력해볼게." 힐다는 이 시간이 빨리 지나가기를 바라는 듯한 얼굴로 무릎을 내려다봤다. "그럼 이제 런던 직장으로는 안 돌아가는 거야?"

"아뇨, 엄마. 그 회사에서 일을 못하게 되더라도 런던에는 계속 살고 싶어요."

"그 찰스라는 변호사는 남자친구고?"

"데이트 한 번 한 게 다예요, 엄마. 그래서 잘 모르겠어요."

"네가 어디로 납치됐는지 찾으려고 엄청 노력한 것 같았어. 우리한테 전화해서 너를 찾았다고 알려준 것도 그 사람이고. 너한테 완전 빠진 것 같던데."

케이티는 통증을 참으며 웃었다. "우리 엄마가 그런 말을 할 줄이야!"

"네가 꼭 착하고 사랑스러운 남편을 만나서 좋은 집에 살기를 바랐어."

"엄마처럼요?"

"뭐, 그렇지. 그동안 내가 감사할 줄을 몰랐지만. 앨버트의 변호사가 나를 만나러 왔었어. 별의별 남편을 둔 여자들 이야기를 해주더라. 그리고 이제 글로리아 레이놀즈 씨가 착한 사람이라는 것도 인정해."

"진짜 우리 엄마 맞아요? 다른 사람 아니죠?" 케이티가 농담을 했다. 엄마가 자신의 잘못을 인정할 줄은 꿈에도 몰랐다. "로버트는 어때요?" 케이티는 이 이상의 사과는 강요하지 않는 게 좋겠다고 생각했다.

"너를 찾은 다음에야 괜찮아졌지. 우리 모두 제정신이 아니었어. 좀 이따가 로버트랑 앨버트한테 올라오라고 할게." 힐다는 손가방을 더 세게 움켜잡고 입술을 떨며 잠시 말을 멈췄다. "얼마나 무서웠는지 몰라. 네가 죽었으면 어쩌나 하고. 케이티 네가 나한테 얼마나 소중한지 말해주지 못했다는 생각에 너무 미안하고 후회됐어."

"엄마!" 케이티의 눈에 눈물이 고였다. 엄마가 이렇게 감동적인 말을 할 거라고는 꿈에도 몰랐다. "저도 엄마 생각 많이 했어요. 덕분에 지하실에서의 춥고 외로운 시간을 견딜 수 있었어요. 이제 다 끝났으니까 빨리 엄마가 만들어준 저녁 먹으러 집에 가고 싶어요."

힐다는 일어나서 케이티의 볼에 뽀뽀하고 다시 껴안았다. "내가 좀 멍청하게 굴었지? 마이클 본햄 씨가 말해줬는데, 자기 아내도 나랑 비슷한 문제가 있었대. 치료를 받고 나아졌다고 하더라. 나도 내일 병원에 가서 한번 알아보려고."

"좋아요, 엄마. 우리가 도울 수 있는 건 다 할게요."

"지금 도움이 필요한 건 너야. 험하고 잔인한 일을 겪었잖아. 죽을 줄 알았을 거고. 절대 쉽게 잊히지는 않을 거야."

"무서웠어요, 엄마. 그렇지만 저는 탈출할 방법을 찾을 거라고 믿었어요."

예상 외로 힐다가 웃었다. "넌 항상 긍정적인 아이였어. 이제 아빠랑 로버트 데려올게. 둘 다 너 보고 싶어서 안달이야."

로버트는 작은 방으로 뛰어들어오면서 튀김 냄새를 풍겼다. 엄마와 아빠는 뒤로 조금 물러났다.

"아침 든든하게 먹었나보네. 맛있는 냄새난다. 나도 먹고 싶어." 케이티가 동생을 껴안았다.

"퇴원하자마자 먹게 해줄게." 앨버트가 케이티를 안으려고 로버트를 팔꿈치로 밀어냈다.

"살 빠지신 것 같아요, 아빠." 케이티는 팔을 뻗어 아빠의 볼을 만졌다. 탄력이 없고 흐물흐물해서 마른 잎 같았다.

"교도소 음식이 최악이었어. 너랑 엄마도 걱정됐고. 집에 가서 너랑 저녁 몇 번 먹으면 괜찮아질 거야."

가족들이 자신을 위해 오랜만에 모두 모인 모습을 보며 케이티는 진정한 사랑을 느꼈다. 사건에 대해 더 설명하거나 질문할 힘은 없었다. 아마 나중에도 얘기하고 싶지 않을 것 같았다. 집에 가고 싶다는 생각만이 절실했다.

"의사랑 얘기했는데 최소 1주일은 여기 있어야 한대." 앨버트가 케이티의 마음을 읽은 듯 말했다. "아직 폐렴 증상도 남아 있어서 회복하는 걸 좀 지켜봐야 한다더라. 발목이랑 팔이 다 골절돼서 목발을 짚지도 못할 거래. 그래서 의사한테 네 침대를 아래충으로 옮기고 휠체어로 움직이는 데 문제가 없게 하겠다고 했어. 그렇게 너를 집으로 데려가려고 별소리를 다 했는데도 의사가 아직 안 된다네."

"집에 너무 가고 싶어요." 케이티가 한숨을 쉬었다. "그리고 이 병원은 집에서 왔다 갔다 하기에 너무 멀잖아요."

"엄마랑 로버트를 집에 데려다주고 다시 올게. 나는 근처에 아무데나 있으면 돼."

"안 그래도 돼요, 아빠. 엄청 지루할걸요."

"찰스 씨가 오기를 기다리나봐요." 로버트가 놀렸다. "내가 듣기로는 누나를 찾은 날 밤새 여기 있었다던데."

"정말?"

"응. 질리도 왔어. 의사가 면회는 안 된다고 해서 돌아갔지만." 앨버트가 활짝 웃으며 말했다. "아래층 접수원이 말해주더라. 우리 딸 찾으려고 애쓴 남자가 누군지 빨리 만나보고 싶네."

"질리도 대범하고 멋졌어. 술집에서 남자들을 모아서 네가 잡혀있던 곳으로 가는 중이었대. 그러다가 그 추운 진흙길에 쓰러져 있는 너를 발견한 거야. 경찰이 출동할 때까지 기다렸으면 네가 죽었을지도 몰라. 이제까지 질리를 안 좋게 말해서 미안해." 힐다가 사과했다.

케이티는 사랑스러운 얼굴들을 번갈아 봤다. 따스한 사랑으로 심장이 녹아내릴 것 같았다. 다들 더 자세한 이야기를 듣고 싶어 하는 듯했지만 기억을 되짚어내기에는 기력이 딸렸다. 라일리가 어떻게 됐는지 물을 힘도 없었다.

"모두 얼굴을 봐서 너무 기뻐요. 제가 좀 더 생기가 있었으면 좋았을 텐데. 지금은 너무 힘들어서 다들 이만 돌아가시는 게 좋을 것 같아요. 저도 금방 따라갈게요."

가족들은 아쉬운 표정을 지었지만 어쩔 수 없었다. 로버트는 노팅엄의 학교로 돌아가고 앨버트는 스피드 엔지니어링으로 다시 출근한다고 했다. 힐다가 케이티를 다시 껴안았다.

"빨리 네가 집에 왔으면 좋겠다. 좋아하는 음식 해줄게."

케이티는 복도에서 멀어지는 가족을 향해 손을 흔들고 다시 병실로 돌아와 베개에 머리를 묻었다. 엄마의 마지막 말이 머릿속을 맴돌았다. 다음번에 집을 떠날 때는 처음보다 두 배는 더 힘들 것 같았다.

"찰스, 드디어 봐서 너무 행복해요." 찰스는 거대한 꽃다발을 들고 들어와 케이티를 놀라게 했다.

라일리에게서 벗어난 지 1주일이 지났고 부모님과 로버트가 왔다간 지는 4일이 지났다. 케이티는 찰스가 자신에게 흥미가 떨어졌거나 멀리까지 오기에는 너무 바쁠 거라고 생각했다. 다행히 어제 간호사가 머리를 감겨줬고 엄마가 가져온 나풀거리는 새 하늘색 잠옷을 입고 있었다.

"계속 오고 싶었는데 간호사가 아직 폐렴이 있다고 해서 기다렸어요. 게다가 경찰들이 하도 많이 와서 지쳤을 거라기에 참고 또 참았죠."

찰스는 병원에 매일 전화한 듯했다. 간호사는 여장부 스타일이었다. 케이티가 부러진 발목을 위로 올려둔 채로 쉬게 했고, 경찰이 너무 많은 질문을 해대면 나서서 막아줬다.

"다행히 폐렴도 좋아지고 있대요. 끔찍했어요. 기침할 때마다 온몸이 아팠거든요. 개인병실을 쓰게 해줘서 다행이에요. 경찰이 올 때 병실 전체가 주목할 일은 없으니까요."

"기자들도 못 오게 해야 해요. 지금 몇 명이 계속 아래층에 있는데 쉽게 포기를 안 하네요."

찰스는 침대 가장자리에 걸터앉아 케이티의 입술에 부드럽게 입을 맞췄다. 입술도 얼굴의 다른 부위처럼 아직 멍들고 부풀어 있었다. 그럼에도 그의 키스는 온몸에 전율을 일으켰다.

"이 순간을 오래도록 기다렸어요." 찰스가 중얼거렸다.

"꼴이 이렇게 섬뜩해도요?"

찰스는 케이티의 뺨에 한 손을 조심스레 얹었다. "전혀 섬뜩하지 않아요. 당신은 제가 아는 사람 중에 가장 용감한 여자예요. 멍 하나하나가 용기의 증표죠."

"멍청함의 증표일 수도 있어요. 어디 간다고 말이라도 했거나, 집에 에드나 씨의 노트를 놓고 갔으면 좋았을 텐데. 뭐 아무튼, 제 얘기는 여기까지! 당신 얘기를 듣고 싶어요. 주중에 어떻게 왔어요? 의뢰인들은 어쩌고요."

"스케줄을 조정했죠." 찰스가 케이티의 머리를 다정하게 쓸어넘겼다. "보고 싶어서 더는 참을 수가 없었어요. 무슨 일이 있었는지 말해줘요. 경찰이 귀찮게 굴었어요?"

"진술이 제일 힘들었어요. 계속 말하게 하는 거예요. 라일리가 한 말이랑 제가 한 말, 어떻게 때렸고 왜 때렸는지 전부요. 그가 가끔 저한테 친절했다고 해서 어리둥절하기도 했을 거예요."

케이티는 아팠던 날 밤에 에드가 같이 있어준 이야기를 들려주며 이불과 전기난로도 가져다줬다고 했다.

"저를 어떻게 죽여야 할지 몰랐던 것 같아요. 칼로 찌르거나 목을 졸라서 죽일 배짱은 없었나봐요. 사형이래요?"

찰스는 어깨를 으쓱했다. "아닐걸요. 사형제도 반대 단체가 워낙 힘을 얻고 있어서요. 저도 원래는 그렇게 생각했죠. 그런데 에드워드 라일리가 당신한테 한 짓을 생각하면 집행유예 판결을 받아들일 수가 없어요."

"그럼 종신형인가요?"

"네. 근데 당장 그 판결을 받지는 않을 거예요. 경찰조사가 아직 많이 남았어요. 다른 범죄 혐의도 받고 있거든요. 햄스테드에 사는 외과의사의 아내와 아이들도 사라졌어요. 이스트본 근처에 살 때 라일리랑 만나던 사람이었나봐요. 그리고 옛날에 비슷하게 일어난 미해결 사건들도 조사 중이래요. 그런데 라일리가 글로리아 씨랑 에드나 씨, 그 의사의 아내는 찾아냈는데 자기 아내는 왜 못 찾은 건지 모르겠어요. 휘팅턴 병원에 있던 사회복지사가 불었을까요? 아니면 던킨 씨를 협박해 알아냈을까요? 작년에 돌아가셔서 직접 물어볼 수는 없지만요."

"전부 자백할 수도 있죠." 케이티가 말했다.

"그럴 것 같진 않은데요. 정말이지 그 인간을 앉혀놓고 어쩌다 이런 사람이 된 건지 알아내고 싶어요. 그의 이모들이랑 데어드레이 씨가 들려준 이야기가 아주 가관이었어요. 그리고 당신이 라일리가 착한 사람일 수도 있다고, 죽이는 방법을 몰랐던 것 같다고 하니까 더 궁금해졌어요!"

"이제 그 사람 생각은 그만하고 싶어요." 케이티가 단호하게 말했다.

찰스는 미소를 지으며 그녀의 볼을 쓰다듬었다. "미안해요. 제가 눈치가 없었죠. 그럼 우리에 대해 말해볼까요."

"우리요?"

찰스는 케이티의 어리둥절한 표정에 웃었다. "또 말이 앞섰네요. 당신이 사라진 후로 당신 생각밖에 안 났어요. 당신도 그랬던 거면 좋겠는데. 살아남는 일만 생각하느라 정신이 없었죠?"

"아니요. 저도 찰스 생각 많이 했어요." 케이티의 얼굴이 확 달아올랐다. "배고픔을 이길 만큼요."

찰스가 웃었다. "그런 말은 처음이에요! 아무한테도 들어본 적 없는데."

케이티도 덩달아 웃었다. "당분간은 '우리'가 힘들지도 몰라요. 발목이랑 팔이 나을 때까지 벡스힐에 좀 있으려고요. 6주 정도 걸릴 것 같아요."

"제가 주말에 가면 되죠."

케이티의 심장이 기쁨으로 두근거렸다. "저야 좋죠. 근데 저희 엄마 때문에 힘들걸요. 상대하기 어려운 사람이거든요."

"근처 여관에서 지내면서 밖에서 데이트하면 되죠. 제가 휠체어를 밀면 되니까요. 핑계는 그만!"

"알겠어요. 그냥 제가 회복할 때까지 지루할까 봐요."

찰스는 케이티를 안아줬다. "회복하는 동안 돕고 싶어요. 발목이랑 팔뿐만 아니라 당신의 전부를요. 납치당하고 언제 죽을지도 모르는 채로 갇혀 있었는데 아무 일도 없었던 것처럼 바로 돌아올 수는 없잖아요. 그러니까 집에서 안전하게 부모님이랑 지내면서 저랑 대화하고 싶으면 언제든 해요. 6주든 6달이든 옆에 있어줄게요."

케이티는 찰스의 어깨에 머리를 기댔다. 가까이 있으니 기분이 좋았다. 지하실에서도 찰스를 생각하면 아주 잠깐이나마 고통을 잊을 수 있었다. 지금은 찰스에게서 나는 비누 냄새와 삼나무 에프터셰이브 향을 맡으며 두려움을 가라앉혔다. 케이티는 간호사나 의사에게도 무서운 기억을 털어놓지 않았다. 감정을 인정해버리는 순간 두려움이 더 커질 것 같았다. 수술실에서 나오고 바로 찾아온 여자 경찰관은 라일리가 강간을 했는지 물었다.

"그런 사람은 아니었어요."

경찰은 케이티가 부끄러워서 부정하는 거라고 생각했다. 하지만 라일리는 성적인 접촉을 전혀 하지 않았다. 침대에서 같이 잘 때도, 케이티가 아프고 힘이 없었을 때도 껴안지 않았다. 그래서인지 그의 폭행이 더 충격적이었다. 게다가 라일리는 여자를 원해서가 아니라 케이티가 자신을 폭로할까 봐 납치한 거였다. 하지만 희생자를 어떻게 처리해야 할지는 몰랐던 것이다.

케이티는 탈출하던 날을 계속 떠올렸다. 라일리를 공격하지 않았다면 어떻게 됐을까? 라일리가 살해 방법을 생각해냈을까?

아니면 또 다시 죽이지도 풀어주지도 못한 채로 두었을까? 라일리는 수수께끼 같은 사람이었다. 모든 질문에 답을 얻기는 힘들 것이다. 그렇다면 평생 라일리의 기억에서 벗어날 수 없는 걸까.

19

"드디어 집에 가네요! 너무 좋아요." 케이티는 아빠 차를 타고 셰익스피어 절벽을 따라 포크스턴으로 향하며 안도의 한숨을 내쉬었다.

구름 한 점 없는 화창한 날이었다. 절벽 아래 펼쳐진 푸른 바다는 이제 봄이 왔다고 알리는 듯했다. 여기저기에서 아몬드꽃과 크로코스, 수선화, 동백나무꽃이 보였다. 하지만 봄의 햇살에도 바람은 여전히 쌀쌀했다.

케이티는 환자복이 아닌 자신의 옷을 입을 수 있어서 좋았다. 엄마가 골라준 흑백 줄무늬 터틀넥 스웨터를 입고 검은색 바지로 깁스를 가렸다. 신발을 한쪽만 신는 건 어색했다. 반대 발에는 양털 양말만 신었다.

"케이티, 네가 있을 집이 기대되는구나." 앨버트가 케이티에게 미소 지었다. "네 엄마는 며칠 동안 케이크를 굽는다고 난리도 아니었어. 동네 파티를 열어도 될 만큼 많이 만들었다니까. 모두 네 소식을 궁금해하는데 진짜 파티나 열까 봐."

"그저 흥미진진한 이야기가 듣고 싶은 거겠죠. 아빠가 체포됐을 때 아무도 안 도와줬잖아요."

"워, 워. 그러지 마." 앨버트가 케이티를 진정시켰다. "요즘 네 엄마가 다른 여자들이랑 수다도 떨면서 잘 지내고 있어. 그리고 너를 진심으로 아끼는 사람들도 많아."

케이티는 인정하고 싶지 않았지만 그냥 넘어갔다. 아빠는 늘 다른 사람의 장점만 보려고 했다.

"엄마랑은 요즘 어때요? 솔직하게 말해주세요."

"훨씬 나아졌어. 첫술에 배부를 수는 없겠지만, 힐다는 노력하고 있어. 나도 이해하고 싶고. 뭐가 그렇게 네 엄마를……" 앨버트가 적절한 단어를 찾지 못해 말을 멈췄다.

"까다롭게? 사납게? 비이성적으로 만드는지요?" 케이티가 대신 말했다. "아무거나 고르세요! 저도 반드시 이유를 알아낼 거예요. 악착같이요. 저번에 정신과의사가 찾아왔을 때 몇 가지 팁을 얻었어요."

"그때 너한테 뭘 물어봤어?"

케이티가 어깨를 으쓱했다. "라일리에 대해 어떻게 생각하는지, 악몽을 꾸는지 이런 거요. 그래서 제가 의사한테 어떻게 하면 동생들을 잘 돌보던 사람이 아내를 폭행하고 살인까지 할 수 있는 건지 여쭤봤죠. 의사는 엄마에 대한 증오가 출발점일 거라고 했어요. 엄마의 이미지를 주변 여자들한테 투영한 것 같다고요. 그런데 말이 안 돼요. 찰스는 데어드레이 씨가 온화하고 점잖은 여자라고 했거든요. 어쨌든 의사의 설명만으로는 라일리가 글로리아 아줌마와 에드나 씨를 왜 죽이려고 했던 건지 이해가 안 돼요."

"아마 단순히 데어드레이 씨를 뺏겼다고 생각한 게 아닐까? 결국은 자기 행동 때문에 떠난 거지만. 그래서 엄마한테 적용되는 팁은 뭔데?"

"엄마가 어린 시절 얘기는 절대 안 꺼내죠?"

"과거 이야기는 아무것도 안 해. 내가 말을 꺼내기만 하면 주제를 바꾸거든. 그래도 계속 그 얘기를 하려고 하면 화를 내고."

"엄마가 저한테 털어놓도록 한번 시도해보려고요."

"행운을 빌어. 나는 그동안 창고에 숨어있을게." 앨버트가 놀리듯 말했다. 그러고는 이내 한숨을 쉬었다. "사실 무슨 일이 있기는 했어, 케이티. 큰일이었지. 내가 말해줄 수는 없어. 그랬다간 네 엄마가 나를 절대 용서하지 않을 거야. 그렇지만 네 말대로 이제 묵혀둔 비밀을 꺼낼 때가 된 것 같다. 내가 내일 하루 종일 회사에 있으니까 내일이 좋겠어. 결과가 안 좋아도 나한테 화내지 마."

집에 도착한 케이티는 전에 없이 큰 기쁨을 느꼈다. 수선화가 앞마당의 분위기를 밝히고 키가 큰 동백나무가 벽을 타고 올라가 새빨간 꽃을 피웠다. 아빠가 시동을 끄기도 전에 엄마가 문을 열고 활짝 웃으며 뛰쳐나왔다.

"환영해." 케이티가 있는 조수석 문을 연 엄마가 평소와는 다른 따뜻한 말투로 말했다.

"트렁크에서 휠체어 꺼낼게." 앨버트가 말했다.

케이티는 아빠가 문턱에 휠체어를 위한 오르막을 만든 걸 보고도 놀라지 않았다. 아빠는 항상 꼼꼼했다. 케이티는 한 발로 뛰어 차에서 의자로 옮겨갔고 앨버트가 휠체어를 밀었다.

"네 아빠가 네가 위층에서 자는 게 나을 것 같다는데." 케이티가 부엌에 들어오자 힐다가 말했다.

"그럴래요. 엉덩이로 오르락내리락 하면 돼요. 대신 하루에 한 번만요. 화장실이 아래층에 있으니까요."

"화장실에 혼자 갈 수 있겠어?" 힐다가 걱정하며 물었다.

"그럼요. 목발 하나 짚고 뛰면 돼요. 걱정 안 하셔도 돼요. 적응되겠죠."

"그래. 침대를 내리는 게 좀 어려운 일이긴 했어. 우선 차랑 케이크 먹고 상태 좀 알려줘. 폐렴은 다 나았대? 발목이랑 팔은 여전히 아파?"

"폐렴은 완전히 나았고 팔이랑 발목은 가끔 찌릿해요. 깁스가 좀 귀찮고요. 특히 밤에 잘 때요."

"그렇겠다." 힐다가 걱정스러운 눈으로 딸을 바라봤다. "아직 안색이 좀 창백하고 마르긴 했는데, 그래도 얼굴은 훨씬 나아졌다. 남은 멍도 곧 사라질 거고."

케이티는 자신이 흉측해 보인다고 생각했다. 다른 사람들은 괜찮다는 말로 안심시키려 했지만 눈 주위가 보라색과 노란색으로 알록달록 물들어 있었다. 하지만 불평은 하지 않겠다고 다짐했다. 살아 있는 것만으로 운이 좋았으니까.

하지만 그날 밤은 운이 좋은 것 같지 않았다. 엉덩이로 계단을 간신히 내려와 화장실에 들어갔는데 침실에 칫솔을 두고 온 게 생각났다. 그래서 다시 침실로 돌아가야 했다. 그렇게 양치를 끝내고 나자 진이 전부 빠졌다.

침대에 누우니 다리 깁스가 이불에 걸려 반대 쪽 다리를 긁었다. 깁스한 팔 때문에 오른쪽으로 누울 수도 없어서 등을 똑바로 대고 누워야 했다. 앞으로 최소 5주 동안 이렇게 지내야 한다고 생각하니 가슴이 답답했다.

불을 끄자 끔찍한 기억들이 되살아났다. 지하실의 냄새와 추위, 배고픔, 공포. 케이티는 에드의 폭행 하나하나를 전부 기억했다. 그 광기 어린 눈을 잊을 수 없었다. 친절한 면도 있었다. 아팠을 때는 너무 다정하게 구는 바람에 그가 마음을 바꿔서 자신을 풀어줄 거라고 믿기도 했다.

하지만 지하실 사건 자체만으로 힘든 건 아니었다. 케이티는 목욕도 하고 예쁜 옷도 입고 싶었다. 밖에서 혼자 걸을 수 있기를 바랐다.

다시 평범해지고 싶었다.

다음 날 오후에 케이티는 엄마와 대화하려고 시도했다. 하지만 엄마는 낮에 가만히 앉아 있는 타입이 아니었다. 청소하고 닦고 빨래를 하고 다림질하고 요리하고 설거지하느라 바빴다. 힐다는 무슨 일이 있어도 자신의 생활 패턴을 지키는 사람이었다. 감기에 걸리거나 아픈 날도 예외는 아니었다.

점심으로는 엄마가 만든 프랑스식 양파 수프를 먹었다. 케이티가 설거지를 마친 엄마를 불렀다. 엄마에게 자기 곁으로 와서 앉으라고 하자 힐다가 초조하게 손을 꼬며 말했다. "다림질도 해야 하고 마트에 가서 치즈도 사와야 해." 누군가 예상치 못한 일을 요구하면 나오는 반응이었다.

"다림질은 조금 이따 해도 되고, 내일이면 치즈 말고도 더 살 것들이 생길 거예요. 앉아보세요, 엄마. 중요한 거예요."

힐다는 소파 가장자리에 걸터앉아 무릎 위에 손을 포개놨다.

"편하게 뒤로 앉아요. 무슨 면접 보러 온 사람 같잖아요."

"뭐가 그렇게 중요한데? 무슨 일 있어?" 힐다가 딱딱하게 물었다.

"제가 집에 돌아오면 대화하기로 했잖아요. 오늘 해요. 우선 엄마가 자란 곳이랑 부모님에 대해서 말해주세요."

힐다는 긴장한 듯 보였다. 그녀는 과일 케이크 레시피나 남는 방에 새로운 커튼을 달아야 한다는 이야기 외에 다른 말은 하고 싶어 하지 않았다.

"별로 할 말 없는데." 힐다가 깊은 한숨을 내쉬었다. "내가 살던 솔즈베리 근처에 작은 농지가 있었어. 부모님은 거기서 야채를 기르고 닭을 키웠지. 그 옆에 작은 창고에서 장사를 했고."

"형제자매는요?"

"오빠 리처드가 있었는데 내가 열두 살 때 죽었어. 간에 문제가 있었나봐. 부모님은 충격에서 벗어나지 못했어."

케이티는 이렇게 큰일을 어떻게 그 오랜 시간 동안 비밀로 해왔던 건지 의문이 들었다.

"부모님은 엄마에게 죄책감을 느끼게 했나요? 오빠가 그렇게 됐는데 엄마는 건강하게 살아 있다는 이유로요."

케이티는 질문을 하면서 엄마가 화를 낼지도 모르겠다고 생각했다. 하지만 뜻밖에 힐다는 골똘히 생각하는 얼굴을 해 보였다.

"응, 그랬던 것 같아. 땅을 파거나 그런 힘쓰는 일에 리처드가 필요했거든. 나를 쓸모없다고 여기시는 듯했어. 내가 잡초를 뽑고 닭 먹이도 주고 화초를 돌보고 여름에는 장사까지 했는데도. 학교에서 돌아오자마자 일을 해야 했어."

"그때 기분이 어땠어요?" 힐다는 얼굴을 찌푸리며 케이티를 쏘아봤다. "기분? 내 기분은 아무도 신경 안 썼어. 그러기를 바라지도 않았지만."

"그래도요. 어떤 기분이었어요?"

"이용당하는 느낌이었던 것 같은데. 나는 산책을 하고 빈둥거리면서 책도 읽고 예쁜 옷도 입고 친구가 많은 삶을 상상하곤 했어. 놀 시간이 없어서 친구도 별로 없었거든."

"부모님이 오빠의 죽음을 계속 곱씹어서 차라리 엄마가 죽었으면 어땠을까 생각한 적도 있어요?"

힐다는 케이티의 질문에 놀란 듯했다. 입을 뻐끔거렸지만 말을 잇지는 못했다.

"가혹한 질문인 거 알지만…… 정말 그랬어요?" 케이티가 재차 물었다.

"응." 엄마가 약간 망설이며 답했다. "나는 아무것도 아닌 사람 같았어. 가끔은 내가 아파서 걱정이라도 하면 좋겠다고 생각했거든."

"그럼 학교를 자퇴한 건 언제예요? 그 다음에는 뭘 하셨죠?"

"1929년에. 열네 살이었어. 같은 마을에 있는 콜리지 씨의 저택에서 세탁일을 하는 가정부로 1주일에 4일을 일했어. 나머지 시간에는 부모님 밑에서 일하고. 그러다 1931년에 엄마가 심장마비로 갑자기 돌아가셨거든. 대공황 때 많이 힘들어하셨거든. 모두 상황이 안 좋았어. 남자들은 실직했고. 하지만 우리 집 상황은 그렇게 달라지지 않았어. 아빠는 늘 엄마한테 우리는 직접 작물을 키우고 필요한 물건을 살 만큼은 파니까 굶을 일은 없다고 했어. 그래도 엄마는 걱정을 달고 사셨지. 늘 그러셨어."

"힘드셨겠어요. 그럼 아빠랑 둘만 남겨진 거예요? 그건 어땠어요? 엄마 없이 크기에는 너무 어린 나이였잖아요."

눈물이 힐다의 뺨을 타고 흘렀다. "끔찍했어. 아빠는 매일 저녁 술집에 들락거리고 낮에는 잠만 잤어. 내가 다 알아서 챙겨야 했지. 아빠는 아무것도 안 했어. 닭 모이를 살 돈도 없어서 닭을 팔았는데 그마저도 술값으로 다 썼지. 더는 계란도 없는데다 팔 수 있는 야채도 줄어들어서 상황이 거의 바닥을 쳤어. 아빠가 나를 너무 못살게 굴었지. 내가 세탁일로 벌어 온 돈으로 술이나 마시고. 종종 때리기도 했어. 그러다 집세를 못 내서 결국 쫓겨났고. 콜리지 부인이 안타까웠는지 나한테 다른 일도 맡기더라고. 그 집도 상황이 좋지 않을 때라 다른 직원들을 다 자르고 내가 집안일을 다 맡게 됐지."

케이티는 그동안 엄마가 보였던 행동들의 이유를 알 것 같았다. 인색하고 술을 싫어하고 편하게 쉬지 못하는 것까지 전부. 케이티는 엄마의 손을 포개어 꽉 쥐었다.

"엄마가 그동안 왜 이런 이야기를 안 했는지 알겠어요. 얼마나 힘드셨을까."

"아빠랑 지내는 것보다 콜리지 씨네 집에서 지내는 게 나았어. 음식도 먹을 수 있었고, 제대로 된 집 같기도 했으니까. 나한테 소리 지르거나 때리는 사람도 없고. 콜리지 부인은 사람이 참 괜찮았어. 나한테 의지하기도 했지. 나약한 여자였거든."

"엄마의 아빠는요? 어떻게 되셨어요?"

"결국 술 때문에 돌아가셨지." 힐다는 아직 악감정이 남아 있는 듯했다. "내가 번 돈을 몇 번 뜯어가려고 했는데, 별로 벌지도 못했을 뿐더러 절대 안 뺏기려고 기를 썼거든. 술값으로는 내주고 싶지 않았어. 아빠는 전쟁 직전에 숲에서 죽은 채로 발견됐어. 추잡한 부랑자로 수치스럽게 살다 갔지."

케이티는 이제야 엄마가 왜 깔끔함과 질서, 자기절제에 집착하는지 깨달았다. 하지만 아빠가 말한 '큰일'이 무엇인지 알고 싶었다. 엄마가 그 이야기를 꺼내도록 유도해야 했다.

"정말 힘들었겠어요, 엄마. 너무 절망적이고 슬퍼요. 그 이후에 전시근로에 투입되신 거예요?"

힐다는 자신의 아빠 이야기가 급하게 마무리되는 느낌이 들었지만 티를 내지는 않았다.

"응. 근로에 지원하고 사우샘프턴의 공장으로 발령이 났어."

"그때가 스물네 살이었죠? 공장 일은 어땠어요? 조용한 마을에서 지내다 간 거라 어색했죠?"

"좋았어. 돈도 꽤 벌었고 동료들도 있었으니까. 다들 집에서 먼 곳으로 왔던 터라 공통점이 많았거든. 일은 반복적이고 시끄럽고 더러웠어. 탱크나 비행기 같은 기계의 작은 부품을 만들었지. 토요일 밤에는 파티에 가곤 했어. 여자동료들이랑 한집에 사는 것도 좋았어. 청소는 항상 내 담당이었지만."

케이티가 미소 지었다. 엄마가 살림꾼 역할을 하는 모습이 그려졌다. "연애는요? 남자친구는 있었어요?"

"몇 명 있었는데 그렇게 편한 사이는 아니었어. 내가 예쁜 것도 아니니까. 그냥 어색했어."

"처음에는 다 그렇죠. 저도 초반에는 파티에서 겁을 먹었어요. 질리한테 다시는 안 갈 거라고 했었죠. 어색한 건 점점 나아졌나요? 아빠를 만나고는 다 괜찮았던 거예요?"

"그런 건 왜 묻는 거야? 지금 나 심문하는 거야?"

케이티는 엄마의 공격적인 목소리에 당황했다. 지금까지는 순조롭다고 생각하던 차였다.

"심문이라뇨! 저는 그냥 엄마에 대해 더 알고 싶을 뿐이에요. 젊을 때는 어땠는지, 아빠와는 어떻게 만났는지, 이런 것들이요. 이런 대화가 필요해요, 엄마. 엄마의 삶에 영향을 미치고 지금의 엄마를 만든 이야기니까요. 저도 라일리 때문에 겪은 끔찍한 경험을 주변 사람들에게 털어놓지 않으면 안 좋은 방향으로 나갈지도 몰라요."

"왜 내가 끔찍한 경험을 했을 거라고 생각해?"

"엄마가 뭔가 숨기고 있으니까요. 보통 좋은 일은 숨기지 않잖아요."

"너는 네가 똑똑한 줄 알지?" 힐다가 쏘아붙였다. 그러고는 자리에서 일어나 케이티를 증오에 찬 눈으로 내려다봤다. "항상 네가 모든 걸 다 안다고 생각했을 거야. 그런데 아니거든. 어떤 일은 그냥 과거로 남겨두는 게 더 좋을 때도 있어."

"엄마, 저는 그냥 엄마를 이해하고 싶어서 그런 거예요." 케이티가 조용히 말했다. "지하실에 갇혀 있을 때 기도를 많이 했어요. 엄마랑 아빠, 로버트 생각도 계속 했고요. 죽을 수도 있다고 생각했어요. 그때 하느님이 기회를 주신다면 엄마를 더 알아가기로 마음먹었죠. 무엇이 엄마를 불행하게 만들었는지 알게 되면, 제가 엄마를 도울 수도 있으니까요."

"아무도 도와줄 수 없는 문제야. 너한테 얘기하면 나를 싫어하게 될걸."

"누구 죽이기라도 했어요? 노인의 지갑을 털거나 아이를 다치게 했나요?"

"당연히 아니지." 힐다가 화를 내며 말했다. 그녀는 다시 소파 가장자리에 걸터앉았다.

"그런 일이 아니라면 제가 엄마를 싫어하게 될 리 없죠. 은행을 털었다거나 고양이를 익사시켰거나 헤이스팅스 부두에서 발가벗고 춤을 췄다고 해도 상관없어요. 누구나 다른 사람이 싫어할 만한 행동을 하고 사니까요. 사실 엄마가 어떤 행동을 했든 싫어하지도 않을 거지만요."

케이티가 엄마의 손을 향해 팔을 뻗었다. 하지만 힐다는 그 손을 내쳤다.

"날 좀 내버려 둬, 케이티. 알고 싶지 않을 거야. 정말 끔찍해."

케이티는 엄마가 우는 모습을 지켜봤다. 소리 없이 묵직한 눈물이 뺨을 타고 천천히 흘러내렸다.

"알고 싶어요. 어떤 나쁜 일이든 상관없어요. 엄마에 대한 사랑은 변하지 않을 거라고 약속할게요." 케이티가 두 팔 벌려 엄마를 껴안고 가슴으로 끌어당겼다. "이제 말해주세요. 크게 얘기하기 어려우면 속삭여도 돼요."

힐다는 잠시 침묵하며 어깨를 들썩였다. 스웨터 위에 소리 없이 떨어지는 엄마의 눈물이 느껴졌다.

"강간당했어."

엄마가 속삭였지만 주변이 조용해 분명하게 들렸다.

"더 말해주세요."

"못 해."

"할 수 있어요. 어디서 누구랑 있었는지 말해주세요. 나머지는 자세하게 이야기하지 않아도 돼요."

긴 침묵이 흘렀다. 케이티는 차분하게 엄마의 이야기를 기다렸다.

"우리 네 명은 올더숏에서 열린 파티에 갔어." 엄마가 입을 뗐다. "그 중에 낸시라는 애가 있었는데 남자친구가 그쪽으로 발령이 나서 우리를 거기로 태워다줄 사람을 구했지. 나는 하얀 꽃이 그려진 분홍색 드레스를 만들었어. 다들 예쁘다고 해서 기분이 좋았어. 그날 밤 공기가 좋아서 뭔가 좋은 일이 일어날 것 같았지."

힐다는 잠시 말을 멈췄다. 케이티는 엄마가 그날의 일을 천천히 곱씹을 수 있게 재촉하지 않았다.

"좋기도 했지. 파티장은 종이 화환과 풍선으로 장식돼 있었고 밴드도 대단했어. 그날 밤엔 여러 남자랑 춤도 추고 가져간 진을 마셔서 좀 취한 상태이기도 했지. 더는 파티가 어색하지 않을 때라 정말 행복했어. 그러다 파티장 안이 더워서 잠깐 바람을 쐬러 밖으로 나갔어."

힐다는 케이티에게서 떨어져 등을 바로 세우고 앉았다. 그러고는 그때 그 장소를 떠올리듯 먼 곳을 응시했다.

"파티장은 시골길에 있었어. 보도를 통제해서 밖은 컴컴했지. 그 날은 달이 밝았고 나는 파티장을 나와서 조금 걸었어. 파티장 안에서 흘러나오는 음악이랑 오리가 꽥꽥 울어대는 소리가 섞여서 들렸어. 달빛이 연못을 환하게 비추는데 하얀 오리가 대낮인 것처럼 수영을 하고 있었지. 그런데 갑자기 한 남자가 나타났어. 제복이 아니라 목이 없는 셔츠에 어두운색 바지를 입고 있었어. 달이 밝다고 하면서 내게 어디서 왔는지 묻더라고. 부잣집 도련님 말투에 잘생긴 데다 달빛을 받은 머리가 반짝였어. 산책을 하자고 하더라고. 이름도 모르는 사람인데 내가 왜 따라갔는지 모르겠어. 애들한테 뭔가 재미있는 이야기를 들려주고 싶었나봐. 모험 이야기 같은 거 말이야. 하지만 전혀 모험이 아니었어. 남자는 내 손을 잡고 덤불로 끌고 갔어. 키스를 하기 시작했는데 무서워져서 내가 돌아가야겠다고 했지. 그러니까 얼굴을 주먹으로 내리쳤어. 너무 세게 때리는 바람에 나는 넘어졌어. 남자가 자기 목에 매고 있던 스카프를 풀어서 내 머리에 두르고는 재갈을 물렸어. 그러고서 했어. 너무 아파서 벗어나려고 했지만 힘이 부족했어. 남자는 나를 계속 때렸지. 다 끝나고는 내 배를 세게 걷어차고 덤불 속으로 사라졌어."

엄마의 이야기를 들은 케이티는 혼란스러웠다. 다른 사람의 일이라고 해도 충격적인데 자신의 엄마가 이런 일을 겪었다고 생각하자 더욱 가슴이 아팠다.

"엄마, 너무 끔찍해요!" 케이티도 울기 시작했다. 엄마를 다시 끌어안았다. "그래서 어떻게 했어요?"

"스카프를 풀고 소리를 질렀어. 일어나려고 했는데 배가 너무 아파서 중심을 잡을 수가 없었어. 그때 군인 한 명이 덤불로 달려와서 나를 일으켜줬어. 설명하지 않아도 상황을 알아챘지. 속바지가 땅에 떨어져 있었거든. 남자가 벗겨놓은 곳에 그대로. 그 군인이 내가 속바지를 다시 입을 수 있게 도와줬어."

"그래서 경찰을 불렀어요?"

"아니. 경찰이 뭐라고 할지 뻔했어. 내 잘못이라고 했을 거야. 그 남자랑 덤불로 들어갔으니까."

"그 군인도 경찰에 신고하려고 하지 않았어요?"

"내가 못 하게 했지. 상황이 더 안 좋아질 것 같다고 했어. 알려지면 해고될 수도 있었거든."

"해고라니요! 남자가 강간했는데 엄마가 나쁜 사람이 되는 거예요?"

"그때는 그랬어." 힐다가 어깨를 으쓱했다. "지금도 상황이 별반 다르지는 않지만. 어쨌든 그 군인이 파티장으로 다시 들어가서 내 친구들한테 자기가 나를 집에 데려다주겠다고 했어. 군대 지프차로 데려다줬지. 정말 친절했어."

"강간한 남자가 누군지 알아보기는 했어요?"

"아니. 이 얘기는 아무한테도 안 했어. 다들 집으로 돌아왔을 때 나는 자고 있었거든."

"어떻게 그렇게 힘들고 끔찍한 일을 숨기고 살 수 있었어요?"

"한 명은 알았지. 나를 도와준 그 군인. 그 사람한텐 털어놨어. 그런데 그는 계속해서 나를 보러왔어."

"그 사람은 누구였어요?"

"앨버트 스피드 하사."

케이티는 순간 잘못 들은 줄 알았다. 하지만 힐다는 이름을 반복해서 말하며 케이티를 똑바로 쳐다봤다. 케이티가 소리쳤다.

"아빠라고요? 두 분이 그렇게 만나게 되신 거예요?"

20

"아빠라니!" 케이티는 작게 읊조렸다. 이렇게 끔찍한 일이 부모님을 이어줬다는 사실에 적잖이 충격을 받았다.

"그래, 앨버트였어. 앨버트가 아니었으면 자살했을지도 몰라. 진짜야, 케이티. 나는 정말 순수했어. 그런 건 아무것도 몰랐다고!"

케이티는 엄마가 말한 '그런' 것이 '섹스'라는 걸 알았다. 엄마는 섹스에 대해 대놓고 말한 적이 없었다. 보통 입술을 오므리고 중얼대면서 애매하게 빈정댈 뿐이었다. 생각만 해도 거슬린다는 듯이. 케이티는 인간 생식에 관한 모든 지식이나 남녀관계를 책과 친구를 통해 배웠다. 질리의 엄마가 유쾌하면서도 노골적으로 보충설명을 해주기도 했다. 케이티는 엄마가 그동안 왜 입을 열지 못했는지 이해가 됐다. 그래도 두 아이를 낳고 조금 나아지지 않았을까?

"그래서 아빠랑 함께 경찰서에 갔나요?"

"앨버트는 그러고 싶어 했는데 내가 막았지." 힐다는 단호한 얼굴로 고개를 들었다. "이런 얘기를 다른 남자한테 할 수가 없었어. 내 잘못이라고 할까 봐 두려웠거든. 술에 취한 상태였고 파티장에서 같이 걸어 나왔으니까."

케이티는 이해할 수 있었다. 학교 친구 중에도 강간을 당한 아이가 있었다. 경찰에 신고하자 경찰은 남자를 따라 차에 탄 게 잘못이라고 했다. 자기 알 바가 아니라는 듯한 태도로.

"그때가 언제였어요, 엄마?"

"1940년 6월 말. 앨버트가 소속돼 있던 군대는 프랑스에서 철수하고 덩케르크 해변에서 구출됐어. 아무 탈 없이 집으로 돌아왔어. 운이 좋았지."

케이티는 아빠가 덩케르크에 있었다는 것도 몰랐다. 아빠는 군대 이야기가 나오면 농담만 했으니까.

"그래서 어떻게 했어요? 아무 일도 없었던 것처럼 넘어갔던 거예요?"

힐다는 절망적인 눈으로 딸을 쳐다봤다. "그러고 싶었어. 하지만 그냥 잊지 못하는 일들이 있잖아. 앨버트 때문에 버텼어. 나한테 편지를 쓰고 세 번은 기차를 타고 나를 보러왔지."

"그때 영국이 폭격을 당했어요?"

"아니. 가짜 전쟁 상태였거든. 서로 심리전만 하고 있을 때라 아무 일도 안 일어났어. 하지만 덩케르크 사건 이후에 독일이 유럽을 싹쓸이했지. 네덜란드랑 벨기에, 프랑스가 다 무너졌어. 그러다가 7월 초 대낮에 영국이 처음으로 폭격을 당했어. 런던 대공습이 8월 23일에 시작되고 사우샘프턴에서는 11월 말이 최악이었지."

"아빠는 계속 올더숏에 있었어요?"

"아니. 앨버트가 있던 부대는 북아프리카로 발령이 났어. 그때는 어디로 갔는지도 몰랐어. 그런 건 얘기하면 안 되거든. 그런데 앨버트가 편지를 썼지. 나는 직장으로 돌아갔는데, 사우샘프턴이 폭격당했을 때는 정말 무서웠어. 아주 작정한 폭격이었지. 배와 항구 때문만이 아니라 총이나 탱크 같은 걸 만드는 공장을 겨냥했으니까. 우리는 계속 불안에 떨며 살았어. 그래서 임신한 사실도 몰랐던 거지."

"어떡해요, 엄마. 강간범이 임신시킨 거예요?"

"다른 사람은 없었어." 힐다가 분노하며 대답했다. 그 순간 케이티는 번개를 맞은 듯한 기분에 휩싸였다. 진실이 밝혀졌다. 케이티는 1941년 3월생이다.

강간범의 아이.

보이지 않는 구덩이로 떨어지는 기분이었다. 어린 시절의 기억이 조각조각 스쳐갔다. 한때 소중했던 기억이 평생 사라져버리기 전에 마지막으로 꺼내보려는 것처럼.

"그럼 아빠는 엄마가 불쌍해서 결혼해준 거예요? 지금까지 진짜 아빠라고 속인 거네요? 어떻게 그럴 수 있어요?"

충격과 공포 때문에 케이티는 부러진 발목을 잊었다. 엄마로부터 최대한 멀리 떨어지고 싶어 소파에서 일어났다. 하지만 한 걸음을 내딛고 쿠션 위로 넘어졌다. 케이티는 울기 시작했다. 벗어날 수가 없었다. 온 세계가 무너지는 듯했다.

"미안해, 케이티. 결국 말해버려서. 나한테 일어난 일을 너한테 절대 얘기하지 말았어야 했는데. 하지만 일부만 얘기할 수는 없었어. 진실을 알려달라고 했지? 이게 진실이야."

"평생을! 그 숨 막히는 세월을 버텼어요. 엄마가 매처럼 감시하고 제가 하는 행동마다 비난하는 걸요. 저한테서 그 남자의 사악함이 보였나봐요?"

힐다는 눈물을 쏟아내며 울기 시작했다. "아니야. 한 번도 그런 적 없어. 그 사람을 네 아빠라고 생각한 적도 없어. 네가 태어나고 너를 품에 안은 후로 단 한 번도. 네 아빠는 앨버트야, 평생. 앨버트는 매번 편지로 너에 대해 물어봤어. 그리고 1941년 7월에 집으로 돌아왔을 때 청혼했지."

"그 결혼으로 아빠가 얻는 건 뭐였는데요?" 케이티는 화가 솟구쳐 엄마에게 상처를 주고 싶었다. "강간범의 아이를 가진 차갑고 심술궂은 여자한테 왜 청혼하셨대요? 제 기억 속의 엄마는 아빠를 비난만 했어요. 만족한 적이 없잖아요. 엄마가 뭐가 좋았대요?"

"그날 밤 파티가 끝나고 나를 데려다주면서 사랑에 빠졌대. 당연히 나는 그 말을 안 믿었어. 어떤 남자가 더럽혀진 여자를 원하겠어?"

"그래서 아빠를 이용한 거예요? 그런 거예요?"

"그런 게 아니야, 케이티. 나도 네 아빠한테 반했어. 착하고 온화하면서도 강했거든. 내가 강간을 당하지 않고 평범하게 만나서 사랑에 빠졌더라면 좋았을 거야. 꿈같은 이야기지. 강간이 모든 걸 망쳤어. 내가 앨버트를 이용했다고 생각하지는 말아줘. 다른 사람이 없어서 앨버트에게 기대기는 했지만 사랑했고, 지금도 마찬가지야."

케이티는 화가 나고 상처를 받았지만 엄마의 말에서 진심이 느껴졌다. 하지만 가볍게 넘어가고 싶지는 않았다.

"제가 우리 가족은 모두 어두운색 머리에 갈색 눈인데 왜 저만 빨간 머리에 녹색 눈이냐고 몇 번이나 물었는데…… 그랬을 때 한 번쯤 진실을 말해줄 수도 있었잖아요."

"앨버트가 사실은 네 진짜 아빠가 아니라고? 아니면 딸이랑 아들을 비교하라고? 나도 칼날 위에 서 있는 기분이었을 거란 생각은 안 드니? 누가 뭐래도 너는 앨버트의 딸이야. 네 기저귀를 갈아주고 첫 걸음마를 도와주고 수영하고 자전거 타는 걸 가르쳐주고 숙제도 도와주고. 아빠가 너를 사랑하는 걸 모른다고 하지 마. 매일매일 보여주잖아. 가끔은 나보다 너를 더 사랑하는 것 같아서 질투도 나는데."

"집 나가서 엄마랑 떨어져 있고 싶어요."

케이티는 툴툴대며 힐다가 보이지 않도록 소파에서 몸을 돌렸다. 우는 소리가 들렸지만 사과하고 싶지 않았다. 조금 있다 힐다가 일어나 부엌으로 갔다. 케이티는 목발을 이용해 휠체어에 올라탔다. 그러고는 계단으로 가서 휠체어에서 내린 후 엉덩이를 이용해 위층으로 갔다. 케이티는 침실 문을 쾅 닫아 잠그고 침대로 기어올라가 울었다.

케이티는 자신의 인생 전체가 커다란 거짓말처럼 느껴졌다. 진짜 아빠가 전쟁에서 죽고 앨버트와 엄마가 만나 결혼을 한 거라면, 앨버트를 아빠로 인정하기가 그나마 수월했을 것이다. 하지만 강간범의 아이라니! 이 사실을 어떻게 받아들여야 할까? 젊은 여자를 강간하고 숲속에 버리고 달아난 이름 없는 그 남자는 누굴까? 그 남자의 어떤 특징을 물려받았을까? 진실을 알아버린 지금도 로버트와 아빠를 편하게 대할 수 있을까?

충격적인 진실은 너무 큰 상처를 남겼다. 케이티는 라일리에게서 벗어난 것으로 모든 고통이 끝난 줄 알았다. 차라리 라일리 손에 죽는 게 나았다. 진짜 아빠가 강간범이고 엄마는 거짓말쟁이라는 사실보다 더 나쁜 일이 있을까.

5시 30분이 되자 엄마가 방문을 두드리며 내려와 저녁을 먹으라고 했다.

"아빠가 곧 올 텐데 네가 여기서 이러고 있는 거 알면 안 좋아할 거야. 케이티, 제발. 내가 말해버려서 미안해. 네가 하도 진실을 알고 싶어 해서 어쩔 수 없었어."

케이티는 엄마를 무시하고 베개에 얼굴을 파묻었다. 너무 비참해서 입맛도 없었고 아빠를 보고 싶지도 않았다.

앨버트는 6시쯤 집으로 돌아왔다. 케이티는 웅얼거리는 소리를 들었다. 낮에 있었던 일을 설명하는 힐다의 목소리가 점점 날카로워졌다. 그러고는 침묵이 감돌았다. 케이티는 두 사람이 밖으로 나간 건가 싶었다. 집이 이렇게 조용한 적이 없었다. 하지만 7시가 조금 지나자 앨버트가 계단을 올라오는 소리가 들렸다. 느릿느릿하고 지친 듯한 발소리에서 곤란함이 느껴졌다.

"문 열어, 케이티." 앨버트가 단호하게 말했다. "차랑 샌드위치 가져왔어. 얘기 좀 하자."

"가세요. 아빠랑 얘기하고 싶지도 않고 샌드위치도 싫어요!"

"어린애처럼 행동하지 마. 모든 이야기는 양쪽 입장을 다 들어봐야 하는 거야. 그러니까 문 열고 내 얘기 좀 들어봐. 억지로라도 듣게 할 거야."

아빠가 진심으로 화났을 때만 나오는 목소리였다. 문을 열지 않으면 협박이 계속될 터였다. 케이티는 마지못해 문을 열고 다시 침대로 갔다. 앨버트가 들어와 문을 닫고 화장대 의자를 꺼내 앉았다.

"결혼생활 내내 힐다는 언젠가 너한테 진실을 말해야 한다는 걸 알았어." 아빠의 얼굴에 긴장과 난처함이 역력했다. "숨기는 것도 괴로웠겠지만 도저히 입이 안 떨어졌을 거야. 내가 말해줄 수도 있었지만, 그건 아니지. 하지만 네 반응을 보니까 내 입장도 설명해야겠어."

"두 분 다 뭘 기대하신 거예요? '좋아요, 좋아. 아빠가 강간범이라니!'라는 반응이요?"

"장난하지 마, 케이티." 아빠가 나무랐다. "다른 관점에서 바라보는 건 어때? 엄마 입장에서 말이야."

케이티는 팔짱을 끼고 반항하듯 천장을 올려다봤다.

"힐다는 힘들고 절망적인 어린 시절을 보냈어. 축복받은 네 어린 시절과는 비교도 안 되는 힘든 시기를 견뎌야 했지. 부모님이 돌아가시고 혼자가 된 힐다는 사우샘프턴에 있는 공장으로 일하러 갔어. 태어나서 처음으로 비슷한 처지에 있는 여자친구들하고 즐거운 시간을 보내게 되지. 1940년 6월은 전쟁이 코앞에 닥친 일처럼 느껴지지는 않던 때라 친구들이랑 올더숏에서 열린 파티에 가기로 한 거야. 그날 밤 거기에 있던 병사들은 대부분 덩케르크 해변에서 구출된 사람들이라 들떠 있었지. 힐다가 파티장에 들어서는 모습을 봤어. 약간 겁을 먹은 듯했는데 분홍색 드레스가 아주 잘 어울렸지. 밤색 머리는 분홍색 리본으로 묶여 있었어. 파티에 자주 오지 않는 아가씨 같았어. 부끄러워하면서 파티에 온 걸 후회하는 것처럼 보이기도 했지. 힐다에게 춤을 청하고 싶었어. 하지만 그 타이밍에 다른 일로 불려가게 됐지. 우리 부대 군인 두 명이 밖에서 싸우고 있어서 헌병이 오기 전에 하사인 내가 해결해야 했거든."

케이티는 코를 훌쩍였다. 언제나 합리적인 앨버트는 차분히 말하는 것만으로도 사람의 마음을 움직이게 할 수 있었다. 케이티는 아빠가 자신을 무너뜨리지 못하도록 경계했다.

"나중에 보니까 거의 2시간이 지나 있더라고. 한 명이 심각하게 부상을 당해서 기지로 데려다줘야 했거든. 다시 돌아왔을 때는 해질녘이었고 나는 힐다를 찾았어. 그런데 로이라는 놈이랑 술에 취해서 같이 있더라고. 알고 보니 힐다 친구들이 진을 가져와서 오렌지 주스랑 섞었대. 로이는 나도 잘 아는 사람이라서 기회를 놓쳤다고 생각했어. 그가 잘해줄 거라고 믿었지. 그래서 다른 여자랑 춤을 췄어. 그런데 조금 뒤에 보니까 로이가 혼자 있고 힐다는 안 보였어. 힐다를 찾으러 밖으로 나갔지."

"완전히 모르는 사람인데 무슨 상관이에요?"

"케이티, 약자를 돌봐야한다는 데 동의하잖아. 너도 학교 다닐 때 그랬으면서. 아무튼 힐다가 안 보였어. 물론 그때는 이름은 몰랐지. 그래서 어떤 사람한테 분홍색 드레스 입은 여자를 봤냐고 물으니까 민간인하고 길을 걸어갔다는 거야. 파티장에는 민간인이 없었는데 말이야. 당장 힐다를 찾아야겠다고 생각했어."

"하지만 아빠가 갔을 때는 이미 늦었죠?"

"응, 안타깝게도. 힐다는 파티장에서 꽤 떨어진 숲속에 누워서 울고 있었어. 그다음 이야기는 너도 알지?"

"저는 그 다음이 이해가 안 가요. 경찰서에 가기가 겁났다는 건 알겠어요. 솔직히 여자들을 무시하니까요. 그리고 왜 집으로 데려다줬는지도 알겠어요. 그런데 엄마가 그렇게 매력적인 성격은 아니잖아요. 그런데 왜 결혼하자고 한 거예요?"

앨버트는 케이티 말에 반대한다는 표정으로 눈을 흘겼다.

"찰스 씨는 너를 왜 찾아다녔을까? 고작 데이트 한 번 했을 뿐인데. 네가 뭐가 그렇게 특별해서?"

케이티는 부끄러워서 할 말을 잃었다.

"사실은 그날 밤 힐다에게 반했어. 동정의 마음도 있었겠지만 그게 전부는 아니었어. 다른 무언가가 있었어. 북아프리카로 발령이 나기 전에 세 번 만났어. 만날 때마다 이 사람이구나, 하고 생각했어. 물론 힐다가 당한 일을 생각하면 조심스럽게 다가가야 했지. 하지만 힐다는 따뜻하고 유쾌했어. 지난 일은 잊으려는 것 같았고, 영국을 떠나기 전에 사랑한다는 내용의 편지를 써서 보냈지. 힐다가 임신한 사실을 알고는 나한테 이별을 통보하는 편지를 보냈어. 나를 좋아하고 내가 친절하게 대해줘서 고맙지만 내 인생을 망치고 싶지 않다면서. 나는 충격받았지만 힐다를 절대 포기하고 싶지 않았어. 그 마음을 답장에 담았지. 힐다는 임신 중에도 정말 씩씩했어. 편지는 따뜻했고 자기 상황에 불평하지도 않았어. 네가 태어나기 2일 전까지도 일을 나갔지. 사우샘프턴 폭격도 견뎌야 했고 네가 태어났을 때는 더럽고 작은 방으로 이사도 해야 했어. 갈 데가 거기밖에 없었거든. 돈도 없고 직장동료들도 연기처럼 사라졌어. 하지만 힐다는 너를 품에 안는 순간 너를 사랑하게 됐지. 그때 힐다가 보냈던 편지를 아직도 가지고 있어. 힐다는 나를 좋아하지만 묶어두고 싶지 않다고, 책임 같은 건 느끼지 않아도 된다고 강조했어. 휴가를 나와서 다시 만났는데, 나는 그때 결혼하고 싶다는 생각이 들었어. 그냥 사랑에 빠져버려서 힐다랑 너를 평생 곁에 두고 싶었던 거야."

"하지만 엄마가 못되게 굴었잖아요. 아빠가 엄마를 떠나겠다고 했던 거, 벌써 잊은 거예요?"

"아니, 잊을 수 없지. 하지만 너를 잃을 뻔하고는 중요한 게 뭔지 깨달았어. 엄마는 너에 대한 비밀을 지키느라 예민했던 거야. 조금 제정신이 아니기도 했지. 그런 일이 신경을 갉아먹는 게 어떤 느낌인지 알겠니?"

"조금은요." 케이티가 마지못해 동의했다.

"내가 용기를 내서 진작 너한테 말했어야 했어. 그런데 케이티, 언제가 적절한 시기였을까? 아무것도 모르는 어린애는 강간 자체를 이해하지 못할 테니 말할 수 없었고, 네가 나이가 들수록 얘기하기는 더 힘들어졌지. 오늘 네 반응 좀 봐. 미친놈 손에 죽을 뻔하고도 지금은 이걸로 충격을 받아서는 너를 가장 사랑하는 두 사람을 못 믿겠다고 하잖아."

"그럼 어떡해요? '그래요, 아빠는 저의 진짜 아빠가 아니에요. 우리 아빠는 엄마 인생을 망친 더러운 변태예요'라고 할까요? 엄마를 안아주면서 20년 동안 저한테 거짓말했지만 상관없다고 할까요?"

앨버트는 답답해서 깊은 한숨을 쉬었다. "네가 라일리한테 강간당하고 임신했다고 상상해봐. 당하지도 않았고 임신도 안 했지만, 만약에 그랬다면? 엄마랑 내가 너를 돌봐줬겠지. 개인병원에서 낙태를 하거나 입양을 제안할 수도 있어. 하지만 너를 여기에 있도록 설득해서 아기를 같이 키우자고 할 가능성이 더 높을 거야. 힐다는 선택지도 없었어. 가슴 한편에서는 내가 동정심으로 결혼한 거라고 생각할 수도 있어. 하지만 그건 아니야. 나는 힐다를 사랑했고, 지금도 사랑해."

방문이 열리고 힐다의 얼굴이 보였다. 방금 전 앨버트가 한 말을 들은 표정이었다.

"너 차도 안 마시고 샌드위치도 안 먹었어, 케이티. 단식투쟁이 나한테 통할 거라고 생각한 거라면 관둬. 나는 이미 바닥이야.
네 아빠를 탓하지도 마. 다 사랑해서 한 행동이니까. 나는 네가
언젠가 괜찮은 남자를 만나 교회에서 결혼하는 모습을 보고 싶
을 뿐이야."

힐다는 뒤돌아 아래층으로 내려갔다. 케이티는 뺨을 한 대 맞
은 듯한 기분이었다.

"케이티?" 앨버트가 침대에 앉아 있는 케이티 옆으로 갔다. "아
직도 아빠가 싫어?"

케이티는 고개를 숙였다. "아빠를 싫어할 수는 없죠. 엄마 말
처럼 아빠는 영웅이었어요. 그리고 언제 말했어도 고통스러웠을
거라는 점은 인정할게요. 제 아빠가 돼주세요."

"이미 그렇단다." 앨버트가 케이티를 끌어당기며 말했다. "모든
의미에서. 하나만 더 말해줄게. 전쟁이 끝나고서 남자들이 집으
로 돌아오면 자기 자식이 아닌 아이가 있는 경우가 많았어. 대부
분이 아이를 받아들였지. 전쟁 때문에 사람들은 모두 정상이 아
니었어. 어떤 남자들은 떠나 있는 동안 다른 여자를 만나면서도
외로움과 두려움 속에 있을 자기 아내를 걱정했지. 중요한 건 그
아이들은 아무 잘못이 없다는 거야. 받아들이고 사랑해야 하는
존재지. 너의 어떤 행동이나 말로도 그 사실은 변하지 않아. 그
냥 힐다가 좀 더 일찍 말하게 할걸 그랬어. 너뿐만 아니라 힐다
를 위해서도 말이야. 그날 밤 올더숏에서 끔찍한 일을 겪고 힐다
는 지난 24년 동안 자기 탓만 하면서 살아왔어. 케이티, 네가 엄
마를 이해하고 죄책감에서 벗어날 수 있게 해주겠니?"

케이티는 아빠의 품에 안겨 한참을 울었다. 이렇게 멋진 남자의 품에 안겨 있으니 분노와 상처가 사라지는 듯했다. 케이티는 똑바로 앉아 코를 풀고 눈물을 닦았다. 그러고는 샌드위치를 먹기 시작했다. 앨버트는 갑자기 왜 그러냐는 듯이 한쪽 눈썹을 들어 올렸다.

"빈 속으로는 엄마랑 해결을 못 보죠."

케이티는 엄마가 기다리고 있는 거실로 휠체어를 밀고 갔다. 커튼을 치고 벽난로를 피운 거실은 여느 때처럼 따뜻하고 아늑했다. 케이티는 휠체어에서 몸을 일으켜 엄마가 있는 소파로 가서 앉았다.

"죄송해요, 엄마. 제가 못되게 굴었어요. 엄마 입장도 생각했어야 했는데……"

힐다는 희미한 미소를 지으며 작고 가느다란 손을 내밀어 케이티의 손을 잡았다.

"네가 실종됐을 때 너도 똑같은 일을 당할까 봐 무서웠어. 그러고 나서 죽일까 봐. 너무 두려워서 아무한테도 전화도 못하고 아빠를 보러가거나 먹지도 못했어. 무덤덤해 보였겠지만 정반대였어. 그런데 감사하게도 그 괴물이 너를 강간하거나 죽이지 않았지. 그제야 숨을 쉴 수 있었어. 그러고는 너한테 내 과거를 털어놔야겠다고 다짐했지."

"이해해요, 엄마." 케이티는 가만히 엄마 품에 안겼다. "엄마가 애정 표현이 서툰 건 1940년의 그날 밤 때문만이 아니라 어린 시절의 일 때문이기도 할 거예요. 하지만 이제 맛있는 요리를 하고 집을 항상 깨끗하게 하는 게 엄마만의 사랑 표현이란 걸 알았어요. 그래도 이제는 좀 내려놓고 저랑 아빠랑 앉아서 수다도 떨면서 함께 웃어요. 찰스가 오면 더 웃어주시고요."

힐다는 케이티의 머리를 뒤로 쓸어 넘기며 웃었다. 이번에는 눈이 반짝였다.

"내가 지금까지 얼마나 복이 많은 사람이었는지 알겠네." 힐다가 인정했다. "이제 다 털어버릴까?"

케이티가 고개를 끄덕였다. 엄마가 한 마디만 더 하면 눈물이 터질 것 같았다.

21

"찰스가 제 생일을 축하해주고 싶다면서 이번 주말에 집에 오고 싶다는데, 그래도 돼요?" 금요일 오후에 케이티가 엄마에게 물었다. "안 되면 전화해주기로 했어요."

"당연히 되지." 힐다가 활짝 웃었다. "날이 점점 풀리고 있어서 오면 좋을 거야. 드디어 봄이 오나봐."

묵혀왔던 가족의 비밀이 알려지고 1주일이 지났다. 케이티는 마음이 조금 더 진정됐고 몸을 움직일 수 있게 됐으며 얼굴에 든 멍도 서서히 사라지고 있었다. 어제는 드디어 힐다가 케이티를 미용실에 데려갔다. 전에 일하던 곳에 들러 잠깐 인사를 하기도 했다. 옛 동료들을 보니 기분이 좋았다. 동료들이 저녁에 같이 놀자고 했지만, 케이티는 웃으면서 깁스를 풀 때까지는 아무데도 못 가고 춤을 출 수도 없다고 했다.

글로리아의 가게는 팔린 듯했다. 창문에는 임대완료 표시가 붙어 있고 개조를 준비 중이었다. 동료들은 새 주인을 봤다고 했다. 드레스 가게의 제품공급자 중 한 명이었는데, 글로리아와 비슷한 느낌의 여자였다.

지난주의 가장 큰 성과는 에드 라일리가 마침내 경찰에게 자신의 죄를 인정한 것이었다. 글로리아와 딸을 죽인 방화와 에드나 살인 미수 사건뿐 아니라 마거릿 포스터와 관계가 있었다는 사실도 인정했다. 둘의 관계는 그녀가 햄스테드에 오면서 시작됐다. 이스트본 근처 마을로 이사했을 때도 잠깐 만났지만, 마거릿을 해하거나 그녀와 아이들을 납치한 적은 없으며 지금 어디에 있는지도 모른다고 했다.

마이클 본햄이 알려준 정보였다. 케이티는 머지않아 경찰이 사건을 마무리하기 위해 찾아오리라 예상했다. 하지만 지금은 주말에 찰스가 온다는 생각에 잔뜩 들떠 있었다.

"빈방에 침대 정리해놓을게. 찰스 씨가 드디어 우리 집에 오는구나. 기대된다." 저녁때 힐다가 말했다.

"너무 밀어붙이지 마세요. 찰스가 좋기는 하지만 데이트는 한번밖에 못 했어요. 아직 특별한 사이가 아니에요." 케이티가 주의를 줬다. 힐다는 다른 의견이라는 듯 웃었다.

비밀을 털어놓은 힐다는 다른 사람이 됐다. 쾌활하고 수다스럽고 잘 웃었으며 옛날처럼 불안해하며 손을 떨거나 끊임없이 청소를 하지도 않았다. 며칠 동안 비가 내려 힐다와 케이티는 거실에 앉아 가족사진을 살펴보며 앨범을 정리했다. 케이티와 로버트의 어릴 적 사진을 보자 행복한 기억들이 떠올랐다. 앨버트 말대로 힐다가 마르기 전 통통하고 예뻤던 모습은 새로웠다.

"네가 열두 살 때쯤 내가 예민해지면서 살이 빠지기 시작했어. 어느 날은 여름 치마를 입었는데 너무 커서 깜짝 놀랐어. 앙상해진 팔 때문에 항상 카디건을 걸치고 수영복도 다시는 안 입었지. 앨버트가 병원에 가보라고 했지만 그 말을 들을수록 짜증이 났어. 의사가 나를 취조할까 봐 무서웠거든."

"이번 여름에는 살찌워서 수영복 입으세요." 케이티는 자신과 엄마, 로버트가 함께 노를 젓고 있는 흑백사진을 집어 들었다. 앨버트가 제대하고 사진을 찍어준 걸로 봐서는 1946년 여름인 듯했다. "다시 이렇게 될 수 있어요!"

힐다가 웃었다. "저 수영복 좀 봐. 고무 재질이라서 물에 들어가기만 하면 물이 찼어. 바다에서 나오면 물을 쫙 빼야 했지."

"저도 그런 수영복 있었어요." 케이티는 수영복 사진을 찾으려고 앨범을 뒤적였다. "새빨간 색이었는데 예뻤어요. 그 전에 뜨개질한 수영복보다 훨씬 나았죠."

1953년 이후 사진의 힐다는 표정이 좋지 않았다. 대관식 거리 축제에서 찍힌 사진에서는 울음이 터질 듯한 얼굴이었다.

"앨리스 맨더스라는 이웃이 있었는데 너랑 로버트가 안 닮았다는 얘기를 계속해서 하는 거야. 전쟁 때 내가 몸을 '굴린'거냐고 하면서. 그날 기분을 완전 망치고 그때부터 점점 상태가 안 좋아졌어."

"그날 저녁때 엄마가 부엌에서 울고 있는 걸 봤어요. 엄마는 눈에 뭐가 들어갔다고 했는데 거짓말인 걸 알았죠. 제가 식탐 때문에 케이크를 너무 많이 먹어서 저한테 실망하신 줄 알았어요." 케이티가 그날의 기억을 떠올리며 말했다.

"어떻게 그런 생각을 할 수 있어? 대관식 이후로 설탕 규제도 풀렸잖아. 우리 엄마들은 애들한테 거의 잊고 살았던 파티 음식들을 다시 먹일 수 있어서 행복했다고. 나는 대관식 때 버터플라이 케이크 이백 개에 엄청 큰 트라이플을 열 개나 만들었지."

케이티는 엄마와 비로소 진정한 관계를 맺게 된 것 같아 기뻤다. 엄마는 한결 부드러워졌고 상대방을 배려해줬으며 의외로 유머러스했다. 힐다는 케이티의 휠체어를 밀면서 달렸고 손잡이를 놓는다고 웃으며 장난을 치기도 했다.

식사 시간에도 더는 긴장감이 긴장감이 감돌지 않았다. 그리고 이제는 저녁에 같이 텔레비전을 보기도 했다. 전에는 그런 일이 거의 없었다. 조금이라도 야한 장면이 나오면 힐다가 텔레비전을 꺼버렸기 때문이다. 하지만 이제 엄마는 코미디 프로그램을 즐겨 봤다. 사라진 유머 감각이 마침내 돌아온 듯했다. 음담패설도 개의치 않았다.

케이티는 엄마의 변화는 좋지만 앨버트가 생물학적 아빠가 아니라는 사실은 여전히 속상했다. 다음번에 로버트가 집에 오면 이 진실을 같이 알려줘야 할까? 그렇게 되면 로버트는 케이티를 다르게 대할까? 그는 늘 신중한 편이라 그럴 것 같지는 않았지만 그래도 걱정이 됐다.

아직 완전히 자유롭게 움직이지는 못해도 집에 돌아와서 좋았다. 그렇지만 런던으로 돌아가 질리도 만나고 찰스도 더 자주 보고 싶었다.

케이티는 거의 매일 밤 질리와 통화했다. 질리는 동물원에서 일하는 가이라는 남자와 사귀기 시작했다. 둘만의 오붓한 장소가 필요해서 아파트를 구하러 다닌다고 했다. 가이의 집주인은 여자손님을 못 오게 했다. 질리는 며칠 휴가를 받아서 다음 주말쯤 벡스힐에 올 예정이었다. 질리는 케이티가 휠체어를 탄 환자여도 봐주지 않고 취하게 할 거라며 농담을 하기도 했다.

하지만 찰스를 다시 마주하기는 두려웠다. 기대가 되면서도 한편으로는 휠체어를 탄 자신의 신세가 처량하게 느껴졌다. 전혀 섹시해 보이지 않아서 그가 싫증을 느낄 것 같았다. 데이트 이후에 너무 많은 일이 일어나는 바람에 찰스에 대한 감정이 애매해졌다. 그가 현실이 아니라 환상 속 인물처럼 느껴졌다. 케이티가 질리에게 무섭다고 털어놓자 질리는 그저 웃었다.

"뭘 고민해. 끝내주게 멋진 남자잖아! 찰스 씨가 원하는 건 너뿐이야."

케이티는 질리의 말을 믿고 싶었다. 그저 좋게 생각하는 수밖에 없었다.

토요일 아침, 찰스는 환하게 웃으며 커다란 꽃다발을 들고 케이티의 집에 찾아왔다. 앨버트가 문을 열자 케이티는 찰스를 맞이하려고 휠체어를 밀어 거실 입구로 갔다.

'질리의 말이 맞아. 끝내주게 멋진 남자지. 머리도 하고 멍도 좀 없어져서 다행이다.' 케이티는 생각했다.

케이티는 엄마가 사준 새 분홍색 카디건 원피스 세트를 입었다. 깁스를 가리기 위해 바지를 덧입어야 했지만 상체라도 화사하고 매력적이기를 바랐다.

"왔어요, 찰스?" 케이티가 그를 맞이하며 부모님에게 소개했다.

"드디어 만나 뵙게 돼서 반갑습니다." 찰스는 힐다의 볼에 키스를 하고 앨버트와는 악수를 했다. "그동안 고생 많으셨죠."

"케이티가 무사해서 괜찮아지고 있어요. 제가 듣기로는 경찰이 아니라 찰스 씨랑 질리가 고생했다고요." 앨버트가 말했다.

"그 얘기는 이제 그만해요. 이미 충분히 했잖아요. 들어와서 앉아요, 찰스. 먼 길 운전하고 오느라 힘들었죠?" 케이티가 말했다.

"그래요, 찰스 씨. 케이티 주려고 가져온 꽃은 물에 담가둘게요. 차 마실래요?"

"감사해요. 그런데 꽃은 힐다 씨 드리려고 가져왔어요. 케이티 선물은 차에 있는데 내일 꺼내려고요." 찰스가 꽃다발을 건네자 힐다는 소녀처럼 얼굴을 붉혔다.

거실에 앉아 차를 마시고 힐다가 직접 만든 쇼트브레드를 먹었다. 케이티는 찰스와 키스를 하고 싶어서 부모님이 자리를 피해주기만을 바랐다. 찰스가 엄마를 바라보는 호기심 어린 반짝이는 눈빛과 비밀스럽게 웃느라 살짝 말려 올라간 입꼬리가 사랑스러웠다. 찰스는 깍듯하게 행동했다. 케이티의 부모님과 어떤 수다를 떨어야 할지 고민한 게 눈에 선했다. 다행히도 세 사람 모두 대화에 흠뻑 몰입한 듯했다.

"오늘 날도 좋은데 바람 쐬러 나갈까요?" 케이티가 소심하게 물었다. "휠체어를 밀어줄 수 있다면요."

"무슨 소리예요. 당연하죠!" 찰스는 펄쩍 뛰었다. "바다까지 멀어요?"

"전혀요. 점심 같이 먹게 1시까지는 들어와요." 힐다가 말했다.

"거한 식사는 아니죠, 힐다 씨? 오늘 저녁때 케이티랑 나가서 먹을까 했거든요. 괜찮으시다면요. 배틀에 있는 그레이 구스가 평이 좋아서 예약해놨어요."

"비싸기도 하고요." 힐다가 예전의 까칠한 목소리를 살짝 내비치며 말했다. "근데 음식은 맛있다고 들었어요."

찰스는 케이티가 코트를 입고 휠체어에 앉도록 도와줬다. 앨버트가 현관문을 열어주자 찰스는 젠틀한 미소를 지어 보였다. 그러고는 휠체어를 밀고 나가면서 1시까지 돌아오겠다고 했다. 찰스는 현관 앞에 잠깐 멈춰 글로리아의 타버린 집을 바라봤다. 타들어간 목재와 벽이 모두 무너져 내렸지만 아직 그 자리에 남아 있어 눈에 밟혔다.

"불행하게도 하딩 부부네 집도 다 무너졌어요. 내부가 너무 손상돼서 쿠든 해변에 있는 단층집으로 이사하셨대요. 로버트랑 저한테 할아버지 할머니 같은 분들이었는데…… 너무 안타까워요. 다리가 다 나으면 한번 뵈러 가야겠어요."

"집이 있던 자리는 어떻게 된대요?"

"개발업자가 단독주택을 짓고 싶어 한대요. 몇몇 이웃들은 반대하고 있어요. 저는 아파트 같은 거 말고, 크고 세련된 집이었으면 좋겠어요."

"변화에 반대하는 사람들은 어디나 있죠." 찰스가 미소 지었다. "왜 그냥 받아들이지 못하는지 모르겠어요. 런던에서는 전쟁의 폐해와 빈민가 문제를 해결하려는 프로젝트가 많이 시행되고 있어요. 저는 흥미롭다고 생각하는데, 그걸 위협이라고 느끼는 사람도 많더라고요."

"이제 가요. 더 있다간 엄마가 무릎담요를 덮어주러 나오실지도 몰라요. 제가 여든 살 할머니라도 된 것처럼 말이에요!"

햇볕이 따사롭게 내리쬐었다. 해안가로 내려간 찰스는 바람을 피할 장소를 찾아 휠체어를 밀었다.

"조금 낫네요." 찰스가 앉으면서 말했다. "이제 당신을 볼 수 있어요."

찰스가 키스를 하려고 천천히 다가오자 첫 키스의 몽글몽글한 감정이 떠올랐다.

"여기 오면서 이 생각밖에 안 했어요. 다 나으면 빨리 어딘가로 데려가고 싶어요."

찰스의 말에 케이티는 약간 겁이 났다. 잠자리를 원하는 걸까? 케이티는 아직 준비가 되지 않았기에 찰스가 그 순간만을 기다린다고 생각하고 싶지 않았다.

"라일리 소식이 있어요." 케이티가 주제를 돌리며 마이클 본햄의 말을 전했다. "그런데 의사의 아내는 어떻게 된 건지 모르겠어요. 둘이 무슨 사이예요? 지금은 어디에 있대요?"

"라일리를 취조한 경찰이랑 말해봤는데 마거릿 포스터가 햄스테드에 집을 지을 때부터 알고 지냈나봐요. 몇 년 전에 잠깐 만났던 사이고요. 마거릿이 그때 남편이 자기를 때려서 어떻게 도망가야 할지 모르겠다고 했대요. 라일리는 마거릿을 좋아한다고 고백했지만, 아이가 둘인 데다 남편은 매정하고 힘 있는 사람이라 두려웠대요. 라일리가 데어드레이 씨랑 결혼한 상태이기도 했고요. 그래서 마거릿을 도와주고 싶었지만 어쩔 수 없이 관계를 끝냈다더라고요."

"사려 깊기도 하셔라!"

찰스가 웃었다. "어쨌든 진술하기로는 18개월 후에 런던에서 마거릿을 다시 만났는데 그녀가 남편을 떠나기로 결심했다고 했대요. 폭행당한 여자들이 새로운 삶을 살 수 있게 도와주는 여자들을 만났다면서요. 그 사람들 이름을 말하면서 벡스힐에 산다고 알려줬대요. 라일리는 마거릿에게 마음이 남아 있는 척하면서 연락하려고 했고요. 데어드레이 씨를 도와준 여자들이라는 걸 눈치챘던 거죠."

"끔찍해요. 상처받은 여자를 이용해서 아내를 찾으려고 하다니. 마거릿도 하마터면 위험할 뻔했네요!" 케이티가 얼굴을 찌푸리며 분노했다.

"그러니까요. 그런데 경찰은 라일리가 마거릿을 건드린 것 같지는 않다고 했어요. 저도 비슷한 생각인데, 경찰 말로는 라일리가 글로리아 씨와 에드나 씨에 대한 정보만 얻으려고 한 것 같다네요. 마거릿은 지역 신문에서 글로리아 씨가 화재로 죽었다는 기사를 읽고 겁이 나서 도망간 거고요."

"부모님도 모르게 갔다는 게 이상하네요."

"이제 라일리 얘기가 전국적으로 떠돌고 있으니까 입을 열 거예요. 마거릿이 이스트본에서 사라진 시점에 해협을 횡단하는 페리에서 두 아이랑 있는 여자를 봤다는 제보가 있었어요."

"그게 마거릿이면 좋겠네요. 부모님이 얼마나 놀라셨을까요."

"어쨌든 라일리는 계획 하나는 완벽했어요. 글로리아 씨 집에 불을 지르기 몇 달 전에 그 집에 침입해서 데어드레이 씨가 있을 만한 데를 알려줄 단서가 있는지 뒤져봤대요. 그런데 단서가 안 나오니까 두 여자를 오래 관찰하고 쫓아다니다가 화를 못 참고 불을 지른 거예요. 그는 글로리아 씨가 집에 있는 줄 몰랐다면서 살인혐의를 부정하겠죠."

"설마 배심원단이 그 말을 믿지는 않겠죠. 그래도 에드나 씨의 노트에서 다른 사람을 찾아내기 전에 잡아서 다행이에요. 정말 찾아내려고 했을까요?"

"모르죠." 찰스는 생각에 잠겼다. "계획을 했어도 절대 인정하지는 않을 거예요. 내가 그 사람 변호사가 아니라 천만다행이지만, 만약 그 입장이었으면 심신미약을 주장할 거예요. 증언할 때 힘들 수도 있어요."

"그건 걱정 안 돼요. 반대 심문을 해도 숨길 게 없으니까요."

찰스가 능글맞게 웃었다. "안타깝네요. 오늘 오후에 취조 한번 해볼까 했는데!"

케이티가 웃었다. "그런데 심신미약은 맞아요. 지킬과 하이드

321

같았다니까요. 평온할 때는 친절하고 매력적이기까지 해요. 여자들이 어떻게 넘어가는지 알겠더라고요."

찰스와 케이티는 해안가로 내려가 집으로 돌아가기 전에 커피를 마셨다.

"아직도 악몽을 꿔요?" 콜링턴가로 돌아가며 찰스가 물었다.

"가끔요. 건강이 회복될 때까지 집에서 지내게 돼서 좋아요. 곧 런던으로 갈 거지만요. 엄마 품은 여기까지."

찰스가 웃었다. "어머님이 열성적이시긴 하더라고요."

"우리 가족에 대해서도 할 말이 많아요." 케이티가 고개를 돌려 찰스를 올려다보며 말했다. "하지만 한꺼번에는 못해요. 도망가고 싶을지도 몰라요."

"내가 도망갈 곳은 여기밖에 없어요." 찰스가 휠체어를 빠르게 밀자 케이티가 비명을 질렀다.

"스테이크 너무 맛있어요!" 케이티가 말했다. 그레이 구스의 벽난로 옆에 있는 식탁에 앉아 맛있는 음식에 와인을 곁들이며 맞은편에 앉은 잘생긴 찰스를 바라보고 있자니 죽어서 천국에 온 기분이었다.

"가족의 비밀에 대해 말해줘요. 지난주에 전화했을 때 뭔가 엄청난 일이 있었던 것 같았어요. 그리고 오늘 만난 힐다 씨는 당신이랑 질리 씨가 말한 이미지와 연결이 안 되고요."

"변호사답게 역시 호기심이 많네요. 제가 이 얘길 했다는 건 부모님한테는 비밀이에요. 화내실지도 몰라요."

"입 다물고 있을게요." 찰스가 입술 위로 지퍼 잠그는 제스처를 해 보였다.

케이티는 최대한 빠르고 간결하게 이야기했다. 찰스는 충격을 받은 듯했다. "많이 놀랐겠어요. 힐다 씨도 불쌍해서 어떡해요. 안타까워요." 찰스가 식탁 위에 놓인 케이티의 손에 자신의 손을 얹으며 말했다.

"처음 들었을 때는 끔찍했어요. 하지만 아빠가 엄마의 입장을 설명해주면서 비밀로 하는 게 얼마나 힘들었을지 생각해보라고 하셨죠."

"당신은 놀라워요." 찰스가 웃으며 말했다. "이렇게 따뜻하고 정의롭다니. 앨버트 씨는 진정한 영웅이네요. 아빠를 닮은 것 같아요. 같이 살면서도 닮아갈 수 있다고 생각해요."

"네, 저도 동의해요. 아빠랑은 늘 잘 통했어요. 항상 아빠가 어떻게 반응할지 알았죠. 뭐를 중요하게 생각하는지도요."

"앨버트 씨가 힐다 씨한테 편지로 자신을 아빠로 등록하라고 말한 부분이 가장 감동적이었어요. 당신을 보지도 않은 상태에서 말이에요. 이미 두 여자를 지키겠다고 다짐한 거잖아요. 정말 존경스러워요."

"아빠는 숲속에서 엄마를 발견한 날 밤에 반했대요. 사랑이라는 게 그렇게 이루어질 수도 있다고 생각해요?"

"그럼요." 찰스가 미소를 지으며 케이티의 얼굴을 쓰다듬었다. "우리가 처음 데이트했을 때 나는 이미 당신이 내 여자라는 걸 알았어요."

"설마요." 케이티가 의심하는 투로 말했다.

"진짜예요. 다음 날 다른 생각을 할 수가 없었어요. 일요일에 당신이 너무 보고 싶어서 질리 씨의 이모네로 전화한 거예요. 토요일 밤에 나가서 안 들어왔다는 말을 듣는 순간, 당신을 찾을 때까지 안심하지 못하리라는 걸 알았어요. 당신이 죽었을까 봐 너무 무서웠지만 살아있다고 계속 믿었어요. 질리 씨도 그랬고요. 아주 좋은 친구예요."

"질리도 찰스를 특별하게 생각해요. 저도 질리 없이는 못 살아요. 변함없이 좋은 친구예요. 다음 주에 오는데 벌써 너무 보고 싶네요."

"저는요? 저도 보고 싶을 것 같아요?"

"이미 내 대답을 정확히 알고 있을 텐데요."

"내가 우리 둘이 어디 가자고 했을 때 표정이 안 좋던데…… 왜 그랬어요?"

케이티는 얼굴을 붉혔다. "아직, 그러니까…… 남자랑 해본 적이 없거든요."

"아직 처녀라서 무서운 거예요? 아니면 혼전관계를 반대하는 거예요?"

"직설적이네요. 전자요."

"당신이 원하지 않으면 절대 강요하지 않을게요. 그렇지만 둘 다 결국 참지 못하는 순간이 올걸요."

케이티는 찰스의 부드러운 갈색 눈을 바라보자 지금이 그 순간이라고 느껴졌다. 다리 깁스만 아니었더라면.

집으로 가는 길에 찰스는 길가에 차를 세웠다.

"키스하고 싶어요. 집에 들어가면 못 하잖아요."

인생 최고의 키스였다. 찰스가 블라우스 안으로 손을 넣어 가슴에 손을 얹고 손가락 사이로 젖꼭지를 부드럽게 문지르자 케이티는 아무 방해도 없는 호텔방에 있었으면 좋겠다고 생각했다.

"이제 가요." 찰스가 잠시 후에 말했다. 자동차 창문에 김이 서렸다. 케이티는 다리를 제대로 뻗을 수 없어 발목이 아팠다.

"지금 안 가면 아침에 당신한테 질문이 쏟아지겠죠. 오늘 밤에는 내 방에서 당신 침대로 기어가는 상상을 하면서 누워있을 거예요."

"진짜 그러지는 않을 거죠? 엄마 귀가 박쥐처럼 밝아요."

"그럼요. 다만 상상할 뿐이죠."

케이티는 자세히 설명해달라고 하고 싶었지만 아직은 부끄러웠다.

찰스는 일요일 오후 8시에 런던으로 떠났다. 케이티 평생 최고의 생일이었다. 찰스는 케이티에게 반짝이는 은팔찌를 선물했다. 부모님은 케이티가 병원에 있을 때 잡지에서 보고는 사고 싶어 했던 크림색 방수 트렌치코트를 선물로 줬다. 로버트는 목발을 짚은 작은 중국 곰인형을 보내왔다.

"기념품이에요." 찰스가 어리둥절하게 쳐다보자 케이티가 말했다. "어렸을 때 우리 둘 다 작은 중국 곰인형을 좋아해서 서로한테 어울리는 인형을 골라줬어요. 로버트는 항상 축구공이나 크리켓 방망이를 들고 있는 인형을 가졌죠. 공부하는 와중에 목발 짚은 곰인형을 찾으러 다녔다고 생각하니 웃겨요."

점심에는 로스트비프와 그것에 전통적으로 곁들이는 음식을 먹었다. 찰스와 앨버트는 휠체어에 케이티를 태우고 산책을 나갔다. 집으로 돌아오자 힐다가 생일상을 준비해놓은 채로 기다리고 있었다. 연어 샐러드와 구운 쿠키, 초를 꽂은 트라이플 케이크까지.

"이런 생일상은 정말 오랜만이에요." 찰스가 들떠서 말했다. "할머니가 차려주시는 '큰상'이라는 게 있었는데 기숙사에 있을 때 그게 정말 그리웠어요. 엄마는 빵이랑 잼, 씨앗 케이크밖에 못 만드시거든요."

앨버트는 케이크 초에 불을 붙였다. "네가 정말 스물넷이라니 안 믿긴다. 다섯 살 때 초를 끄려고 의자에서 무릎을 대고 일어난 게 엊그제 같은데 말이야."

"소원 빌어야지." 케이티가 초를 불기 전에 힐다가 다급하게 외쳤다.

케이티는 소원을 빌었다. 찰스와 결혼해 시골 오두막에서 네 아이와 함께 살기를.

조금 욕심을 부렸나 싶기도 했다.

1972년, 턴브리지 웰스

케이티는 빨랫줄에서 세탁물을 걷고 부엌 바닥에 바구니를 내려놨다. 그러고는 한숨을 크게 쉬며 천천히 의자에 앉았다.

7월의 무더운 날이었다. 1주일 후면 아기가 태어난다. 집시 스타일로 수놓은 연분홍색 무명천 드레스가 몸에 들러붙어 땀이 났다. 케이티는 한 손으로 오래된 봉투를 들고 부채질을 하며 다른 손으로는 배를 두드렸다.

"조금만 참아, 아가. 아빠가 곧 돌아오면 마당 그늘에 가서 앉자. 냉장고에 넣어둔 레모네이드도 마시고."

"혼잣말을 하면 정신이 이상해지고 있다는 건데."

케이티가 올려다보자 준 페티그루가 문 앞에 서 있었다. 준은 웃으며 자기 배를 만졌다. 그녀의 출산 예정일은 1달 후였다. 3달 전 남편에게 죽도록 맞은 이후로 준은 두 아이 매튜, 안젤라와 함께 케이티와 찰스의 집에서 지내고 있었다.

"의회에서 집을 마련해준대요." 준이 들떠서 말했다. "인정할게요, 케이티. 귀찮게 구는 게 답이었어요. 의회 사무실에서 이제 제가 지겨워져서 결국 항복했나봐요."

"잘됐네요! 어때요? 가봤어요?"

"바로 가봤죠. 완벽해요. 침실 세 개에 마당도 있어요. 갔을 때는 페인트칠을 마무리하고 있더라고요. 돼지우리 같은 곳일 줄 알았는데…… 이렇게 좋은 곳일지 몰랐어요."

케이티는 준에게 사회복지과에서 침대와 주방도구, 냉장고 같은 기본 물품들을 얻을 수 있을 거라고 알려줬다. 어려운 상황에 처한 여자들에게 가구를 파는 중고가게 주인도 알고 있었다.

준은 갑자기 폴짝 뛰며 케이티를 껴안았다. "케이티 씨랑 찰스 씨가 없었으면 어쩔 뻔했어요!" 준의 눈에 감동의 눈물이 고였다. "안식처가 절실했을 때 우리를 받아주셨잖아요. 음식이랑 옷을 주면서 제 권리에 대해 알려주고 아이들을 다시 웃게 해주셨죠. 우리에게 새로운 삶을 주신 거예요. 이걸 어떻게 다 갚을 수 있을까요?"

"우리는 준이 행복하기를 바랄 뿐이에요. 우리가 왜 준과 같은 상황에 처한 여자들을 돕게 된 건지는 알죠? 곧 우리 아기가 태어나기는 하지만 계속해서 사람들을 돕고 싶어요. 에린 피지(Erin

Pizzey, 세계 최초로 여성피난처를 세운 여성운동가)와 같은 사람들 덕분에 폭행당한 여자들을 위한 은신처도 생기고 언론의 주목도 받게 되면서 더 많은 사람들이 가정폭력의 심각성을 알아가고 있죠. 준은 이제 집까지 생겼으니까 정말 새로운 시작이네요."

"짐을 싸기 시작해야겠어요. 내일 열쇠를 받으러 가요. 아이들은 마를레네의 집에서 자기로 했어요."

마를레네도 의회에서 집을 얻기 전까지 찰스와 케이티의 집에서 몇 달을 지냈다. 요즘도 주기적으로 들러 청소와 빨래를 하며 케이티를 돕고, 이곳에 머무는 사람들과 대화하며 조언도 해주고 있다.

준이 위층으로 올라가자 케이티는 다시 앉아 자신의 인생이 스물네 살 이후로 얼마나 바뀌었는지 곱씹어봤다. 당시에는 깁스를 풀고 라일리에 관한 악몽을 그만 꾸기만을 바랐다.

찰스와 질리는 케이티가 회복하는 데 버팀목이 돼줬다. 전화를 하고 편지를 보내는 건 물론이고 벡스힐에도 와줬다. 가장 필요한 순간에 친구로서 위로를 해준 것이다. 질리는 케이티를 웃게 하고 매니큐어를 칠해주며 동물원의 동료들 이야기도 해줬다. 하지만 케이티의 어둠을 몰아낸 결정적인 것은 찰스가 불러일으킨 마법 같은 감정이었다. 만날 때의 설렘과 맞잡은 손의 감촉, 입맞춤은 그때의 두려움을 잊을 수 있게 했다. 침대에 누워 지하실의 악몽을 떠올리기보다 찰스와 하룻밤을 보내면 얼마나 행복할지를 상상했다.

하지만 찰스는 케이티가 깁스를 풀고 런던으로 돌아올 때까지 기다려야 했다. 호랑이 같은 케이티의 엄마에게 들켜 내쫓기게 되는 상황에 대한 농담을 하기도 했다. 무엇보다 찰스에게는 케이티가 원하는 사람이 오직 자신뿐이라는 확신이 필요했다.

질리는 캠던타운에 저렴하고 더러운 투룸 아파트를 구해 케이티와 함께 페인트칠을 하고 꾸몄다. 케이티는 프레이&허스트& 허버트로 돌아가지 않았다. 찰스와의 공개연애가 부담스러웠다. 그래서 케이티는 챈서리 레인에 있는 법률사무소인 '화이트하우스&깁슨&앨턴'에서 법률비서직을 구했다.

1965년에는 에드워드 라일리의 재판이라는 큰 산을 넘어야 했다. 살인 재판은 언제나 주목을 받았고 언론 보도도 열성적이었다. 다행히 언론은 케이티와 질리의 주소나 직장을 알아내지 못했다. 하지만 힐다와 앨버트는 안타깝게도 재판 시작과 동시에 집 앞에 기자들이 몰려드는 상황을 감수해야 했다.

라일리가 심신미약이라는 주장은 반려됐다. 저명한 심리학자가 라일리는 자신이 무슨 행동을 하는지 정확히 알고 있었다는 증거를 제출했다. 엄마와 그녀의 애인들 때문에 잔인한 어린 시절을 보냈다며 정상참작을 요구했지만 라일리의 정신은 멀쩡했다.

케이티는 증인석에 고작 1시간 동안 앉아 있었을 뿐인데 실제로는 그보다 훨씬 더 길게 느껴졌다. 라일리가 자신에게서 눈을 떼지 않아 불쾌했고, 피고측 변호인이 주전자와 전기난로를 들먹이며 라일리의 친절을 강조하자 화가 뻗쳤다. 심지어 케이티가 주전자를 이용해 피고에게 화상을 입혀서 아직도 빨간 상처가 남아 있다며 배심원단에게 호소하기까지 했다.

케이티는 법정에 있는 사람들에게 지하실에 갇혀서 폭행을 당하고 굶어야 하는 상황을 상상이나 할 수 있겠냐고 소리치고 싶었다. 그 누구라도 탈출을 위한 유일한 도구가 있다면 그게 무엇이든 최선을 다해 사용하지 않겠는가?

케이티에게는 고역이었지만 찰스는 그녀가 법정에 있는 모든 사람들의 동정을 샀다고 알려줬다. 검찰측 변호인도 케이티가 라일리보다 한 수 앞서 현명하고 용감하게 대처했다고 격려했다.

라일리가 실제로 사형당하리라고 기대하지는 않았다. 사형제도 반대 단체의 목소리가 커진 상태였다. 케이티도 사형은 너무 야만적이라고 생각해왔기에 라일리의 종신형 판결에 만족했다. 마침내 그 사건에서 해방된 기분이 들었다. 그제야 미래를 바라보고 런던에서의 삶을 즐길 준비를 할 수 있었다.

1965년 여름의 런던 풍경은 흥미로웠다. 치마는 날이 갈수록 짧아지고 남자들은 머리를 길렀다. 우스꽝스러운 옷을 파는 옷가게가 우후죽순으로 생겨났다. 디스코텍이 만들어지고 록 콘서트가 열렸다. 케이티는 태어나서 처음으로 인생을 즐겼다. 벡스힐에서처럼 시간의 구애를 받지 않았고 토요일 밤에 드 라 워 파빌리온De La Warr Pavilion에 갈 생각을 하며 평일을 버텼다. 찰스는 종종 다른 도시에서 사건을 다루느라 출장을 가야 했기에 늘 함께할 수는 없었다. 찰스는 케이티에게 나가서 재미있게 놀라고 했다. 케이티는 직장동료들, 질리와 그녀의 동물원 친구들과 함께 마음껏 런던에서의 생활을 즐겼다.

라일리에게서 벗어난 지 6개월이 지난 어느 8월의 공휴일에 찰스는 케이티에게 사랑을 고백했다. 찰스와 케이티는 질리, 가이와 함께 당일치기로 사우스엔드에 갔다. 무더운 날이라 케이티는 하얀 반바지와 목둘레가 깊이 파인 흰색 티를 입었다.

둘은 와일드 마우스를 타려고 줄을 서 있었다. 좁은 열차에 일렬로 앉아서 타는 무서운 롤러코스터였다.

"사랑해." 찰스가 열차에 올라타면서 말했다. 케이티는 찰스 앞자리에 앉아 있었다. 고백을 할 적절한 타이밍은 아니었다. 케이티도 사랑한다고 하고 싶었지만 대답하지 않았다.

"당신이랑 결혼하고 싶어." 열차가 출발하자 찰스가 외쳤다.

작은 열차가 맹렬한 속도로 달리자 케이티는 열차가 선로를 벗어날까 봐 코너를 돌 때마다 있는 힘껏 소리를 질렀다. 찰스가 케이티 쪽으로 기대는 바람에 목에서 따뜻한 숨결이 느껴졌다. 열차가 마지막으로 번개같이 떨어질 때 찰스가 케이티의 귀에 대고 속삭였다.

"진심이야. 나랑 결혼해줄래?"

그해 여름 케이티는 찰스가 양파 같은 남자라는 사실을 깨달았다. 우선 그는 차분하고 절제된 변호사이자 공립학교와 부유한 부모의 산물이었다. 찰스는 고급 양복점 정장을 입고 저민 스트리트에 있는 호스 앤 커티스에서 셔츠를 샀으며 상류층 특유의 억양과 나무랄 데 없는 예의를 갖췄다.

하지만 법원 밖에서는 리바이스 청바지와 티셔츠를 즐겨 입고 데저트 부츠를 신었다. 시끄러운 록 음악을 들었고 '유치한 유흥'

을 즐기고 싶다며 놀이기구를 타거나 완전히 망가지기를 좋아했다. 변호사들 중에서 거의 처음으로 '뒷머리와 옆머리가 짧은' 머리 스타일을 포기했다. 찰스는 논리적이고 고집스러우며 자기만의 신념이 있었다. 동시에 상냥하고 열정적이며 친절했다. 와일드 마우스에서 청혼한 것도 찰스식 유머였다. 정식으로 무릎 꿇고 하는 청혼은 그와 영 어울리지 않았다. 아마 케이티만을 위한 '와일드' 남편이 되고 싶었으리라!

케이티는 곧바로 청혼을 승낙하지 않았다. 확신이 없어서가 아니라 찰스가 다음 주말에 턴브리지 웰스 근처에 있는 시골 호텔에 데려가기로 했기 때문이었다. 이미 런던에 돌아오고 몇 주 뒤 찰스의 아파트에서 관계를 갖긴 했지만, 턴브리지 웰스에서의 주말은 낭만적이어야 했다. 함께 밤새도록 있는 건 처음이라서 의사에게 경구피임약을 받아왔다. 결혼한 여자에게만 주는 약이었지만 약혼한 사이라고 우겨서 겨우 받아냈다. 의사는 신중하게 복용해야 하는 약이라고 강조했다.

주말은 여러모로 완벽했다. 처음으로 사랑을 나누며 단둘이 있었고 날씨와 호텔도 끝내줬다. 케이티는 첫째 날 밤에 저녁을 먹으며 청혼을 승낙했다. 토요일 아침, 아름다운 턴브리지 웰스를 돌아다니며 약혼반지를 둘러보는 동안 둘은 이곳에서 결혼생활을 하고 싶다는 생각을 했다. 기차로 런던에 가기도 편하고 백스힐에 있는 케이티의 가족과 햄프셔에 있는 찰스의 가족을 방문하기에도 적당한 거리였다.

찰스는 약혼반지로 눈부시게 빛나는 다이아몬드가 박힌 반지를 골랐다. 둘은 이듬해 봄에 결혼을 약속했다. 그리고 턴브리지 웰스에 있는 집을 살 예정이었다.

둘은 그 도시에 두 번째 방문하는 날 집을 구했다. 교구목사 관저로 사용됐던 크고 쓰러져가는 빨간 벽돌집이었다. 앞쪽에는 베란다와 풀이 무성한 넓은 마당이 있었다. 집의 일부는 고딕 스타일이었다. 창문은 아치형이었고 집 양쪽 침실 너머에는 앙증맞은 기둥이 몇 개 세워져 있었다. 내부 조건이 별로라서 2천 파운드에 살 수 있었다. 남는 장사였다.

결혼식은 연기해야 했다. 집을 수리하는 가장 쉽고 효율적인 방법은 작업자들이 일을 마칠 때까지 그곳에 머물도록 하는 것이었다. 많은 이들의 우려와 달리 돈이 전부라고 여기지 않는 능력 있고 섬세한 사람들이 모여 환상적인 작업을 해냈다. 수리를 마친 집은 많은 사람들이 오고 가는 공동의 장소가 돼 웃음과 음악으로 가득찼다. 찰스는 각자의 일에 맞는 보수를 정하고 케이티가 집을 운영했다.

이웃들은 그 사람들을 '히피족' 혹은 '비현실적인 사람들'이라고 불렀다. 그들이 바닥에 매트리스를 깔고 자며 자유연애관을 가졌다고 수군댔지만, 찰스와 케이티는 신경 쓰지 않았다. 이 집에서 느껴지는 '평화와 사랑'의 기운을 지키고 싶었다.

1968년 초, 공사가 끝났다. 찰스와 케이티는 무언가 변화가 필요하다고 느꼈다. 사람들은 둘에게 의지했고 조언이나 음식, 잘곳이 필요하면 언제든 그 집을 들락거렸다. 하지만 이렇게 계속 책임을 짊어질 수는 없었다.

"그동안 재밌었지만 우리 인생에도 목적이 필요해." 찰스가 단호하게 말했다. "우리 가정폭력을 당한 여성들이 집에서 나올 수 있도록 도와주자고 했었잖아. 한번 해보자. 일단 결혼부터 해야 해. 적당한 가구도 사고 존경받을 만한 사람이 되자."

케이티는 '존경받을 만한'이라는 부분에서 웃음이 났다. 찰스는 직장과 법원에서 항상 존경을 받았다. 하지만 질투심 많은 몇몇 이웃들은 매일 북적북적한 곳에서 정장을 입고 서류가방을 들고 출근하는 남자를 보며 의아해하기도 했을 것이다.

다행히 당시 둘의 집에 머무는 사람은 톰뿐이었다. 다른 사람들은 모로코나 인도, 아프가니스탄으로 히피 여정을 떠났다.

찰스는 톰에게 상황을 설명했다. 톰은 그들을 이해했다. "그동안 재밌었어요." 그가 유쾌하게 말했다. 톰의 머리는 어깨까지 내려왔고 여름에는 신발도 없이 반바지만 입었다. 벽돌을 쌓고 회반죽을 칠하고 배관작업을 도와주며 거의 1년을 함께 지냈다.

"하지만 좋은 일에도 끝이 있으니까요. 두 분도 이제 둘만의 시간이 필요하실 거고요."

톰의 말이 맞았다. 찰스와 케이티에게는 둘만의 시간이 필요했다. 평일에는 도시에 가서 일을 하다가 주말에는 집안일과 요리, 건물 관리, 사람들의 고민상담 등으로 눈코 뜰 새 없이 바빴다.

둘은 3월에 휴가를 내고, 2주 내내 집을 살피며 해야 할 일 목록을 만들었다. 가구와 커튼을 정리하고 나머지 시간에는 침대에서 사랑을 나눴다.

봄 햇살이 내리쬐는 어느 날, 케이티는 꽃이 활짝 핀 벚나무 아래 앉아 생각했다. 집을 처음 샀을 때 참 좋아한 풍경이었는데, 그동안 늘 사람들로 바글바글해서 이곳의 매력을 잊고 있었다. 하지만 이제 낡은 빨간 벽돌과 특이한 창문, 기둥이 다시 눈에 들어왔다.

"집이 가족을 기다리고 있어. 베란다에 놓인 유모차에 통통한 갈색 피부의 아기가 앉아서 발장구 치는 모습을 상상해봐. 남자아이는 나무를 오르고 누나는 그네를 타고." 케이티가 말했다.

"그래서 애가 셋이라는 거지?" 찰스가 미소 지었다. "세 명이다야?"

"그건 나중에 정하자. 결혼식은 언제 올리지?"

"6월에 할까 생각했어. 그때쯤이면 집이 정리될 것 같아서. 여름에 정원이 아름다우니까 여기서 파티하고 동네 교회에서 결혼식을 올리자. 출장 뷔페도 부르고."

찰스가 다시 계획을 짜는 모습이 보기 좋았다. 한동안은 그럴 여유가 없었다. 며칠 후 질리가 찾아와 찰스와 케이티의 소식을 듣고 기뻐했다.

"여기서 재미있는 사람들도 만나고 기억에 남을 파티도 하고 소중한 추억을 많이 만들었지. 하지만 이제 두 사람의 시간이야."

가이는 캠던타운에 있는 질리의 집에 들어가 같이 살았다. 결혼 이야기를 꺼내기는 했지만 진전은 없었다.

"결혼식에는 몇 명이나 초대할 거예요?" 질리가 물었다.

"히피족은 초대하지 않으려고요. 안 떠날 수도 있으니까." 찰스가 멋쩍은 웃음을 지으며 케이티를 쳐다봤다. "가족들이랑 친한 친구들이랑 동료 몇 명만 부르자. 어때?"

"딱 좋아. 조카 두 명한테 신부 들러리를 부탁하려고. 귀엽잖아. 질리가 들러리 대표를 맡아주고."

일은 그렇게 진행됐다. 집을 정리하고 적당한 가구도 마련했으며 결혼식도 완벽했다. 케이티는 길고 깔끔한 크림색 새틴 드레스를 입었고, 꼬마 들러리들과 질리는 분홍색 드레스를 입었다. 신랑 들러리는 패트릭이 맡았고 앨버트가 케이티의 손을 잡고 입장해 찰스가 기다리는 곳까지 함께 걸었다. 에드나도 브로드 스테어스에서 올라왔다.

하지만 큰 집에서 둘만 뒹굴거리자니 허전했다. 그래서 결혼식이 끝나자마자 케이티는 지역 병원의 사회복지사를 찾아가 가정 폭력에 시달리는 여성들을 도와주고 싶다고 했다.

처음에는 작게 시작했다. 한 여자와 아기가 5일 밤을 지내고 남편에게 돌아갔다. 그러더니 두 명, 세 명, 이후에는 계속 늘어났다. 어떨 때는 여덟 명까지 함께 지냈다. 아이까지 더하면 열여섯 명일 때도 있었다.

1968년 크리스마스에는 팻과 그웬이라는 두 여자와 다섯 아이가 머물렀다. 아이들은 크리스마스 양말을 열어보고 기쁜 얼굴로 간식을 먹었다. 찰스는 아이들이 난폭한 아빠를 벗어나 안전하고 편안하게 지내는 모습을 볼 수 있다면 집이 어질러지고 시끄러워도 괜찮다고 했다.

케이티는 팻과 그웬이 서로 고통을 나누며 공감하는 모습에 뿌듯했다. 둘은 진정한 친구가 됐고 이후 아이들과 다함께 살 집을 마련했다. 글로리아가 지켜보며 박수를 건네는 것 같았다.

집에 찾아오는 여성들이 많아지자 케이티는 1969년 초에 일을 그만뒀다. 상태가 심각한 여자들은 안전한 집뿐 아니라 다시 일어설 수 있게 하는 도움과 보살핌이 필요했다.

가끔은 한 방에서 아이들 열 명이 매트리스를 나눠 썼고 엄마들도 다른 방에서 정어리처럼 빽빽이 붙어 지내야 했다. 케이티는 자선바자회에 가거나 여성협회와 어머니조합 같은 단체에 아이들과 여성 옷을 기부해달라고 부탁했다. 집에서 도망친 여자들은 빈손으로 나오는 경우가 많기 때문이다.

케이티는 청과물 상인들과 빵집 주인들이 마감할 때 남은 음식을 받아오는 데 전문가가 됐다. 턴브리지 웰스에 사는 부유한 여자들을 설득해 모닝커피 모임을 열어 자금을 모으기도 했다.

한편 찰스는 도움이 필요한 여성들을 위해 무료 법률상담을 제공했다. 가정과 집을 되찾도록 도와주고 끔찍한 폭력을 휘두른 남편들을 기소했다.

사람들은 종종 케이티와 찰스가 어떻게 다른 사람들을 위해 집을 개방하는지 이해할 수 없다고 했다. 특히 험난한 길을 걸어온 여성들에게.

가끔씩 케이티는 찰스가 이제 할 만큼 했다고, 여기까지만 해도 될 것 같다고 말해주기를 기다렸다. 하지만 찰스는 그러지 않았다. 케이티와 마찬가지로 계속해야 한다고 생각했기 때문이다. 둘의 집은 희망 없는 여성들을 위한 유일한 안식처였다. 아이들은 충분히 고난을 겪었다. 케이티와 찰스의 집은 붐비기는 해도 진정한 집이었고 아이들도 곧잘 적응했다.

나름의 성과도 있었다. 준과 같이 도움을 받은 여자들이 다른 사람들을 위해 발을 벗고 나서기도 했다. 겁에 질린 엄마들이 마침내 쉴 수 있는 곳을 찾고, 자신이 해야 할 일이 무엇인지도 알게 된 것이다. 아이들에게는 가정폭력은 언제나 잘못된 것이며 아이들의 잘못이 아니라고 가르쳤다.

1971년 크리스마스 전에 케이티는 임신 사실을 알게 됐다. 케이티가 꿈꾸고 바라던 일이었다. 평생 만인의 이모로만 살아가는 게 아닐까 하는 생각이 들기도 하던 차였다.

"더 행복해질 수 있을까?" 임신 소식을 찰스에게 알린 날 케이티는 잠자리에 들며 물었다.

"그럼. 아이들이 집에 행복한 공기를 불어넣을 테니까. 꼭 그렇게 될 거야." 찰스가 웃었다.

케이티는 부엌에 앉아 배를 쓰다듬으며 지난 일을 떠올리고 있었다. 힐다도 케이티가 태어나기 전에 비슷한 감정이었을지 궁금했다.

찰스와 케이티가 폭행당한 여성들에게 집을 개방한다고 했을 때 힐다는 의외로 적극적인 도움을 줬다. 그녀는 종종 들러서 1주일 정도를 함께 지내다 갔다. 큰 아이들을 위해 케이크 만드는 법과 눈앞에 보이는 물건을 치우고 창문을 뽀득뽀득하게 닦는 법을 가르쳐줬다. 무엇보다 갓난아기를 다루는 모습이 인상적이었다. 아기들에게 무한한 애정을 줬고 여유가 있으면 몇 시간이고 아기를 품에 안았다. 그래서 케이티는 힐다에게 자신을 가졌을 때 어땠는지 물어보고 싶어졌다.

케이티는 바로 전화를 걸었다. 그녀는 엄마와 자신의 출산에 관한 이야기를 나눈 적이 없었다. 로버트의 이야기만 들었을 뿐이었다.

"응, 케이티. 네가 오후에 전화를 다하고, 웬일이야. 무슨 일이라도 있는 거야?"

"아뇨, 엄마. 그냥 부엌에 앉아 배를 만지면서 아기한테 얘기 중이었어요. 그런데 문득 엄마도 그랬는지 궁금해져서요."

"당연하지." 힐다가 한 치의 망설임도 없이 말했다. "날씨가 어떤지, 무슨 차를 마시고 있는지 얘기해줬어. 전부 다."

"그때 저를 미워하지는 않으셨어요?"

"무슨 소리야. 솔직히 말하면 임신 마지막 주에는 완전히 들떠 있었어. 너무 행복했고 아무것도 날 막을 수 없었지. 앨버트한테서 편지가 왔는데 돌아오면 같이 할 일들이 적혀 있었어. 공원에 유모차를 끌고 나가는 상상을 했지. 시작은 잘못됐어도 네가 내 안에서 움직이는 순간, 나는 너를 사랑하게 될 걸 알았어."

케이티가 듣고 싶은 대답이었다. 찰스가 옳았다. 생물학적 아빠가 누구든 상관없었다. 케이티는 전화를 끊고 한동안 가만히 앉아 있었다. 더운 날씨에도 부엌은 시원했다. 빨간색 돌타일은 청소가 쉽지 않았지만 더울 때 걷기에는 좋았다.

그 순간 케이티는 마음이 차분해지면서 지금 자신을 이루고 있는 세계가 완벽하다고 생각했다. 요즘도 가끔 위층 창문에서 이웃들을 내려다보며 다들 어떻게 사는지 궁금해하곤 한다. 찰스는 케이티를 만화 〈댄디The Dandy〉에 나오는 오지랖 넓은 캐릭터인 키홀 케이트라고 불렀다. 케이티는 단지 이 거리에 사는 모든 가족이 행복하기를 바랄 뿐이었다.

케이티와 찰스는 자신들의 집에 폭행당한 여성들과 아이들을 계속 들일 예정이다. 예전처럼 한꺼번에 많이는 아니고, 한 번에 한 명이나 두 명 정도만.

케이티는 엄마와 아빠를 자주 초대할 생각이었다. 힐다와 앨버트가 태어날 아기와 가깝게 지내기를 바랐다. 에드 라일리 생각은 더 이상 하지 않았다. 그 비참한 전설 같은 이야기는 라일리가 감옥에 들어간 동시에 모두 잊었다. 케이티는 엄마처럼 운이 좋은 여자였다. 아내를 무시하지 않고 동등하게 대하는 좋은 남편을 만났으니까.

케이티는 다시 한 번 배를 어루만지며 말했다.

"여자아이라면 아빠 같은 남자를 만나기를 바라. 남자아이라면 완벽한 남편이 되도록 엄마가 도와줄게."

감사의 말

펭귄북스의 루이즈 무어와 야스민 모리시가 주신 도움과 지지,

무엇보다 열렬한 후원에 감사드립니다.

두 분이 아니었다면 이 책을 쓸 수 없었을 것입니다.

옮긴이 도현승

성균관대학교에서 영어영문학을 전공하고 호주 맥쿼리 대학교 통번역대학원을 졸업했다. 한거레교육문화센터에서 어린이책 번역작가 과정을 수료한 후, 현재 출판번역 에이전시 베네트랜스에서 전문 리뷰어 및 번역가로 활동 중이다.

인생을 고르는 여자들

1판 1쇄 발행 2019년 11월 25일

지은이 레슬리 피어스
옮긴이 도현승
발행인 오영진 김진갑
발행처 나무의철학

책임편집 허재희
기획편집 이다희 박수진 김율리 박은화 진송이 지소연
디자인팀 안윤민 김현주
마케팅 박시현 신하은 박준서
경영지원 이혜선

출판등록 2006년 1월 11일 제313-2006-15호
주소 서울시 마포구 월드컵북로5가길 12 서교빌딩 2층
전화 02-332-3310 팩스 02-332-7741
블로그 blog.naver.com/midnightbookstore
페이스북 www.facebook.com/tornadobook

ISBN 979-11-5851-157-9 03840

이 도서의 국립중앙도서관 출판예정도서목록(CIP)은 서지정보유통지원시스템 홈페이지(http://seoji.nl.go.kr)와
국가자료공동목록시스템(http://www.nl.go.kr/kolisnet)에서 이용하실 수 있습니다.
(CIP제어번호: CIP2019042441)